BESTSELLER

José Calvo Poyato (Cabra, Córdoba, 1951) es catedrático de Historia y ha simultaneado la docencia con la investigación. Se doctoró con una tesis sobre los señoríos en el paso del siglo XVII al siglo XVIII, período que, centrado en el reinado del último Austria, Carlos II, y el primero de los Borbones, Felipe V, constituye la mayor parcela de su labor investigadora: *La guerra de Sucesión* (1988), *Así vivían en el Siglo de Oro* (1989), *De los Austrias a los Borbones* (1990), *Carlos II el Hechizado y su época* (1992), *Felipe V, el primer Borbón* (1993), *Juan José de Austria* (2002). Ha realizado asimismo investigaciones sobre aspectos de la segunda mitad del siglo XIX, recogidos en *Conflictividad social en Andalucía* (1981), *Los Orléans en España* (1998) y *El desastre del 98* (1998). Además ha publicado también las novelas de base histórica *Conjura en Madrid* (1999), *La Biblia negra* (2000), *El hechizo del rey* (2001), *Los galeones del rey* (2002), *Jaque a la reina* (2003), *El manuscrito de Calderón* (2005), *La orden negra* (2005), *El ritual de las doncellas* (2006), *La dama del dragón* (2007) y *Vientos de intriga* (2008), que han cosechado un gran éxito de crítica y público.

JOSÉ CALVO POYATO

Vientos de intriga

DEBOLSILLO

Primera edición en Debolsillo: abril, 2009

Printed in Spain – Impreso en España

ISBN: 978-84-8346-930-9 (vol. 421/9)
Depósito legal: B-7323-2009

Fotocomposición: Lozano Faisano, S. L. (L'Hospitalet)

Impreso en Novoprint, S. A.
Energia, 53. Sant Andreu de la Barca (Barcelona)

P 869309

Al club de las libélulas

Agradecimientos

Vientos de intriga debe mucho a David Trías, mi editor, que acogió con entusiasmo la idea de escribir una novela sobre la guerra de la Independencia; gracias a su comprensión y a su ánimo en los momentos de dificultad este libro es hoy una realidad. También a mi amiga Gloria Abad, lectora infatigable, que me aconsejó con cariño y sabiduría, y descubrió algún desliz en el primer original; ella y yo lo sabemos. A *Pacomio*, viajero incansable y amigo de sus amigos. A Javier Sánchez, cuyos consejos para aquilatar el texto definitivo son impagables. En la distancia de un tiempo que ya no volverá, quiero agradecer a mi padre, un narrador de valores y sentimientos, las historias que me contaba cuando era niño y que despertaron en mí el interés por nuestro pasado. Los comentarios, las aportaciones y la lectura minuciosa de Cristina, a costa de un tiempo que debería de haber dedicado a otros menesteres, dieron, como siempre, forma definitiva al texto.

A todos ellos, gracias por haberme ayudado a convertir en realidad este deseo que acariciaba desde hace mucho tiempo.

José Calvo Poyato

PRIMERA PARTE

Los sucesos de El Escorial

1

El puente sobre el Bidasoa temblaba bajo los cascos de los caballos. Apenas había despuntado el alba cuando los primeros escuadrones de la división Delaborde cruzaban la frontera. Eran tropas del llamado ejército de Observación de la Gironda, a las órdenes del general Junot, que llevaban varias semanas acampadas entre Bayona y la raya fronteriza. Aquel 18 de octubre de 1807 entraban en España camino de Portugal.

A pesar de la lluvia que, desde la víspera, caía de forma intermitente, eran muchos los lugareños que acudían desde sus caseríos para contemplar el paso de los soldados. A todos llamaba la atención la presencia de los dragones, con sus empenachados plumeros, formados en apretadas filas de seis en fondo, ocupando todo el camino. Los vistosos uniformes de las tropas imperiales ponían un contrapunto al verdor que se enseñoreaba de un paisaje tan hermoso que parecía pintado por la mano de Dios.

Una anciano, que cubría su cabeza con una negra boina, escupió el bolo de tabaco que mascaba con parsimonia.

—¡Esto no me gusta ni poco, ni mucho! ¡Esto no me gusta! —exclamó al paso de unos pesados carros tirados por mulas—. ¡A los gabachos hay que frenarlos en Fuenterrabía, como siempre hemos hecho!

—Son nuestros aliados —protestó un joven que alzaba la mano saludando a unos artilleros sentados en el pescante de un carro, con los barbuquejos ajustados al mentón.

—¡Qué aliados ni qué niño muerto! ¡Son gabachos!

El corregidor de Irún, acompañado de los miembros del cabildo municipal, el arcipreste del lugar y los prohombres de la localidad, aguardaban a la entrada del pueblo para presentar sus respetos al general. Con aquel gesto manifestaban su bienvenida, aunque no resultaba fácil dejar atrás los ancestrales recelos que, desde siempre, habían presidido las relaciones entre las gentes asentadas a ambos lados de la frontera.

Delaborde, montado en un semental tordo de alzada poco común, apenas se detuvo lo imprescindible para darse por cumplimentado; no había entrado en España para recibir parabienes. Su actitud causó mala impresión, más aún cuando las autoridades se mostraban obsequiosas.

Antes del mediodía habían pasado, camino de Burgos, cinco batallones de infantería, otros tantos escuadrones de caballería y una veintena de tiros que arrastraban cerca de cuarenta piezas de artillería de diferentes calibres.

Durante los tres días siguientes el paso de tropas fue continuo. Por la frontera, desde el amanecer hasta la caída de la tarde, cruzaban regimientos de infantería de línea, compañías de zapadores, batallones de granaderos y nutridos contingentes de artilleros, que tenían como objetivo, según se decía, llegar hasta Lisboa. Era el castigo impuesto a Portugal por negarse a secundar planes de bloqueo a los barcos británicos decretado por el emperador.

La hospitalidad de las gentes, sin embargo, no era compartida en la Capitanía General de San Sebastián, donde había no poco desconcierto.

—¡En Madrid están en Babia! —gritaba el duque de Mahón, dando un manotazo en la mesa—. ¡No me explico por qué no nos han alertado!

—Mi general, supondrán que estamos al tanto y que la carta de hace veinte días era suficiente para tenernos sobre aviso —señaló uno de los oficiales que rodeaban la mesa.

—¡No es suficiente! ¡Esa carta indicaba simplemente que en París había conversaciones! ¡En ella no se aludía a la entrada de los franceses! ¡Los estamos viendo pasar por delante de nuestras narices con los brazos cruzados!

—Se dirigen a Portugal, señor —insistió el oficial.

—¡Ésa no es razón! Según los informes recibidos ya han cruzado el Bidasoa cerca de doce mil hombres. ¡Linares —el duque se encaró al joven oficial—, doce mil hombres! ¿Sabe usted lo que se puede hacer con eso?

—Conquistar un reino, mi general —replicó sin pestañear.

—Efectivamente, Linares, efectivamente. —El duque de Mahón golpeó, esta vez con el puño, la ceniza de su cigarro se deshizo en fino polvo sobre la mesa—. ¡Esperemos, por el bien de todos, que ese reino no sea España!

—¡Qué cosas dice usted, mi general!

El duque miró a Linares.

—Las que me dicta la experiencia. ¡No me fío de los gabachos! Unas gentes que le han cortado la cabeza a su rey no son de fiar.

—Son nuestros aliados, señor.

—Y de qué nos ha servido, ¿eh? ¡Dígame usted de qué nos ha servido! Yo se lo voy a decir: en la paz de Basilea tuvimos que entregarles la mitad de la isla de Santo Domingo, para que se replegasen al otro lado de la frontera aquí y en

Cataluña. Entonces me las tuve tiesas en aquella guerra infausta que ellos llaman de la Convención. Después, usted lo sabe igual que yo, en Trafalgar nos hemos quedado sin barcos. Ése era un envite donde no nos jugábamos nada y acabó en desastre por culpa de la imbecilidad de Villeneuve y de la vehemencia de Churruca, que todo hay que decirlo. ¡Ya veremos cómo defendemos las Indias de la voracidad de los ingleses, sin una flota con la que enfrentarnos a ellos! Si piensa que Bonaparte nos mandará sus navíos para echarnos una mano, es usted un iluso.

—Hemos cumplido con nuestra obligación de aliados —farfulló el capitán.

—¡Déjese de pamplinas! Retírense y que alguien diga a Zárate que venga, tengo que dictarle un despacho. ¡Si Madrid no da instrucciones, nosotros les enviaremos noticias!

El secretario apareció poco después.

—Me han dicho que su excelencia desea verme.

—Tome asiento, Zárate, tiene que escribir una carta.

El secretario se acomodó en un bufete que había junto a una de las ventanas por donde entraba la tamizada luz del atardecer, alisó un pliego, preparó un cálamo y mojó en el tintero.

—Cuando su excelencia guste.

«Excelentísimo señor presidente del Consejo y tal, tal, tal... ya sabe usted. —El capitán general se detuvo ante el balcón principal con la mirada perdida en la plaza y aguardó, dando las últimas caladas a su habano, a que el secretario redactase el encabezamiento—. En el día de hoy, que se cuenta veintiuno de octubre del año de gracia de mil ochocientos siete, me veo en la necesidad de comunicar a vuestra excelencia que, desde las primeras horas del pasado dieciocho, asistimos, sin saber qué determinación tomar, a la entrada por el paso de

Fuenterrabía de nutridos contingentes de tropas francesas.

»Se trata —prosiguió el capitán general—, según noticias que han llegado a esta Capitanía, de unidades de la división Delaborde. En tales circunstancias, nos encontramos sin instrucciones y ajenos a una novedad que permite la entrada en el suelo patrio de tropas extranjeras, sin que sepamos a qué atenernos ni qué disposiciones tomar.

»Solicito que, a la mayor urgencia, se nos den instrucciones precisas para actuar según requiera el mejor servicio del rey nuestro señor. Quedo a la espera de bla, bla, bla. Prepárelo para la firma y dispóngalo todo para que un correo parta esta misma tarde hacia Madrid.

—¿Esta tarde, excelencia?

—Sí.

Zárate miró hacia la ventana.

—Es casi de noche, excelencia.

—Es preciso ganar las horas, Zárate. Aunque se nos dice que esas tropas van camino de la frontera portuguesa, no me gusta un pelo este asunto. ¡Aquí hay gato encerrado!

—Muy bien, excelencia, en unos minutos lo tendré dispuesto para la firma.

La sonrosada encarnadura de su rostro le confería el aire propio de un almacenista de ultramarinos, y su blanca y abombada peluca era más propia de un acomodado burgués que de un rey, cuyo gobierno se extendía por el mayor de los imperios coloniales de su tiempo.

El rostro de Carlos IV reflejaba la satisfacción que le producía una fructífera jornada de caza en las laderas del Guadarrama. La suerte se había mostrado propicia, aunque Su Majestad, tan ingenuo siempre, no sospechaba que sus criados le proporcionaban algo más que batidores para el éxito de sus cacerías.

Bajó de la carroza y se retiró a sus aposentos para recomponer su figura. A diferencia de su padre, que no tenía empacho en asistir a los oficios religiosos vestido con el atuendo de cazador, para Carlos IV eso resultaba inconcebible. Las circunstancias habían de ser excepcionales para que entrase en la casa de Dios oliendo a sudor y a campo, con las ropas sucias y las botas polvorientas o embarradas. Adecentaría su figura antes de asistir al *manifiesto* del Santísimo Sacramento y departiría un rato con fray Jerónimo, como era su costumbre cuando estaba en San Lorenzo, antes de que le sirviesen la cena en sus aposentos.

Con sus dedos regordetes, daba los últimos toques a los encajes de su pechera cuando el ayuda de cámara llamó su atención sobre un pliego, cuya blancura resaltaba sobre el rojo intenso de la seda de la colcha, bordada con las armas de la casa real.

—¿Ha reparado vuestra majestad en ese pliego?

—¿A qué te refieres?

—A esa carta, majestad; la que está sobre vuestra cama.

Con dificultad, el rey se giró y vio un papel pulcramente doblado.

—¿Quién la ha traído?

—Lo ignoro, majestad, estaba ahí cuando he entrado.

—¿Qué dice? —preguntó el monarca con socarronería.

—¡Majestad!

—Alcánzamela.

El rey frunció el ceño al leer las tres palabras escritas en el membrete con trazo de pendolista:

«Luego, luego, luego.»

Extrañado, porque hacía muchos años que quedaron atrás

los jueguecitos de billetes con contenido picante que le enviaba María Luisa, desdobló el pliego.

El ayuda de cámara observó cómo se agitaban las manos del monarca y unas diminutas gotas de sudor aparecían en su frente.

Carlos IV metió su dedo índice por el borde de la peluca y se rascó la cabeza, descomponiendo el trabajoso empeño del peluquero. Un bochorno le subía por el cuerpo y su respiración era cada vez más agitada: delante de sus ojos tenía la confirmación del más tormentoso de los asuntos que empañaban sus conversaciones con María Luisa y con Manuel, desde hacía varias semanas.

Leyó el papel de nuevo y recordó que la reina lo había repetido en numerosas ocasiones: no le gustaban las juntas del príncipe de Asturias; decía que el canónigo estaba hecho una buena pieza, Infantado no era de fiar, San Carlos era un malvado a carta cabal... ¡Y no tenía palabras para el aguador de la fuente del Berro! Para la reina eran gentuza dispuesta a medrar a cualquier precio.

El rey salió de sus aposentos con el semblante demudado. A toda prisa recorrió las sombrías galerías de bloques de granito del monasterio levantado por orden de Felipe II para conmemorar la victoria de San Quintín, donde los tercios aplastaron a los franceses a las puertas de París. Caminaba arrastrando aquella pierna tan dolorida de un tiempo a esta parte, mientras se preguntaba qué mano habría colocado aquella carta sobre su cama. Ajeno a los golpes de alabarda que sonaban a su paso, llegó hasta el ala donde estaban las habitaciones de la reina; al verlo aparecer, los dos soldados que custodiaban la puerta intercambiaron una mirada y uno de ellos bisbiseó unas palabras. El cortesano que dormitaba en el zaguanete que servía de antecámara a las dependencias de María Luisa de Parma se despabiló.

Carlos IV llegaba sofocado y con el rostro congestionado.

—Majestad, ¿os ocurre algo? —preguntó el cortesano ante la inesperada presencia del soberano.

—¡He de ver la reina, sin demora!

—Ya he comunicado a una camarera vuestra presencia, majestad.

Un ruido anunció la llegada de más gente; habían bastado unos instantes para que la noticia llegase hasta el ministro Caballero, encargado de los asuntos de Gracia y Justicia, que acudía presuroso, alarmado por un hecho tan inusual. En la corte todo estaba reglamentado hasta los detalles más nimios, incluso el acceso del rey a los aposentos de la reina.

El marqués de Caballero era especialmente feo: su rostro afilado, marcado por la viruela, denotaba un temperamento avinagrado, a lo que ayudaba no poco el ojo estrábico —las malas lenguas decían que era de cristal—, que convertía su mirada en un complicado acertijo. Era de mediana estatura y rondaría los cincuenta años. Uno de sus espías —secretarios los llamaba— le había avisado de que sucedía algo extraordinario.

El rey, al verlo, gritó con voz descompuesta:

—¡Ah, Caballero! ¡Todo lo que se dice es cierto! ¡Todo!

—¿A qué se refiere vuestra majestad?

—¡A qué va a ser! ¡A los manejos que tanto nos preocupan! —lo dijo como si no fuera posible referirse a otro asunto.

El ministro miró el papel.

—¿Podría concretar vuestra majestad?

Carlos IV, obsesionado por el contenido de la carta, no escuchaba.

—¡Aquí está la prueba! —Agitó el pliego como si se tratase de un trofeo.

Una camarera entreabrió la puerta del aposento e hizo un

gesto zalamero al joven cortesano que aguardaba en la penumbra de la antecámara.

—Majestad, la reina os aguarda.

Carlos IV parecía un niño buscando la protección de su madre.

—¡María Luisa! ¡María Luisa! —entró gritando, sin dejar de agitar el papel.

La reina vestida con una bata de encaje negro, uno de sus colores preferidos porque le decían que el negro estilizaba la figura, tenía el rostro arrebolado. El agitado movimiento de sus pechos denotaba turbación. En su rostro se percibía la contrariedad y hasta cierta frustración, aunque al ver entrar al ministro, tras los pasos del rey, trató de componer una sonrisa que no fue más allá de una mueca.

—¿Qué le ocurre a mi pichoncito? —Pellizcó el rostro del soberano.

María Luisa de Parma, cuya radiante dentadura era lo más atractivo de un rostro, donde el paso del tiempo se había mostrado implacable, acentuando la generosa sotabarba, que ya desde joven adornaba su cuello, y que había puesto un cerco oscuro a unos ojos pequeños y saltones, no se recataba en dirigirse a su marido con epítetos poco adecuados al protocolo cortesano.

—¡Aquí traigo la prueba!

La reina miró a Caballero, pero el ministro se encogió de hombros.

—¿Qué prueba?

—¡La prueba de las maquinaciones de Fernando! ¡Mira, mira lo que dice esta carta! ¡Léela en voz alta para que Caballero se entere también!

Al leer las primeras palabras, la reina se llevó una mano a la boca.

—¡En voz alta! —insistió el rey.

—Cuidado, se prepara una revolución en Palacio. Peligra el trono, y la reina va a ser envenenada.

—¿Lo ves?

—¡Santa Madre de Dios! —La reina se había puesto muy nerviosa y se abanicaba el rostro con la mano—. ¿Qué piensas hacer?

Carlos IV no escuchaba, iba de un lado a otro, con las manos a la espalda. Su esposa, sin importarle la presencia del ministro, le gritó:

—¡Estate quieto de una vez y dime qué piensas hacer!

El rey se detuvo, la miró y abrió la boca, pero las palabras se negaron a salir. Cuando la situación empezaba a ser embarazosa, unos golpecitos en la puerta anunciaron una visita.

—¡Adelante! —gritó María Luisa con una voz tan descompuesta como su semblante.

Era don Arias Mon, gobernador del Consejo. Carlos IV le había mandado recado con su ayuda de cámara para que acudiese a los aposentos de la reina.

—¡Pasa, Arias, pasa! ¡Menos mal que estás aquí!

El marqués de Caballero sintió una punzada de envidia al escuchar las palabras de la soberana.

—Disculpadme, pero el aviso de vuestra majestad señalaba que se trata de un asunto de la máxima urgencia. ¿Ha ocurrido alguna desgracia?

—¡Toma, toma! ¡Lee!

Arias Mon miró a Caballero, que permanecía desconcertado, cogió el pliego y apenas había posado sus ojos en el texto cuando María Luisa ya le preguntaba.

—¿Qué te parece?

Los dedos del gobernador apretaban el papel con fuerza,

indicando la impresión recibida. Pero su rostro permanecía inescrutable

—¿Puede vuestra majestad decirme dónde estaba este billete? —preguntó a la reina.

—En mis aposentos, sobre la cama —se adelantó el rey.

—¿En vuestros aposentos, majestad?

—Sí, sobre la cama —insistió Carlos IV.

—¿Cuándo lo ha encontrado vuestra majestad?

—Hace un momento, el tiempo justo en venir a comunicárselo a la reina.

—¿Has leído, Arias? ¿Has leído? ¡Quieren envenenarme! —María Luisa estaba histérica—. ¡Por el amor de Dios, dinos qué podemos hacer!

Arias Mon hubiese dado la mitad de las rentas de su cargo con tal de que Godoy estuviese en El Escorial, pero el valido se encontraba en Madrid, aquejado de calenturas. Compuso un gesto de duda y preguntó:

—¿Sospecha vuestra majestad quién ha podido enviarle esta nota?

—Lo único que sé en estos momentos es que estaba sobre mi cama. —El rey se sacudió una mota de polvo de la solapa de su casaca.

—Me temo, majestades —el gobernador del Consejo puso un tono solemne a sus palabras—, que detrás de esta advertencia se esconde algo muy triste.

Los reyes se miraron presas de una creciente angustia, mientras el ministro de Gracia y Justicia apenas se atrevía a respirar.

—¿Por qué dices eso? —planteó la reina.

—Porque aunque el trance sea muy doloroso, mi opinión es que vuestras majestades no deben vacilar en momentos como éste.

Los reyes se miraron de nuevo.

—Todos pensamos en la misma persona, pero resulta imprescindible realizar ciertas comprobaciones —señaló el rey.

—Por supuesto, majestad, por supuesto.

2

En el mesón del Antillano, emplazado junto al chaflán de la plazuela de Santa Ana, en una de las tertulias que allí tenían cotidiano asiento, se discutía sobre el último de los estrenos de Moratín. La obra del dramaturgo había levantado una polvareda en aquel Madrid, donde se daban la mano las más rancias ideas con las novedades que llegaban del otro lado de los Pirineos.

En torno a la mesa departían don Indalecio Mardones, el orondo y cincuentón párroco de San Justo, quien hacía gala de ideas conservadoras; su cabeza la coronaba un abundante e hirsuto pelo negro cortado a cepillo. Junto a él, un cómico en paro, que atendía por el nombre de Pelanas; tenía la piel aceitunada, el pelo negro y lacio, y acababa de cumplir los treinta años. Un escribiente de la Contaduría Mayor de Arbitrios, llamado don Honorio Bracamonte, de familia hidalga y enjuto de carnes; como don Indalecio, rondaría el medio siglo. Antonio Porras, un rubio y fornido panadero, no muy alto, amigo de sus amigos, dueño de una tahona cercana al mercado de abastos. Diego de Biedma, hombre ya maduro, maestro entallador, pelirrojo, pecoso y de piel muy blanca; también hacía trabajos de estofado y dorado, en un taller que estaba en una calleja cercana al postigo de San Gil. Y Gustavo Sierra, un joven gacetillero del *Diario de Madrid*, muy instruido en ciencias ocultas, proclive a los discursos de la Ilustración, pero poco partidario de la alianza con Napoleón, aquejado de una incipiente calvicie, en cuyos brillantes ojos azules se adivinaba una mirada limpia. En total, eran siete los habituales a la tertulia, pero aquella tarde, al igual que desde hacía dos semanas, faltaba don Fernando Escobar.

Sierra había hecho una crítica elogiosa a la obra del dramaturgo y la conversación giraba en torno al rechazo producido en ciertos ambientes por *El sí de las niñas*, una pieza estrenada con éxito en el teatro del Príncipe, reinaugurado con la obra de Moratín, tras el terrible incendio que lo había devorado unos años atrás.

—Es un petimetre —comentó Pelanas, cuyo paro forzoso tenía como causa principal haber sido rechazado por el propio autor para uno de los papeles.

—¡Y un hereje, cuyas propuestas están encaminadas a ridiculizar las buenas costumbres! —clamó don Indalecio, después de pedir más vino.

—Un melindroso —añadió el panadero—, que sólo tiene ojos para introducir novedades que nos conducirán por el camino que recorrieron los franceses hace algunos años.

—¡Que se ande con cuidado! —apostilló el párroco—. Tengo entendido que el Santo Oficio está al acecho para buscarle las vueltas.

Sierra se limitaba a negar las aseveraciones de sus contertulios con ligeros movimientos de cabeza.

El escribiente de la Contaduría Mayor de Arbitrios, cuyo rostro avinagrado y severo era tan alargado que recordaba a los retratados por El Greco, permanecía en silencio, envuelto en su capa de estameña parda que había conocido mejores tiempos. Harto de aquellas disquisiciones, don Honorio puso sobre la mesa una nueva cuestión.

—Hablando del otro lado de los Pirineos, ¿conocen ustedes las nuevas que han llegado de San Sebastián?

—¿A qué se refiere usted? —preguntó el maestro Biedma, el único de los presentes que se había alineado al lado del gacetillero en su defensa de Moratín.

—A la entrada de los franceses en los dominios de nuestro rey.

—¿Quién lo ha dicho? —preguntó el cura.

—Unos arrieros vizcaínos que bajaban hacia Cádiz en busca de sal, lo comentaban ayer en la posada de Canito. Decían que, desde hace unos días, batallones y más batallones no paran de cruzar el Bidasoa; son tantos que se cuentan por docenas de miles.

Las divergencias que despertaban los juicios sobre el dramaturgo se acentuaron en un instante.

—La alianza con el emperador es la mejor garantía para hacer frente a los ingleses. ¡No hay espada en Europa capaz de enfrentarse a Napoleón! —ponderó el panadero, quien consideraba a Bonaparte como el salvador de Francia al haber puesto fin a la aventura revolucionaria de los años anteriores.

—¿Nos irá tan bien como en Trafalgar? —ironizó el gacetillero.

—No me toques la moral Gustavito, que ésa fue una batalla naval y los ingleses se quedaron sin Nelson —porfió Porras.

—¡Y nosotros sin barcos!

—Ahora será diferente, la suerte de las armas se decidirá en tierra. —Biedma dio un trago a su jarrillo y remató su argumento—. Ya habéis visto lo que ha pasado con los prusianos. Todo el mundo dudaba hasta que ocurrió lo de Jena. Ni siquiera el zar de las Rusias se siente seguro, y se ha avenido a las exigencias de Bonaparte. Al final, también lo hará Inglaterra.

—Yo no lo tengo tan claro —terció el clérigo—, aunque esos herejes anglicanos no merezcan más que el fuego del infierno. La historia nos enseña que quien domina el mar tiene mucho ganado.

—Los ejércitos imperiales son invencibles —insistió Biedma.

—Todos los ejércitos son invencibles hasta que aparece su vencedor. Le ocurrió a los cartagineses de Aníbal en Zama, a los hunos de Atila en los Campos Cataláunicos y a nuestra infantería en Rocroi. —Don Indalecio era hombre instruido y de fuertes convicciones ideológicas.

—Yo no me fío de los gabachos, siempre nos han querido mal —intervino el gacetillero—; una cosa son ciertas ideas que patrocinan y que considero necesarias para el progreso de los pueblos y otra, mis simpatías. Yo me pregunto: ¿qué se nos ha perdido a nosotros en todo esto?

—¿Acaso no sabe usted lo que está en lenguas de todo el mundo? —El tono de don Honorio Bracamonte sonó poco amistoso.

—¿A qué se refiere?

—¿A qué va a ser, Gustavito? —El párroco, que conocía a Sierra desde niño, lo trataba con cierto aire paternal que molestaba no poco al periodista, aunque éste se guardaba mucho de manifestar su desagrado—. ¡A la corona que el Choricero espera ceñir con esta operación, que nos va a poner a los pies de los caballos!

—¡Un infundio más de los enemigos del ministro! —exclamó Biedma con vehemencia.

El entallador era uno de los pocos madrileños que no abominaba de la política del valido.

—¿Por qué insiste en defender al Choricero?

—Porque Godoy sabe lo que hace, tensó las negociaciones con el amago de la movilización del año pasado. ¡Eso fue un golpe de estadista! El mismísimo Napoleón hubo de ceder, cuando vio cómo reaccionaba el príncipe de la Paz.

—¡Bah! Después de la entrada de los franceses en Berlín, el Choricero metió el rabo entre las patas. Jugó al oportunismo y le salió mal la apuesta. Ya veremos cuántos réditos tenemos que pagar —sentenció el párroco.

El acaloramiento prendió con fuerza alrededor de la mesa. No era una novedad, ocurría siempre que la política hacía acto de presencia. Bracamonte, que tenía fama de estar bien informado, avivó el fuego añadiéndole otro leño.

—Tengo entendido que las negociaciones de Fontainebleau...

—¿Eso dónde está?

Don Honorio miró al panadero con desprecio.

—Fontainebleau es un palacio situado en las afueras de París —aclaró con desgana—. Lo que ha llegado a mis oídos es que el representante de Godoy y el de Napoleón no se ponen de acuerdo sobre las obligaciones de las partes en el asunto de Portugal. ¡Vamos, que las conversaciones están atascadas!

—¿Qué quiere decir usted con que están atascadas? —preguntó el cura a quien llamaba la atención el caudal de conocimientos de que hacía gala el escribiente, cuya fuente de información era un secreto.

Bracamonte alzó la vista para asegurarse de que nadie estaba pendiente de lo que hablaban. Hizo un ademán para cerrar el círculo sobre la mesa y todos los presentes arrimaron el oído.

—Sé de buena tinta que el general Duroc, gran mariscal del palacio del emperador, se resiste a ciertas pretensiones que le plantea don Eugenio Izquierdo, que es como se llama el enviado de Godoy.

—¿Acaso conoce usted esas pretensiones?

Don Honorio alzó otra vez la cabeza para asegurarse de que nadie más escuchaba sus palabras. Por prudencia bajó la voz:

—Las desavenencias surgen por el reparto de Portugal.

—¿No le parece a usted que en Fontainebleau están vendiendo la piel del oso antes de cazarlo? —preguntó el gacetillero.

—Calla y no interrumpas, Gustavito —le apostrofó el cura, muy interesado en saber más del asunto.

Como una concesión a la inoportuna pregunta, Bracamonte señaló:

—La resistencia del ejército lusitano no puede ir más allá de un par de semanas. El tiempo que las tropas francoespañolas tarden en llegar a Lisboa, una vez que hayan cruzado la frontera. Fíjense si el gobierno portugués lo tiene claro que el regente ya ha cogido las de Villadiego.

—¿Qué insinúa usted?

—No insinúo, afirmo.

—En tal caso, ¿qué quiere decir?

—Que se ha embarcado con destino a Brasil, donde permanecerá hasta ver en qué queda todo esto.

—Decía usted que las desavenencias con los franceses han surgido por cuestiones de reparto. ¿Tiene algún dato? —preguntó don Indalecio, interesado en ese detalle.

—Trabajan sobre el supuesto de hacer tres partes. Una, que se extendería por las tierras comprendidas entre la frontera del Miño y el curso del Duero, formaría un principado con el que se conformaría a la infanta María Luisa, la despojada reina de Etruria, y se denominaría Lusitania Septentrional. La parte del centro, incluida Lisboa, quedaría pendiente de asignársele destino y puede servir como moneda de cambio cuando se ajuste una paz general. Con las tierras del sur, es decir el Algarve y el Alentejo, se conformaría un reino cuya corona ceñiría la cabeza de Godoy.

—¿Godoy rey del Algarve y del Alentejo? —preguntó, incrédulo, don Indalecio rascándose un lobanillo que tenía detrás de la oreja.

—Ésas son las instrucciones que tiene Izquierdo para negociar.

—¡Ave María Purísima! —se santiguó el cura.

—¡No irá usted a creer tales patrañas! —protestó el maestro Biedma.

—Ni creo ni dejo de creer. Pero las ambiciones del Choricero no parecen tener límite.

—¿Y cómo es que, sin estar cerradas las negociaciones, según usted acaba de afirmar, los gabachos están cruzando la frontera? —planteó Sierra.

Don Honorio se encogió de hombros, como si se sacudiese una responsabilidad que no era suya.

—Eso mismo me pregunto desde que me he enterado que el ejército francés ya ha empezado a cruzar la frontera.

—Eso... eso significa que...

Los balbuceos del gacetillero fueron interrumpidos por la llegada de don Fernando Escobar, alguacil mayor de Madrid, el séptimo de los asiduos a la tertulia.

Con Escobar nunca se sabía a qué carta quedarse. Era un individuo corpulento que rondaría los cincuenta, tenía una generosa barriga y unos grandes mostachos canosos con un tono azafranado, por efecto de la nicotina.

—Buenas noches nos dé Dios, don Indalecio y la compaña. —Se desprendió de su negra capa de cuello alto, a la moda, tomó asiento y pidió una jarrilla de vino.

—A ver, ¿qué novedades tenemos?

—Novedades serán las que vuesa merced nos traiga, hace

mucho que su señoría no aparece por estos pagos y nos priva del placer de su presencia —se regodeó el cura, que nominaba a Escobar con tan impropio tratamiento para pincharle cuando deseaba molestarlo.

—Tengamos la fiesta en paz, don Indalecio. Usted sabe que, si he estado ausente, no ha sido por voluntad propia, sino por razones del servicio. He viajado hasta Salamanca donde he permanecido cerca de dos semanas.

—¿Y qué se le ha perdido a usted en tan noble ciudad? —El clérigo alzó las manos con las palmas hacia fuera, a modo de disculpa anticipada, y añadió—: Si es que puede saberse.

—Puede saberse, pero lo primero es lo primero. Tengo el gaznate reseco. ¡A ver Pacorro, esa jarrilla! ¡Que es para hoy!

Con mucha parsimonia, encendió un cigarro y aspiró el humo con una delectación que tenía algo de morbosa. El silencio se había apoderado de la mesa, mientras los presentes aguardaban sus palabras.

Don Fernando era un auténtico sabueso. Había esclarecido muchos de los numerosos delitos y fechorías que se cometían en una población superior a las doscientas mil almas. Hacía tiempo que su fama había desbordado los límites de la corte y no era la primera vez que se solicitaban sus servicios fuera de Madrid.

—Requirieron mi presencia porque hace poco menos de un mes se cometieron en Salamanca unos crímenes...

—Vaya una novedad —lo interrumpió el maestro Biedma.

—Si me interrumpes de nuevo... ¿Quieren que continúe?

Las afirmaciones brotaron a coro y Porras alzó el codo, mostrándoselo al entallador. Don Fernando se recreó, dio una larga calada a su cigarro y expulsó una bocanada de humo en dirección a Biedma.

—Se trata de unos crímenes donde concurren circunstancias misteriosas. ¿Alguno de ustedes ha estado en Salamanca? —preguntó con una pizca de malicia.

—Déjese de monsergas, Escobar. Usted sabe que allí estudié teología y me gradué en cánones en las aulas de su universidad, una de las más prestigiosas de Europa.

—Disculpe el lapsus. —El alguacil celebró la llegada de su vino, dio un trago a la jarrilla y preguntó al eclesiástico, con tono zumbón—: En tal caso, el reverendo sabrá qué es el Lunes de Aguas.

Don Indalecio se rascó otra vez el lobanillo y lo miró con cara de pocos amigos.

—¡Una fiesta de tunantes y haraganes! ¡Cosa de jovenzuelos desocupados y de gente con poco seso! Si hubiese autoridad —alzó la mano con su dedo índice extendido—, como la hubo en otras épocas, hace tiempo que una práctica tan abominable habría sido borrada de los anales de la ciudad.

El exabrupto del clérigo hizo que creciese la expectación en torno a la mesa.

—¿Qué es eso del Lunes de Aguas? —preguntó don Honorio, ajustando el puente de sus lentes al poblado entrecejo que se alzaba sobre el nacimiento de su prominente nariz.

—Antes de explicarlo, permitidme que no comparta la opinión del reverendo. El Lunes de Aguas es toda una tradición en Salamanca, donde se pone de manifiesto cómo sus vecinos cumplen con sus obligaciones religiosas.

—No nos tenga más tiempo sobre las ascuas del deseo, por el amor de Dios —reiteró Bracamonte.

—Ése es el nombre dado en aquella ciudad al Lunes de Pascua, con que se celebra la conclusión de la Semana Santa.

—¿Y por qué ese nombre?

—No seas impaciente, Gustavo. Con motivo del final de esos días en que la Iglesia recuerda la muerte y resurrección de nuestro señor Jesucristo se permite el retorno a la ciudad de las meretrices que, por orden de la autoridad, son obligadas a abandonar la ciudad desde el Miércoles de Ceniza. Quedan instaladas, como si de una cuarentena se tratase, en un lugar que para tal menester tiene dispuesto el cabildo, al otro lado del Tormes. Todo ello para evitar actos de lujuria y fornicios en unas semanas donde debe imperar la penitencia y el sacrificio.

—¡No me diga que Salamanca se queda sin putas durante la Cuaresma! —exclamó asombrado el panadero.

El párroco frunció el ceño y agitó su voluminosa cabeza. Don Fernando, sin darse por aludido, continuó con su explicación:

—Su retorno no se hace por el puente que cruza el río porque las mujeres de Salamanca se oponen a que las pelanduscas transiten por el mismo lugar que ellas, lo que obliga al Padre Putas…

—¿Cómo ha dicho usted? —lo interrumpió don Honorio, con un brillo malicioso en sus ojos—. ¿Acaso hay en Salamanca un sacerdote con nombre tan inapropiado?

El alguacil soltó una carcajada, dio una chupada a su cigarro y miró con sorna a don Indalecio, quien soportaba el trance con paciencia.

—No, Bracamonte, no. Ése es el nombre que allí se le da al responsable del orden y del adecuado funcionamiento de la mancebía, dos manzanas enteras de casas donde las meretrices ejercen su oficio, según unas normas de higiene, horario y otras cuestiones relativas a su trabajo.

—¡Una verdadera antesala del infierno! —bramó don Indalecio sin poder contenerse.

—Si las casas de lenocinio ocupan dos manzanas —Porras hacía sus cuentas—, quiere decir que no son pocos los parroquianos dispuestos a calentar su verga en las calderas de Pedro

Botero —se regodeó el panadero, que contó con el apoyo de los contertulios, a excepción del sacerdote y de don Honorio, aunque por razones diferentes.

—En cierto modo, así es —corroboró el alguacil, que no paraba de dar caladas a su cigarro—. Ciertamente, son legión los estudiantes que acuden a sus aulas y ya se sabe que la gente joven siempre está dispuesta a…

—¿Y cuál es la obligación del Padre Putas el Lunes de Pascua? —otra vez lo interrumpió Porras, que estaba disfrutando con la historia del Lunes de Aguas como un mozalbete.

—Tiene que contratar a unos barqueros para que realicen el transporte de una orilla a otra. Como la festividad de la Pascua coincide con la primavera, el Tormes, por lo general, baja crecido y el trabajo es arduo. Pero, según me han contado, lo mejor de todo es que los estudiantes de la universidad, hechos de la piel del diablo, acuden a la ribera del río a recibir a las meretrices. Son una turbamulta provista de guitarras, panderos, trompetas, vejigas y hasta algunos tambores. La llegada de las prostitutas se convierte en todo un espectáculo al que colaboran muchos de los jóvenes que, sin pensárselo, se despojan de las capas y se zambullen en las aguas para acudir al encuentro de las rameras que, para estimularlos, se desabrochan las camisas y enseñan los senos; algunas, incluso se levantan las haldas mostrando los muslos y algo más, en medio del rebuznar de esos ganapanes, que no paran de armar bulla con los instrumentos de que van provistos.

—¡Qué barbaridad! —exclamó don Honorio imaginándose la escena.

—Cuando llegan a tierra, los estudiantes las abrazan, les pellizcan, y los más atrevidos, que no son pocos, les meten mano por donde pueden con el mayor de los descaros. Concluido el desembarco, se organiza una especie de procesión y, como si fuesen una cofradía, marchan con mucho jolgorio, cantando canciones obscenas y tarareando aires lascivos, hasta que llegan a los burdeles de la mancebía.

—Curiosa forma de celebrar la Pascua de Resurrección —indicó don Honorio con el ceño tan fruncido, que las lentes habían resbalado hasta la punta de su nariz.

—¡Ya se lo he dicho, don Honorio, una obra de Satanás! —protestó don Indalecio.

—Tampoco es para tanto —señaló el panadero, que había gozado con cada detalle de la historia.

—Ya lo creo, Porritas —indicó el alguacil—. En cierto modo, el Lunes de Aguas supone una vuelta a la normalidad, después de la dura penitencia cuaresmal.

—No sé cómo puede usted decir que tal desfachatez sea una vuelta a la normalidad, don Fernando.

—La razón es muy simple, don Indalecio. Si una ciudad como Salamanca, cuya población no va más allá de las cuarenta mil almas, pero que alberga cerca de cinco mil estudiantes en las aulas de su universidad, no tuviese una mancebía tan bien abastecida, los problemas serían tan graves que yo no arrendaría las ganancias a mis colegas de allí. Los estudiantes, como he comentado, son jóvenes a quienes la sangre les hierve en las venas y los burdeles en Salamanca son un remedio eficaz que pone coto a otro tipo de delitos. Las autoridades así lo han entendido y desde hace mucho tiempo los obispos, con buen criterio, hacen la vista gorda, incluida la celebración de ese Lunes de Aguas que tanto le espanta a usted.

—En eso he de darle la razón —sentenció Bracamonte.

—Pues claro que sí: los estudiantes y muchos otros vecinos se van de picos pardos y desahogan las calenturas propias de la edad. Por cierto, al hilo de todo esto, me han explicado en Salamanca el origen de tan curiosa expresión.

—¿A qué se refiere? —preguntó Pelanas, que estaba en horas bajas por la falta de trabajo.

—A eso de irse de picos pardos, ¿saben dónde está su origen?

—Veo que su estancia en Salamanca lo ha llevado a transitar por caminos de sabiduría.

El sarcasmo de don Indalecio no hizo sino estimular la locuacidad del alguacil mayor. Por su parte, Sierra, que ya pensaba en cómo contar en su próxima entrega al *Diario* los pormenores del Lunes de Aguas salmantino, se frotaba las manos con una nueva historia.

—Teniendo tal universidad, no es cosa que deba producirle sorpresa. —El alguacil dio la última calada a su cigarro y lo apagó en un platillo de cerámica, donde estaban los huesos de las aceitunas con que Pacorro acompañaba las jarrillas de vino.

—¡A ver esa historia de los picos pardos! —reclamó Porritas, que pidió a sus expensas una ronda. Para aquel empedernido solterón, el tiempo de la cotidiana tertulia en el mesón del Antillano era el momento más gratificante de la jornada.

—El origen se encuentra en que las autoridades, para evitar confusiones y malos entendidos, establecieron que las mujeres dedicadas al trato carnal, tenían la obligación de dejar clara su condición de mozas del partido. Se dispuso que habían de vestir una saya de color pardo y, para mayor esclarecimiento, su borde inferior había de cortarse con pronunciados picos. De ahí, ha quedado la expresión «ir de picos pardos» como sinónimo de ir de putas.

—Ignoro si ha cumplido usted con las obligaciones que lo han llevado hasta allí, pero en lo referente a historias indecentes doy fe de que no ha perdido usted el tiempo en Salamanca —farfulló un malhumorado don Indalecio Mardones.

—Perderlo en tal lugar sería pecado grave, tanto que merecería una condena eterna —ironizó don Fernando.

—¿Y cuáles son esas circunstancias misteriosas a las que aludió y que acompañan a los crímenes? —preguntó el entallador.

El alguacil sacó del bolsillo de su chaleco, donde guardaba un hermoso dije de plata labrada del que pendía una gruesa cadena, un papelillo doblado y lo mostró a la concurrencia.

—Hace cosa de un mes asesinaron a un joven oficial y a una meretriz a la que torturaron brutalmente, antes de darle muerte.

—¿Qué le hicieron? —preguntó Bracamonte con un punto de morbosidad.

—Los malvados que la asesinaron la desollaron para infligirle más dolor al herirla en la carne viva.

—¡Canallas! —exclamó el panadero.

—¿Por qué tanta crueldad? —preguntó don Indalecio.

—Quienes lo hicieron querían, a cualquier precio, arrancarle una confesión.

—¿Y lo consiguieron?

El alguacil se encogió de hombros.

—Todavía no lo sé, pero juro por la gloria de mi madre que he de dar con esos criminales o no me llamo Fernando Escobar. —Hizo una cruz con los dedos y se la llevó a la boca.

—El segundo mandamiento es: no tomarás el nombre de Dios en vano —salmodió don Indalecio.

—No creo que en este caso Dios se moleste por ello. Como les he dicho —prosiguió el alguacil—, ese mismo día también asesinaron a un joven oficial, cuyo nombre me reservo, por razones que comprenderán fácilmente.

—¿Cuál era su graduación? —preguntó el gacetillero, siempre ansioso de noticias.

—Era un teniente de infantería que regresaba de París, donde había estado de incógnito para llevar a cabo ciertos trabajos. Aunque no tengo la confirmación, todo apunta a que su misión estaba envuelta en el secreto. He podido reconstruir su itinerario de regreso a España. Encaminó sus pasos hasta un puerto de la costa atlántica y consiguió pasaje en un mercante que traía granos al puerto de Vigo. Desde allí utilizó la posta para llegar a Salamanca, donde hizo noche y para distraer su estancia acudió a uno de los numerosos festejos que organizan los estudiantes con el más nimio pretexto. Se sabe que la fiesta en cuestión acabó, como suele ser habitual, en uno de los burdeles; el teniente, imprudentemente, acudió dispuesto a refocilarse con una de las pupilas. También se tiene constancia de que ambos abandonaron la mancebía y ya no regresaron. Fue el dueño de la hospedería donde se alojaba el oficial quien, extrañado, dio parte de su desaparición. También se supo entonces que había desaparecido la joven del burdel y los alguaciles iniciaron la búsqueda. Dos días después, las pesquisas dieron resultado al encontrarse los cadáveres en un molino abandonado, a media legua de la ciudad.

A don Indalecio la historia lo había puesto visiblemente nervioso.

—¿También torturaron al capitán? —preguntó don Honorio.

—No. Por lo que han deducido mis colegas salmantinos, debió de darle tiempo a sacar su sable, que apareció en el lugar del crimen; posiblemente trató de defenderse, pero le dispararon a la cabeza, causándole la muerte.

—¿Se sabe algo sobre el móvil de los crímenes? —preguntó Sierra.

—Cuando sepamos la causa, estaremos tras la pista de quienes los perpetraron.

—¿Y eso qué es? —Porras señalaba el papel que el alguacil había sacado de su chaleco y sostenía entre sus dedos pulgar e índice como si fuesen unas pinzas.

—Ya lo ves, un papel que encontré en el doble fondo de una bolsilla de tafilete, donde había doce reales de a ocho, que la furcia había robado al joven oficial. Quienes la torturaron no se percataron del detalle y ésa es la razón por la que ha podido llegar hasta nuestras manos.

—¿Puede saberse qué dice ese papel? —preguntó don Honorio.

—Ya me gustaría saberlo.

Escobar lo desdobló y ante los ojos de los presentes apareció un texto pulcramente escrito, pero carente de sentido. Era una especie de revoltijo de letras, que parecían tiradas a boleo.

—Un mensaje cifrado —señaló Bracamonte, mientras don Indalecio se removía cada vez más inquieto.

—Precisamente por eso he regresado a Madrid. Necesito que un experto descifre lo que se esconde detrás de este galimatías.

—¿Sus colegas no buscaron un perito para desentrañar su contenido?

—Ellos desconocían su existencia; he sido yo quien lo ha encontrado y de eso hace sólo cuatro días. Nadie se había percatado de que la bolsa de las monedas tenía disimulado un doble fondo.

—¿Significa eso que los asesinos no se interesaron por la bolsa? —Don Honorio quería saberlo todo sobre aquellos crímenes.

—Así es.

—Es extraño. —El funcionario se pasaba la mano por su rasposo mentón que hacía por lo menos una semana que no había visto la navaja del barbero.

—Extraño y clarificador.

—¿Lo dice por algo en concreto? —Don Honorio se había recolocado las gafas.

—Quienes los mataron no buscaban robarles, querían información y por eso, al encontrar la bolsa en poder de la prostituta, pensaron que ella sabría algo más y, por eso, no vacilaron en torturarla con saña.

Don Indalecio apuró la jarrilla y se despidió a toda prisa.

—¡Qué cabeza la mía! He olvidado una visita que tenía concertada.

Se encasquetó la teja, recogió el manteo y salió a toda prisa del mesón.

3

La llegada del crepúsculo rompió la rutina de la etiqueta cortesana en el monasterio de San Lorenzo de El Escorial. En el ambiente flotaba la tensión: en las cocinas, donde los rumores y comentarios eran moneda cotidiana, los de aquella noche señalaban que estaba a punto de producirse un acontecimiento. El rey, el ministro Caballero y don Arias Mon habían permanecido más de dos horas encerrados en los aposentos de la reina.

Pedro Collado, el aguador del Berro, que había encontrado un puesto en el cuarto del príncipe de Asturias, tenía el ánimo turbado y la oreja dispuesta entre los peroles, pero nada llegó hasta sus oídos. La hora de la cena transcurrió, en medio de la alteración, con cierta normalidad. Cada miembro de la familia real comía en su cuarto porque, según la costumbre establecida por Carlos III, no había una cena de familia. Al infante don Antonio Pascual se le sirvieron las verduras y frutas que constituían su cotidiano condumio, junto al chocolate, muy espeso, elaborado con onzas salidas del obrador de los agustinos de San Felipe el Real, donde lo elaboraba un lego de manos prodigiosas. Los consabidos bizcochos y un tazón de leche para el infante don Francisco de Paula. Cuando llegó la hora de la pechuga de capón para el infante don Luis, elevado a la dignidad de arzobispo de Toledo, el cocinero mayor, como siempre con mucha sorna, formuló en alta voz la pregunta de rigor:

—¿Está asada la polla de su eminencia el señor cardenal?

El rey cenó faisán y fruta en almíbar, era muy goloso; y la reina huevos pasados por agua y una trucha, que había de servírsele sin una espina.

A las diez de la noche el silencio había caído sobre aquella gigantesca mole de piedra que era a la vez monasterio, mausoleo y palacio. Apenas quedaban encendidas algunas velas en lugares estratégicos para que las tinieblas no se adueñasen por completo del lugar. Las puertas ya estaban cerradas y la guardia nocturna había completado el primero de sus relevos.

Poco antes de la medianoche había una inusual concurrencia ante la puerta de los aposentos del rey. Cuando salió Su Majestad, la camarilla que lo aguardaba lo acompañó hasta el cuarto del príncipe de Asturias. Marchaban circunspectos y en un silencio tan sepulcral que sus pasos resonaban lúgubres sobre el pavimento. La mortecina luz de los faroles de mano que portaban dos lacayos creaba una atmósfera fantasmal.

El príncipe de Asturias, que estaba atareado con unos papeles en su escritorio, se sobresaltó al escuchar la voz que lo conminaba a abrir la puerta de sus aposentos.

—¡Abrid en nombre del rey! —La orden le llegó acompañada de unos golpes en la puerta.

—¿Quién llama?

—¡En nombre del rey! —repitió la voz.

Don Fernando, muy nervioso, recogió a toda prisa los papeles y los ocultó bajo la carpeta del escritorio. Con movimientos torpes fue hasta la puerta y descorrió el cerrojo.

A sus veintitrés años ya estaba viudo de la princesa napolitana María Antonia y su cuerpo daba la sensación de estar avejentado. El rostro, macilento y descolorido, consecuencia de los largos encierros que pasaba en sus aposentos, resultaba poco agraciado. Tenía una nariz desproporcionada y unos ojos pequeños y algo saltones, casi escondidos bajo unas cejas tan pobladas que marcaban una línea continua, que le conferían un aire de brutalidad, propio de un matarife. La mirada era huidiza porque nunca lo hacía de frente y el calificativo que mejor cuadraba a la expresión de su semblante, alargado y rematado en una generosa papada, era el de repulsivo.

Abrió la puerta con cuidado, como si temiese que los goznes hiciesen ruido y quedó inmóvil al encontrarse ante su padre, acompañado por el ministro de Gracia y Justicia, dos gentiles hombres de cámara, cuatro alabarderos de la guardia y dos lacayos.

—¿Qué ocurre? —La voz apenas le salía del cuerpo.

—¡Aparta!

El rey lo empujó hacia un lado, entró en su habitación y dio instrucciones al ministro y a los dos gentiles hombres para que hiciesen requisa de todos los papeles que encontrasen.

Fernando, con los ojos desencajados, hizo acopio de sus fuerzas para exclamar:

—¡Esto es una infamia!

—Esto es justicia —se limitó a comentar su padre.

Los leves movimientos del arrugado camisón que vestía el príncipe de Asturias delataron el temblor que ya hacía presa en él. Había pegado su espalda a la pared y lanzaba esquivas miradas hacia la puerta, como si tramase escapar en un descuido. Sin embargo, no se movió mientras los tres hombres designados por el rey realizaban su penosa tarea.

—Majestad, tiene la cerradura echada —indicó Caballero, señalando una gaveta de caoba.

Carlos IV miró a su hijo.

—¡La llave!

—No la tengo, la he perdido —se excusó sin convicción.

—¡La llave! —insistió el rey.

Fernando agachó la cabeza al tiempo que aumentaban sus temblores.

—¡Por última vez: la llave!

Se llevó la mano al cuello y descubrió un cordoncillo de cuero renegrido del que colgaban dos llaves pequeñas. A un gesto del rey el ministro se hizo cargo de ellas, abrió la gaveta y se encontró con un sustancioso botín.

Antes de marcharse, el rey miró con dureza a su hijo.

—Entrégame tu espada.

El príncipe permaneció inmóvil, no por desacato, sino porque el miedo lo paralizaba.

—¡Tu espada! —Carlos IV había alzado la voz.

El grito, que a todos sorprendió, tuvo la virtud de hacerle reaccionar, y corrió en busca de su sable.

Antes de marcharse, el rey que, pese a las apariencias, estaba pasando por un mal trance, le comunicó, tratando de dar a su voz la frialdad de un juez cuando dicta sentencia:

—Quedas arrestado e incomunicado.

El príncipe, cuyos temblores ya eran convulsiones, escuchó cómo se cerraba la puerta de su improvisada cárcel. Se echó en la cama y rompió a llorar desconsoladamente.

Dos de los alabarderos se quedaron de guardia, custodiando al prisionero.

La noche fue larga. En torno a una maciza mesa de nogal, alumbrada por dos grandes candelabros, estaban reunidos el rey y la reina, el ministro de Gracia y Justicia y don Arias Mon. Este último, que había acompañado a María Luisa de Parma mientras se llevaba a cabo el registro, hizo un catálogo provisional de los papeles incautados.

—Lo que aquí tenemos, majestad, son dos cuadernos. Uno tiene doce hojas y otro, más pequeño, en el que solamente hay escritas cinco páginas. Hay asimismo una carta, sin firma y con la letra disfrazada, fechada en Talavera el pasado 18 de marzo. También otro medio pliego con números, cifras y nombres...

—¿Qué es eso de letra disfrazada? —preguntó María Luisa.

—Señora, se trata de alguna clave secreta para ocultar el contenido de un texto que sólo debe ser conocido por el destinatario, quien posee la clave para descifrarlo.

—¡Santo Dios!

—¿Qué hay en esos cuadernos? —preguntó el rey.

—Majestad —se excusó el gobernador—, apenas he dispuesto de unos minutos... Pero a primera vista todo apunta a que este cuaderno —tomó en su mano el mayor de ellos y hojeó sus páginas— es una exposición dirigida a vuestra majestad, donde se hace una detallada relación de la vida del príncipe de la Paz. Ignoro lo que hay de verdad y lo que es producto de la inquina de sus enemigos.

El gobernador, que disfrutaba del cargo interinamente, se curaba en salud, sabedor de que un cuaderno con la vida de don Manuel Godoy, redactado por el príncipe de Asturias, que aglutinaba en torno a su persona a la camarilla de descontentos con la política del valido y su desmesurado engrandecimiento, no podía trazar un cuadro muy favorable al ministro.

—¡Déjame verlo! —El tono de la reina era imperioso.

Los ojos de María Luisa, de quien las malas lenguas decían que apenas si sabía leer, se movían con rapidez sobre el texto y, poco a poco, su rostro reveló una ira creciente. Los minutos transcurrían en medio de un expectante silencio, sólo roto por el crujido del papel al pasar las hojas. Arias aprovechó para hojear el otro cuaderno. Al fin, la reina explotó:

—¡Calumnias! ¡Todo esto es una sarta de calumnias! ¡Viles mentiras, urdidas por nuestros enemigos!

Con un gesto de desprecio arrojó el cuaderno sobre la mesa.

—¿Qué dicen esos papeles, María Luisa? —preguntó el rey, angustiado.

—Inmundicias, Carlos, inmundicias. Ahí se afirma —señaló con displicencia el cuaderno— que el único propósito del príncipe de la Paz es apoderarse del trono.

—¡Qué barbaridad! —exclamó Carlos IV.

—En este otro cuaderno se apuntan indicios de una especie de conjura, majestad —añadió Arias Mon.

—¿Y hablan de sus propósitos de envenenarme? —La reina estaba muy excitada.

—Por lo que he podido leer, parece, aunque no está expresado de forma clara, que tamaña infamia no forma parte del plan establecido por los conjurados. —El gobernador del Consejo escogió la palabra adecuada—. El príncipe Fernando se postula como el valedor de la monarquía, propone la detención de Godoy y su encierro en un castillo, hasta que se le juzgue por sus delitos, aunque debe ser despojado de todos sus bienes.

—¡Por la Santísima Virgen! —El abotargado rostro del rey había adquirido un tono ceniciento.

María Luisa sentía ya un molesto bochorno por todo el cuerpo, pese al frío de la estación. Al acaloramiento se unían los sofocos propios de su edad; según su costumbre, se abanicaba con la mano. Tenía el rostro desencajado y paseaba su mirada por los presentes.

—El príncipe de la Paz tiene que ser informado de todo,

aunque esté postrado por la enfermedad. Él sabrá las disposiciones que han de tomarse en un asunto tan grave como el que nos ha caído encima.

Al escuchar a la reina el ministro de Gracia y Justicia, que hasta aquel momento había guardado un sibilino silencio, pensó que era el momento de intervenir. No albergaba dudas acerca de la mano que se escondía detrás de todo aquel embrollo. Miró a Carlos IV y, componiendo un gesto de humildad, dio a sus palabras un tono mesurado:

—Si vuestra majestad me lo permite...

—Habla.

—En mi opinión, majestad, aunque se trata de una primera impresión, esos papeles apuntan en la dirección de una revolución palaciega dirigida contra vuestras majestades y en cuyo epicentro, es lamentable decirlo, se encuentra el príncipe de Asturias. Pero hemos de escudriñar hasta sacar a la luz a las alimañas que han emponzoñado su corazón y se han aprovechado de sus ímpetus juveniles para llevarlo por la senda del deshonor.

—¡Ésos son los verdaderos culpables! —exclamó la reina.

El gobernador del Consejo miró al ministro, sorprendido por lo que acababa de oír. Sin duda, el marqués de Caballero tomaba ya posiciones ante los cambios que podían avecinarse. Estaba cargando las tintas; por lo que había podido leer, apenas vislumbrar, en aquellos papeles, no podía hablarse con propiedad de revolución palaciega, a lo sumo de una conjura. Iba a manifestar su opinión, cuando los gritos de la reina le aconsejaron permanecer callado.

—¡San Carlos, Infantado, el canónigo y ese... ese esportillero...

—Aguador —la corrigió su esposo.

—¡Lo que quiera que sea! ¡Esa gentuza son los verdaderos culpables de todo este embrollo! —La reina gritaba fuera de sí.

—¡Cálmate, María Luisa, así no vamos a conseguir nada, salvo despertar a todo el mundo. —Carlos IV se volvió hacia el ministro—: ¿Qué proponías?

—Majestad, dadas las circunstancias, lo más conveniente sería abrir una sumaria para esclarecer los hechos, aunque algunas pruebas resultan evidentes.

El rey autorizó al ministro a iniciar el procedimiento sin pérdida de tiempo. Arias Mon comprobó que Caballero daba una vuelta más de tuerca y decidió guardar un prudente silencio.

Antes de retirarse, el marqués planteó una cuestión aún más sorprendente.

—Creo, majestad, que sería conveniente sacar a la luz pública todo este asunto.

—¿Para poner sobre aviso a los traidores? —preguntó extrañado el monarca.

El gobernador del Consejo contenía la respiración. Jamás, a lo largo de su dilatada carrera en los asuntos públicos, había escuchado un despropósito de tal calibre.

—Podemos anticiparnos con prisiones preventivas para que ninguno de ellos logre escabullirse.

—Sigo sin comprenderte.

—Majestad, lo que ha ocurrido esta noche es de tal gravedad que mañana comenzarán a circular rumores por los mentideros de la corte. Se formará una bola cada vez más voluminosa, cuyo tamaño podría aplastarnos a todos. La mejor forma de afrontar tal situación es adelantarse a los acontecimientos.

—¡Tiene razón! —intervino la reina—. Las lenguas se desatarán y ya sabes que algunas cortan como el más afilado de los puñales. Ya me imagino a la de Alba —comentó con desprecio.

—¿Qué propones, exactamente?

—Publicar una nota en la *Gaceta.* —La tranquilidad de Caballero indicaba que lo tenía todo previsto con antelación.

—¡Es una brillante idea! —María Luisa de Parma batía palmas en honor del ministro de Gracia y Justicia.

Si no hubiese sido testigo presencial, Arias Mon no habría dado crédito a lo que acababa de suceder.

4

El carruaje se detuvo y don Fernando Escobar saltó del coche de punto con más agilidad de la que hacía pensar su envergadura.

Dio la última calada a su cigarro, antes de arrojarlo al suelo, y ordenó al cochero que permanecía en el pescante:

—Aguarda aquí.

El individuo asintió, llevándose la mano al ala de su sombrero.

Buscó con la mirada el número veintidós, cruzó la calle y entró en un oscuro portalón. Vislumbró una especie de covacha donde dormitaba una anciana, a la que sobresaltó el ruido de un bastonazo en el mostrador:

—¡Coño! —En un movimiento espontáneo se llevó las manos a la cabeza para alisarse sus atirantados cabellos firmemente sujetos y rematados en un redondo moño pegado a la nuca.

—¿Don Gumersindo Anaya?

La portera lo miró, sobreponiéndose a la impresión.

—¿Quién pregunta por él?

—Yo.

La vieja, una gallega cuyo nombre era Celestina, se fijó en la vara que denotaba el rango de su autoridad. Supo que no debía tentar a la suerte, a pesar del susto.

—En el entresuelo.

Subió lentamente los peldaños de madera que crujieron bajo el peso de su corpulenta humanidad. Antes de tirar de la cadenilla que colgaba junto al marco de la puerta, comprobó el papel donde llevaba anotada la dirección. Al cabo de unos segundos una voz rasposa preguntó:

—¿Quién va?

—¿Don Gumersindo Anaya?

—¿Quién va? —insistió la voz.

—Soy don Fernando Escobar, alguacil mayor.

Sabía por experiencia que ésa era la mejor credencial. Nunca fallaba. También supo que, en aquel momento, era observado a través de la mirilla; se atusó las guías de sus mostachos y aguardó hasta que escuchó cómo se descorrían unos cerrojos.

Se encontró con un individuo que ya no cumpliría los sesenta años. Tenía una nariz aquilina, en cuyo puente se sostenían unas antiparras que le servirían para leer y ver de cerca porque cuando miraba lo hacía por encima de ellas. El pelo que era canoso y amarilleaba, lo tenía recogido en una coleta.

—Pase usted, don Fernando, pase. Considere mi humilde morada su propia casa.

Entró a un pequeño vestíbulo, donde su olfato percibió un extraño olor que, sin embargo, no fue capaz de distinguir. Don Gumersindo cerró la puerta y echó los tres cerrojos que la aseguraban; era un hombre temeroso. Le pidió el sombrero, la capa y el bastón, y colocó cada objeto en su sitio, con cuidado reverente.

—Sírvase acompañarme.

El alguacil reparó en que Anaya, que calzaba unas pantuflas de bayeta, caminaba arrastrando los pies con mucha dificultad, como si padeciese alguna enfermedad.

Entraron en un minúsculo gabinete, donde la estrechez creaba una atmósfera asfixiante porque apenas había espacio para desplazar dos sillas, dispuestas a los lados de una mesa rebosante de objetos. La luz llegaba por un ventanuco que quedaba a la espalda de don Gumersindo.

—Sírvase tomar asiento —le indicó, señalando la silla que quedaba libre—. Esta mañana recibí el recado de su visita. Dígame, ¿en qué puedo servirle?

El alguacil se estremeció ligeramente al comprobar que la silla crujía bajo su peso. Por un momento pensó que daría con sus huesos en el suelo.

—Verá, don Gumersindo, ha llegado a mis manos un extraño papel, donde suponemos que hay oculto un mensaje. Se trata de un asunto de la mayor gravedad y su experiencia en el campo de la criptografía podría resultarnos de gran utilidad.

—¿Tiene usted el papel a mano?

Escobar lo sacó del bolsillo de su chaleco, lo desplegó con parsimonia y se lo entregó. Anaya, después de un rápido examen, lo alzó por encima de su cabeza y lo miró al trasluz. Luego lo palpó con las yemas de sus dedos, con una suavidad que era casi una caricia. Por último, lo olió como si catase por el olfato la calidad de un bacalao en salazón.

—¡Hum!

El alguacil asistía en silencio a la extraña ceremonia.

Don Gumersindo abrió el cajón de la mesa, sacó una lupa de muchos aumentos y escudriñó con paciencia benedictina los bordes del pliego; el aire caviloso de su semblante colaboraba a poner una nota de intriga a la situación. A Escobar le habían indicado que era el mejor, pero le advirtieron que debía armarse de paciencia. Estaba a punto de agotársele, cuando don Gumersindo, sin levantar la cabeza del texto, comentó como si estuviese pensando en voz alta:

—Si, como pienso, el papel procede de Perpiñán, o quizá de Aviñón, podríamos encontrarnos con un problema añadido.

El alguacil mayor alzó las cejas, intrigado.

—¿Cómo ha averiguado su procedencia?

Don Gumersindo levantó la cabeza y sentenció:

—Por la marca de aguas.

Colocó el pliego de forma que don Fernando pudiese ver al trasluz cómo cobraba forma un castillo en cuya puerta resaltaba una M, flanqueada por dos grandes racimos de uvas.

—¿Ve usted la marca?

—La veo.

—Ahí está la respuesta a su pregunta.

—¿Ese dibujo tiene algún significado?

—Es una marca muy antigua utilizada por los papeleros de la Provenza y del Languedoc. Algunos afirman que encierra un arcano misterioso, pero ésa no es la cuestión que ahora nos ocupa. La marca de aguas nos indica el origen de este papel. ¿Le dice algo este dato?

—Mucho más de lo que puede usted imaginar; sin embargo, usted acaba de comentar que eso puede suponer un problema añadido. ¿Por qué?

Anaya dibujó una sonrisilla que a Escobar le recordó la boca de un conejo.

—Porque nos podemos encontrar con un texto en francés y eso puede ser una dificultad.

—¿Podría ser un poco más explícito?

El criptógrafo le respondió con una pregunta:

—¿Sabe si el mensaje está escrito en español o en francés?

A Escobar le sorprendió la pregunta. Aunque estaba cargada de lógica, no se le había ocurrido pensar en ello. Lo normal era que estuviese en español, pero en todo aquel asunto, la lógica parecía perdida. Carraspeó y se limitó a comentar:

—La verdad es que no.

Don Gumersindo apartó la vista del papel y por primera vez miró de frente a su visitante.

—En ese caso ya tiene usted la respuesta que me pedía. Sepa que el número de letras, acentos y otras circunstancias difiere mucho del francés al español. Eso significa que podríamos estar dando palos de ciego durante algún tiempo porque ignoramos la lengua a que hemos de transcribir estos signos y supongo que usted, como todo el que reclama mis servicios, viene con prisa.

—¡Por supuesto que tengo mucha prisa! Ya le he dicho que se trata de un asunto de la mayor gravedad.

—Lo está usted viendo. —Al dibujarse otra vez la sonrisa conejil aparecieron en su boca unos dientes amarillentos.

—Se trata de un asunto de extrema gravedad —insistió don Fernando.

—Creo que podremos resolverlo, pero requerirá tiempo.

El tono del criptógrafo indicó al alguacil que tendría que armarse de paciencia.

—¿Cuánto?

Don Gumersindo miró una vez más el pliego que sostenía en sus manos y sus hombros se alzaron de forma casi imperceptible.

—Eso no podría decírselo. Ha de saber que en estos asuntos la suerte es un factor que ha de tenerse en cuenta, aunque casi nunca resulta decisivo. Ahora tenemos que hablar de otra cuestión, de suma importancia y que no hemos abordado.

—¿A qué se refiere? —Escobar se atusó las guías de sus mostachos.

Anaya hizo un gesto significativo al friccionar las yemas de sus dedos pulgar e índice sin despegarlas, como si calibrase la calidad de un preciado ungüento.

—¡Ya!

—El pan, el aceite, el carbón, la velas y hasta las verduras suben que es una barbaridad. Usted es un hombre de mundo y me entiende. —Por el tono empleado daba la sensación de que don Gumersindo presentaba sus excusas por referirse a tan prosaica cuestión.

—¿Cuánto? —preguntó el alguacil que ya había sacado un cigarro y se disponía a encenderlo.

Don Gumersindo miró el papel y se pasó la mano por el mentón.

—Doscientos reales, la mitad ahora y la otra mitad cuando concluya el trabajo.

Escobar se retrepó en la silla, pensando que esa cifra era su soldada de dos semanas.

—¿No le parece excesivo?

—Ya le he dicho que el pan, el aceite...

—No me lo repita, me he enterado. ¿Le sirve un pagaré?

—No hay problema —Anaya levantó las manos con las palmas extendidas—, pero ha de saber que no empezaré a trabajar hasta que no me lo hayan hecho efectivo.

—¿No se fía usted?

—Ni de mi sombra.

La falta de confianza lo había incomodado; sin embargo, el alguacil apreció la sinceridad.

—¿Y si no resuelve usted el embrollo?

Don Gumersindo se quitó las gafas y casi lo desafió con la mirada, la duda lo había ofendido.

—Sería la primera vez, pero quédese tranquilo. En tal caso, le devolveré hasta el último real.

Mientras bajaba los escalones, que volvían a crujir bajo su voluminosa humanidad, el alguacil pensaba que don Gumersindo Anaya era una persona extraña. Le habían asegurado que era, con mucha diferencia, el mejor criptógrafo que podía encontrar en Madrid. Sin embargo, si se lo hubiese cruzado por la calle, jamás hubiera pensado que era un experto en una ciencia tan misteriosa. Nunca hasta entonces había necesitado de sus servicios, aunque en diversas ocasiones había oído hablar de él. A pesar de lo adusto de sus formas, la franqueza de su trato era un punto a su favor. Al pasar por delante del tabuco donde la vieja se aplicaba en una labor de calceta, la saludó llevándose el pomo de su bastón al ala de su sombrero.

Cruzó la calle, subió al coche y, mientras apuraba su cigarro entre los vaivenes del carruaje, pensaba en la forma de obtener rápidamente los cien reales que necesitaba enviarle a don Gumersindo, si deseaba que se pusiese a trabajar sin pérdida de tiempo.

Junto a la chimenea el ministro Caballero sostenía en sus manos un ejemplar de la *Gaceta de Madrid* donde se relataban los acontecimientos de la antevíspera. El texto no tenía desperdicio. Dejó escapar un suspiro, lamentando no estar en Madrid.

> Dios, que vela sobre las criaturas, no permite la ejecución de hechos atroces cuando las víctimas son inocentes. Así me ha librado su omnipotencia de la más inaudita catástrofe. Mi pueblo, mis vasallos todos, conocen bien mi cristiandad y mis costumbres arregladas; todos me aman y de todos recibo pruebas de su veneración; cual exige el respeto de un padre amante de sus hijos. Vivía yo persuadido de esta verdad, cuando una mano desconocida me enseña y descubre el más enorme y más inaudito plan que se trazaba en mi mismo palacio contra mi persona. La vida mía, que tantas veces ha estado en riesgo, era ya una carga para mi sucesor, que preocupado, obcecado y

enajenado de los principios de cristiandad que le enseñó mi paternal cuidado y amor, había admitido un plan para destronarme. Entonces yo quise indagar por mí la verdad del hecho, y sorprendiéndole en su mismo cuarto hallé en su poder la cifra de inteligencia e instrucciones que recibía de los malvados. Convoqué al examen del gobernador interino de mi Consejo, para que asociado con otros ministros practicasen las diligencias de indagación. Todo se hizo y de ella resultan varios reos, cuya prisión he decretado, así como el arresto de mi hijo en su habitación. Esta pena quedaba a las muchas que me afligen; pero así como es la más dolorosa, es también la más importante de purgar, e ínterin mando publicar el resultado, no quiero dejar de manifestar a mis vasallos mi disgusto, que será menor con las muestras de su lealtad. Tendréislo entendido para que se circule en la forma conveniente. En San Lorenzo, a 30 de octubre de 1807. Yo, el Rey.

Unos golpecitos en la puerta lo sacaron de sus elucubraciones acerca de lo variable que es la diosa Fortuna.

—¿Quién llama?

—¿Da su excelencia su permiso?

El marqués dobló la *Gaceta* y la guardó en el bolsillo de su adornada casaca.

—Adelante.

Era Sánchez, su secretario y confidente; sus ojos y oídos en la corte. Un individuo maledicente que medía poco más de vara y media, capaz de enredar al mismísimo diablo.

—Disculpadme la molestia, excelencia, pero creo que debo informaros de algo.

—¿Qué ocurre? —Caballero arrugó el entrecejo y en su ojo bueno brilló un destello de inquietud.

En la corte los vientos cambiaban de dirección con tanta facilidad que los triunfadores de la víspera eran los perdedores de la jornada. Había apostado muy fuerte; si la jugada salía mal sería el principal culpable.

—El príncipe de Asturias ha mandado recado a su madre. Desea hablar con ella.

El marqués había palidecido de forma instantánea.

—¿Con la reina? —Había inquietud en el tono de su pregunta.

—Sí, excelencia.

—¿Sabes qué ha respondido su majestad?

—Se ha negado a acudir.

Caballero resopló con fuerza, dando salida a la tensión que había acumulado en pocos segundos. Descorrió de un tirón las pesadas cortinas que mantenían su gabinete en una suave penumbra y la matizada luz del otoño entró en la habitación.

—¿Qué hora es?

—Las dos menos cuarto, señor.

Se miró los bordados de la casaca y preguntó a su secretario:

—¿Estoy presentable?

—Como para acudir a un baile en palacio. Creo que su excelencia no debe perder un minuto; la reina almuerza a las dos y ya sabe: su majestad no admite visitas mientras come.

Sánchez tenía razón. María Luisa de Parma no consentía que la viesen comer. Le resultaba imprescindible quitarse su dentadura de porcelana, una obra maestra de unos artesanos napolitanos, y su desdentada boca se convertía en una cueva oscura sumida entre la red de arrugas que rodeaban sus labios. Cuando por razones de etiqueta se veía obligaba a comer en público, para no quitarse la dentadura apenas probaba bocado.

—¡Acompáñame!

Diez minutos después era el ministro de Gracia y Justicia quien llamaba a los aposentos del príncipe Fernando.

En el mesón del Antillano hacía varios días que no se hablaba de otra cosa que no fuera lo que empezaba a conocerse como los sucesos de El Escorial. Gustavo Sierra buscaba la raíz de tan escandalosos acontecimientos para dar a sus lectores todos los detalles de un asunto que era la comidilla general.

—La clave está en la mano que lo ha promovido. Sabiendo quién se esconde tras la carta que puso al rey sobre aviso...

—No hay que ser muy despierto para imaginarlo —comentó con sorna don Indalecio.

Sierra lo miró con desparpajo.

—Aguardo impaciente que usted me lo confirme.

El sacerdote se dio cuenta de que se había excedido. Por Madrid circulaban toda clase de rumores acerca de la autoría del texto, pero nadie podía hacer afirmaciones rotundas. Como siempre, los asuntos de palacio se movían en medio de la niebla y las bambalinas ocultaban a los actores del sainete que era la política española desde que Carlos IV había llegado al trono.

—¿Quién va a ser, Gustavito?

—¿Quién? —preguntó Pelanas.

—El Choricero, hombre, el Choricero. Ése es el verdadero beneficiario de esta crisis y, por añadidura, también sacan tajada sus amigos los franceses.

Don Honorio se recolocó las lentes, que una y otra vez resbalaban por su nariz, y soltó una bomba:

—¿Son ustedes tan inocentes como para creerse todo lo que dice la *Gaceta*?

Los presentes aguardaron en silencio a que completase lo que había iniciado.

—¿Cuándo han visto ustedes que un complot se explique en los periódicos y se le dé tres cuartos al pregonero?

En torno a la mesa se hizo un silencio momentáneo que contrastaba con los vocingleros comentarios que se escuchaban alrededor. Si aquello lo hubiese dicho cualquier otro de los habituales a la tertulia, habría recibido una rechifla; ni siquiera su dignidad eclesiástica hubiese librado a don Indalecio, pero don Honorio era otra cosa. A lo largo de los años había dado pruebas sobradas de poseer una información de acreditada solvencia, cuyas fuentes guardaba con cautela extremada.

Fue el párroco quien rompió el silencio de los reunidos.

—¿Qué quiere usted decir con eso?

Don Honorio, a quien esos momentos le producían verdadero placer y procuraba estirarlos al máximo, sacó un pañuelo del bolsillo de su raída casaca, se quitó las antiparras y las limpió con medida lentitud.

—En realidad, en los papeles incautados al príncipe de Asturias nada hay con sustancia para incriminarle.

—¡Cómo que no! —exclamó el maestro Biedma, señalando el ejemplar de la *Gaceta* que había sobre la mesa.

—Como que no —respondió Bracamonte con voz mesurada.

—¿Acaso conoce usted el contenido de esos papeles incautados al príncipe de Asturias? —Sierra miraba a don Honorio sin pestañear.

—Todo se reduce a un memorial, redactado por don Juan Escoiquiz —la voz del funcionario sonaba serena—, en el que se le explica al rey la vida y milagros del príncipe de la Paz, se le propone su destitución fulminante y que el príncipe don Fernando ocupe el lugar de Godoy. La única crítica va dirigida a la reina, a la que se considera engatusada por el valido.

—¿Y cómo es que el señor de Bracamonte sabe todo eso? —la pregunta la había formulado Porras.

Don Honorio miró al panadero con cara de pocos amigos. Las relaciones entre ambos rozaban la enemistad porque el funcionario se consideraba muy por encima. Para don Honorio, como para muchos otros, trabajar con las manos era signo de vileza y Porras se ganaba la vida ejerciendo uno de los oficios llamados mecánicos; es decir, trabajaba con las manos. Dicha circunstancia no había sido obstáculo para que hubiese acumulado con su esfuerzo una pequeña fortuna. Por el contrario, los emolumentos que percibía don Honorio a duras penas le daban para subsistir. En Bracamonte había más blasones que reales y ésa era la vía por la que pinchaba el panadero, en legítima defensa.

—Porque uno está en el sitio adecuado en el momento justo, que no es precisamente amasando pan.

El panadero hizo ademán de levantarse, pero don Indalecio lo sujetó.

—Tranquilo, Porritas, que no es para tanto; y usted, don Honorio, podría ser un poco menos insolente.

—Hacer pan no es ninguna deshonra —protestó Porras, cuyo semblante se había enrojecido visiblemente—. ¡Si no fuera por manos como éstas no sé qué iban a comer algunos lechuguinos!

—¿Tiene usted más detalles, don Honorio? —El gacetillero estaba muy interesado en lo que el escribiente acababa de poner encima de la mesa.

—Como ya les he dicho, todo se reduce a un cuaderno y unos cuantos pliegos donde, por cierto, los personajes de la corte están señalados con nombres del tiempo de los visigodos, como si de una representación se tratase.

—¡No me diga! —exclamó Pelanas.

—El rey es Leovigildo, la reina Goswinda, Godoy es Sisberto y el príncipe de Asturias, Hermenegildo. Todo en una historia de buenos y malos, donde, como ya habrán supuesto, el malvado es el conde Sisberto. Ése es el principal cargo que hay contra don Fernando porque los otros papeles, que tanto revuelo han causado, no pasan de ser claves para descifrar correspondencia, entre ellas la que utilizaba la difunta princesa de Asturias para escribirse con su madre.

—Todo eso suena a complot —comentó el párroco.

—¡Bah! No es más que una maniobra de Godoy para acabar con el núcleo principal del partido fernandino —sentenció don Honorio, cuya antipatía por el valido era conocida de todos.

—¡No me lo puedo creer! —exclamaba Pelanas una y otra vez.

Al cómico la política y las maquinaciones que le eran propias le traían sin cuidado, pero estaba impresionado con la historia que acababa de escuchar.

—Me parece demasiado atrevido, incluso para el Choricero. Estamos hablando —don Indalecio alzó su dedo índice para dar más énfasis a sus palabras—, del heredero de la Corona.

—Tal vez no sea tan descabellado como a primera vista pudiera parecer —terció Sierra.

—¿Por qué lo dices?

—Porque Godoy será un rufián que se vale de su apostura para encandilar a esa vieja verde que nos ha tocado por reina, pero admitirán ustedes que no tiene un pelo de tonto. Si es él quien está detrás de este asunto ha escogido el momento propicio para provocar un escándalo. ¿No ven ustedes que desde que la *Gaceta* ha publicado la carta del rey sólo se habla de los sucesos de El Escorial? Todo lo demás es como si no existiera. ¡Estamos en manos de los mengues!

—¿Qué es todo lo demás? —preguntó Porras.

—¿Le parece a usted poca cosa que un ejército de más de veinte mil franceses esté transitando por media España, como por el patio de su casa?

—Son nuestros aliados —indicó el entallador.

—Pero se han tomado el acuerdo que se negocia en París a su imperial conveniencia porque, según señalaba don Honorio días pasados, el tratado no estaba firmado. Al menos no lo estaba cuando los soldados de Bonaparte empezaron a cruzar la frontera. ¡Lo dicho, que estamos en manos de los mengues!

5

La buhardilla estaba limpia, pero era un lugar incómodo. Los tres individuos habían acudido con pocos minutos de diferencia. Uno de ellos vestía casaca negra, muy sencilla y algo deslustrada pero de buen paño, y los otros dos podían ser tenidos como chisperos de los que hacían alarde de su indumentaria, frente a las modas llegadas del otro lado de los Pirineos.

—¿Estáis seguros de que nadie os ha seguido? —preguntó el de la casaca.

—Completamente, mi capitán.

La mirada fue dura.

—No vuelvas a llamarme así. Hemos quedado en que nada de graduaciones, el peligro está a la vuelta de cada esquina. ¡Mi nombre es Pedro, tú eres Tomás! Recordad al pobre Andrés. Un descuido, cuando pensaba que su misión estaba concluida, le ha costado la vida.

—Un descuido y su deseo de echar una cana al aire.

—Razón de más para no permitirnos despistes. No podemos cumplir con lo principal y fallar en los detalles —recalcó Pedro.

—¡Si alguna vez tengo ocasión de echarle el guante a alguno de esos canallas…! —Tomás se expresaba con la vehemencia propia de sus veintitrés años.

—Todo a su debido tiempo. Ahora no podemos dar rienda suelta a nuestros sentimientos, sino afrontar el grave problema que su muerte nos ha creado.

Pedro consultó su reloj e hizo un gesto de preocupación.

—Ya se retrasa demasiado.

—Tal vez le haya surgido algún imprevisto; suele ser muy puntual.

El capitán se acercó al ventanuco y miró discretamente. A lo lejos se alzaban las macizas torres de la iglesia de la Compañía.

—Mientras llega, os pondré al corriente de lo que me contó. Supo, por una fuente de toda garantía, que el pliego que nos traía Andrés se encuentra en Madrid.

—¿En Madrid?

—Sí, ésa es la razón por la que estamos reunidos. Hemos de tenerlo en nuestro poder lo antes posible. El tiempo corre en nuestra contra. Si alguien alcanza a conocer su contenido, ni la vida de Andrés ni nuestro esfuerzo habrán servido para...

Unos suaves golpes en la puerta anunciaron a la persona que esperaban. Tomás abrió y apareció la oronda figura de don Indalecio Mardones.

El sacerdote tenía el rostro sofocado.

—¡Estos escalones me matan! ¡Son muchos y empinados! —exclamó resoplando—. ¡Disculpad el retraso! Pero cuando venía me ha abordado una feligresa.

—Ya nos preocupaba su tardanza.

—En fin, vayamos al grano que el tiempo apremia.

—¿Ha conseguido la información?

—La tengo.

—¿Dónde está? —preguntó Tomás con ansiedad.

—En manos de un tal don Gumersindo Anaya, que vive en el número veintidós de la calle del Arenal. Por lo que he podido averiguar se trata de un individuo algo estrafalario.

—¿Por qué está en su poder?

—Porque ese tal Anaya tiene notable experiencia en el difícil arte del desentrañamiento de papeles escritos en cifra.

—¿El texto está en cifra? —preguntó Tomás.

Don Indalecio miró a Pedro.

—Iba a contarles lo que me explicó el otro día, pero usted ha llegado en ese momento.

—Sí, el texto está cifrado —señaló el párroco.

—¿Y qué haremos con un texto cifrado?

El párroco apuntó una sonrisa en sus labios.

—Lo que suele hacerse con esa clase de textos, descifrarlo.

—¿Acaso tenemos la clave?

—Supongo que sí —le respondió Pedro.

El cura lo miró inquieto, un tanto sorprendido.

—¿Cómo es eso?

—Muy simple: Andrés tuvo, necesariamente, que utilizar uno de los tres códigos que se emplean en el ejército para ocultar ciertos mensajes.

Tomás asintió con ligeros movimientos de cabeza y preguntó:

—¿Ha dicho que el número de la casa es el veintidós?

—Así es. La vivienda del tal Anaya es la del entresuelo.

—Antes ha dicho que el mensaje está en manos de Anaya porque es criptógrafo, pero ¿quién se lo ha entregado? —preguntó Mateo, que era hombre de pocas palabras y hasta aquel momento apenas si había abierto la boca.

—Se lo ha llevado el alguacil mayor, don Fernando Escobar.

—Yo conozco a ese Escobar. Un auténtico sabueso —indicó Tomás.

—Por eso le han encargado el caso. Hace algunas semanas

que marchó a Salamanca para ver si podía esclarecer unos crímenes tan escandalosos. Hasta el momento, para suerte nuestra, no saben muy bien lo que en realidad hierve en ese puchero.

—Mala cosa que hayan puesto el caso en manos de Escobar. Ese tipo acabará por descubrirlo todo.

Don Indalecio se rascó el lobanillo.

—Por lo pronto nos ha beneficiado.

—¿Por qué lo dice?

—Porque ha sido él quien ha descubierto el mensaje en una bolsilla de tafilete, donde otros sólo habían visto algunos reales de a ocho.

—¿Cómo ha sido eso?

—Tenía un doble fondo. Si no hubiese sido por Escobar, estaríamos pensando que el mensaje se había perdido.

Se hizo un momentáneo silencio que Tomás aprovechó para preguntar:

—¿Es cierto que a Andrés lo desollaron vivo?

—No, a la que desollaron fue a la prostituta que estaba con él, en un intento de que esa desgraciada confesase algo que no sabía. Al parecer, Andrés tuvo tiempo de tirar del sable y le descerrajaron un tiro en la cabeza.

El ministro de Gracia y Justicia salía del cuarto del príncipe con el rostro demudado y un temblorcillo sacudiéndole su brazo derecho. Para disimularlo, había introducido el dedo pulgar en el fajín que ajustaba su cintura. Caminaba tan deprisa que casi perdía la compostura, mientras que las cortas piernas de Sánchez para seguir los pasos de su amo, lo obligaban, cada poco, a una carrerilla indecorosa.

El astuto secretario, que conocía a su amo como a la palma de su mano, ya sabía que todo el escándalo en torno al príncipe de Asturias había dado un inesperado giro. Sin embargo, el silencio del marqués y lo confuso del caso no le permitía afinar en qué dirección soplaría el viento con vistas al futuro. Para Sánchez, un redomado bellaco, las lealtades eran cosa de imbéciles.

Caballero fue derecho a los aposentos de la reina, pero tuvo que aguardar para ser atendido. No fue demasiado para lo que era habitual en Su Majestad, aunque aprovechó aquellos minutos para sosegar sus alterados nervios.

La reina lo recibió sentada ante el tocador, atendida por dos de sus damas. Poco dada a los miramientos, le preguntó dándole la espalda:

—¿A qué vienen estas prisas?

—Majestad, he de comunicaros algo de extrema gravedad.

—Habla.

Caballero guardó silencio mirando a las damas que mariposeaban en torno a su señora.

—¿Te ocurre algo? —le preguntó sin percatarse de lo embarazosa que para el ministro resultaba la situación.

—Majestad, como os he dicho se trata de un asunto de la mayor gravedad.

María Luisa miró a través del espejo y, al reparar en el semblante del marqués, comprendió sus agobios. Apretó sobre su cuello el peinador que cubría el escote de su camisón, se levantó y despidió a las camareras. Una vez solos, le preguntó:

—¿Qué es eso tan importante que tienes que decirme?

—Señora, el príncipe lo ha confesado todo.

En los ojillos de María Luisa brilló un destello de pícara satisfacción.

—¿Qué ha dicho?

—Que el cuadernillo donde se vitupera —el marqués había

elegido con sumo cuidado la palabra teniendo en cuenta quién la escuchaba— al príncipe de la Paz fue escrito por Escoiquiz, aunque la copia que se halló en sus aposentos era de mano de su alteza.

—¿Qué más? —La mirada de la reina estaba marcada por la ansiedad.

—Que había firmado y sellado un decreto, sin fecha, en el que nombraba al duque del Infantado capitán general de Castilla y que ese decreto surtiría efecto cuando falleciese su padre.

—¿Iban a matar al rey? —La boca de la reina se había arqueado, componiendo una expresión de dureza.

—No lo creo, mi señora.

—¿Entonces?

—Su alteza me ha jurado que todo el plan estaba referido a la muerte natural de su majestad, cuando lo dispusiese la divina providencia.

—¿Y de mí? ¿Qué ha dicho de mí? —preguntó sonriente.

A Caballero siempre le causaba admiración la facilidad con que mudaba el ánimo de la soberana.

—Solicita humildemente vuestro perdón y dice que todo este asunto es culpa de malas influencias. El príncipe, muy compungido, afirma que si os hubiese hecho caso nada de lo sucedido habría ocurrido. Manifiesta su arrepentimiento y me ha dicho que su mayor deseo es solicitaros el perdón. También me ha pedido que os traslade una petición.

—¿Cuál?

—Que lo autoricéis a venir para postrarse a vuestros pies y besar vuestra mano.

El puño con que sostenía el peinador se aflojó, indicando que también se relajaba su tensión.

—Ya sabía yo que mi Fernando no era un malvado y que

toda la culpa es de esos depravados, sobre todo el canónigo y San Carlos. ¡Mira que se lo había dicho veces!

Caballero aprovechó el momento para deslizar:

—Su alteza ha denunciado a todos los que estaban en el asunto.

—¿Ha confesado el nombre de los conspiradores?

—De todos, majestad. —El ministro sacó del bolsillo un papel que mostró a la reina—. Aquí está la lista completa, firmada del puño y letra de su alteza.

María Luisa, de un puñado, se la arrancó de las manos, en un gesto impropio de una reina y leyó con avidez los nombres. El peinador se aflojó y el ministro comprobó cómo se agitaba su desmesurada pechera. Al devolverle el papel, le preguntó con curiosidad malsana:

—¿Os ha costado mucho trabajo obtenerla?

—Ninguno, majestad, su alteza ha confesado por voluntad propia.

Caballero se guardó mucho de darle detalles sobre ese particular. En realidad, el príncipe había acordado la delación de todos los implicados, a quienes culpaba de lo acaecido, para librarse de algo que debería de asumir personalmente.

—Esto da un vuelco al asunto, ¿no crees, Caballero?

Ésa era la pregunta que el ministro deseaba escuchar desde que entró en los aposentos de la reina, porque le permitiría aparecer como una pieza importante en el cambio de papeles. Había sido hasta aquel momento el principal acusador de Su Alteza, pensando que Godoy había ganado definitivamente la lucha cortesana. Hasta el momento había mostrado, en su condición de ministro de Gracia y Justicia, la máxima dureza, señalando que en los papeles incautados podían encontrarse hasta siete delitos por los que pedir la pena capital. Había puesto mucho cuidado en no señalar particularmente al príncipe de Asturias como reo de tan grave pena, pero tampoco señalaba excepciones. La expresión que utilizaba era: todos los conspiradores. El aviso de su secretario le había deparado la posibilidad de reajustar su posición en el proceso, lo que significaba resguardarse de los efectos de la dura pugna que sostenían los fernandistas contra el círculo del valido.

—Sin la menor duda, majestad.

Caballero, vistas las circunstancias, estaba dispuesto a partir de aquel momento a nadar y guardar la ropa. Sin embargo, todavía no le había contado a la reina la más grave de las revelaciones salidas de la boca de su hijo. Temía la reacción de la Parmesana. El asunto era tan grave que podía dar al traste con todo lo conseguido hasta aquel momento.

—Si el príncipe ha confesado por voluntad propia, ha mostrado su arrepentimiento y el deseo de volver a la senda que nunca debió abandonar, se hace necesario que tomes las disposiciones necesarias para que sea exonerado de toda culpa. ¿Me has entendido?

—Sí, majestad.

María Luisa se dio cuenta de que la respuesta del marqués había sonado sin convicción.

—¿He hablado con suficiente claridad?

—Sin la menor duda, majestad.

—En ese caso, tienes mi permiso para retirarte.

Caballero dudó, el valor era una de las muchas virtudes que no atesoraba. La reina se impacientó.

—¿Hay algo más?

—Sí, mi señora. —El ministro, temeroso, había agachado la cabeza.

—¡Habla entonces y no te quedes como un pasmarote! ¡Que no tengo todo el día!

—Majestad —el temblor de su voz señalaba el mal trago—, el príncipe de Asturias me ha confesado algo más.

—¿Qué más?

—Hace algunas semanas, vuestro hijo escribió una carta al emperador.

—¿A Napoleón?

—Sí, majestad.

—¿Por qué no me lo has dicho antes?

Caballero agachó la cabeza de nuevo.

—¿Qué dice esa carta? —Su busto se agitaba de nuevo como si fuese un fuelle.

—No lo sé, majestad.

—¡Cómo que no lo sabes!

—El príncipe afirma que únicamente lo revelará a vuestras majestades.

Comparecía ante sus padres como el reo que espera escuchar una sentencia que no le es favorable. Permanecía de pie ante el estrado donde Carlos IV y María Luisa estaban sentados; los acompañaba el príncipe de la Paz que, mejorado de su dolencia, había acudido a El Escorial para tomar directamente las riendas de aquel asunto que se complicaba por momentos. Vestía su uniforme de generalísimo y adornaba su pechera con las más importantes condecoraciones que la generosidad de los reyes le había concedido, consciente de que era una forma adicional de mortificar a don Fernando.

Situado al lado del rey, la imagen de Godoy era la antítesis del alicaído príncipe de Asturias; se mostraba orgulloso de su poder, con los brazos cruzados en un claro gesto de desafío a quien era su mayor enemigo en la corte.

—¿Has escrito una carta al emperador? —Carlos IV trataba de mostrarse seguro.

El príncipe, en una acción digna de otro escenario, se abalanzó a los pies de su padre y suplicó perdón. No había el menor asomo de dignidad en quien había de heredar uno de los mayores imperios de la Tierra.

—¡Levántate, Fernando! —le ordenó la madre.

El acusado se estremeció, se alzó rápidamente y dio dos pasos hacia atrás. Lanzó una mirada cargada de odio hacia el valido y agachó la cabeza, entrelazando sus regordetas manos sobre un vientre que era algo más que prominente.

—¿Has escrito una carta al emperador? —repitió el rey.

Por toda respuesta Fernando sacó un pliego de su bolsillo y se la ofreció extendiendo el brazo, sin levantar la vista. Su gesto descompuso a los reyes.

—¿Qué es eso? —preguntó la reina.

—Una copia de la carta que envié a Napoleón.

Sus Majestades miraron a Godoy que permanecía impasible.

El rey, desconcertado, preguntó a su hijo.

—¿Cómo es que tienes ese papel en tu poder?

—Lo guardaba oculto en el colchón.

—¿Por qué no lo entregaste?

El príncipe hincó la rodilla en tierra y con un hilo de voz suplicó:

—Os pido perdón.

Carlos IV daba ya las primeras muestras de nerviosismo.

—Levántate y léelo.

Desplegó los dos pliegos y, con la voz quebrada por la angustia, dio comienzo a la lectura:

> Señor:
>
> El temor de incomodar a V. M. I. en medio de sus hazañas y grandes negocios que lo ocupan sin cesar, me ha privado hasta ahora de satisfacer directamente mis deseos eficaces

de manifestar a lo menos por escrito los sentimientos de respeto, estimación y afecto que tengo al héroe mayor que cuantos le han precedido, enviado por la Providencia para salvar la Europa del trastorno total que la amenaza, para consolidar los tronos vacilantes y para dar a las naciones la paz y la felicidad.

El estado en que me hallo de mucho tiempo a esta parte, incapaz de ser ocultado a la gran penetración de V. M. I., ha sido hasta hoy obstáculo que ha contenido mi pluma. Pero lleno de esperanzas de hallar en la magnanimidad de V. M. I. la protección más poderosa, me determino, no solamente a testificar mis sentimientos como a un tierno padre.

Carlos IV, cada vez más incómodo, se rebullía en el sillón, mientras la voz del príncipe se apagaba conforme avanzaba la lectura.

Yo soy bien infeliz de hallarme precisado, por circunstancias particulares, a ocultar, como si fuera crimen, una acción tan justa y tan loable; pero tales suelen ser las consecuencias funestas de un exceso de bondad, aun en los mejores reyes.

Lleno de respeto y de amor filial para con mi padre, cuyo corazón es el más recto y generoso, no me atrevería a decir sino a V. M. I. aquello que V. M. I. conoce mejor que yo.

Si los hombres que lo rodean aquí le dejasen conocer a fondo el carácter de V. M. I., como yo lo conozco, ¿con qué ansias procuraría mi padre estrechar los nudos que deben unir nuestras dos naciones? Y ¿habrá medio más proporcionado que rogar a V. M. I. el honor de que me concediera por esposa una princesa de su augusta familia?

Al escuchar aquello a Carlos IV empezó a temblarle la barbilla, perdida entre la sotabarba de su cuello. La reina dio un respingo incapaz de contenerse:

—¡No puedo creer que hayas pedido a Napoleón la mano de una de sus sobrinas! ¡No me lo puedo creer!

Fernando no respondió, guardó un momentáneo silencio, un inciso para proseguir de nuevo la lectura con una voz monocorde, deseando que concluyese cuanto antes el penoso trance. Godoy permanecía impertérrito.

> Sólo el respeto de V. M. I. pudiera desconcertar sus planes, abriendo los ojos a mis buenos y amados padres, y haciéndolos felices al mismo tiempo que a la nación española y a mí mismo. El mundo entero admirará cada día más la bondad de V. M. I., quien tendrá en mi persona el hijo más reconocido y afecto.
>
> Imploro, pues, con la mayor confianza la protección paternal de V. M. I. a fin de que no solamente se digne concederme el honor de darme por esposa una princesa de su familia, sino allanar todas las dificultades y disipar todos los obstáculos que puedan oponerse en este único objeto de mis deseos…

—¡Basta, no sigas! ¡Me resulta insoportable continuar escuchando un segundo más! —María Luisa se había puesto de pie y el rey miraba con gesto bobalicón—. ¡Haz algo, Carlos, por el amor de Dios! ¡No puedo soportarlo un segundo más!

El monarca, próximo a los sesenta años, se ayudó del bastón para ponerse de pie, antes de gritar:

—¡Guardias! ¡Guardias!

Al punto, acudieron cuatro alabarderos.

—¡Conducid al príncipe a sus aposentos y que permanezca en ellos incomunicado, hasta que yo no disponga otra cosa!

El piquete rodeó al príncipe para escoltarlo. Don Fernando, descompuesto, cabizbajo y en silencio dio media vuelta sosteniendo en su mano los pliegos. Godoy susurró unas palabras al oído del rey.

—¡Alto! ¡Los papeles, dame esos papeles!

Uno de los alabarderos tomó los pliegos de la mano del príncipe, que no ofreció resistencia, y se los entregó al rey.

Aquella carta ponía en cuestión todo el plan del valido. Si castigaban al príncipe, privándolo de sus derechos sucesorios, como se había planteado en una larga y tensa reunión del Consejo, el texto se convertía en un peligroso instrumento porque serviría para dar pábulo a las insidias que se insinuaban en él.

«Este mequetrefe —pensaba Godoy— ha solicitado la mano de una princesa imperial, poniéndose vilmente a los pies de Bonaparte. Sin proponérselo ha conseguido un salvoconducto en una situación tan delicada.»

Había que aprovechar la ocasión para asestar un duro golpe al partido fernandino, pero era necesario perdonar al príncipe, siempre y cuando concurriesen determinadas circunstancias. Aquella tarde estaba dispuesto a emplearse a fondo para conseguir su propósito.

María Luisa, recostada en una *chaise-longue*, dejaba colgar indolente uno de sus brazos. Se sobresaltó al escuchar un pequeño ruido a su espalda, pero se relajó al comprobar que unas manos conocidas le apretaban los pechos; al volverse, la boca del valido estaba sobre sus labios.

Una hora después, Godoy había logrado lo que deseaba. La reina estaba dispuesta a otorgar el perdón a su hijo y Carlos IV se mostraría solícito con la petición de su esposa. Sólo quedaba pendiente el último de los requisitos que el valido había previsto.

6

La mañana del 5 de noviembre los madrileños se desayunaron con un nuevo episodio de los sucesos de El Escorial, que empezaban a convertirse en un pasillo de comedia. La *Gaceta de Madrid* hacía público un texto que daba un vuelco a los acontecimientos desatados por la oculta mano que había hecho llegar hasta los aposentos del rey el anónimo, donde se apuntaba a una conjura en palacio y se afirmaba que había un plan para envenenar a la reina.

Don Honorio Bracamonte se había ajustado las lentes y, poniendo acento a su voz, leía para la concurrencia del día: el panadero, el gacetillero, el cómico y don Indalecio, que sostenía la teja entre sus manos.

> La voz de la naturaleza desarma el brazo de la venganza, y cuando la inadvertencia reclama la piedad, no puede negarse a ello un padre amoroso. Mi hijo ha declarado ya los autores del plan horrible que le habían hecho concebir unos malvados: todo lo ha manifestado en forma de derecho, y todo consta con la escrupulosidad que exige la ley en tales pruebas; su arrepentimiento le ha dictado las representaciones que me ha dirigido y siguen:
>
> Papá mío: he delinquido…

—¡No se invente, Bracamonte! —protestó don Indalecio.

El escribiente apartó la vista de la *Gaceta* y se encaró con el cura.

—¿Qué insinúa usted?

—Que la *Gaceta* no puede decir una cosa así.

—¿Ah, no?

—No.

Don Honorio le metió el pliego en la cara, señalando con su índice la línea correspondiente.

—¡Lea, lea usted!

El cura se echó para atrás y sujetó la mano del funcionario, manteniéndola a distancia prudencial.

—¡Santo Dios, es verdad! ¡Si no lo veo, no lo creo!

—¡Como santo Tomás! —terció el gacetillero.

Don Honorio recolocó sus lentes y prosiguió:

> Papá mío: He delinquido, he faltado a V. M. como rey y como padre; pero me arrepiento y ofrezco a V. M. la obediencia más humilde: nada debía hacer sin la noticia de V. M.; pero fui sorprendido. He delatado a los culpables; y pido a V. M. me perdone por haberle mentido la otra noche; permitiendo besar los reales pies a su arrepentido hijo, Fernando. San Lorenzo, 5 de noviembre de 1807.

—¡Ave María Purísima! ¡Estamos buenos, si ése es el futuro!

—¡Escuche! ¡Escuche usted, porque ahora viene la que dirigió a su madre!

> Mamá mía: Estoy muy arrepentido del grandísimo delito que he cometido contra mis padres y reyes, y así con la mayor humildad le pido a V. M se digne interceder con papá para

que permita ir a besar sus reales pies a su reconocido hijo. Fernando. San Lorenzo, 5 de noviembre de 1807.

—¡Qué barbaridad! —el cura sacudió su voluminosa cabeza como un perro cuando sale del agua.

—Pues espere su paternidad, que queda el colofón:

> En vista de ellos y a ruego de la reina, mi amada esposa, perdono a mi hijo, y le volveré a mi gracia cuando con su conducta me dé pruebas de una verdadera reforma en su frágil manejo, y cuando los mismos jueces que han entendido en la causa desde su principio, la sigan, permitiéndoles asociados si los necesitaren, y que concluida me consulten la sentencia ajustada a la ley, según fuesen la gravedad de los delitos y calidad de personas en quienes recaigan, teniendo por principio para la formación de los cargos las respuestas dadas por el Príncipe a las demandas que se le han hecho; pues todas están rubricadas y firmadas de mi puño; así como los papeles aprehendidos en sus mesas, escritos por su mano, y esta providencia se comunique a mis consejos y tribunales...

—... bla, bla, bla. ¿Saben ustedes quién es el verdadero ganador de esta partida?

Como la respuesta se demoraba, don Honorio se contestó a sí mismo.

—El Choricero, cuya mano, como ya les dije hace unos días, es la que está detrás de todo esto. Él fue quien despertó el ánimo del rey con un infame papel anónimo, él quien ha llevado las cosas de tal manera que en un asunto donde, por razones de decoro, se requería del máximo secreto, todo ha salido a la luz pública. —Agitó el periódico que aún sostenía en sus manos—. ¡Nada más y nada menos que en las páginas de la *Gaceta*! Él es quien se ha valido de los medios a su alcance y ha utilizado un delicado asunto para que el príncipe de Asturias escriba esas infames cartas, que lo van a convertir en el hazmerreír de las cortes de toda Europa, donde a la debilidad de su carácter, influenciable por el primero que llega, aparece como un delator que carece de palabra. Y de paso se ha llevado por delante al núcleo principal de los partidarios de don Fernando, que serán quienes carguen con los platos rotos en todo este oscuro asunto.

—No sé quién se alzará al final con el santo y con la cera. En la calle todo el mundo bufa contra el Choricero, aunque el príncipe de Asturias ha mostrado poca presencia de ánimo —señaló el panadero.

—Veo, Porritas, que te muestras generoso —señaló Sierra—, porque después de lo leído, atribuirle a don Fernando poco ánimo es hacerle un favor y, desde luego, queda como un felón que delata a quienes conspiraban junto a él. Los que a estas horas andarán frotándose las manos serán los gabachos.

—¿A qué asunto se refería usted —don Indalecio se dirigía a Bracamonte— cuando ha dicho que el Choricero ha utilizado un asunto delicado, dando a entender que ha sido clave para que el príncipe actúe como lo ha hecho?

Don Honorio comprobó que nadie podía escucharlo e hizo nuevamente alarde de la privilegiada fuente de información que debía tener a su alcance:

—Don Fernando había escrito, días atrás, una carta a Bonaparte solicitándole la mano de una princesa imperial.

—¿Qué me está usted diciendo?

—Lo que acaba de oír. Imagínense ustedes la situación en un momento en que las negociaciones que se ajustan en París son extremadamente duras.

—Supongo que sus majestades estarían al tanto de esa carta.

—Los reyes no tenían la menor idea.

El párroco estaba cada vez más tenso.

—¿No hablará usted en serio?

—Completamente, don Indalecio —confirmó Bracamonte, añadiendo una pulla—: Considérelo usted como si estuviera escrito en la *Gaceta.*

—¡Esto es como para volverse loco! —exclamó Porras, antes de comprobar que no había vino en su jarrilla.

—Por una vez soy de la misma opinión —indicó don Honorio.

—¡Pacorro —gritó el panadero—, ven cuando puedas!

Mientras aguardaban, el maestro Biedma se incorporó a la tertulia. Su semblante era la viva expresión de la felicidad: acababa de firmar un contrato para el arreglo del retablo principal de la iglesia del convento de las franciscanas de la calle de la Platería, junto a la plazuela de la Villa. Eso significaba trabajo seguro en el taller para los próximos nueve meses, el plazo estipulado de ejecución. Todo tendría que estar acabado para los primeros días de julio de 1808. El importe eran dos mil quinientos reales, más el costo de los materiales: madera, barnices, resina, pinturas, escayola, pan de oro y todo lo que se necesitase. Le habían anticipado quinientos reales, que llevaba en el bolsillo, en buenas monedas de a ocho.

—Les supongo enterados de lo ocurrido.

—Depende. Si es lo que hoy cuenta la *Gaceta*, llegas tarde —le soltó el párroco con quien siempre andaba a la gresca porque sus preferencias políticas estaban encontradas.

—¿Ya lo ha publicado la *Gaceta*? —preguntó el tallista, algo escamado.

—Refiere con pelos y señales que el príncipe de Asturias ha cantado la gallina.

Biedma arrugó la frente.

—Me parece que estamos hablando de cosas distintas.

—¡Aclárate! —lo invitó Porras, quien pedía a una moza una ronda de jarrillas y algo de condumio, a la par que le susurraba un requiebro que causó a la joven no poca hilaridad.

—En la Puerta del Sol se comenta que se ha firmado el acuerdo con los franceses. Dicen que se cerró hace nueve días, por lo que el tratado tiene de fecha el veintisiete del mes pasado.

—¡Ya era hora, porque hace cerca de un mes que los gabachos decidieron cruzar la frontera por su cuenta! —protestó don Indalecio.

—El que lo hayan firmado ahora, no justifica un acto como ése, aunque después de lo visto en la *Gaceta* no es de extrañar que nos tomen por poco más que una tribu de beduinos —aclaró Sierra.

—¿Qué dice la *Gaceta*? —preguntó Biedma, que había pedido una jarrilla a la cuenta del panadero, cuando trajeron el vino y unas perdices escabechadas.

—Que el príncipe de Asturias ha delatado a sus compinches y ha pedido perdón a sus augustos padres.

—¡Anda ya, Porritas!

—¡Ahí lo tienes! —El panadero señaló el impreso que había sobre la mesa—. Lo cuenta con todo lujo de detalles.

—¿Ha escuchado usted algo referente al contenido del tratado? —A todos extrañó que don Honorio preguntase. Significaba que no estaba al tanto de la noticia.

—No sé gran cosa, pero se rumorea que se establecen los criterios del reparto de Portugal y, por lo que he escuchado, difieren poco de lo que usted mismo nos explicó hace unos días.

—¿Para Godoy el Algarve y el Alentejo? —preguntó don Indalecio, rascándose el lobanillo que estaba dándole el día.

—Así es.

Bracamonte carraspeó como si fuese a hablar, pero lo que hizo fue darle un generoso trago a su jarrilla; después se limpió la boca y sentenció:

—Ya veremos en qué para todo esto.

—¿Por qué lo dice? —le preguntó Sierra.

—Porque con el príncipe de Asturias pidiendo la mano de una sobrina de Napoleón, las aguas van a agitarse mucho más de lo que algunos piensan. El Choricero se equivoca si cree que tiene controlada la situación.

—¿Qué es eso de que el príncipe ha pedido la mano de una…?

El gacetillero no dejó que Biedma terminase la pregunta.

—Según don Honorio —lo citó como si fuese el oráculo de Delfos— ahí está el quid de todo lo que hoy apunta la *Gaceta*.

—De todas formas aquí hay algo que no encaja. —El gesto de Bracamonte era de preocupación, se le veía caviloso.

—¿El qué? —preguntó el cura.

—Según tengo entendido, Napoleón no era partidario de que el acuerdo que negociaban en Fontainebleau saliese a la luz pública y esos rumores que Biedma ha escuchado parecen contradecirlo.

—Nada oficial, sólo han sido comentarios —indicó el entallador.

7

Mientras caminaba por la carrera de San Jerónimo hacia su domicilio, una casita a pocos pasos de la esquina con la calle de los Cedaceros, embutido en una amplia capa con el cuello forrado de piel que lo protegía del frío, rememoraba cómo tuvo conocimiento de los planes de Bonaparte respecto a España.

Todo había comenzado hacía ya casi un año, cuando lo destinaron a París para asesorar al embajador, príncipe de Maserano, en lo relativo a asuntos militares. Un día, inopinadamente, escuchó una conversación que nunca debió llegar a sus oídos. Jamás podría olvidar la fecha porque era la mañana de Navidad. Había acudido a misa a una iglesia situada en la orilla izquierda del Sena: Saint-Germain-des-Prés. El frío era tan intenso que no había forma de combatirlo y, después de misa, entró en el café Marengo, uno de los que estaban de moda de la capital francesa, para tomar algo que lo entonase. El local rebosaba de damas elegantes, porque en París las mujeres no tenían empacho en entrar en tales establecimientos, y de gentiles caballeros. Comprobó que entre la selecta clientela del Marengo abundaban los uniformes de alta graduación. El ambiente hizo que se sintiese algo apocado: vestía la misma capa que ahora llevaba cubriendo su indumentaria de oficial español del arma de Artillería, mucho menos llamativo que las vistosas galas imperiales. Se sentó en la única mesa que quedaba libre, en un extremo del local.

El azar quiso que la mesa estuviese junto a una pared, un simple panel de madera que cerraba un reservado a miradas indiscretas, pero tan delgado que oídos ávidos no tenían el menor problema para escuchar. Aguardaba su café cuando le llegaron retazos de una conversación a la que, en principio, no prestó mucha atención. Sin embargo, escuchó algo que lo sobresaltó. Quienes hablaban se referían a España y aunque perdía muchos detalles, algunas frases le encogieron el estómago. Alguien aludía a los planes que Napoleón preparaba de cara a un futuro próximo y contemplaban la posibilidad de convertir España, como ya había ocurrido con Holanda y Nápoles, en un reino satélite. Quien hablaba no fue más explícito, pero le indignó escuchar que la opinión de Bonaparte sobre los españoles era la de un pueblo que había perdido su conciencia de tal, que estaba en manos de una Iglesia arcaica en sus comportamientos y estructuras, donde unos frailes viciosos y fanáticos campaban a sus anchas. Según afirmaba quien hablaba al otro lado de la pared, la incultura estaba tan extendida que había aldeas donde ninguna persona sabía leer o escribir, salvo el cura del lugar.

En algún momento, todo aquello le pareció irreal y maledicente.

Allí permaneció cerca de dos horas y, para sorpresa del camarero, se tomó hasta tres cafés, con tal de ver quiénes eran los individuos que tales cosas decían con el desparpajo de quien piensa que sus palabras no son escuchadas más allá del lugar donde se pronuncian.

Comprobó que se trataba de dos generales. Pagó rápidamente, abandonó el Marengo y, simulando dar un paseo, siguió sus pasos. Vio cómo en la puerta del establecimiento dieron instrucciones a un oficial para que sus coches se marchasen: preferían pasear. Los siguió a una distancia prudencial hasta que los vio entrar en un palacete que se abría junto a la Sainte Chapelle.

Uno de los soldados que hacía guardia en la puerta, le informó que uno era el general Lannes y otro el mariscal Murat, el cuñado del emperador. Alarmado, marchó a toda prisa hasta la embajada y puso en conocimiento del embajador todo lo escuchado. El príncipe de Maserano se lo tomó a broma, lo tachó de fantasioso y le dijo que no se le ocurriese comentar aquello con nadie. «Puede usted provocar un grave incidente diplomático, en un momento en que las instrucciones que tenemos de Madrid son allanar cualquier asunto espinoso con los franceses.»

El embajador aludía a que en octubre la situación se había tensado al límite, ante la extraña movilización decretada por Godoy, sin que el gobierno de Madrid explicase los motivos. A ello se sumó que el espionaje imperial tuvo conocimiento de la presencia de un agente español en Londres que exploraba vías de reconciliación con los británicos. La cosa no había pasado a mayores porque los espías franceses no consiguieron una prueba definitiva y Madrid calificó el asunto de «infundio sin fundamento». Napoleón se limitó a mostrar su enojo ante Godoy con una dura carta que le hizo llegar, a través de su embajador en Madrid, monsieur de Beauharnais.

Después del triunfo de Jena las instrucciones que se recibieron en la embajada española habían sido tajantes: no realizar acto alguno que pueda enojar a nuestros aliados.

La actitud del embajador no fue obstáculo para que después de la Epifanía insistiese de nuevo. Ahora la respuesta fue mucho más contundente: se le impuso silencio, bajo la amenaza de severas penas. No escarmentó y pocos días después, un tercer intento, cuando las pruebas que había reunido apuntaban claramente a la certeza de sus sospechas, supuso su relevo del puesto que ocupaba en la embajada. Al finalizar el mes de enero estaba en Madrid. Antes de abandonar París logró convencer a un comerciante asturiano llamado Argüelles, bien relacionado en ciertos círculos, para que, discretamente, obtuviese información.

Una vez en Madrid, se entrevistó con el coronel Velasco, al serle imposible acceder hasta el capitán general de Castilla la Nueva, el general Negrete. El resultado fue tan desesperante como sus anteriores intentos. Pese a lo que él consideraba pruebas irrefutables de los planes de Bonaparte, el coronel lo despidió, diciéndole que todo era fruto de su imaginación. Velasco lo amenazó incluso con mandarlo a uno de los presidios del norte de África, donde vegetaban algunas guarniciones, cuando no tenían que enfrentarse a las belicosas cábilas rifeñas.

A mediados de marzo había tomado una decisión que, hasta el momento, era la única que había rendido ciertos frutos, aunque con la dolorosa pérdida de Andrés. Contó sus cuitas y desventuras a cuatro oficiales, compañeros de armas. Lo hizo por desahogarse y entonces llegó la sorpresa: sus palabras encontraron eco. Decidieron constituir un grupo patriótico al que bautizaron con el nombre de los Apóstoles y cada cual escogió un nombre entre los doce del apostolado para establecer ciertas medidas de seguridad que, dadas las circunstancias, resultaban imprescindibles.

Uno de ellos obtuvo licencia temporal, con la excusa de resolver unos asuntos familiares, y aprovechó el permiso para completar la información que Pedro había logrado en París. Se desplazó hasta la capital de Francia en busca de datos porque, desde que don Eugenio Izquierdo había sido enviado a la capital francesa como embajador extraordinario para negociar un tratado de colaboración, Argüelles no daba señales de vida. El joven oficial, que respondía al apostólico nombre de Andrés, regresaba a Madrid cuando fue asesinado en Salamanca.

Embebido en aquellos pensamientos llegó, sin apenas darse cuenta, a la esquina de la calle de los Cedaceros donde, desde la festividad de Todos los Santos, Antonia la castañera tenía instalado su anafre. El capitán rebuscó en su bolsillo, sacó cuatro maravedíes y se llevó un cucurucho de redondas y crujientes castañas, cuyo calor percibió a través de los guantes. Llamó suavemente a la puerta e instantes después le abría una joven de negros tirabuzones que enmarcaban un rostro de líneas delicadas; era su sobrina Margarita. La mano del militar, ofreciéndole las castañas, se detuvo a medio camino al darse cuenta de que una sombra se movió detrás de la joven.

Sintió que un escalofrío recorría su espalda y por su mente pasó el recuerdo de Andrés. También a él, por no mantener la guardia, lo acababan de sorprender.

Al subirse, la tartana crujió bajo su peso, fue como si al cochero le hubiesen dado un vaso de vino agrio. Desde el pescante miró de soslayo y, sin arredrarse por la autoridad de su pasajero, le reconvino:

—Si los muelles saltan tendrá usted que hacerse cargo de la reparación.

El alguacil mayor, a quien acompañaban dos de sus hombres, hizo caso omiso.

—Déjese de tonterías y lléveme al número veintidós de la calle del Arenal. ¡Tengo mucha prisa!

Arreó las mulas con calculada parsimonia, como forma de

mortificar a su pasajero, y los animales iniciaron el recorrido con paso cansino.

—¡Le he dicho que tengo mucha prisa!

El tono de la segunda orden indicó al cochero que no debía tentar más a la suerte. Y era cierto. Al alguacil mayor se lo llevaban los demonios desde que a media mañana tuvo conocimiento de un asunto de la máxima gravedad, pero al que hasta ahora no había podido dedicarle la atención debida.

Hacía tiempo que no recordaba un día tan penoso. El corregidor lo había llamado justo cuando acababan de notificarle el asalto perpetrado en la casa de don Gumersindo. Enfurecido porque Su Excelencia lo entretuvo haciendo antesala cerca de una hora, debió luego soportar una larga y tediosa reunión, y otras dos más porque, al parecer, llegaban quejas desde muy altas instancias al no vigilarse con el celo necesario las obras del palacio de Altamira, detenidas por un turbio asunto de rivalidades. Había llegado a oídos del corregidor que se trabajaba en ellas sin todos los permisos en regla. El asunto coleaba desde mucho tiempo atrás y estaba de por medio la mala fe que la reina le tenía a su propietario. Según se decía, todo había comenzado en las fiestas de la coronación de Carlos IV, hacía ya cerca de veinte años. Con motivo de tal acontecimiento, a pesar de que el palacio estaba a medio construir, el conde de Altamira había ordenado iluminarlo con treinta mil morteretes, que dejaron en unas candelillas el alumbrado del Palacio de Oriente. La orgullosa María Luisa de Parma no lo pudo soportar.

Una vez que salió de la reunión, lo estaban aguardando por un asunto urgente: había reventado la canalización que conducía el agua a la fuente de la Teja y en el barrio amenazaban con algo más que una protesta callejera. Los vecinos de la zona estaban hartos de los problemas que, desde la muerte del anterior rey, había con el abastecimiento de agua porque no se hacían las obras de reparación y mantenimiento que requerían las canalizaciones. Se comentaba que en una ocasión alguien había elevado el problema a Carlos IV; las versiones diferían acerca de si estaba de excursión o de cacería cuando tuvo conocimiento, pero todos coincidían en que la respuesta del rey fue: «¿Y qué quieren que haga? ¿Acaso tengo yo el poder de hacer milagros?».

Cuando logró apaciguar los ánimos, sobre todo porque el suministro quedó restablecido provisionalmente a eso de las cuatro de la tarde, pudo tomarse un chocolate con bollos en el café de la Fontana. Era lo primero que entraba en su cuerpo desde la temprana hora del desayuno. Luego pasó por su oficina para recoger un papel que guardaba en un cajoncillo disimulado en su mesa de trabajo.

No se detuvo en el portalón, donde la vieja portera refería a un corro de vecinos el acontecimiento del día. Tenía perdida la cuenta de las veces que lo había contado y cada vez añadía nuevos detalles de su propia cosecha, que fueron variando a lo largo del día, con el resultado de que las versiones que circulaban eran ya muy diferentes. Unos se referían a los asaltantes como ladrones de guante blanco, elegantes caballeros, de finos modales; otros, por el contrario, le daban aire de delincuentes: mala pinta y actitudes groseras. Otra versión los presentaba como bandoleros serranos, con trabuco naranjero al hombro, sombrero calañés y grandes patillas.

Tiró de la cadena y unos segundos después identificó la voz que respondía a su llamada.

—¡Abra, don Gumersindo, soy el alguacil mayor!

Anaya, después de cerciorarse por la mirilla, franqueó la entrada. Tenía el rostro ceniciento y su aspecto era desaliñado. En el inmueble eran visibles los efectos de la tormenta.

Los alguaciles que lo acompañaban, aguardaron en la puerta, obedeciendo instrucciones de su jefe, a quien don Gumersindo condujo hasta el mismo gabinete donde se entrevistaron días atrás. Después de certificar que el objeto de los asaltantes había sido el pliego depositado en sus manos, don Fernando dio comienzo a un interrogatorio que principió con una advertencia:

—No deje de mencionar detalle alguno, por muy insignificante que a usted le parezca.

En pocos minutos el alguacil tuvo un escenario completo de lo ocurrido.

Los asaltos habían sido dos y se habían sucedido con pocos minutos de diferencia. Primero llegaron unos individuos elegantemente vestidos, que fueron los que se llevaron el mensaje; los segundos vestían a la española como los chisperos de Lavapiés, aunque el criptógrafo precisó que tenía la impresión de que las vestimentas eran un disfraz. Los primeros hicieron gala de unas formas bruscas, mientras que los segundos fueron más correctos. Tanto unos como otros, tenían muy claro lo que buscaban.

—Explíqueme la llegada de los primeros.

—No tenían aspecto de delincuentes, ni de rateros. Me dijeron abiertamente que no me deseaban ningún mal y que no me harían daño, si les entregaba un pliego en cifra que había llegado a mis manos.

Escobar frunció el ceño.

—¿Así? ¿Sin más?

—Sí, señor.

—¿Qué hizo usted?

—En un primer momento, negué tenerlo. Les dije que estaban equivocados, pero esos individuos tenían certeza de lo que buscaban.

—¿Qué pasó entonces?

—Como persistí en mi negativa, comenzaron a husmear, aunque yo creo que su objetivo era revolverlo todo para ponerme nervioso. Como no les daba resultado, uno de ellos sacó una navaja y me la puso en el cuello. En sus ojos vi la mirada de un asesino y, entonces, temí por mi vida.

—¿Piensa que podría tratarse de franceses?

Don Gumersindo apretó la boca y negó con la cabeza.

—Lo dudo. Si lo eran, hablaban nuestra lengua sin el menor acento.

—¿Cómo dieron con lo que buscaban?

Anaya no ocultó que fue él quien se lo entregó.

—¿Por qué lo hizo?

Don Gumersindo paseó la mirada por el gabinete, todo estaba revuelto y se veían algunos desperfectos. Don Fernando comprendió lo absurdo de su pregunta.

—Hábleme ahora de esos chisperos.

—Hay poco que decir, salvo que no eran lo que aparentaban, demasiado correctos y educados. Les impresionó mi sorpresa cuando les dije que lo que me pedían acababan de llevárselo.

Después de un minucioso interrogatorio que proporcionó al alguacil numerosos detalles, don Fernando le preguntó:

—¿Había desentrañado usted algo?

—Poca cosa —mintió el criptógrafo—. Desconocer el idioma en que el texto estaba escrito ha complicado mucho el trabajo. No sabe cuánto lo lamento.

—También yo, pero sepa que no se ha perdido todo.

Anaya puso cara de no comprender.

—¿Por qué lo dice?

—Porque, en parte, podemos reparar el desaguisado.

—¿Qué quiere usted decir?

Don Fernando sacó un papel y se lo entregó.

—¿Qué es esto? —Don Gumersindo tenía reparo en cogerlo, como si barruntase el peligro.

—Otra copia del texto. Soy un hombre precavido. En realidad, todo este barullo solamente nos crea un problema, aunque verdaderamente grave.

—Los problemas son dos, don Fernando. —Anaya seguía sin coger el papel como si temiese comprometerse en algo que no deseaba.

—¿Por qué dice usted eso?

—Porque, por nada del mundo quisiera que esos individuos volviesen a aparecer por aquí. ¡No puede imaginarse el mal rato que he pasado!

Escobar se retrepó en la silla a la par que con el papel se daba golpecitos en la palma de la mano.

—Nadie tiene por qué saber que le he entregado otro texto. Quedará entre nosotros. Si usted es discreto, cuenta con mi silencio.

—No lo dudo, pero ¿podría explicarme cómo supieron esos individuos que el texto estaba en mi casa?

—La verdad es que no le encuentro explicación, salvo que usted se haya ido de la lengua.

Anaya abrió los ojos desmesuradamente.

—¿Yo? Lo más seguro es que le siguieran a usted los pasos, que fuese su visita la que los puso sobre aviso.

El alguacil clavó sus ojos en don Gumersindo, quien aguantó la mirada sin pestañear; estaba convencido de lo que acababa de decir y añadió:

—Eso es lo que, sin duda, daba tanta seguridad a esos individuos.

Don Fernando se atusó los mostachos. La deducción de Anaya estaba cargada de lógica, pero él aún guardaba una baza.

—Es posible que esté en lo cierto, pero si esos individuos ya tienen el pliego, lo más lógico es que no aparezcan por aquí.

Don Gumersindo manifestó sus dudas.

—Yo no diría tanto.

—¿Por qué?

—Porque no sabemos si se conforman con eso o su objetivo es que nadie más conozca lo que se oculta en ese mensaje. Compréndalo, don Fernando, estoy muy asustado. No puede usted hacerse una idea del mal trago que he pasado.

Sacó del cajón los cien reales recibidos y los puso encima de la mesa, indicando claramente que no estaba dispuesto a continuar. El alguacil no los recogió, pensaba que aún podría convencerle, aunque el gesto le indicaba que el hombre que tenía delante estaba verdaderamente asustado.

—¿Lo han amenazado?

—No exactamente, pero me dejaron muy claro que, si en algo apreciaba mi vida, me convenía olvidarme de todo este asunto.

—¡Eso es una amenaza!

—Yo lo consideraría una seria advertencia. Dadas las circunstancias, lo único que puedo hacer es devolverle el dinero e indicarle el nombre de un colega.

—¿Es su última palabra?

—Lo siento, pero no puedo hacer otra cosa.

El alguacil guardó el papel y recogió el dinero. Don Gumersindo tenía que estar aterrorizado para dejar escapar un buen puñado de reales.

Antes de despedirse, Anaya le proporcionó un nombre y una dirección. Cuando cruzó el zaguán, acompañado por sus hombres, alrededor de la portera había otro corro pendiente de sus palabras. Celestina, después del susto, debía de sentirse feliz siendo el centro de atracción del vecindario; ahora se percató de la presencia del alguacil y se hizo un breve silencio. Hasta los oídos de Escobar llegó un comentario:

—Ese que sale es el alguacil mayor, que estuvo aquí el otro día.

Atravesó la calle, acompañado de sus hombres y encaminó sus pasos hacia la Puerta del Sol. Antes de alejarse alzó la vista hacia los balcones de la casa y pudo ver cómo don Gumersindo se ocultaba rápidamente. El criptógrafo, después de dos visitas tan desagradables como las que había tenido en cuestión de pocas horas, tenía el miedo metido en el cuerpo.

8

La sombra que lo dejó paralizado, cobró forma.

—¡Cierra la puerta!

Margarita vaciló, encarándose al individuo que, con el rostro embozado, amenazaba a la joven con un puñal.

—¡Cierra y echa la tranca! —le ordenó.

—¿Quién es usted? —preguntó Pedro.

—Soy yo quien hace las preguntas. ¿Qué es eso que lleva en las manos?

—Castañas.

—¡Tírelas!

—Sería una pena.

—¡Tírelas!

Al caer, se desparramaron por el suelo y la atmósfera del zaguán se llenó con su aroma.

—¡Tú! —ordenó a Margarita—. ¡Alcanza el candil y alumbra!

La joven obedeció en silencio.

—¡Andando!

Cruzaron el portal y entraron en la sala baja. Las mechas prendidas de un velón de cuatro picos iluminaban una parte, dejando el fondo sumido en una suave penumbra. Pedro, que lanzaba furtivas miradas al puñal buscando una oportunidad, pudo ver el rostro de quien lo amenazaba, al caérsele el embozo. Era un individuo de piel atezada, la propia de quien está en contacto con la naturaleza y tenía una cicatriz en la frente, que corría paralela a la ceja izquierda. Sus ojos eran grandes y de un color indefinido, entre azules y grises.

—¿Es usted el dueño de la casa?

Pedro no respondió, se limitó a mirarlo y a repetirle la pregunta que ya le había hecho en el zaguán:

—¿Quién es usted? —El tono era de desafío.

—¡Retira el puñal, Antón! —La voz había surgido del fondo de la sala.

Antón obedeció, apartándose con agilidad.

Margarita se abrazó a su tío y a duras penas contuvo las lágrimas que enturbiaban sus ojos. Pedro le acarició la cabeza con un gesto mecánico porque su atención estaba en la penumbra de donde había salido la voz. Vislumbró la imagen de un individuo que, con trazas de caballero, avanzaba hacia él. Cubría su cabeza con un bicornio y vestía ropas de calidad: una casaca de paño oscuro con el cuello alto y vuelto, la habitual indumentaria de los marinos. Cuando la luz iluminó su rostro, apareció un hombre de mediana edad, no muy alto; al quitarse el sombrero, a modo de saludo, comprobó que su pelo era negro, aunque ya plateaba en las sienes, lo llevaba recogido en una larga coleta. Lo más llamativo de su fisonomía eran unos grandes ojos negros, de mirar melancólico. Tenía echado sobre los hombros un capote militar.

—¡Le pido disculpas por las formas, capitán! Pero no hemos encontrado otra manera de abordarle.

—Pues ésta, desde luego, no es la mejor.

—Le reitero mis disculpas. Permítame que me presente: mi nombre es José de Vargas, capitán de navío.

El marino ofreció la mano al capitán, quien la estrechó con reticencia.

—Supongo que tendrá una buena explicación.

—La tengo y espero darle cumplida satisfacción porque lo que está en juego es la patria y, por añadidura, su vida.

El capitán se quedó mirándolo fijamente.

—No le entiendo.

El marino miró hacia donde estaba Margarita.

—¿Cree que la joven debe estar presente?

—¿Por qué no?

—Porque, a veces, es mejor ignorarlo todo acerca de ciertos asuntos.

—Sigo sin comprender.

—¿Me entendería si le digo que Pedro, Tomás y Mateo corren un grave peligro?

Al escuchar aquello una sombra de inquietud se dibujó en el rostro del capitán.

—¿Qué sabe usted?

—¿No le parece que deberíamos ponernos cómodos? La conversación puede ser larga.

—Muy bien.

—Antón, vigila la calle; nunca se sabe —indicó al individuo del cuchillo.

—¡A la orden!

El dueño de la casa susurró algo al oído de su sobrina y la joven también se marchó.

Una vez solos, el capitán exigió a su visitante:

—¡Primero esa explicación!

—Permítame reiterarle mis disculpas una vez más.

—¡Al grano, Vargas! —El malhumor del capitán estaba a flor de piel.

—Empezaré por decirle que tomé parte en la batalla de

Trafalgar, donde tuve el honor de mandar el *San Ildefonso*, un hermoso navío de línea de tres palos y sesenta y cuatro cañones. En aquella infausta jornada, caí herido y, como tantos otros de los que no perdimos la vida, me convertí en prisionero de los ingleses, porque al quedarnos sin munición, no pudimos responder a su fuego. Fue entonces cuando el enemigo nos abordó y se encontró con que la cubierta del *San Ildefonso* era una especie de cementerio flotante. —Por un momento los ojos del marino se velaron y comentó, como si hablase para sí—: ¡Cuánta sangre inútilmente derramada para satisfacer las ambiciones de unos bastardos!

El capitán no pudo evitar una punzada de simpatía por el hombre que estaba sentado frente a él.

—Poco después —prosiguió el marino—, como la mayor parte de mis compañeros, recobré la libertad y me fue asignado un nuevo destino, pero eso carece ahora de importancia. Vayamos a lo que importa. Desde hace algunos meses un grupo de oficiales de la armada, testigos de la situación que atraviesa nuestra patria, decidimos constituir una fraternidad que, por razones obvias, se ha mantenido en el más absoluto de los secretos.

—¿Una fraternidad? ¿Para qué?

—No sea impaciente. Sepa que la bautizamos con el nombre de San Andrés y a lo largo de los últimos meses otras personas han ingresado en ella. Todo ello en el más estricto de los secretos.

—Si promueven algún tipo de acción política o tejen alguna clase de conspiración, he de decirle que se ha equivocado de hombre.

—En absoluto, no se trata de conspirar ni de participar en movimientos políticos, si bien he de decirle que algunos de sus miembros comulgan con las ideas que los franceses esparcen por Europa y otros, por el contrario, son decididos defensores del orden establecido y rechazan de plano cualquier novedad procedente del otro lado de los Pirineos.

El capitán se removió en su asiento.

—Con tan heterogénea composición, ¿cuál es el propósito de esa fraternidad?

—Lo que nos une es el rechazo a la política de Godoy, dictada exclusivamente por su desmesurada ambición. Para nosotros, Trafalgar fue algo más que la tumba de nuestra armada, reducida hoy a unos cuantos navíos con escasa capacidad operativa haciendo que las Indias estén abandonadas a su suerte y expuestas, como nunca, a las apetencias de los ingleses. Aquel desastre también fue una lección de la que hemos sacado las lógicas consecuencias. Como ya le he dicho un grupo de nosotros, no muy numeroso, decidió organizarse para estar preparados si la ambición que ciega a Godoy nos llevaba de nuevo a una situación de extrema gravedad. ¡Ese inepto, que no es capaz de distinguir la amura de babor de la de estribor o diferenciar la proa de la popa, es el almirante jefe de nuestra escuadra, o mejor dicho de los restos que han quedado de ella, tras el naufragio!

—También, por desgracia, es el capitán general de nuestro ejército y su mayor mérito en el campo de batalla fue ofrecerle a la reina unos ramos de naranjas, cogidas por nuestros soldados en los fosos de Olivenza.

—La variedad de nuestros destinos —continuó Vargas, después de asentir a lo que el capitán había dicho— nos permite disponer de cierta información. Tenemos conocimiento puntual de los movimientos de las tropas francesas que están en España. También sabemos de algunos de los hilos que se mueven en la corte. Hemos conseguido incluso una copia del llamado tratado de Fontainebleau que Napoleón ha prohibido que se haga público, después de lo ocurrido en El Escorial.

—He oído decir que el Alentejo y los Algarves serían para Godoy, que colmaría su ambición de ceñir una corona real —lo interrumpió el capitán, cada vez más identificado con el marino.

—¡Apunta aún más alto! —bufó Vargas.

—¿Más alto?

—¡El poder lo ha enajenado! Tenemos referencias muy precisas de que su último sueño es convertirse en rey de España.

El capitán se puso de pie.

—¡No es posible!

—Son muchos los indicios que apuntan en esa dirección.

—¡Dios mío!

Vargas lo miró a los ojos y supo que podía fiarse del hombre que tenía delante.

—Le supongo informado de lo que se dice acerca de la muerte de la princesa de Asturias.

—La verdad es que no.

—Sepa entonces que su madre, María Carolina de Nápoles, ha lanzado veladas acusaciones de que la reina y el favorito envenenaron a la esposa del príncipe Fernando, cuyas preferencias políticas apuntaban a un abandono de la alianza con Napoleón y apostaba por cerrar un acuerdo con los ingleses. Durante la enfermedad de la princesa María Antonia, circuló el rumor de que estaban envenenándola con arsénico.

—¡Eso es inaudito!

—Hay más. Para ocultar sus manejos, se difundió por los círculos cortesanos la especie de que la princesa mantenía relaciones con un guardia de Corps napolitano, llegando a esparcir la infamia de que su enfermedad era consecuencia de un embarazo adúltero.

—¡Eso es una calumnia!

—Pues téngala por cierta y recuerde uno de nuestros refranes.

—¿Cuál?

—¡Cree el ladrón que todo el mundo es de su condición!

—¿Tiene alguna prueba de todo eso que dice?

—¿Le parece poco la propia muerte de una mujer joven y saludable, que estorbaba los intereses de esa pareja de desalmados? María Antonia era para ellos un obstáculo en todos los sentidos: ni siquiera se guardaba de hacer comentarios sobre el más escabroso de los asuntos que abochornan a la corte.

—¿A qué se refiere en concreto?

—A las relaciones de Godoy con la reina. No sólo le ponen los cuernos al infeliz de Carlos IV, sino que sus orgías van más allá de lo que la más calenturienta de las mentes pueda imaginar.

—Supongo que en ese terreno, como en otros, la exageración y la maledicencia añadirán mucho. Eso forma parte de los llamados secretos de alcoba y Godoy no será tan imbécil como para ir pregonándolo.

—Es tan presumido que ha llegado a mostrar a alguna persona un falo de pulida madera que utiliza con la reina.

—¿Está seguro?

—Si la persona que me informó de ello no gozase de toda mi confianza, jamás lo hubiese mencionado. Por si le sirve de algo, sepa que es la primera vez que lo comento con alguien.

—¡Santo Dios! ¡En poder de quién hemos caído! —exclamó el capitán, llevándose las manos a la cabeza.

—Volviendo a nuestro asunto, la política del valido tiene como objetivo eliminar todos los obstáculos para convertir sus ansias en realidad. ¡Qué le voy a decir de las dos cartas que aparecieron publicadas en la *Gaceta* firmadas por el príncipe de Asturias!

—¡Una vergüenza!

—Ya tiene otra explicación: su propósito no era otro que desacreditar a don Fernando, haciéndolo aparecer como un estúpido felón que traiciona a los suyos a las primeras de cambio.

—¡Pero el tiro le ha salido por la culata!

—Porque el pueblo tiene olfato, ha olido el engaño y se ha puesto al lado del príncipe. Hoy son mayoría los que desean verlo ceñir la corona. Por eso, desde hace unos días, Godoy no ceja en su empeño de proponer que su alteza haga un largo viaje por las cortes de Europa con el pretexto de que ha de ganar experiencia en materias útiles para el gobierno. Señala, incluso, la conveniencia de que vaya a las Indias. Su propósito es alejarlo de la corte, ponerlo en camino y... —Vargas dejó la frase en el aire.

—¿Y...? —El capitán alzó las cejas, como si con el gesto pusiese más énfasis a su interrogante.

—Y que haya un accidente. ¿Se imagina los peligros que se arrostran en un viaje a las Indias en las condiciones en que se encuentran los restos de nuestra armada?

El capitán movió la cabeza con aire de preocupación y comentó con tristeza:

—La verdad es que, antes de que se descubriese que su alteza había escrito a Napoleón, el proceso por los papeles de El Escorial contemplaba la posibilidad de que Carlos IV desheredase al príncipe.

—No le quepa la menor duda. El rey incluso se lo comunicó a Napoleón en una carta que le escribió en los primeros días de noviembre.

—En este momento Napoleón es el árbitro de nuestras decisiones.

—Es lamentable decirlo, pero así es. Bonaparte, que es el más astuto de los gobernantes del momento, se ha dado cuenta de la situación que se vive en nuestra corte. Sabe que Carlos IV es tan incapaz que ni siquiera defiende lo más sagrado que hay para un hombre y que la reina sólo tiene ojos para Godoy. También sabe que el valido es presa de una ambición enfermiza y que el príncipe Fernando se encuentra desprotegido. Por eso, en Madrid nadie se atreve a tomar decisiones sin consultarle. ¿Tiene idea de cuántos hombres hay concentrados en estos momentos al otro lado del Pirineo?

Un asomo de duda apareció en los ojos del capitán.

—¿Al otro lado de la frontera?

—Sí.

—¡Vamos, hombre! ¡Los franceses hace más de un mes que la cruzaron!

—Ése fue el ejército de Junot.

Los dos militares intercambiaron una mirada, como si hablasen lenguajes diferentes.

—¿Es que acaso hay otro?

Ahora fue el marino quien puso cara de sorpresa.

—¿No lo sabe?

—La verdad es que no.

—Han concentrado otro ejército similar en hombres y pertrechos en las inmediaciones de Bayona. En pocos días estarán en condiciones de entrar en España y Bonaparte tendrá en la península alrededor de sesenta mil soldados.

—¿Sesenta mil? Eso significa... —El capitán estaba desconcertado.

—Eso significa que sus planes van muy deprisa. ¡Ese corso del diablo decide en horas lo que nuestros gobernantes necesitan meses para estudiar! La situación no hará sino empeorar en las próximas semanas y aquí apenas hay tropas. Los quince mil hombres que manda el marqués de la Romana están en Dinamarca; tan lejos que tardarían meses en llegar, si es que eso fuera posible. Y los otros dos ejércitos disponibles se encuentran empeñados en la aventura portuguesa. Fuera de eso, usted lo sabe igual que yo, apenas quedan unos cuantos miles de hombres, desperdigados en algunas plazas fuertes y los batallones que prestan su servicio en la corte.

El capitán que, desde hacía rato, iba de un lado para otro con las manos a la espalda, se detuvo ante el butacón donde estaba el marino.

—Ha hecho usted un certero análisis de la situación que comparto con muy pocos matices; sin embargo, nada me ha dicho de su presencia en mi casa. ¿Por qué han tenido a mi sobrina secuestrada y por qué ese hombre me ha amenazado?

Vargas se levantó.

—Por lo que se refiere a nuestra actitud ya le he pedido disculpas y no tengo inconveniente en reiterárselas. En cuanto a la razón que explica mi presencia es muy simple: no queremos que usted acabe como el teniente Armenta.

El capitán lo miró extrañado.

—¿Qué sabe usted de Armenta?

—Más de lo que se imagina.

—¿Quiere explicarse?

—Con sumo gusto, pero eso será más tarde. Ahora debe saber que el servicio de espionaje imperial extiende sus tentáculos mucho más allá de lo que pueda suponer. El oro francés corre con tal abundancia que han logrado introducir agentes hasta en los lugares más insospechados. Armenta consiguió en París una valiosa información, pero era… era algo incauto. El episodio de Salamanca es una prueba de ello.

El capitán estaba confuso.

—¿Por qué lo dice?

—Porque en una misión como la que tenía encomendada, todo lo que se le ocurrió fue pasar la noche con una furcia. Agentes franceses venían siguiéndolo, desde que embarcó en Saint Malo, sin que él se percatase de nada. Aprovecharon que, al verse en España, se relajó y ésa fue su perdición.

Cada vez más desconcertado, el capitán empezó a dudar, aunque conforme avanzaba la conversación Vargas le parecía persona de la que podía fiarse. ¿Quién le garantizaba que el individuo que tenía delante no era un agente de Bonaparte? Acababa de decir que estaban en los lugares más insospechados. Decidió ser cauto.

—Sin embargo, el hecho de que el teniente echase una cana al aire fue lo mejor que pudo ocurrirle.

—Tiene razón. Esa circunstancia permitió que el mensaje que traía no cayese en manos de los gabachos. Pero estará de acuerdo conmigo en que irse de putas no era lo más adecuado.

El capitán se acercó a un aparador y sacó una caja de cigarros.

—¿Fuma usted?

—No, gracias. —Vargas acompañó su negativa con un movimiento de la mano.

Encendió el habano en una de las candelas del velón, intrigado por conocer quién era en realidad aquel individuo que parecía saberlo todo. Expulsó el humo de la primera calada y le preguntó:

—¿Qué es lo que quiere de mí?

—Que se incorpore a nuestra fraternidad porque no somos tantos para hacer frente a los acontecimientos que se avecinan. En las circunstancias presentes, no podemos permitirnos el lujo de estar desperdigados. Además, porque es la única forma que tiene de salvar a su grupo. Los franceses están ya detrás de sus pasos. Si nosotros lo hemos localizado, no albergue la menor duda de que ellos lo harán y, sin mayores problemas, los eliminarán. Yo mismo podía haber acabado con su vida cuando entró por esa puerta y después haberme marchado tranquilamente.

—¿Conoce usted la información que traía Armenta?

—¡Disculpe, mi capitán! —Antón había empujado la puerta y amenazaba con su daga a un individuo.

—¡Mateo! —exclamó el capitán, sorprendido—. ¿Qué haces aquí?

Mateo movió los ojos en dirección al cuchillo que tenía en el cuello.

—¡Ordene a su hombre que aparte el cuchillo!

Una mirada del marino bastó para que Antón retirase la daga.

—Estaba merodeando por los alrededores y…

—Tenía que verte… —señaló Mateo visiblemente nervioso—. Ha ocurrido… Ha ocurrido algo muy grave.

—Habla.

El recién llegado miró a Vargas de forma elocuente.

—Es el capitán de navío don José de Vargas, mandó el *San Ildefonso* en Trafalgar. Él es… —Pedro vaciló— es Mateo.

—¡Han asesinado a Tomás!

El capitán se quedó inmóvil, tardó en reaccionar unos segundos, y disculpándose, se retiró con el recién llegado a un pequeño gabinete que había al otro lado del portal.

—¿Qué es eso de que han asesinado a Tomás?

Mateo, con una voz que apenas salía de su cuerpo, comentó:

—Han encontrado su cadáver en la ribera del Manzanares, junto al camino de Aravaca.

—¿Quién lo ha encontrado?

—Unos piconeros, que venían hacia Madrid. —Agachó la cabeza y balbució—: Lo han cosido a puñaladas.

—¡Canallas!

Se hizo un breve silencio, la respiración de Mateo señalaba su agitación.

—¿Qué vamos a hacer?

Pedro respiró hondo y miró a su amigo a los ojos.

—Ese marino sabe lo de Armenta y quiénes somos.

—¿Cómo es posible?

—No lo sé. Me ha contado que forma parte de una especie de hermandad, cuyo origen está en un grupo de marinos que luchó en Trafalgar y que están en desacuerdo con la política de Godoy. En el fondo, su objetivo es el mismo que el nuestro. Me ha ofrecido incorporarnos a ella, ¿qué piensas?

—¿Te fías de él?

—Parece hombre de honor y si hubiese querido eliminarnos, lo habría hecho sin dificultad. Ese individuo del cuchillo me sorprendió lo mismo que a ti.

—Nuestra situación es muy complicada.

—Estoy de acuerdo.

—De todas formas, creo que antes de tomar una decisión deberíamos hablar con Arencibia y don Indalecio.

—Desde luego, y también deberá explicarnos con detalle lo referente a esa hermandad y por qué tiene tanta información sobre nosotros.

Don José de Vargas había entretenido la espera hojeando un ejemplar de una obra del padre José Francisco Isla: *Historia del famoso fray Gerundio de Campazas, alias Zotes.*

—Disculpe, pero era necesario que, después de lo ocurrido con el teniente Juan de Eslava, hablásemos reservadamente.

—¿Tomás era Juan de Eslava?

—¿Lo conocía?

—Sólo de vista, un individuo alto, fornido, rubio. Tengo entendido que era de un pueblo de Jaén.

—Una excelente persona.

—Respecto a mi propuesta, ¿tiene algo que decirme?

—Lo hemos comentado, queremos que nos informe con detalle de los fines de esa fraternidad y que nos aclare por qué conoce todo lo relacionado con nosotros.

El marino se acercó hasta los dos y con cara de complicidad susurró:

—El apóstol Bartolomé pertenece a la fraternidad.

Pedro y Mateo, sorprendidos por aquella revelación, intercambiaron una mirada; el primero le preguntó, prescindiendo de los alias:

—¿Don Indalecio es de los suyos?

El capitán asintió.

—Él también vivió lo de Trafalgar, era el capellán del *San Ildefonso*. Sé que hay un apóstol más.

—Sí, Santiago.

—¿Puede saberse quién es?

—¿Acaso no lo sabe?

—No, el apóstol Bartolomé nunca me reveló la identidad de quienes están detrás de esos nombres.

—En ese caso, ¿cómo sabía que yo era Pedro? —El capitán apretó los puños.

—¿Se acuerda de Argüelles?

—¡El comerciante de París!

—A quien usted encomendó una misión.

—¡Así es!

—Él nos reveló su identidad.

—¿También pertenece a la fraternidad?

—No, pero ha colaborado con nosotros. Nos alertó sobre la información que traía Armenta, pero desgraciadamente los franceses se nos adelantaron.

—Ya comprendo. —El capitán se relajó, todo encajaba.

—¿Quién es Santiago?

—Es el teniente Luis Arencibia y…

—¿Cómo ha dicho? —El semblante del marino se había ensombrecido al escuchar aquel nombre.

—El teniente de caballería Luis Arencibia y Torres, del batallón de Carabineros del Rey.

—¡Ese individuo es un agente bonapartista! —exclamó Vargas con voz descompuesta.

Pedro y Mateo se miraron de nuevo. La noche estaba cargada de sorpresas.

—¿Está usted seguro?

—Sin la menor duda, desde hace meses le seguimos los pasos.

—¡Maldito sea! ¡Él es el culpable de la muerte de Armenta y de Eslava! —exclamó Mateo.

9

Don Fernando Escobar no conseguía avanzar en las pesquisas del asesinato del teniente Armenta y la prostituta de Salamanca. Había centrado sus esfuerzos en encontrar quien descifrase el texto de aquel maldito papel, pero su contenido continuaba siendo un misterio. El perito a quien le remitió don Gumersindo había muerto diez días antes de una afección pulmonar, como consecuencia de una desmesurada afición al tabaco y a las bebidas frías.

El intento de conseguir un tercer experto tampoco dio resultado, porque el individuo en cuestión llevaba fuera de Madrid más de dos meses. Había viajado hasta un pueblo de Galicia, llamado Mondariz, para tomar las aguas de un balneario con el propósito de procurarse alivio en el dolor de huesos que le aquejaba y que le hacía la vida insoportable. Vivía en el treinta y cinco de la calle Leganitos y un conocido de la vecindad le había dicho que don Crisanto Santibáñez, que era el nombre del experto, había vendido un olivar que poseía por tierras de Toledo, en la comarca de La Sagra, para hacer frente a los gastos del viaje y del tratamiento.

Era cierto que le habían hablado de otra gente, pero todos resultaron ser simples aficionados; incluso alguno era un farsante, dispuesto a aprovecharse de la credulidad de la gente.

Agotadas las posibilidades, después de más de una semana de fiascos, en la villa y corte se habían acumulado los problemas, dejándole poco tiempo para dedicarse a lo que verdaderamente le gustaba de su profesión, decidió acudir de nuevo a don Gumersindo. Si era necesario doblaría la cantidad, incluso le ofrecería protección, si se mostraba remiso.

Tenía grabada la imagen de Anaya asomado a la ventana, observándolo mientras cruzaba la calle.

La tranquilidad había regresado al portal del número veintidós de la calle del Arenal, después de unos días de agitación. Celestina dormitaba en su tabuco y se sobresaltó con el sonido seco de la vara del alguacil golpeando el mostrador.

—¿Qué carajo pasa? —protestó malhumorada, sin tener conciencia clara de lo que ocurría.

—¿Sabe si le ocurre algo al señor Anaya?

La pregunta acabó de despabilarla.

—¡Ah! Es usted.

—He llamado en su vivienda y nadie responde.

La portera se arrebujó en el negro mantón con que se abrigaba de los fríos invernales.

—¿Cómo quiere que le respondan, si ahí no vive nadie?

Las pobladas cejas de don Fernando se aproximaron.

—¿Y don Gumersindo?

—Se marchó la semana pasada.

—¿Se ha ido de viaje?

—Se ha marchado.

—¿Quiere explicarme qué es eso de que se ha marchado?

—¡Que se ha ido, carajo!

—¿Ha trasladado su domicilio?

—Sí, señor.

La vieja se puso en pie con cierta dificultad y salió de su cuchitril.

—Todo ocurrió muy deprisa, su partida ha sido muy extraña.

—¿Por qué lo dice?

—Porque don Gumersindo llevaba aquí toda la vida, y en un santiamén, antes de que nos diésemos cuenta, cargó los bártulos y se largó, casi sin decir adiós. Me malicio que el asalto le metió el miedo en el cuerpo y pensó que lo mejor era tomar las de Villadiego.

—¿Cuánto hace que se marchó?

La portera echó cuentas, pasando el pulgar por las yemas de los otros dedos.

—Cinco... cinco... No seis días. Hace seis días.

El alguacil echó cuentas, se fue tres días después de que hablasen, probablemente ya tenía tomada la decisión.

—¿Sabe usted dónde puedo encontrarlo?

Celestina apretó los labios y las arrugas de su boca se perfilaron más nítidas.

—No ha dejado dirección.

El alguacil murmuró entre dientes:

—Sí que es extraño.

—Ya se lo he dicho.

—¿Y la vivienda? Tengo entendido que era de su propiedad.

La vieja se encogió de hombros en un gesto ambiguo.

—¿Y los muebles?

—Todos han salido atestando. Cuatro mozos llenaron una carreta hasta los topes. Estuvieron una mañana entera subiendo y bajando.

—¿Habría alguna forma de entrar en la vivienda?

La vieja no contestó. Le preguntó de nuevo y se hizo la sorda; Escobar comprendió su silencio. Se llevó la mano al bolsillo, sacó medio real y lo puso sobre el mostrador. La mano de Celestina apareció fugazmente y la moneda fue al bolsillo de su delantal. Se acomodó sobre los hombros su pesado mantón de lana negro, rematado con cabos trenzados, cogió una banquetilla y su labor de ganchillo, y le hizo a don Fernando una señal para que lo siguiera.

Se quedó admirado al comprobar la habilidad con que la vieja manipulaba la cerradura de la puerta con la aguja de hacer punto. Una vez abierta, se hizo a un lado y le guiñó un ojo con picardía.

—Quede claro que lo hago porque se trata de usted.

—Por supuesto. —El alguacil le devolvió un guiño de complicidad.

—No se entretenga demasiado, yo le aguardo aquí.

Estaba claro que Celestina había campado a sus anchas por la vivienda.

La inspección ocular no reveló otra cosa que la veracidad de la información de la portera. Salvo polvo y suciedad, allí no había otra cosa. En la pared podían verse algunos clavos oxidados y las marcas dejadas por los cuadros; en un rincón, tiradas, unas tablas carcomidas. Si don Gumersindo había dejado alguna otra cosa, la vieja ya le había dado destino.

Husmeó en una alacena, examinando las paredes con detenimiento. Abrigó una momentánea esperanza al comprobar que el fondo eran unas tablas tapadas con una delgada capa de yeso y encaladas. Era la forma habitual de construir un escondite. Habían sido removidas y vueltas a colocar. Utilizó su navaja como palanca, arriesgándose a que la hoja saltase, y logró desprender una; retirar las otras fue un juego de niños. Efectivamente, apareció una oquedad, pero estaba vacía. Probablemente era uno de los escondites de don Gumersindo, quizá la portera también había utilizado allí su aguja con habilidad. Se detuvo un momento en la chimenea, palpando por dentro y por fuera, pero sólo consiguió llenarse los dedos de hollín. Pateó el suelo por si alguna losilla ocultaba un escondrijo e hizo lo propio en el entarimado del pequeño gabinete donde había mantenido las dos reuniones; todo fue en vano.

Antes de marcharse, echó un último vistazo a la cocina; en el fogarín quedaban restos de ceniza. Iba a escarbar con su bastón cuando por el ventanuco, que daba más ventilación que luz, entró una ráfaga de viento helador y hediondo. Comprobó que daba a un patio de vecindad del que subía un olor nauseabundo. Era el estercolero de la casa, donde se acumulaban las inmundicias y desperdicios arrojados por el vecindario. El montón señalaba que el basurero llevaba muchas semanas sin retirar el estiércol, que vendía a los hortelanos de la ribera del Manzanares, donde se utilizaba como abono.

En lo que a higiene pública se refería, Madrid había vivido un retroceso después de que el rey anterior tomase importantes medidas, que tanto rechazo provocaron entre los madrileños. Se consoló pensando que, al menos, el grito de «¡agua va!» había pasado a mejor vida. Salió al pasillo y miró hacia el rellano donde Celestina se afanaba con la aguja, la vieja debió intuirlo porque alzó la vista y le preguntó con malicia:

—¿Ha encontrado usted algo?

—Bien sabe que no.

La portera dejó la labor sobre su regazo y se pasó las manos por sus atirantados cabellos.

—Nunca se sabe, usted es el experto y se supone que ve donde otros no encuentran nada. Antes se me olvidó decirle algo que tal vez sea de su interés.

El alguacil se acercó escamado.

—Pues dígamelo ahora.

La vieja cogió las agujas y se aplicó de nuevo a la labor. «¡Maldita bruja!», pensó el alguacil al comprobar que su medio real no llegaba hasta allí y que Celestina estaba dispuesta a aprovechar la ocasión. Tuvo la tentación de amenazarla, pero decidió que era mejor desprenderse de otro medio real. Al mostrárselo entre los dedos, la vieja lanzó un manotazo para hacerse con la moneda, pero el alguacil, prevenido, fue más rápido.

—Primero, eso que tenías que decirme. —Decidió que había llegado el momento de tutearla para establecer cierta confidencialidad, que podría resultarle de utilidad.

—En estos días atrás vinieron unos individuos, muy elegantes, preguntando por don Gumersindo.

—¿Eso tiene algo de particular?

—Lo tiene, porque antes de que usted apareciese la primera vez, apenas recibía visitas, aparte del joyero, cuando le traía el trabajo.

—¿Podría darme algún detalle de esos individuos?

—Eran franceses —le espetó la vieja.

—¿Cómo lo sabe?

—Por esa forma de hablar tan rara que tienen.

—¿Forma rara de hablar?

—Sí, es como si se le atragantasen algunas palabras.

Don Fernando pensó que tal vez se tratase de los individuos que buscaba. Sin embargo, no coincidía con las referencias que el criptógrafo le había dado de quienes se llevaron el mensaje. Don Gumersindo afirmó que no creía que fuesen franceses. Lo recordó semioculto en la ventana, mirándolo cruzar la calle. Se atusó los mostachos, tratando de ordenar las ideas.

—¿Qué clase de trabajo solía traer el joyero?

Celestina bajó la voz como si estuviera desvelando un secreto inconfesable.

—Don Gumersindo tasaba piedras preciosas y las engastaba en joyas de mucho valor. Estoy segura que quienes asaltaron la vivienda buscaban diamantes o esmeraldas, u otras piedras preciosas.

—¿Quién es el joyero?

—Montesinos, el de la carrera de San Jerónimo.

Celestina miró el medio real, que ahora estaba demasiado alto porque don Fernando había alzado el brazo.

—Creo que me lo he ganado.

—Todavía no.

—¿No?

—¿Hay alguna otra cosa que te haya llamado la atención en estos días?

Apretó los labios y las arrugas crecieron en torno a su boca.

—Durante un día entero, don Gumersindo estuvo quemando papeles.

—¿Cómo lo sabes?

—Porque era tal la humareda que salía por el postiguillo de la cocina que subí para ver qué ocurría. Le dije que podía provocar un incendio y que mejor hacía una candela en el patio. Aceptó y le ayudé a bajar brazadas de papeles que convertimos en cenizas.

Escobar pensó que, con un poco de suerte, allí podía encontrar alguna pista.

—¡Vamos a ese patio!

—¿Para qué? —Celestina estaba cada vez más incómoda—. Ya le he dicho que todo quedó reducido a cenizas. Hicimos un buen candelorio.

—Hace un momento has dicho que soy un experto y veo donde otros no encuentran. ¡Vamos a ese patio! —reiteró con autoridad.

Era lo más parecido a un muladar. En un rincón, mezclado con desperdicios y otras inmundicias, había una capa de restos de ceniza. El alguacil removió con el bastón, comprobando que el fuego lo había devorado todo. Con la desilusión agarrada a la voz, comentó:

—Veo que lo hicisteis a conciencia.

—Ya se lo advertí.

Don Fernando le entregó el medio real, indicándole que quería echar una última mirada a la vivienda.

Fue directamente a la cocina y rebuscó en el fogarín, donde Anaya comenzó la quema, por si el fuego hubiera respetado algo. Escarbó con la punta de su bastón entre las cenizas y tropezó con algo a medio calcinar. Se agachó y encontró un objeto de cuero chamuscado. Al sostenerlo en sus manos tuvo un pálpito, lo sacudió para desprenderle el hollín y se quedó inmóvil.

—¡Por la Santísima Virgen! Esto… esto…

Lo guardó bajo su capa, se despidió rápidamente de Celestina y salió a la calle. Tenía que hacer una visita a Montesinos, el joyero de la carrera de San Jerónimo.

10

La noche caía sobre Madrid y la gente caminaba presurosa. Los velones alumbraban, desde hacía rato, en la librería de Diego Rabadán, emplazada en una esquina de la plaza de las Descalzas.

Rabadán, además de librero era impresor; en la trastienda de su negocio, las más de las tardes, tenía lugar una animada tertulia a la que concurría con asiduidad don Juan de Goyeneche, abogado de los Reales Consejos; don Buenaventura Corbacho, boticario, experto en preparar infusiones de quinina, muy aficionado a las plantas y a la cacería, que tenía su oficina en la plazuela de Salenque; el padre don Torcuato Pizarro, párroco de la vecina iglesia de San Ginés; don Luis de Mosquera, capitán de caballos, ya retirado del servicio y que había peleado a los órdenes del general Ricardos contra los franceses en la guerra del Rosellón; un poeta, que firmaba sus versos con el nombre de Félix Talaverano, a quien martirizaba la gota, extraña enfermedad en un individuo tan enteco, y, en contadas ocasiones, cuando el trabajo se lo permitía, se podía ver a Juan Bolea, un aragonés alto, de ascendencia gaditana, que era el dueño del mesón del postigo de San Martín.

Aquella tarde de mediados de diciembre, en vísperas de las navidades, se divertían con una picante historia que daba juego para todo tipo de ocurrencias; era de lo que se hablaba por todas partes y llenaba de comentarios los cafés de la Puerta del Sol y de la calle de la Montera.

Cuatro eran los reunidos, contando a Rabadán —el boticario, Goyeneche y el poeta Talaverano—, cuando asomó la nariz uno de los oficiales que compartía actividad entre las prensas y la librería.

—Disculpe, don Diego, pero ahí fuera hay unos caballeros que preguntan por usted.

El librero lo reprendió con la mirada: tenía dicho que no se le molestase cuando estaba con sus amigos. El oficial supo que había de excusarse.

—Han insistido en verlo.

—Perdonen un momento, enseguida vuelvo.

Rabadán ganaba ya el pasillo que conducía a la librería, atestado de rimeros de libros y pliegos impresos que iban del suelo al techo, cuando el oficial lo puso sobre aviso.

—Creo que son de la policía y no parece que traigan buenas intenciones.

El librero se detuvo.

—¿Por qué lo dices?

—Se muestran groseros y se dan muchas ínfulas. Traen un cartapacio que me ha parecido reconocer.

El color había desaparecido de su rostro y en su frente se marcó una arruga de preocupación.

—¿Estás seguro?

—Me parece que se trata de un juego de las estampas que se imprimieron la semana pasada.

—¿Les has dicho algo?

—¿Yo? Ni media palabra.

Hasta ellos llegó una voz desagradable procedente de la librería.

—¿Viene o tendremos que traerlo por las orejas?

—¡Ya va! ¡Ya va! —La voz de Rabadán sonaba descompuesta.

Uno de los individuos controlaba la puerta mientras otro hablaba con el aprendiz que hacía los recados y preparaba los paquetes. Un tercero, el que había gritado, aguardaba impaciente con el cartapacio bajo el brazo. A pesar de ser el más joven parecía el jefe; su actitud, efectivamente, era desafiante y chulesca. Apenas vio aparecer al librero, le preguntó, sin darle un respiro para saludar:

—¿Es usted Diego Rabadán?

—Para servirle.

El policía hizo una mueca con la boca, difícil de interpretar.

—¿El dueño de esta librería y de La Estampa, la imprenta que está a la espalda, en la calle de la Palma?

—Sí, señor.

Colocó el cartapacio sobre el mostrador y deshizo los lazos. A Rabadán se le había encogido el estómago y el vientre se le había descompuesto.

—¿Reconoce estos… estos dibujos? —Con un manotazo había esparcido por el mostrador algunas de las láminas. En la primera podía leerse un párrafo que decía así: «Real y verdadera historia de los crímenes, desaciertos, robos, traiciones, tropelías y maldades cometidos por la ambición del Choricero, compuesta y dibujada por el licenciado Tinieblillas, español y honrado». En otra, se veía una caricatura de Godoy armado de un cuchillo chacinero, trabajando una cabeza de cerdo. Las demás eran del mismo tenor.

—¿Por qué me lo pregunta?

El policía lo midió de arriba abajo con desprecio.

—Soy yo quien interroga.

El librero sacó fuerzas de su escasa reserva.

—¿Y quién es usted para interrogarme?

Los labios del individuo se arquearon en una mueca, componiendo un rictus parecido al de las máscaras de teatro que representan el malhumor.

—Alguien que tiene autoridad para hacerlo.

—¿Quién es usted? —Rabadán agotaba sus últimas reservas de resistencia.

El joven sacó del bolsillo de su deslustrada casaca una cédula en la que junto al texto podía verse un sello en lacre rojo y se la mostró al librero, metiéndosela en la cara, con modos groseros. Rabadán, tratando de ganar algunos segundos, sin saber muy bien para qué podían servirle, se caló unos quevedos que colgaban de su pecho y leyó el texto.

—¿Satisfecho? —le preguntó con desdén su interrogador, mientras le requería el papel.

El librero asintió con un ligero movimiento de cabeza y, tratando de disimular el temblor de su mano, le devolvió la cédula.

—¿Va ahora a responder a mis preguntas?

—Sí, señor.

—¿Reconoce estas láminas?

El impresor las hojeó despacio; algunos dibujos eran magníficos y retrataban, de forma chabacana, algunos de los momentos de la pomposa y meteórica carrera política de don Manuel Godoy. Pese a los nervios sintió cierto placer morboso al leer uno de los versos que acompañaban a los dibujos:

Entró en la Guardia Real
y dio el gran salto mortal.
Con la reina se ha metido
y todavía no ha salido.
Y su omnímodo poder

viene de saber... cantar.
Mira bien y no te embobes
da bastante AJIPEDOBES

El policía no lo dejó terminar.

—Creo que ya los ha mirado bastante.

—Sí, señor.

—¡Reconozca su autoría! —lo amenazó, dando por sentado algo que el librero no había admitido.

—No, señor. Además, puedo decirle que este verso es bastante malo, yo diría que malísimo. —El propio Rabadán estaba asombrado de su aplomo, aunque la descomposición de su vientre era cada vez más molesta.

—¡Yo no digo que usted sea el autor de esos ripios! Me refiero a la impresión. ¿Se niega usted a reconocer esta... esta basura como obra salida de su imprenta?

Rabadán remiró otra vez las láminas y repitió su negativa, ahora con más energía.

—La impresión es buena, pero le aseguro a usted que estas láminas no han salido de La Estampa. Es la primera vez que las veo.

El policía se pasó la mano por el mentón, sin quitar la vista del impresor. No albergaba dudas de que era el artífice del cartapacio, pero no tenía pruebas.

—Nuestras informaciones, por el contrario, indican que usted es el impresor.

—No es cierto —se defendió Rabadán, quien tenía el vientre a punto de explotar.

—Tengo dos testigos que lo afirman.

—Sería su palabra contra la de don Diego. —La voz había sonado a la espalda del librero.

—¿Quién es usted? —se encaró el policía.

—Don Juan de Goyeneche, abogado de los Reales Consejos.

En los ojos del policía apareció un destello de duda.

—Y usted, ¿quién es? —lo desafió el letrado.

—Ya me he presentado debidamente.

—Pues, debidamente, recoja esa basura —Goyeneche se había acercado al mostrador y echado una ojeada a las láminas— y márchese a otra parte.

—Yo estoy cumpliendo con mi obligación.

En ese momento entró en la librería el párroco de San Ginés y se percató de la tensión. Miró al policía y se sorprendió.

—¡Hombre, Constantino! ¿Qué haces tú por aquí? ¿No me irás decir que te has aficionado a la lectura? ¡Sería todo un acontecimiento!

El joven, al ver al sacerdote, perdió parte de sus arrestos, se desinflaba como un pavo real cuando cierra el abanico.

—¡Don Torcuato!

—El mismo, hijo, el mismo. ¿Qué haces tú por aquí?

El cura se acercó hasta el mostrador, miró las láminas y soltó una carcajada que tuvo la virtud de relajar la tensión que flotaba en el ambiente. El párroco de San Ginés era persona de mucho cálculo, profundo conocedor del alma humana y sobrada experiencia.

—¿Tú has traído esto, Constantino?

El policía asintió con el rostro enrojecido por el arrebol.

—Sí, don Torcuato. —Había desaparecido toda su arrogancia.

—Pues ten cuidado porque, como te agarren con esas láminas, lo puedes pasar mal. Son harto injuriosas, aunque he de reconocer que tienen su gracia.

—Las he traído porque ciertas informaciones apuntan a que han salido de las prensas de La Estampa.

El cura lo miró de hito en hito, componiendo en su semblante una expresión de sorpresa.

—¿A qué te dedicas ahora?

—Trabajo para su excelencia.

—¿El príncipe de la Paz?

—Sí. —La afirmación tenía algo de vergonzante.

—Ven para acá, Constantino, hijo, ¿te importa?

Don Torcuato le echó el brazo por encima del hombro en una actitud paternal, que recordaba los tiempos en que fue su monaguillo en la parroquia; hizo con él un aparte y durante un par de minutos no dejó de susurrarle al oído. El policía recogió las láminas, hizo un gesto a sus compañeros y se despidió.

Apenas pusieron los pies en la calle, el librero ordenó cerrar la puerta. Para sustos, con el que acababa de pasar, ya tenía bastante.

—¿Qué le ha dicho usted a ese pelafustán? —le preguntó Goyeneche.

—La verdad.

El letrado torció el gesto.

—¿Y cuál es, si puede saberse?

El párroco dejó escapar un suspiro.

—Que Godoy tiene los días contados, que la gente odia al Choricero y que no le merece la pena señalarse porque, más bien antes que después, el príncipe de Asturias y los suyos serán quienes partan el bacalao. Que capee el temporal como mejor pueda y que vaya buscándose acomodo para la nueva situación que se avecina.

—¿Qué le ha contestado?

—Que respecto al Choricero es de la misma opinión y que aceptó este trabajo porque, hace dos años, su madre se quedó viuda. Él, que acaba de cumplir los veintiuno, es el mayor de siete hermanos y tiene la responsabilidad de esas bocas. Es listo como una ardilla y ha alcanzado cierta posición en la policía de Godoy, pese a sus pocos años.

—¿Ha dicho que acaba de cumplir los veintiuno?

—Así es.

—Pues parece algo mayor.

—¡Serán las dificultades de la vida, que endurecen mucho!

El oficial y el aprendiz acabaron de recoger la librería, se encargaron de apagar fanales y velas, y de dejarlo todo en orden. En la trastienda se reanudó la interrumpida reunión, una vez que el librero regresó del excusado, adonde había encaminado sus pasos apenas se marcharon los polizontes.

—¿Qué son esas láminas, Rabadán? —preguntó el reverendo.

Antes de responder, el librero sacó una botella de orujo y sirvió unas copas. Tenía necesidad de matar el gusanillo.

—A finales de septiembre un criado del duque de Alagón apareció por la imprenta. Su amo quería hablar conmigo y me citaba para aquella misma tarde. Me mostró unas planchas grabadas a punzón y una serie de versos alusivos a las escenas, una treintena en total. Quería que hiciese una tirada porque, según me dijo el duque, una persona muy principal, con motivo de las navidades, estaba vivamente interesada en hacer un regalo a un grupo de amigos. Sería un cartapacio con las láminas, donde se recoge la vida y milagros del Choricero. Los dibujos estaban todos confeccionados, pero faltaban algunos versos para completar la colección. Según me dijo, ésa fue una razón añadida por la que habían pensado en La Estampa para realizar la impresión. Sabía que un encargo como aquél me produciría no poco regocijo y conocedor, además, de mi afición a las rimas, me ofrecía la posibilidad de completar las estrofas que faltaban.

—¿Aceptaste el encargo? —preguntó Goyeneche.

—¿Acaso lo duda usted?

—Usted sabe que imprimir sin pie ni autorización es un grave delito. La ley de control de imprenta dictada por Godoy el año pasado es muy dura. Hay un Juez de Imprentas con instrucciones severísimas para todo lo relacionado con las sátiras personales, las calumnias o las publicaciones que recojan imposturas contra algún cuerpo del Estado o persona individual.

—Era consciente del riesgo, pero decidí aceptar y solicitar alguna colaboración. —El librero miró al poeta quien, prudentemente, había permanecido en la trastienda durante el incidente.

—Yo he compuesto algunos de los versos —confesó Talaverano y de un trago se zampó el vaso de orujo.

—Todo se llevó bajo el mayor de los sigilos. Las planchas de las láminas las preparaba Cordón, el maestro de imprenta, ayudado por un oficial de toda confianza, cuando ya los operarios se habían marchado. Estuvo trabajando algo más de un mes, a razón de una plancha por día. Cada mañana, a primera hora me traía el paquete con las láminas y un criado del duque venía a recogerlas para que una mano anónima colorease las copias.

—Supongo que te habrás reservado algún juego —preguntó don Torcuato.

—Ocho.

—¿Ocho? —se extrañó Goyeneche—. No se te ocurrirá ponerlas a la venta.

—No estoy tan loco.

—Sí, pero eres lo suficientemente imprudente como para imprimirlas —le recriminó el juez.

—Ya le he explicado que la impresión se ha hecho con todas las garantías.

—Las mismas que tienen las escopetas, que las carga el hombre y las dispara el diablo —protestó Goyeneche quien, pese a su actitud ante los agentes del valido, no aprobaba la actuación del impresor.

—¿Por qué se ha quedado con ocho juegos? —preguntó don Torcuato, temeroso de que la conversación derivase por un derrotero inadecuado.

—Porque también yo había pensado hacer un regalo estas Navidades a ciertas personas.

—¿A quién pensabas obsequiar?

—¡Sírvanse ustedes mismos! —invitó Rabadán señalando la botella de orujo y perdiéndose por una puerta en dirección al patinillo que había al fondo de la casa, donde estaba el excusado y un pequeño almacén. Regresó al poco con cuatro cartapacios bajo el brazo.

—Había decidido esperar a la Nochebuena para entregar el regalo, pero dadas las circunstancias…

Los reunidos examinaron con detenimiento las estampas. El pintor había logrado llevar el ridículo del personaje a los mayores extremos, presentándolo como un compendio de maldades y en actitudes ridículas. Los versos eran de diferentes calidades, algunos estaban compuestos a golpe de ripio y otros estaban mejor cincelados.

—¿Qué es esto de Ajipedobes? —preguntó el boticario.

—¿Dónde lo ha leído, don Buenaventura?

—En esta aleluya dedicada a la reina, donde su majestad no sale muy bien parada:

Mi puesto de Almirante
me lo dio Luisa Tonante.
Ajipedobes la doy
considerad dónde estoy.

—Mire usted los dos últimos versos de la estampa anterior.

El boticario pasó la lámina y leyó en voz alta:

Si lo dices al revés
verás lo bueno que es.

—¿Qué significa esto?

—Lea usted ajipedobes al revés —lo apostrofó don Torcuato, quien no pudo contener la carcajada.

—¡Sebodepija!

Don Buenaventura Corbacho tampoco pudo contener la risa.

—¡Sebo de pija!

Aquellas Navidades que consumían los últimos días de 1807 las estampas, pese a haberse impreso en número reducido, fueron el principal objeto de conversación en cafés y mesones. Corrió el rumor de que habían sido el regalo del príncipe de Asturias a un grupo de sus partidarios.

La gente se regodeaba y hacía todo tipo de burlas a cuenta de los Ajipedobes. En la Fontana, en el café de Levante, en las tertulias de la burguesía y en los salones de la aristocracia no se hablaba de otra cosa. Los chistes subidos de tono a cuenta de las jocosas y picantes escenas fueron una de las diversiones con que los madrileños despidieron el año.

En medio de las fiestas fueron pocos los que dieron importancia a un suceso ocurrido por aquellos días y que, eso no lo sabía casi nadie, suponía una flagrante violación del tratado de Fontainebleau. Un nuevo contingente de tropas francesas, el llamado ejército del general Dupont, unos treinta mil hombres, cruzaba la frontera por Irún. Dupont instaló su cuartel general en Valladolid y se limitó a enviar algunas partidas a tierras de Salamanca, como si observasen el territorio próximo a la frontera portuguesa.

Si en octubre las tropas de Junot habían cruzado la frontera sin que se hubiesen cerrado los acuerdos que se negociaban en Fontainebleau, ahora se vulneraba lo allí firmado, ya que el tratado limitaba la entrada de tropas francesas a las que penetraron en octubre.

Antes de acabar el año, Napoleón tenía cerca de sesenta mil hombres en la Península y un acontecimiento de tal magnitud apenas había levantado algún rumor, reducido a círculos muy concretos. La mayor parte de los españoles estaba más pendiente de las intrigas que agitaban la corte y enfrentaban a Godoy y al príncipe de Asturias, a quien el pueblo ya reverenciaba como a un ídolo.

En París los planes de Bonaparte maduraban. Si en algún momento pensó en instar a su hermano Luciano para que le diese la mano de su hija Carlota y ofrecérsela en matrimonio al príncipe de Asturias, siempre y cuando Carlos IV lo confirmase en sus derechos sucesorios, ahora había llamado a su hermano José para hacerle, según le había hecho saber por carta, «una propuesta muy especial».

A falta de capa, Pelanas envolvió el cuello en su bufanda para tener la sensación de que combatía el intenso frío. Apuró su jarrilla y se disponía a abandonar el mesón algo antes de lo habitual. Estaba contento porque llevaba en el bolsillo ocho reales, para él toda una fortuna, gracias a que el maestro Biedma lo había empleado en algunos trabajos, más que nada por proporcionarle el dinero necesario para pagar los atrasos del alquiler de la buhardilla.

—Dios les dé buenas noches. —La corpulencia del alguacil mayor, embozado en su capa, contrastaba con la raquítica imagen del cómico.

—¡Hombre, don Fernando! —El gacetillero lo saludó efusivamente—. ¡Qué caro se vende usted! ¿Cuánto hace que no le vemos por aquí?

—Cerca de dos semanas. —Don Fernando se acomodó en un asiento y se frotó las manos para espantar el frío—. He estado unos días fuera de Madrid.

—¿Los crímenes de Salamanca?

—Así es.

—¿Y qué tal van las pesquisas?

—Progresando.

—¿Puede adelantarnos algo? —preguntó don Honorio.

—No mucho, pero antes he de calentar al gaznate. ¡Vengo congelado!

—¡A ver, Pacorro! ¡Una de Arganda para don Fernando! —pidió Gustavo.

Pelanas se sentó de nuevo. ¡Que esperase la casera!

Apenas la moza dejó la jarrilla sobre la mesa, le dio un buen tiento y se limpió la boca con el dorso de la mano.

—Logré desentrañar el mensaje.

—¿Usted? —El gacetillero se dio cuenta demasiado tarde de lo inoportuno que había sido.

—¿Lo pones en duda?

—Discúlpeme, don Fernando, no pretendía... Como nos contó que Anaya se había esfumado...

—Sin embargo, sin pretenderlo, me dejó dos pistas sumamente interesantes, aunque algo chamuscadas. Antes de marcharse, prendió fuego a todo aquello de lo que quiso desprenderse, pero un cuadernillo se salvó de la quema, oculto entre las cenizas de la chimenea. Las tapas de piel muy gruesa, soportaron el fuego y protegieron las páginas. ¡El muy bribón, aunque me lo ocultó, había descifrado el mensaje!

—¿Ha podido averiguar por qué se marchó tan apresuradamente? —le preguntó Bracamonte.

—Probablemente, quienes asaltaron su vivienda lo amenazaron.

—¿Sabe quiénes fueron?

—Albergo pocas dudas de que fueron agentes de Bonaparte.

—¿Franceses?

—Así es, posiblemente los mismos que cometieron los crímenes de Salamanca.

—¿En qué fundamenta esas sospechas?

—En lo que se dice en el mensaje.

—¿Qué dice?

—Lo siento, don Honorio, pero eso, en estos momentos, forma parte del secreto profesional.

11

El tiempo amenazaba lluvia y hacía mucho frío. Era probable que Madrid amaneciese cubierto por la nieve. Se veía poca gente por las calles, salvo en la Puerta del Sol, en la calle de la Montera, en los alrededores de la plaza Mayor y en la parte alta de la carrera de San Jerónimo. Era la zona de los noctámbulos, de los clientes de los recién inaugurados cafés y de la gente que acudía a los teatros, algo animados con la polémica de las novedades traídas por Moratín a la escena, después de una larga sequía durante la que las tablas acumularon polvo.

Dos hombres, embozados en amplias capas, aguardaban apostados en el zaguán de una casa frente al convento de los dominicos de Santo Tomás, a la espalda de la plazuela de la Leña. De vez en cuando recorrían los nueve pasos que medía el zaguán para que el frío no les congelase los pies.

—¡Maldita sea! Si no fuese porque lo he visto, dudaría que pudiésemos cumplir nuestra misión. ¡Con este frío sólo un loco saldría a la calle!

—Ten un poco de paciencia —lo apaciguó su compañero—. Sabemos que está ahí y que, antes o después, tiene que salir.

—Me sobra tanta paciencia como frío —se frotaba las manos para hacerlas entrar en calor— y, aunque la espera me resulta insoportable, aquí estaría, si fuera menester, toda la noche con tal de que ese canalla reciba su…

No terminó la frase porque unas voces desde la esquina de la calle Barrionuevo los pusieron sobre aviso. Atisbaron desde la oscuridad del zaguán y comprobaron cómo varios individuos se despedían; uno de ellos hablaba de la mala suerte que lo había acompañado toda la noche. Al parecer los naipes se habían mostrado esquivos y no había ligado una sola combinación. Desde hacía bastantes meses una mala racha se cebaba en él, lo que había dado lugar a que las pérdidas acumuladas desde principios de verano sólo hubiese podido enjugarlas con préstamos a un rédito exorbitante, que pudo pagar con el dinero procedente de una extraña herencia, según había dicho a sus compañeros de tugurio.

—¡Prepárate! —indicó el individuo que se había quejado de la espera.

En el silencio del zaguán se escucharon los chasquidos de las navajas al abrirse, en la calle empezaban a caer los primeros copos de nieve.

Tres de los cuatro individuos que habían salido del garito subieron hacia la plaza del Ángel y sus voces se apagaron en la lejanía, el cuarto se aproximaba a donde ellos aguardaban. En el silencio de la noche, sus pasos sonaban cada vez más cerca. Al llegar a la altura del zaguán dos sombras se abalanzaron sobre el jugador. La primera de las cuchilladas le hirió la mano y penetró por el costado; quien se la asestaba le murmuró al oído:

—¡Ésta es por Armenta!

La segunda le llegó al cuello, del que brotó con fuerza un chorro de sangre caliente. Al teniente Arencibia, acababan de segarle la yugular. Mientras se desplomaba y la vida se le escapaba a borbotones, llegaron a sus oídos las últimas palabras que escucharía en su vida.

—¡Ésta por Eslava! ¡Traidor!

Un estertor, que agitó su pierna derecha, señaló que acababa de morir.

Los dos hombres limpiaron las navajas y se alejaron a toda prisa en dirección a la fuente de Santa Cruz y ganaron los soportales de la plaza Mayor. La nieve se intensificaba por momentos y ya una delicada capa blanca empezaba a cuajar sobre el oscuro granito que formaba el empiedro de la plaza.

En pocos minutos la sacristía de la iglesia de los dominicos de la calle de la Pasión se había llenado. Los reunidos eran cerca de una veintena; como siempre, habían escogido un lugar alejado de miradas indiscretas y al resguardo, por su carácter sagrado, de pesquisas. Algunos de los presentes habían asistido a los oficios religiosos y, una vez concluidos, fueron entrando como si se tratase de los hermanos de una piadosa hermandad. Entre ellos se contaban algunos clérigos.

La luz era mortecina, lo que daba a la sacristía un aire de clandestinidad acorde con la situación de los congregados. Formaban corrillos donde comentaban las noticias de los últimos días. Tomaron asiento, según su criterio, ocupando los bancos, sillas y escabeles que estaban arrimados a la pared para organizar el reducido espacio de la sacristía. Los comentarios cesaron cuando don Francisco, el presidente, pidió silencio e indicó a don José de Vargas, en su condición de secretario de la fraternidad de San Andrés, que tomase la palabra para presentar a dos nuevos miembros, ambos capitanes de artillería.

En un rincón, al lado de don Francisco, junto a un pequeño candelabro, había unos evangelios. Vargas invitó a quien hasta aquel momento había sido el apóstol Pedro a prestar juramento de fidelidad a la fraternidad y a la patria.

—Don Luis Díaz, aquí presente, ¿juráis por vuestro honor cumplir vuestras obligaciones con la fraternidad de San Andrés, guardar silencio de todas sus deliberaciones y defender a la patria por encima de cualquier otra consideración?

—¡Sí, lo juro!

—Si hacéis honor a vuestro juramento, que la patria os lo premie y si no, os lo demande.

Luego invitó a Mateo.

—Don Pedro Valdés, aquí presente…

Murmullos de aprobación acogieron su incorporación a la fraternidad de la que, a partir de aquel instante, eran miembros de pleno derecho.

A continuación el secretario hizo una breve exposición de asuntos acaecidos desde la anterior reunión y, concluida su tarea, don Francisco, cuya edad lo convertía en un anciano venerable, tomó la palabra en su condición de presidente.

—Creo recoger el sentir de todos vosotros si expreso mi alegría y satisfacción por la incorporación de estos dos valientes oficiales. Quiero, además, llamar la atención sobre un hecho de suma importancia. Se trata de dos hombres que pertenecen a un grupo de buenos patriotas que, como hicimos nosotros hace algunos meses, habían decidido estar preparados para actuar en el momento oportuno, si las circunstancias lo aconsejaban, dada la actuación de unos gobernantes entregados a los deseos del emperador de los franceses.

»Supimos de su existencia —prosiguió—, gracias a la información que nos proporcionó el padre Indalecio. Él nos alertó sobre su existencia, muy preocupado, al tener conocimiento de la muerte del teniente Armenta, perpetrada en la ciudad de Salamanca, al parecer por agentes bonapartistas; también nos dio aviso del peligro que se cernía sobre ellos. Hoy los Apóstoles, nombre con que bautizaron a su organización, acaban de incorporarse a nosotros, como ha señalado nuestro secretario. Permitidme darles la bienvenida de una forma personal porque no sólo supone la incorporación de dos miembros a la fraternidad de San Andrés, sino que poseen información de notable importancia sobre las graves amenazas que acechan a nuestra patria.

Los aludidos asintieron con ligeros movimientos de cabeza.

—Yo pediría —solicitó el presidente— que cualquiera de ellos nos informe de lo que han alcanzado a conocer acerca de los planes que Napoleón tiene previstos para España.

El capitán Díaz, se puso en pie y, después de saludar a sus nuevos compañeros, explicó con todo lujo de detalles sus experiencias en París el día de Navidad del año 1806 y el poco aprecio que el embajador hizo de aquella información, que tampoco fue apreciada por los mandos militares de Madrid. A continuación, dio ciertos detalles sobre la formación de los Apóstoles y sus vicisitudes. Explicó la misión del teniente Armenta y su desgraciado final y, por último, se refirió a su fallida visita a la casa del criptógrafo don Gumersindo Anaya para hacerse con el mensaje que traía Armenta.

—¿Cómo supieron ustedes que el mensaje que traía el teniente estaba en casa de ese Anaya? —le preguntó don Francisco.

El capitán miró a don Indalecio, que estaba sentado a su lado y el párroco asintió con un ligero movimiento de cabeza.

—Fue don Indalecio quien nos advirtió.

—¿Don Indalecio?

—En efecto. Desgraciadamente, cuando acudimos al domicilio del tal Anaya, comprobamos que alguien se nos había adelantado.

—¿Está seguro de eso?

—Por supuesto. Mi compañero —el capitán hizo un gesto con la mano, señalando a Valdés— puede corroborarlo.

—¿Por qué está tan seguro de que alguien se les había adelantado? ¿No podía tratarse de un engaño de ese Anaya?

—La posibilidad existe, pero sepa usted que el domicilio del criptógrafo se encontraba patas arriba, todo revuelto y en el más completo desorden. Alguien había buscado lo mismo que nosotros.

—¿Pudo haberlo dispuesto para hacerles creer que alguien ya había estado allí?

—Lo dudo, señor. Como comprenderá, no habíamos anunciado nuestra visita.

Desde el otro extremo de la sacristía alguien preguntó al párroco de San Justo:

—¿Cómo sabía usted que el mensaje de Armenta estaba en casa de ese criptógrafo?

—No tiene obligación de contestar a la pregunta —le advirtió el presidente.

Don Indalecio se puso de pie y al moverse se agitó el humo que lo envolvía. El ambiente estaba cada vez más cargado, muchos de los reunidos eran fumadores y sus cigarros habían convertido la atmósfera de la sacristía en una nube de humo cada vez más densa.

—No tengo inconveniente en responder, pero antes quiero recordar a los presentes que estamos obligados, bajo solemne juramento, a guardar silencio de todo lo que aquí se escuche.

Hacia la bóveda de la sacristía se elevó un murmullo de asentimiento y el párroco carraspeó para aclararse la garganta.

—Por una serie de circunstancias relacionadas con su competencia profesional, las pesquisas para el esclarecimiento de la muerte del teniente Armenta fueron encomendadas a uno de los alguaciles de Madrid. Para que nadie se enrede en elucubraciones diré que se trata de don Fernando Escobar. Fue él quien descubrió la existencia de un mensaje oculto en una bolsa de tafilete que sus asesinos no se llevaron. Ese mensaje estaba en cifra, lo que explica que acudiese en busca de un criptógrafo para desentrañarlo. Todo esto lo puse en conocimiento de los Apóstoles.

—¿Por qué no se lo comunicó a la fraternidad? —Había un fondo de reproche en la pregunta.

Don Indalecio se rascó el lobanillo.

—Porque entendí entonces y entiendo ahora que era de justicia informar a quienes habían hecho el esfuerzo y perdido a uno de sus miembros en el intento. A pesar de ello, informé a nuestro secretario de la existencia de un peligro que intuí entonces como grave y que, lamentablemente, hechos posteriores han confirmado.

Se había hecho un silencio absoluto. Las palabras del sacerdote habían sonado contundentes y expeditivas.

—¿Sabe si don Fernando Escobar ha llegado a conocer el contenido de ese mensaje cifrado? —preguntó otro de los presentes.

—Sí.

Ahora la sacristía se llenó de murmullos.

—¿Y usted lo conoce?

—Por el momento no, pero albergo la esperanza de conseguirlo.

SEGUNDA PARTE

El motín de Aranjuez

12

Al filo de la media noche una carroza cerrada, escoltada por una escuadra de jinetes de la guardia de Corps abandonaba el Palacio Real. El cochero rodeó el Juego de Pelota y enfiló hacia los Caños del Peral en dirección a la iglesia de San Ginés; luego tomó la calle del Arenal y ganó rápidamente la Puerta del Sol que a aquellas horas estaba casi desierta. El cochero tuvo que aminorar la marcha para tomar la embocadura de la calle de Alcalá, donde un pequeño grupo de noctámbulos silbó y lanzó improperios al darse cuenta, gracias a la luz de los grandes faroles que iluminaban la plaza, de que las armas que relucían en la portezuela eran las del duque de Alcudia, uno de los muchos títulos del príncipe de la Paz. Hasta los oídos de Godoy llegaron algunos gritos:

—¡Muera el Choricero!

—¡Viva el príncipe Fernando!

El valido se acomodó en el asiento, consciente de que después de los sucesos de El Escorial su impopularidad había crecido al mismo ritmo que aumentaba la devoción de los madrileños por el príncipe de Asturias. Pensó que las cosas eran así porque ignoraban el verdadero talante de aquel ser abominable, que rayaba en lo abyecto. En su boca se dibujó un rictus de amargura, al recordar uno de los últimos informes facilitado por sus espías: ¡eran muchos los que justificaban la entrada de tropas francesas, considerándolas libertadores de la cautividad de don Fernando!

Las manifestaciones de descontento eran continuas, pero eso no le sorprendía. Sabía por propia experiencia, como acababa de escuchar, que la gente ya no se tapaba de lanzarle insultos a su paso, sin guardarle la menor consideración. También los reyes eran objeto de burlas y denuestos porque su popularidad, sobre todo la de la reina, había caído en picado durante las últimas semanas. Los informes incidían en el desparpajo con que la gente se manifestaba en los lugares de concurrencia pública: en los corrillos que a la salida de misa se formaban en la puerta de los templos, en los mercados, en las tertulias de los cafés, en los mesones o en los patios de vecindad. Hacía pocos días que uno de sus hombres le había espetado: «Si su excelencia tuviese que encerrar a los maledicentes, tendría que encarcelar a casi todos los madrileños».

No se podía ser más explícito.

Poco a poco los denuestos quedaron en un rumor cada vez más lejano. Llegó un momento en que sólo escuchaba el chirriar de las ruedas y el trotar de los caballos.

Apenas el cochero detuvo el carruaje ante su casa de la calle del Barquillo, saltó tan rápido que el postillón no tuvo tiempo de bajar el estribo. Entró en su casa; a la puerta habían acudido varios criados portando faroles y linternas, sin decir palabra. Uno se hizo cargo de su capa y su sombrero, y otro tomó el adornado cinturón del que colgaba su sable de capitán general.

El ajetreo desperezó a Pepita Tudó; las malas lenguas decían que estaban casados en secreto, lo que convertía al valido en bígamo, dado su matrimonio con la condesa de Chinchón, María Teresa de Vallabriga. Miró la hora en el carillón que había junto a la *chaise-longe* donde había descabezado el sueño y comprobó lo tarde que era. Sintió una punzada de celos al pensar que, quizá, la reina le habría pedido algún servicio especial y… en fin, era la reina.

Salió al vestíbulo componiendo con las manos los negros rizos de su melena que, sujetos por una cinta de seda roja, caían en cascada sobre sus hombros. Vestía un traje blanco, demasiado vaporoso para el frío reinante, que se abría amplio y liso desde el pecho, donde se ajustaba, resaltando el volumen de sus senos. Le echó los brazos al cuello, lo miró a los ojos y supo que los problemas eran de consideración.

—¿Qué tal sus majestades? —le preguntó, dándole un beso en la mejilla.

—Deseando marcharse. —Godoy se deshizo del abrazo, haciendo patente su malhumor—. ¡Es como si estar en Madrid les produjese alergia! Hace unos días que llegaron de El Escorial y ya preparan el viaje a Aranjuez. La reina no soporta permanecer aquí más allá de una o dos semanas.

—¿Mucho trabajo? —le preguntó cariñosa.

—Y muchos problemas.

Pepita le echó de nuevo los brazos al cuello y le susurró al oído:

—¿Puedo serte de ayuda?

Godoy la tomó por la cintura y le besó los labios.

—Aguárdame en la alcoba, despacho una carta y subo enseguida.

Con coquetería, lo besó en la punta de la nariz y se zafó del abrazo. Su paso era tan suave que daba la sensación de deslizarse sobre el brillante mármol del pavimento.

El valido se encerró en su gabinete y redactó a vuelapluma una carta para don Eugenio Izquierdo. La llevaría a París un correo que saldría con las primeras luces del día.

Señor don Eugenio Izquierdo
París

Madrid, a nueve días del mes de febrero de 1808

El tratado que usted cerró en Fontainebleau se ha convertido en papel mojado, supongo que ésa es la causa por la cual el Emperador da largas a que se haga público.

Desconozco qué pretende Su Majestad Imperial con todo esto, aunque barrunto algo que ni siquiera me atrevo a señalar en las presentes circunstancias.

Lo único cierto y verdadero es que buena parte del reino está cubierta por tropas francesas y, en Portugal, Junot hace y deshace a su antojo. A principios de año otro ejército francés, a las órdenes de Dupont, ha cruzado la frontera sin que tuviese autorización para ello. La opinión pública me es desfavorable en grado sumo, entre otras razones porque las tropas francesas, aunque son tratadas como un ejército aliado y el pueblo las acoge con simpatía, empiezan a molestar, dado su elevado número, que ya supera la cifra de sesenta mil hombres y todos ellos viven a nuestra costa.

Aquí todo son incertidumbres y temores y, por lo que he alcanzado a saber, usted está malquisto en París y nuestro embajador es injuriado.

¿Qué diablos es todo esto?

Le he hecho llamar para que dé cuenta de lo que está ocurriendo, pero usted no ha venido y esto excita aún más mis dudas y vacilaciones. Si usted sabe algo, dígalo; y si lo ignora, no lo convierta en un misterio, pues en este momento lo más importante de todo es saber qué derroteros toman los negocios para que podamos actuar en consecuencia.

Manuel Godoy,
príncipe de la Paz

La plegó, garabateó el nombre del destinatario en el membrete y lo espolvoreó con la salvilla. Luego fundió unas gotas de lacre rojo sobre el cierre, la selló y agitó una campanilla, sin la menor consideración por la hora. Instantes después, apareció su mayordomo.

—¿Excelencia?

Godoy le entregó la carta y le ordenó tajante:

—Tiene que salir a primera hora y con un hombre de absoluta confianza, ¿entendido?

—Sí, excelencia. ¿Alguna otra cosa?

—Puedes retirarte.

Sin detenerse, abandonó el gabinete. Mientras subía la escalera se despojaba de la casaca y desabotonaba la camisa.

Los tres batallones habían cruzado con las primeras luces del día por el paso de Roncesvalles y tomado, a toda prisa, el camino que señalaban sus mapas. La marcha no tendría paradas. Había que llegar al destino antes del mediodía.

—¡Vamos, vamos! ¡La mejor forma de combatir el frío es acelerar el paso! ¡Venga, venga! —jaleaban los sargentos para animar a sus hombres.

La larga columna de dos mil quinientos hombres, avanzando de cinco en fondo, ocupaba todo el camino. Un pastor, que ordeñaba sus lanudas ovejas lachas, los vio pasar. Cuando la última compañía se perdió por el recodo del camino, sin dejar de estirar las pequeñas ubres del animal que respondían generosas, comentó a su hijo:

—Ese camino no lleva a Portugal. ¡Por ahí se va a Pamplona!

El rapaz, que recogía el estiércol con un rastrillo, preguntó:

—¿Por qué lo dice usted, padre?

—Porque eso no puede traer más que complicaciones.

—¿Qué clase de complicaciones?

El hombre miró al cielo que estaba encapotado, aunque no amenazaba lluvia.

—¡Que san Fermín nos guarde!

—Ayer, en la doctrina —comentó el muchacho—, le escuché decir a don Fabián que, hace algunos años, los franceses le cortaron la cabeza a su rey y que persiguieron a los sacerdotes.

Sin dejar de ordeñar, el padre asintió:

—Eso fue la revolución. Tienen unas leyes por las que la justicia se imparte, sin tener en cuenta si eres noble o no y también los jueces pueden juzgar a los curas.

—¿A los curas se les puede juzgar? —se extrañó el joven que, por un momento, dejó de rastrillar las boñigas.

—Eso dicen los del Baztán que se afirma al otro lado de Roncesvalles.

—¡Esos gabachos han perdido el juicio! —exclamó el rapaz, volviendo a su tarea.

—¡Qué sé yo, hijo! ¡Qué sé yo! No es muy justo que la ley aplique castigos distintos por un mismo delito, dependiendo de la condición del delincuente.

Desde la hora del ángelus Pamplona era un hervidero de rumores. Las noticias no coincidían, pero todas apuntaban en la misma dirección: una columna francesa se acercaba a la ciudad.

En el mercado se escuchaban toda clase de comentarios. Unos decían que eran tropas de camino hacia Burgos para pasar luego a Valladolid, pero que se habían extraviado por alguno de los perdidos valles del Pirineo. Otros negaban esa posibilidad y señalaban que, en realidad, la columna sabía por dónde marchaba y que bajaba hacia Madrid.

En una carnicería próxima a la ciudadela, mientras el carnicero afilaba con parsimonia un descomunal cuchillo de un palmo de hoja, una de las mujeres comentó:

—Vaya usted a saber qué se les ha perdido a los gabachos en Madrid.

El carnicero, sin dejar de pasar el filo de su cuchillo por la piedra de amolar, respondió con mucha suficiencia:

—Vienen a liberar al príncipe de Asturias.

—¡Jesús! ¿El príncipe está preso?

—El Choricero lo tiene encerrado en el monasterio de El Escorial, lo sé de muy buena tinta.

—Algo de eso dicen que venía en la *Gaceta* —comentó un individuo larguirucho que aguardaba su turno—. Me lo dijo hace unos días un tendero de la calle de Viana que sabe leer.

—¿Y por qué iban los gabachos a hacer una cosa así? ¿Qué tienen ellos que ver en el asunto? —preguntó la mujer.

El carnicero se echó hacia delante como si quisiese poner sigilo a sus palabras.

—Asuntos de familia, doña Úrsula. Una sobrina de Napoleón va a casarse con el príncipe Fernando.

Los ojos de la mujer se agigantaron de forma desmesurada.

—Ya comprendo. ¡A ver, cuarto y mitad de esa pieza!

Repentinamente, le habían entrado las prisas. Con aquella noticia podría darse mucho tono entre las vecinas de su calle.

—De todas formas —añadió el carnicero—, no me gusta que los gabachos anden por aquí. ¡A lo mejor le cogen el gusto y deciden quedarse, que estas cosas se sabe cómo empiezan, pero no cómo terminan! ¡Aquí tiene su pieza, doña Úrsula! ¡Son seis maravedíes!

En el despacho del abogado Goizueta, en el principal del número ocho de la plaza del Castillo, dos letrados y un cliente, un hacendado con propiedades en Atarribia donde tenía problemas con unos aparceros, conversaban acerca de lo mismo, aunque los términos eran muy diferentes.

—He oído decir que las tropas de Bonaparte sobrepasan con mucho lo acordado en Fontainebleau —indicó el cliente.

—¿Y cómo sabe usted lo que se acordó en ese tratado, que parece guardado bajo siete llaves? —preguntó el mayor de los letrados, un individuo atildado de pelo canoso.

—Al parecer, Napoleón ha prohibido que se haga público por alguna razón que desconozco, pero ya sabe usted, don Leandro, lo que ocurre con estas cosas, siempre se escapa algún detalle. En Madrid...

—¿Ha estado usted en Madrid? —preguntó el otro abogado.

—Regresé la semana pasada. Allí he pasado las Navidades, con mi hija y mi yerno.

—¡Cuente, cuente! ¿Qué se dice en la corte?

—Los ánimos están muy alterados. Todo el mundo habla pestes de Godoy.

—¡Es que el Choricero...! —exclamó un joven pasante que ocupaba un bufetillo en un rincón.

—No interrumpas, Agustín —lo reprendió don Leandro—; deja que don Joaquín nos cuente.

—Decía que en la corte no soplan buenos vientos para el valido; tampoco los reyes tienen mucho crédito.

Don Leandro Munárriz dio un respingo como si le hubiesen pinchado con un alfiler.

—¿Cómo es eso?

—Vivimos tiempos muy agitados, mi querido amigo. —El cliente era hombre sereno a quien la vida ya no le procuraba demasiados sobresaltos—. Por muchos sitios, sin el menor rebozo, se habla con poco respeto del monarca y de la reina se dicen barbaridades. ¿Saben ustedes cómo la llaman? —En sus ojos brilló un destello de picardía.

—¿Cómo? —preguntaron al unísono los letrados.

El hacendado susurró:

—Vieja verde y putón verbenero.

—¿Acaso no lo es? —se inmiscuyó el pasante.

Don Leandro lo miró con desaprobación y le reconvino.

—No seas lenguaraz, Agustín.

—Durante las Navidades ha circulado por Madrid —prosiguió el hacendado— una colección de estampas satíricas, dedicadas a Godoy. La gente las llamaba los Ajipedobes.

—¿Y qué es eso? —preguntó don Leandro.

—Si se vuelve la palabra del revés, resulta sebo de pija.

Los letrados no ocultaron una sonrisa y el pasante soltó una carcajada.

—Dicen que eso es lo que Godoy da a la reina y también que fue el príncipe de Asturias quien encargó las estampas para regalárselas a algunos de sus amigos con motivo de las fiestas.

—¡Cómo está el patio!

—Y los franceses avanzando sobre Pamplona.

Las últimas palabras habían sonado en la puerta del despacho. Ninguno se había percatado de la llegada de don Ignacio Goizueta, que ya se destocaba y quitaba la capa. El pasante acudió solícito y se hizo cargo de las prendas.

—Les supongo informados de lo que todo el mundo se hace lenguas. —Se acercó al cliente y le estrechó la mano—. Me alegro de verlo, don Joaquín.

—Y yo a usted, don Ignacio.

—Dicen que los gabachos han entrado por Roncesvalles —comentó Agustín con un descaro que parecía natural a su persona.

—También yo lo he oído decir en el banco de Goyeneche, de donde vengo. ¡Esperemos que sea una premonición!

—¿Por qué dice usted eso, don Ignacio? —le preguntó el pasante, que acababa de colgar en una percha la capa y el sombrero de su jefe.

—Porque hace mil años los franceses ya lo pasaron mal en esos riscales, cuando sorprendimos a sus tropas. —Lo dijo como si hubiese participado en aquel épico combate, donde los navarros acabaron con la retaguardia del ejército de Carlomagno que regresaba a Francia, después de una desastrosa campaña en tierras de Zaragoza.

—¿Qué piensa usted de todo esto? —le preguntó el cliente para quien el abogado era una especie de pozo de sabiduría, como acababa de poner de manifiesto con aquella alusión a los tiempos del imperio carolingio, que en la cabeza del hacendado eran incluso anteriores a Felipe II.

Goizueta se encogió de hombros y comentó con cautela:

—Que tal y como están las cosas, no nos queda más remedio que esperar a ver en qué para todo esto, aunque a fe mía que no tiene buena pinta. ¡Y ahora, dejemos la cháchara, que hay mucho trabajo! ¡En la antesala, donde Paquito las tiene entretenidas, hay tres personas aguardando!

El marqués de Vallesantoro había convocado urgentemente a las principales autoridades de Navarra: el obispo, el capitán general, el corregidor y el presidente de la Audiencia. Ninguno se excusó, como era habitual, porque estaban tan inquietos como los vecinos de Pamplona.

—Supongo, excelencia, que la noticia es cierta —planteó el corregidor, quien no consideró necesario explicar a qué noticia se refería.

—Así es —afirmó el virrey sacando un pliego de la carpeta de fino tafilete que tenía delante—. Esta carta me la ha enviado el comandante de esos batallones.

—¿Quién es?

—No lo conozco, firma D'Armagnac.

—¿Qué dice esa carta? —preguntó el presidente de la Audiencia.

El virrey se la dio a su secretario.

—Léela, por favor.

Blas de Olarte se caló unas antiparras y dio lectura al texto.

> Excmo. Sr. marqués de Vallesantoro,
> Virrey del Reino de Navarra.

—No tiene fecha —aclaró el secretario y prosiguió:

> A lo largo de la jornada llegarán a la ciudad de Pamplona tres batallones del ejército imperial, dos de infantería suiza y un tercero de granaderos. También varios escuadrones de caballería. Esta fuerza pasará a dicha ciudad, en cumplimiento del acuerdo de amistad y alianza firmado por los representantes de Su Majestad Imperial y de Su Majestad el rey de España.
>
> Reciba mi más atento saludo, que deseo realizar personalmente, a la mayor brevedad.
>
> D'Armagnac

—¿Eso es todo? —preguntó un tanto amoscado el capitán general.

—Eso es todo.

El presidente de la Audiencia se levantó. Era hombre enjuto, de rostro alargado, que acentuaba una perilla blanca ya pasada de moda.

—Invocan un tratado del que todo el mundo habla, pero del que desconocemos sus términos reales. Se dicen muchas cosas acerca de él, pero son muy pocos los que pueden certificarlas. Por lo que sé, siempre a título de rumor, ese tratado recoge que serían, sumando la infantería y la caballería, veintiocho mil los franceses que pasarían la frontera. Ya lo hicieron cuando Junot cruzó el Bidasoa en octubre. Hace unas semanas, el capitán general de San Sebastián se vio sorprendido con la entrada de otro ejército, similar en efectivos, mandado por Dupont. Por las noticias que me llegan se ha desplegado por la meseta, excusándose en que se trata de asegurar la retaguardia para el caso de que los portugueses lanzasen una ofensiva. ¡Como si no supiésemos que el ejército portugués ha sido prácticamente aniquilado!

Un murmullo de asentimiento corroboró la última afirmación.

—Ahora —prosiguió el presidente de la Audiencia—, invocando ese acuerdo, se presentan en Pamplona. ¿Su excelencia —miró al virrey— tiene alguna noticia de la corte?

—Ninguna. —El virrey acompañó la negación con un gesto de resignación.

El silencio entre los reunidos se hizo espeso; lo que acababan de escuchar era inaudito. Fue el juez quien de nuevo tomó la palabra:

—Señores, en las presentes circunstancias, esto tiene un nombre: ¡invasión! ¡Los franceses, so capa de una supuesta alianza, están invadiendo España!

—Exagera usted, mi querido don Miguel —protestó el capitán general.

El letrado se acarició la perilla.

—¿Que exagero, dice?

—Así es.

—En tal caso, dígame cómo calificaría lo que está ocurriendo.

—Nunca un invasor ha escrito cartas anunciando su llegada —señaló el corregidor, que acudía en ayuda del militar.

—No creo que haya que rebuscar mucho en los anales de la historia para encontrar toda clase de artimañas y tretas utilizadas para invadir naciones y pueblos. ¡Ésta es una más! El emperador de los franceses se está aprovechando de la situación en su propio beneficio.

—¿A qué situación se refiere? —preguntó el militar.

—Al desgobierno en que nos hallamos por causa de las intrigas que agitan la corte.

—No comparto su opinión. Las tropas francesas dan muestras de un comportamiento exquisito, en adecuada respuesta a la hospitalidad con que se les acoge —indicó el virrey, quien ante la falta de instrucciones mantenía una actitud vacilante.

—¿Adecuada, decís? —El presidente de la Audiencia estaba cada vez más irritado—. ¡Arrogante, diría yo!

—Bueno, algo de razón he de darle —matizó Vallesantoro—. Pero qué quiere que le diga, son los dueños de Europa y los incidentes contabilizados, apenas son dignos de consideración.

—Eso no explica lo que está pasando, señor marqués —porfió el juez, que estaba solo en su posición, salvo que el prelado, mudo hasta el momento, se alinease con él.

—Exagera usted, mi querido amigo. Creo que, dadas las circunstancias, lo más conveniente será recibir a nuestros aliados como a tales y, en cualquier caso, estar prevenidos.

El juez se encogió de hombros, indicando disconformidad y cierta resignación.

—Tomará usted las disposiciones convenientes —indicó el

virrey al capitán general—. Como medida de precaución, tenga alertada a la guarnición, por si se produjera alguna sorpresa.

—Así se hará, excelencia.

Se escucharon unos gritos procedentes de la calle. El secretario se asomó al balcón para conocer la causa del escándalo.

—¡Son los franceses!

El virrey corrió al balcón seguido por los demás.

—Parece que nuestros amigos están en la puerta, acudamos a recibirles. ¡Que no haya mancha en nuestra hospitalidad!

Antes de que abandonaran el salón, el obispo susurró al oído del presidente de la Audiencia:

—Estoy completamente de acuerdo con usted, Bonaparte no es de fiar.

El juez no disimuló la repulsa que le producía su actitud.

En medio de la escalera por la que descendía la improvisada comitiva se encontraron con el general francés, quien ya subía flanqueado por varios oficiales de su plana mayor. Todos llevaban en la mano sus empenachados cascos.

El virrey les dio la bienvenida y presentó a las autoridades que lo acompañaban, como si se tratase de un comité de recepción.

El presidente de la Audiencia se retiró discretamente al comprobar que el obispo se deshacía en cumplimientos con D'Armagnac. Su eminencia ponderaba las virtudes que adornaban a Napoleón, ensalzando el papel que había desempeñado el emperador para que se devolviese a la Iglesia una parte del patrimonio del que los revolucionarios la habían despojado.

El marqués de Vallesantoro tenía el rostro demudado. La petición que D'Armagnac acababa de formularle no era para menos. ¡Le había solicitado compartir la custodia de la ciudadela, donde pretendía introducir uno de sus batallones! El francés trataba de justificarlo diciendo que sería la prueba palpable de la amistad entre los dos pueblos. ¡Como si en los días que llevaban acantonados en la ciudad no se les hubieran dado sobradas muestras de ello!

El virrey agitó la campanilla.

—¿Ha llamado, vuestra excelencia?

—¡Que manden aviso al capitán general! ¡Es urgente!

Una hora más tarde el virrey y el militar acordaban enviar un correo a Madrid reclamando instrucciones urgentes. El silencio de la corte los tenía desconcertados.

Los acontecimientos se precipitaron tres días después, cuando un grupo escogido de granaderos franceses pernoctó en la casa del marqués de Vesolla, situada frente a la explanada que se abría ante la puerta principal de la ciudadela, y que servía de alojamiento al general francés. Llegaron a lo largo de la noche, en pequeños grupos y con gran sigilo.

Ayudó a su estrategia la fuerte nevada que caía, lo que hizo que la gente permaneciese en sus casas a resguardo del frío. A pesar de que los pamplonicas estaban amoscados con la presencia de los franceses, las razones dadas —asegurar la retaguardia del ejército que operaba en Portugal— no convencían a nadie, hasta el momento todo el mundo guardaba las formas.

Pamplona amaneció cubierta por una espesa capa de nieve. Como en jornadas anteriores, un contingente de soldados franceses acudió al castillo para recoger sus raciones y los últimos de ellos, siguiendo instrucciones precisas de su comandante, comenzaron a jugar, como si fuesen mozalbetes, lanzándose bolas de nieve. Su propósito no era otro que el de distraer a los centinelas que estaban de guardia.

Antes de que los españoles se diesen cuenta del engaño, una veintena de granaderos, embutidos en blancos capotes, se habían apoderado de la puerta principal y del cuerpo de guardia, donde se encontraban los fusiles y el armamento de la guarnición. En pocos minutos, dos centenares de soldados franceses habían tomado posesión de la fortaleza que dominaba la ciudad.

El virrey, sorprendido ante una acción que, en otras circunstancias, hubiese supuesto una declaración de guerra, acudió a casa de Vesolla para exigir explicaciones. D'Armagnac le hizo esperar cerca de una hora, escudándose en lo inesperado de la visita y cuando lo recibió se mostró algo más que arrogante.

—Su excelencia no me ha dejado otra opción con su negativa a facilitar el alojamiento de mis tropas.

—¡No es alojamiento ocupar la ciudadela de la plaza! —gritó el virrey, descompuesto—. ¡Sus hombres han sido atendidos en todo lo que dicta la hospitalidad!

—Insisto en que su excelencia no ha respondido a mis peticiones.

—Si sus tropas no abandonan el castillo, le aseguro que este atropello tendrá graves consecuencias.

El francés se irguió con gesto displicente.

—Las asumiré gustoso.

El virrey se marchó apesadumbrado.

Lo más preocupante era el silencio que guardaba Madrid.

13

Las sospechas manifestadas por Godoy en su carta a Izquierdo, alertado por la entrada de las tropas de Dupont, acababan de tener confirmación con las noticias procedentes de Navarra. Si albergaba alguna duda sobre los planes de Napoleón, se habían despejado. Los franceses estaban aprovechándose de la situación para ocupar puntos estratégicos del norte peninsular con un propósito que el valido comenzaba a vislumbrar.

Paseaba inquieto de un extremo a otro del salón y, de vez en cuando, se detenía ante la chimenea, extendiendo las palmas de sus manos sobre el fuego. Estaba tan tenso que la entrada de Pepita lo sobresaltó.

—¿Te he asustado? —le preguntó sonriente y coqueta.

—No estoy para bromas. La situación es mucho más grave de lo que puedas imaginarte.

—¿Lo dices por algo en concreto? —A la amante del valido se le había borrado la sonrisa de los labios.

—Los franceses se han apoderado por la fuerza de la ciudadela de Pamplona. ¡Pepita, esto es una invasión!

—¿Ha habido lucha? —preguntó inquieta.

Godoy negó con la cabeza y añadió:

—No, al menos todavía.

—Entonces, ¿qué ha pasado? ¿Nuestros soldados les han entregado el castillo así, sin más?

—Se han valido de una estratagema para sorprender a la guarnición. ¡Estamos rodeados de inútiles! —El valido golpeó con el puño el friso de la chimenea y los jarrones de porcelana temblaron.

—¿Qué piensas hacer?

Como la respuesta tardaba en llegar, Pepita, amorosa, se acercó hasta su amante, que tenía la mirada perdida en las llamas que chisporroteaban en la chimenea. Le acarició la espalda y repitió la pregunta:

—¿Qué piensas hacer?

—No lo sé. Por lo pronto, habrá que tomar algunas medidas de carácter doméstico.

Un destello de duda brilló en los negros ojos de ella, mientras le cogía la mano con gesto cariñoso.

—¿Eso qué significa?

—Que, en prevención de lo que pueda ocurrir, hemos de asegurar algunas cosas.

Con un gesto lleno de ternura, Pepita lo tomó por la barbilla, obligándolo a mirarla a los ojos.

—¿Significa eso que abandonamos Madrid?

El valido dejó escapar un suspiro.

—No, querida. Significa que hemos de estar preparados para lo peor.

El arrebol cubrió el rostro de la amante de Godoy, dando un toque de inocencia a su belleza natural.

—Tal vez las cosas discurran por un sendero menos trágico. —Trató de tranquilizarlo, no era la primera vez que ponía bálsamo en las heridas del gobernante—. Al fin y al cabo, Pamplona está muy cerca de la frontera y los franceses querrán tener asegurada su retaguardia.

—No tienen necesidad de ello, el ejército portugués no existe. No hay el menor atisbo de peligro para sus tropas, al menos mientras los ingleses no desembarquen.

—Pero los ingleses no permanecerán cruzados de brazos. Ahí puedes tener una explicación para lo ocurrido en Navarra. Además, Bernardina me ha dicho, por eso he venido, que en el mercado ha oído un comentario acerca de la misión de los soldados franceses.

Godoy suspiró de nuevo.

—¿Con qué se entretiene ahora la gente?

—Se dice que vienen para proteger al príncipe de Asturias. ¿A que no adivinas de quién? —Pepita, para desdramatizar, había vuelto a sonreír y puso un acento de picardía a su pregunta.

—¡Del Choricero! —exclamó Godoy, componiendo con los brazos un gesto cargado de ampulosidad.

Pepita se puso de puntillas y lo besó.

—Me encanta que no pierdas el sentido del humor.

Godoy, por un momento, dejó su mirada prendida en el fuego.

—Napoleón nos ha engañado —murmuró.

—Sin embargo, me parece que aún tienes cierto margen de maniobra.

—¿Qué quieres decir?

—Que si la gente no considera a los franceses como invasores, dispones de algún tiempo para tomar medidas. El regente de Portugal abandonó Lisboa y se embarcó para Brasil.

Godoy la miró a los ojos, eran bellísimos.

—¿Estás proponiendo que los reyes se marchen a las Indias?

—Al menos, les prepararía un viaje a Sevilla. El simple hecho de que sus majestades se trasladen a Andalucía, indicaría a Bonaparte que hay cierta disposición para hacerle frente. Es posible que la gente se altere, pero es necesario remover una situación que, por lo que acabas de decirme, empeora cada día.

Godoy, pensativo, guardó un largo silencio. Lo que acababa de escuchar no era ninguna tontería. Un gesto como ése mostraría capacidad de reacción ante Napoleón. Momentáneamente, abrigó la esperanza de no aparecer ante los españoles como un inútil al que habían engañado vilmente.

Besó a Pepita con devoción.

Ella tenía razón, todavía quedaba un margen de maniobra.

Michel estaba furioso. El banquero francés llevaba instalado algunos meses en Madrid acogido a los buenos oficios de Godoy, quien le había allanado el camino, gracias a una recomendación de su amigo Joaquín Murat. Todo fueron facilidades para que abriese una casa de banca y el negocio iba viento en popa. Nadie lo diría al verlo tan agitado.

La causa de su furia estaba en que se había visto obligado a posponer a última hora una reunión prevista para aquella misma tarde con un grupo de aristócratas: querían hacer una fuerte inversión que podía suponerle, por lo bajo, un beneficio de ciento cincuenta mil francos que, si su comisión alcanzaba el dos por ciento como era su pretensión, se elevaría a ciento ochenta y siete mil quinientos. Sin embargo, en aquel momento, todo estaba a punto de irse al garete. Acababa de cancelar la reunión y ya tenía experiencia de que los grandes de España eran tan engreídos como para considerar que en el mundo nada había que se antepusiese a sus deseos.

La causa era que el príncipe de la Paz lo esperaba a las cinco en el palacio del Almirantazgo; Su Excelencia había insistido mucho en que fuera puntual, se trataba de un asunto de la máxima gravedad.

Ésa era la hora en que había quedado con sus clientes, pero no podía plantar al hombre que le había abierto las puertas de España.

¿Qué demonios querría Godoy?

A las cuatro y media subió a su berlina e indicó al cochero las señas, mientras trataba de rebajar su malhumor. Conforme bajaba por la calle de Alcalá en dirección al paseo del Prado la turbación que embargaba su ánimo cobró una nueva dimensión. Su secretario le había insistido mucho en que leyese una carta recibida aquella mañana; Michel aprovechó el trayecto para hacerlo. Había llegado en el correo de París y las noticias no eran halagüeñas. En aquel pliego se afirmaba que el emperador estaba muy enojado con los asuntos de España desde los llamados sucesos de El Escorial, al haber salido a la luz pública ciertos asuntos. Cuando el banquero guardó la carta, el malhumor había dado paso a la preocupación. ¿La inesperada llamada del ministro tendría que ver con alguna de las turbias intrigas que agitaban la corte desde hacía semanas?

Un criado se hizo cargo de su capa, su sombrero y su bastón, y un ujier lo llevó a presencia del ministro, sin hacer la preceptiva antesala.

Godoy vestía uniforme de capitán general. Sentado tras su bufete firmaba, sin prestar mucha atención, un rimero de papeles que le presentaba uno de sus secretarios.

Alzó la cabeza y con voz agradable dijo al banquero:

—Póngase cómodo, Michel, en un momento estoy con usted.

El momento se prolongó cerca de diez minutos. Concluida la firma, dijo algo al secretario, que ya había recogido la montaña de papeles en un cartapacio. Habló muy bajo, pero hasta los oídos del banquero llegó una palabra: Hartzenbusch.

Cuando Godoy se acercó al diván, Michel se puso de pie, el ministro le estrechó la mano y lo invitó a sentarse de nuevo.

—¿Desea tomar algo? ¿Un licor? ¿Una infusión? ¿Tal vez un café?

—Nada, excelencia, muchas gracias.

—¿Seguro? —insistió Godoy.

—Seguro, excelencia.

—Bien, como usted desee. Supongo que se preguntará a qué vienen estas prisas.

—La verdad es que sí, excelencia.

A Godoy, que había dicho aquello como un simple comentario, le molestó tanta franqueza.

—Lamento la premura, pero estoy tan sumamente atareado con los negocios de Estado que, cuando surge un asunto particular, he de aprovechar el momento. Esta misma tarde, apenas terminemos, salgo para Aranjuez; sus majestades han requerido mi presencia. ¡Si supiera la cantidad de tiempo que pierdo en ir de Madrid a El Escorial, de El Escorial a Madrid, de Madrid a Aranjuez, de Aranjuez a Madrid! El caso es que, de un tiempo a esta parte, sus majestades no desean estar en Madrid y…

El francés pensó que, si el ministro le hacía tales confidencias, el asunto no sería demasiado enojoso; además, había hablado de asuntos particulares.

—Entiendo que todo eso ha de ser un engorro para vuestra excelencia.

—¡No se lo puede imaginar! ¿De veras no quiere tomar alguna cosa?

—Nada, excelencia, muchas gracias.

—En tal caso vayamos al grano. Verá, Michel, necesito situar en lugar seguro cierta cantidad de dinero y he pensado que su casa de banca puede hacerse cargo de la operación. ¿Estaría en condiciones de atender mi petición?

Aunque Godoy no se percató, el banquero sintió un profundo alivio. Tal vez la tarde no estuviera desperdiciada, y hasta podía ser que se cerrase con una sustanciosa ganancia.

—Para la Casa Michel será un honor. Si vuestra excelencia tiene la bondad de decirme en qué podemos atenderle, haremos todo cuanto esté en nuestra mano.

—Como le he dicho, se trata de poner a buen recaudo una fuerte suma.

En los labios del banquero apuntó una sonrisa.

—Sin ningún problema, excelencia. —Ya tenía claro que iba a resarcirse del negocio que aquella llamada había estropeado.

—No vaya tan rápido, Michel.

Las palabras de Godoy sonaron cortantes y el francés trató de disimular su ansiedad.

—Escucho a vuestra excelencia.

—Mi deseo es situar esa suma en un banco de Londres.

—¿En Londres, excelencia?

—Sí —Godoy miró fijamente al banquero, para calibrar el impacto de lo que acababa de escuchar.

Michel acarició su mandíbula con gesto de preocupación.

—¿Es posible? —Godoy mantenía su mirada fija en los ojos del banquero, buscando un indicio de seguridad para lo que acababa de proponerle.

—Todo es posible, excelencia…

—¿Sí o no?

—¿De qué suma estamos hablando?

Godoy miró al banquero una vez más y, antes de responder, le preguntó:

—¿Es posible?

Michel titubeó, aunque un negocio como aquél podría dejarle unos suculentos dividendos.

—Lo es, excelencia, aunque será necesario salvar ciertas dificultades que, dadas las circunstancias, vuestra excelencia comprenderá.

—Explíquese.

Instintivamente el banquero miró a su alrededor.

—Puede hablar con absoluta tranquilidad.

—¿Cuento con la discreción de vuestra excelencia?

Godoy frunció el ceño, aunque valoró la cautela del banquero. Era un síntoma de prudencia y para lo que deseaba ésa era una virtud impagable.

—¿Acaso lo duda cuando soy yo quien le está proponiendo este asunto?

Michel se dio cuenta de su error.

—Pido mil perdones a vuestra excelencia.

—Dígame cuáles son esas ciertas dificultades.

—El bloqueo decretado por el emperador a Gran Bretaña significa que está prohibida toda relación comercial. Sin embargo, mantenemos contactos con nuestros colegas de Londres. Ya sabe vuestra excelencia… —su tono era de excusa— hay ciertas cosas a las que no se pueden poner barreras, la vida tiene que seguir su curso…

—Lo entiendo perfectamente. El mundo no es blanco ni negro, los paisajes siempre están teñidos de matices.

—Así es, excelencia. Puedo asegurarle que cuento con los canales para hacer una transferencia de fondos a una casa de banca de Londres de la mayor solvencia.

—Entonces, ¿dónde están las dificultades?

—Será necesario afrontar una serie de gastos importantes. Habrá que comprar algunas voluntades y asumir ciertos riesgos.

—¿Puede ser más explícito?

—Excelencia, usted sabe mejor que yo que hay capitanes dispuestos a correr el riesgo, pero hay que recompensarles con generosidad.

—¿No puede hacerse la transferencia mediante una libranza garantizada por una carta de pago?

El banquero dejó escapar un suspiro.

—En las circunstancias presentes eso no es posible. Exigen los depósitos en metálico.

—Entiendo.

—Tal vez vuestra excelencia podría allanar…

—¡No! —La negación fue enérgica—. Eso significaría un duro golpe a la discreción, que es asunto primordial en este negocio.

—Discúlpeme vuestra excelencia. ¿De qué suma estamos hablando?

—De diez millones de reales.

Michel apretó los labios y asintió varias veces con ligeros movimientos de cabeza. Los números volaban por su mente y también el valor de la información que indirectamente Godoy le estaba revelando. Si el valido quería poner aquella fortuna a buen recaudo, era síntoma de que soplaban vientos de inestabilidad y eso significaba que los aristócratas plantados se tragarían su soberbia y le pedirían una nueva reunión. Su larga experiencia en el mundo de los negocios le había enseñado que asegurar los caudales estaba por encima de muchas cosas, incluso del orgullo de casta.

—Creo que con un gasto del diez por ciento podríamos allanar todas las dificultades.

—¡Eso significaría un millón! —exclamó Godoy contrariado.

—Mírelo vuestra excelencia de otra forma.

—¿Cómo he de mirarlo?

—Asegura nueve millones.

El valido se puso de pie y se sirvió una copa de jerez, ahora no se molestó en ofrecerle a su visitante.

—Ciertamente, es otra forma de verlo. Pero ¿qué garantías me ofrece?

—Todas las garantías, excelencia, aunque antes deberá aclararme un detalle.

Godoy lo interrogó con la mirada.

—¿Qué quiere saber?

—Supongo, excelencia, que estamos hablando de moneda de oro o de plata, nada de metal…

El valido prorrumpió en una carcajada que debió escucharse fuera del gabinete. En una gesto de campechanía a los que, en determinadas circunstancias, era tan aficionado, echó un brazo por encima del hombro del banquero, quien, inexplicablemente, se sintió amedrentado.

—¡Pierda cuidado, hombre, pierda cuidado! ¿Cuánto tiempo necesita para llevar a cabo la operación?

Michel hizo cálculos.

—Una semana, excelencia.

—En tal caso, dispóngalo todo para dentro de siete días.

Hartzenbusch era el mejor ebanista de Madrid. Pepita Tudó lo había llamado por indicación de Godoy, y cuando entró en el domicilio que el valido compartía con su amante el famoso artesano quedó asombrado. Estaban levantando la casa o cuando menos se había organizado el zafarrancho propio de las limpiezas generales que, muy de tiempo en tiempo, se hacían en las casas de la aristocracia.

—Maestro, no se alarme; como verá, su presencia está más

que justificada. —La dama hacía gala de una exquisita cordialidad.

—Aquí me tiene a su entera disposición y, si está en mi mano, haré lo posible por satisfacerla.

—Necesito media docena de cajas para guardar cosas de valor.

Hartzenbusch entrecerró sus ojillos miopes, no sólo para mejorar su visión, sino para evitar que el brillo de la ironía lo delatase.

—Supongo que de doble fondo.

—Veo que es usted hombre experimentado. Efectivamente, las quiero a prueba de registros inoportunos.

—¿Muy grandes? —preguntó el artesano.

—De media vara por una cuarta.

Hartzenbusch sacó un cuadernillo de su bolsillo, cogió el lápiz que llevaba prendido en la oreja, trazó unas líneas y anotó las medidas.

—¿Para cuándo las necesita?

Pepita paseó la mirada por el desbarajuste imperante.

—Comprendo, señora. Las tendrá en un par de semanas.

—¿Un par de semanas, dice? ¿Con este panorama?

—¡Señora, son seis!

—A una por día, maestro —propuso zalamera.

—¡Imposible!

—Cien reales y los materiales aparte.

El ebanista entrecerró otra vez los ojos.

—¿Quiere repetirlo?

—Cien reales y los materiales aparte.

Hartzenbusch dejó escapar un suspiro.

—¡Aunque no pegue ojo, las tendrá en una semana!

—Una semana no, seis días —rectificó ella.

14

El jinete que llevaba la noticia al conde de Ezpeleta, quien poco antes había tomado posesión de la capitanía general de Cataluña, estaba agotado. Había cubierto las treinta leguas que separaban Figueras de Barcelona en poco más de diez horas, utilizando tres relevos: uno en Palafrugell, otro en Lloret y el tercero en Mataró.

Se negó a dar el mensaje al oficial de guardia. Las instrucciones eran que ganase las horas y lo entregase en mano al capitán general. Aguardó en el cuerpo de guardia que daba al portalón del palacio de Capitanía, donde los soldados tenían montada una timba.

Diez minutos después apareció un atildado caballero. Vestía un terno gris perla cortado a la moda francesa, y ocultaba su calvicie con una peluca a juego con sus vestiduras. Se asomó al garito, del que salía un penetrante tufo a vino peleón y sudor, y aguardó a que saliese el mensajero. El petimetre al comprobar su aspecto, sudado y polvoriento, se llevó la mano a la nariz en un gesto instintivo.

—¿Así piensas presentarte ante su excelencia?

El soldado se miró el uniforme y se encogió de hombros.

—¿Y cómo quiere que lo haga, si me he metido en el cuerpo —se llevó las manos a los riñones y enderezó el talle—

las treinta leguas que hay desde Figueras, en diez horas?

—¿En un día? —El pisaverde parecía escandalizado.

—Cuando me puse en camino esta mañana, todavía era de noche.

—¡Con ese aspecto no puede usted presentarse ante su excelencia! —gritó con voz chillona.

El soldado se dio unos manotazos en el uniforme, lo envolvió una nubecilla de polvo y se desprendieron unos pegotes de barro seco. Miró al individuo que tan mal lo consideraba, quien había retrocedido unos pasos, y le espetó:

—Déjese de pamplinas de una puñetera vez. ¡Los franceses están en Figueras!

—¿Cómo ha dicho?

—Que un ejército francés ha cruzado por La Junquera y que yo no me he desriñonado, a lomos de tres caballos, para discutir cuestiones de indumentaria. ¡El mensaje que traigo para el capitán general es urgente!

El pisaverde se santiguó por dos veces, balbució lo que parecían unas jaculatorias y con la voz alterada le indicó:

—Acompáñeme.

Lo condujo a un saloncito de la primera planta hasta donde llegaban apagados los acordes de una orquestina. A los pocos minutos apareció Ezpeleta, acompañado por dos oficiales. El soldado se cuadró.

—¡A las órdenes de vuecencia!

—Descansa, muchacho, ¿dónde estás destinado?

—En la ciudadela de San Fernando.

—Me han dicho que traes noticias urgentes.

El soldado sacó el mensaje de su casaca.

—Correo del gobernador de Figueras, mi general.

Ezpeleta rasgó el lacre y leyó la misiva.

Tropas francesas han cruzado la frontera. Las manda el general Duhesme. Ignoro su número pero, entre la infantería y la caballería rondarán los doce mil hombres; tal vez sean más. No se muestran hostiles, pero exigen asistencias, invocando el tratado de alianza que su emperador tiene suscrito con nuestro soberano.

Preguntado uno de sus comandantes por la razón de su presencia en el Principado, ha indicado que marchan camino de Valencia.

Han planteado de forma sutil su deseo de introducir hombres en la ciudadela de esta plaza, a lo que me he negado. Respecto a otras consideraciones, ignoramos cómo proceder al carecer de instrucciones. Por ello las solicito de Vuestra Excelencia, a la par que le comunico que el mencionado ejército marcha en dirección a Barcelona.

Figueras, cuatro de febrero de 1808

La firma era ilegible.

—¡Estamos buenos!

—¿Decía vuecencia?

—Que estamos buenos. ¡Tu comandante pide unas instrucciones que no tengo!

Tres días después los barceloneses contemplaban atónitos cómo, por el camino de Badalona, se aproximaban las primeras avanzadillas del ejército francés, que levantó sus tiendas a orillas del Besós. Al día siguiente el general Duhesme llegó a Barcelona, desoyendo las advertencias de Ezpeleta. El capitán general le había indicado que suspendiese su marcha por el Principado hasta tanto no se tuviesen instrucciones de Madrid acerca de su presencia en tierras de Cataluña.

El conde reunió a su consejo, donde tuvo lugar un tenso debate acerca de qué actitud tomar. Unos se mostraban partidarios de negarle el acceso a la ciudad, dado que la presencia francesa allí no podía justificarse con la campaña de Portugal. Otros, por el contrario, señalaban que la hospitalidad era la norma que debería presidir las relaciones entre aliados.

El consejo estaba en su momento álgido cuando un ruido alertó a los reunidos. Instantes después se abrió la puerta y apareció un ujier descompuesto, que no pudo anunciar la visita. Con una insolencia inaudita, un oficial francés interrumpía la reunión.

Sin tomarse la molestia de presentarse, ni pedir disculpas, exclamó:

—¡El general Duhesme lleva horas aguardando a las puertas de la ciudad, sin que se le facilite la entrada! ¿Creen ustedes que es forma de tratar a un aliado?

Ezpeleta se levantó lentamente y preguntó al francés:

—¿Quién es usted para interrumpir esta reunión?

—Soy el general…

—¡Fuera!

—Soy el general Chabran.

—¡Fuera he dicho!

—Usted no sabe con quién está hablando. —El francés caminaba hacia atrás, mientras Ezpeleta avanzaba hacia él.

—¡Ni usted tampoco!

En ese momento entraron dos oficiales y varios soldados de la guardia de capitanía.

—¡Acompañen ustedes a este caballero! —les ordenó.

—¿Adónde, mi general?

—¡A la puerta de la calle!

—¡A la orden, mi general!

—¡Mejor no! —gritó en el último momento—. Escóltenlo

hasta el otro lado de las murallas y que se prohíba la entrada de cualquier soldado francés hasta nueva orden.

Reanudado el consejo, la agitación provocada por el incidente radicalizó las posturas. Después de tres horas, se acordó permitir el acceso a Duhesme para que expusiera las razones de su presencia en Cataluña.

La reunión entre los dos jefes militares fue muy tensa.

—He aguardado horas a las puertas de la ciudad.

—Nadie había anunciado vuestra visita.

—¡El general Chabran!...

Ezpeleta, a quien el recuerdo de la irrupción del francés le hacía hervir la sangre, no le dejó concluir.

—Ese Chabran es un patán.

—¡Está hablando de un general del ejército imperial!

—Estoy hablando de un individuo sin modales, que interrumpió groseramente una reunión. ¿Qué opinión le merecería alguien que, sin ser invitado, entrase sin la menor consideración a una reunión de su estado mayor?

Duhesme supo que por aquel camino no doblegaría al virrey. La actitud de su enviado lo había herido en el orgullo y eso era lo peor que se podía hacer a los españoles. Había ido allí con un propósito muy concreto y, si deseaba hacerlo realidad, tenía que olvidarse del incidente, al menos por el momento.

Después de mucho insistir, Duhesme obtuvo permiso para que sus tropas entrasen en Barcelona, aunque se encontró con una rotunda negativa a su pretensión de introducirlas en el castillo de Montjuich y en la ciudadela.

Esa petición hizo que las sospechas de Ezpeleta se convirtiesen en certezas. Sin embargo, el francés consiguió, como prueba de buena voluntad, que se compartiese la custodia de las puertas de la ciudad.

A lo largo de la reunión, Duhesme invocó repetidamente el tratado firmado por Napoleón y Carlos IV, dando a entender que su presencia en tierras catalanas estaba recogida en lo pactado y que, por lo tanto, él se limitaba a cumplir con lo acordado.

Acrecentaba sus dudas de Ezpeleta haber salido de Madrid hacía pocas semanas y no recibir órdenes sobre cómo actuar ante algo tan grave como tener doce mil soldados extranjeros en el territorio que estaba bajo su responsabilidad. Ése era el mayor de sus problemas: carecía de instrucciones para proceder con unos aliados cuya actitud era más que sospechosa.

El acuerdo de vigilancia compartida permitió a una compañía de granaderos imperiales acantonarse a las puertas de la ciudadela, mientras que el número de hombres de que disponía el capitán general para la guardia de aquel puesto, apenas alcanzaba la cifra de veinte.

En las calles de Barcelona el malestar de los vecinos era palpable. Los franceses nunca habían gozado de simpatías en el Principado y la presencia de las tropas, que tenían actitudes propias de un ejército invasor, ya había producido algunos enfrentamientos. Hasta el momento los altercados no habían pasado de las palabras, salvo uno acaecido en la puerta de Santa María del Mar, cuando, a la salida de misa primera, unos dragones trataron de propasarse con una dama a la que ofrecieron dinero. A sus gritos acudieron numerosos vecinos y apedrearon a los soldados, que huyeron en dirección a las atarazanas.

Ezpeleta era como una fiera enjaulada. Había suspendido una reunión con el corregidor, que no paraba de quejarse de la arrogancia con que los franceses se mostraban en mesones, comercios y otros lugares públicos como las iglesias, donde se habían burlado de las imágenes. Hizo pasar al mensajero.

—¡Que no trae usted instrucciones! —gritó al oficial que acababa de llegar de Madrid.

—No, mi general.

—¡Pues estamos buenos! —Era su muletilla cuando estaba enfadado—. ¡Cómo es posible que en la corte se guarde silencio ante un suceso tan grave!

—Supongo, mi general, que estará estipulado en ese tratado del que todo el mundo habla —comentó el capitán.

—¡Supongo, supongo! ¡Aquí todo son suposiciones! ¡Entelequias! ¡Pero nadie imparte órdenes!

—La única orden, excelencia, es que observemos atentamente la actitud de los franceses y tratemos de recabar información sobre sus propósitos, evitando toda clase de enfrentamientos.

—¡En la corte están a oscuras!

—Me temo que sí, mi general.

—¡Estamos buenos! ¡Necesitamos instrucciones y en la corte andan absolutamente despistados!

—En Madrid no hay gobierno, mi general. La última noticia que alcancé conocer, antes de partir, era que Godoy estaba levantando su casa. Se trataba de un rumor, pero se escuchaba por todas partes.

—¿Significa eso que ha caído el valido? —preguntó intrigado.

—Por lo que yo sé, no. Pero hay mucha agitación y todo apunta a que vamos a tener mudanza.

—¡Estamos buenos!

15

A aquellas horas la concurrencia en el mesón del Antillano era mayor que de costumbre, no había mesas libres y en todas se escuchaba el mismo comentario. El sonido de los murmullos era suave: la gente hablaba en voz baja y eso, en un mesón, era un mal síntoma. En el ambiente flotaba algo de amenazador.

El maestro Biedma —muy atareado en las últimas semanas con el encargo de su retablo— acababa de sentarse, completando el número de los contertulios. Gustavo Sierra había estado ausente casi una semana a causa de unas diarreas que se le complicaron con calenturas y la presencia del alguacil mayor suponía toda una novedad porque, desde comienzos de año, apenas si había aparecido por el mesón.

—El Choricero no se conforma con tener secuestrado al príncipe de Asturias, sino que ahora quiere quitar de en medio a sus majestades —pontificó don Honorio, esperando la reacción de Biedma.

El entallador no respondió. Desde hacía algunas semanas, sostener la posición de Godoy resultaba harto complicado, lo cual había sido, amén del trabajo, razón principal para que sus ausencias fuesen más frecuentes; el funcionario le preguntó directamente:

—¿No tiene usted nada que decir?

Antes de contestar, dio un trago a su jarrilla y pensó que el vino de Pacorro estaba cada vez más agrio, ¿o era su paladar el que se agriaba?

—Su excelencia está comportándose con mucha prudencia y actúa con cautela —se defendió con poca convicción.

—¿Qué quiere decir eso? —terció don Indalecio.

—Que no se fía de los franceses y tiene que andarse con pies de plomo.

—Es que no puede fiarse —señaló el gacetillero.

—¿Por qué lo dices?

—Porque, descartado que la llegada de tanto gabacho pueda explicarse con la campaña de Portugal, sólo se justifica por dos razones y ninguna cuadra a los planes del Choricero.

El párroco asintió y don Honorio se alzó las lentes, interesado en la cuestión que planteaba Sierra.

—¡Explícate, joven!

El gacetillero lo miró molesto, el calificativo tenía algo de desdeñoso.

—Muy simple, señor de Bracamonte; si vienen como dice uno de los rumores, al que yo doy poco crédito, para defender los derechos al trono del príncipe de Asturias, eso no encaja con los planes de Godoy.

—Plenamente de acuerdo, ¿y la segunda?

—La que alguno de ustedes ya está pensando: que esas tropas tienen como objetivo apoderarse de España. Los supongo enterados de las noticias de Cataluña.

Bracamonte asintió en silencio, pero Porras preguntó:

—¿Qué ha pasado allí?

—¡Que Barcelona está llena de gabachos! —exclamó don Indalecio.

—¡Eso será un bulo! —protestó el panadero.

—No, Antonio —intervino el alguacil mayor, cuya palabra era consideraba como una especie de Biblia—, los franceses están en Barcelona, lo mismo que en Pamplona y en San Sebastián, donde han ocupado el fuerte de Santa Cruz.

Esto último había escapado al conocimiento de don Honorio.

—¿Qué es eso del fuerte de Santa Cruz, don Fernando?

El alguacil lo miró de soslayo, con cierta desconfianza. Don Honorio tenía las mejores fuentes de información de todo Madrid.

—¿No está usted al tanto?

—La verdad es que no.

—Se dice que Murat planteó a nuestro cónsul en Bayona, la conveniencia de trasladar a San Sebastián los almacenes que el ejército francés tiene allí, alegando razones de seguridad. El cónsul trasladó la petición al duque de Mahón, quien elevó una consulta al príncipe de la Paz. Antes de que le llegase la contestación, los franceses habían empezado a actuar por su cuenta.

—¿Qué hizo el capitán general? —preguntó don Indalecio.

—Actuó con mucha dignidad. Indicó a Murat que detuviese la operación hasta que no hubiese instrucciones, lo que ofendió mucho al gabacho, quien le escribió en términos casi insultantes. Tengo entendido que la situación fue muy tensa porque los franceses amenazaron con utilizar la fuerza, pero el duque no dio su brazo a torcer.

—¿Qué ha ocurrido para que diga usted que los gabachos —era la primera vez que el panadero utilizaba la expresión para referirse a los franceses— se han apoderado de ese fuerte de San Sebastián?

—Muy simple, Porritas, ¡que llegó la respuesta del Choricero!

—¿Qué decía?

Don Fernando sacó un papelillo y leyó:

> ... Que ceda el Gobernador la plaza, pues no tiene medio de defenderla; pero que lo haga de un modo amistoso, según lo han practicado los de las otras plazas, sin que para ello hubiese tantas razones ni motivos de excusa como en San Sebastián.

Y añadió:

—La carta a la que pertenece este párrafo fue escrita de su puño y letra por Godoy.

—¿Cómo es que tiene usted una copia? —preguntó don Honorio, algo turbado, en medio del murmullo que había levantado la noticia.

El alguacil le dedicó una medida sonrisa.

—Sepa usted que yo también tengo mis fuentes.

—Eso es curiosidad malsana, Bracamonte —lo increpó don Indalecio—, lo verdaderamente grave es que el Choricero se ha delatado. Si habla de la imposibilidad de defenderse de los franceses es que, en su fuero interno, los considera enemigos. ¡Y por la Santísima Virgen de Atocha, que eso lo explica todo!

—¡Exactamente, don Indalecio, exactamente! Eso también explica por qué ese sinvergüenza está haciendo los bártulos y está preparando el viaje de los reyes hacia Sevilla, como un primer paso para embarcarlos después rumbo a las Indias —señaló Bracamonte.

—Lo que significa, como ha dicho don Indalecio, que considera a los franceses como un ejército invasor, en lugar de tropas aliadas —murmuró Pelanas.

El panadero, cuyo temperamento era muy fuerte, clamó:

—¡Esto no se puede consentir!

—Porritas, ¿tú no eras partidario de Napoleón?

—¡Ha dicho usted bien! ¡Era, don Indalecio, era!

A la salida del mesón, el párroco tomó a don Fernando por el brazo y tiró de él para alejarlo del grupo y preguntarle con un susurro, como lo hacía cuando hablaba a sus penitentes en el confesionario.

—¿Qué tal van las investigaciones de los crímenes de Salamanca?

El alguacil se detuvo y miró al sacerdote.

—¿Por qué tanto sigilo?

Don Indalecio se acomodó el manteo sobre los hombros y se embozó para evitar que un mal aire lo resfriase.

—Digamos que no se mostró usted muy locuaz hace algunos días cuando don Honorio le preguntó. Despachó el asunto, refugiándose en el secreto de las investigaciones y, la verdad sea dicha, siempre nos había facilitado toda clase de detalles. ¿No recuerda cómo nos ilustró del Lunes de Aguas y de los picos pardos? —se regodeó el párroco.

—Tiene usted una parte de razón. Incluso me fui de la lengua más de lo debido.

—¿Por qué lo dice?

—Porque el caso presenta perfiles preocupantes.

—¿No podría ser más explícito?

—Hay pistas que apuntan muy alto, lo que lo convierte en un asunto inquietante. Ese teniente era un espía.

Don Indalecio puso cara de sorprendido.

—¡Qué me dice usted!

—Ese mensaje cifrado escondía un asunto… un asunto sumamente peligroso. ¡Mejor dejarlo, don Indalecio!

—¿Al decir escondía, me está anunciando que ha dado carpetazo al asunto por el peligro que encierra? ¡Usted no es de los que se andan con melindres!

El alguacil sacó un cigarro de su chaleco y lo encendió con mucha parsimonia, como si cumpliese con un ritual.

—¿Tiene usted prisa?

—Ninguna, aunque mañana comienza la Cuaresma y habrá mucha afluencia de fieles para la imposición de la ceniza.

—¿Mañana es miércoles de ceniza?

—Dos de marzo, miércoles de ceniza, comienza el tiempo de la penitencia establecido por la Iglesia para recordar los cuarenta días que Jesús ayunó en el desierto.

—¡Cómo corre el tiempo! ¡Parece que era ayer cuando estábamos cantando villancicos!

—¿Adónde quiere que vayamos? —propuso don Indalecio que no estaba dispuesto a soltar la presa que había vislumbrando.

—¿Qué le parece el Tres de Oros?

—¿Junto al postigo de San Gil?

—Sí, es lugar discreto y está abierto hasta muy tarde.

Una hora después, don Indalecio Mardones bajaba hacia la calle del Arenal camino de su casa. Llevaba la teja en la mano y el manteo echado sobre el hombro porque su acaloramiento estaba próximo a un estado febril. No daba crédito a lo que acababa de escuchar. Con razón don Fernando le había hecho prometer, antes de contarle el secreto que encerraba el mensaje que traía el teniente Armenta, que únicamente se lo confiaría si lo consideraba como un secreto de confesión.

16

La llegada a Madrid de don Eugenio Izquierdo se produjo con la mayor discreción, Godoy no deseaba que su presencia en la corte diese pábulo a rumores. Había entrado por el camino de Alcalá y, sin detenerse, se dirigió al palacio del Almirantazgo. Un correo, llegado de Guadalajara, donde el embajador hizo una breve parada, anunció al valido la llegada del hombre que había negociado los acuerdos de Fontainebleau y que tan esquivo se había mostrado en los últimos meses.

Godoy lo esperaba en su gabinete.

—¡Qué caro te vendes, mi querido Eugenio! —lo saludó con falsa cordialidad.

—He venido en cuanto me lo han permitido las obligaciones a que me ataban en París los encargos de vuestra excelencia.

—Eso no justifica tus silencios —lo recriminó.

—Tienen una explicación, excelencia. Desde hace semanas he sentido la presión sobre mis espaldas. Hoy no albergo dudas de que mi persona ha sido sometida a una estrecha vigilancia. No podía fiar al albur de un correo lo que he venido a deciros.

El semblante de Godoy se había ensombrecido.

—En ese caso, déjate de preámbulos. El tiempo apremia porque todas las noticias que me llegan de la frontera son anuncio de catástrofes. Ven, tomemos asiento. —Godoy lo invitó a sentarse en un diván tapizado en seda encarnada.

—Me temo, excelencia, que tampoco yo soy portador de buenas nuevas.

—¡Cuéntame! —lo apremió el valido.

—Dicho en muy pocas palabras, excelencia: para los franceses el tratado de Fontainebleau es papel mojado.

A Godoy se le contrajo el semblante y el negociador guardó silencio para darle tiempo a encajar la noticia.

—¿Cuál es la razón que esgrimen para ello?

—El general Duroc me ha hecho saber que los acontecimientos en España obligan al emperador a cambiar su posición.

Godoy le preguntó, sin disimular ya su disgusto:

—¿Te refieres a eso que han dado en llamar los sucesos de El Escorial?

—Sí, excelencia.

—Continúa.

—Napoleón desea suscribir un nuevo tratado, que supone una variación sustancial de lo acordado en octubre del año pasado.

—¿Un nuevo tratado?

—Así es, excelencia.

—¿Y qué propone?

Izquierdo, vivamente incómodo, decidió comenzar por lo menos fatigoso, pretendiendo que el valido se hiciese a la idea de cuánto habían cambiado las cosas.

—En primer lugar, libertad de comercio para españoles y franceses en sus respectivas colonias.

—¡Lo que quiere es que abramos el mercado de las Indias a sus barcos!

—Me temo que ése es su propósito.

—¿Hay algo más?

—Sí, excelencia. Un nuevo tratado militar donde se incremente nuestra participación en hombres y en medios.

—¡Ese corso es insaciable! —Godoy estaba cada vez más crispado.

«A buenas horas», pensó Izquierdo que reservaba para el final la exigencia más dura de Bonaparte.

—Asimismo, señala que está dispuesto a negociar el casamiento del príncipe de Asturias con una princesa imperial.

—¿En qué términos?

—No los ha concretado; se ha limitado a manifestar su disposición a abordar este asunto.

—¿Algo más?

Izquierdo carraspeó, como si temiese que de su boca saliese lo que iba a decir.

Después de escuchar la nueva exigencia del emperador parecía que los ojos del valido iban a salírsele de las cuencas, golpeó con el puño el brazo del diván y dio rienda suelta a su cólera con un grito salvaje:

—¡Eso es una canallada!

Se puso en pie, pero Izquierdo permaneció sentado, inmóvil: estaba petrificado.

—¡Cómo es posible que se atrevan a plantear algo así!

—No lo han planteado, excelencia.

—¡Que no lo han planteado! Entonces, ¿cómo lo sabes?

—Un tal Argüelles me advirtió de que ésos eran los propósitos de los franceses; se lo había escuchado decir a Duroc.

—¡Bah! —Godoy respiró hondo—. ¡Entonces se trata de comidillas de salón! ¡Comentarios sin fundamento!

—Lamento deciros que tengo los documentos, incluido un mapa, que lo confirma todo.

—¡No es posible! —gritó Godoy.

Izquierdo le entregó la cartera de cuero que llevaba. Después de comprobar su contenido, tenía el rostro congestionado. Tras un prolongado silencio, le preguntó:

—¿Cómo has conseguido esto?

—Aproveché una circunstancia propicia para robarlos del despacho de Duroc.

—Lo habrá echado en falta.

—Lo ignoro, excelencia.

—¿Alguna otra cosa?

—No, excelencia.

Izquierdo se levantó y Godoy lo sujetó por el brazo. A medio camino entre la confidencialidad y la intimidación, le susurró:

—Esto es un secreto, nadie más debe saberlo. ¡Ni una palabra! ¡A nadie! ¿Me has entendido?

—Sí, excelencia.

—Los franceses se han convertido en una amenaza y ahora lo que necesitamos es tiempo para reaccionar.

—También encontrará su excelencia en esa carpeta todos los pormenores de las nuevas exigencias francesas. Y en el mapa...

—¡No lo digas, Izquierdo!

Minutos después, todavía turbado con las noticias de París, Godoy escuchaba cómo sonaban en la puerta unos golpes. Su secretario entraba en el gabinete con el semblante demudado.

—¿Qué sucede?

—¡Disculpad, excelencia, pero lo que ha ocurrido tiene que saberlo vuestra excelencia sin demora!

—¡Habla!

—Una de las recuas de mulos que marchaba con destino al Puerto de Santa María, ha sido atacada por una turba de sediciosos cuando salía por la puerta de Toledo.

Godoy tardó unos segundos en preguntar:

—¿Qué ha pasado?

—Lo han destrozado todo: han hecho añicos el cristal y la porcelana; han rajado con navajas los lienzos y destrozado los marcos de las pinturas. ¡Todo, excelencia, todo! También varios de los arrieros están heridos. La trifulca ha acabado en una batalla campal.

—¿Y lo demás? —preguntó inquieto.

—Parece que todo marcha sin problemas, excelencia.

—Muy bien, puedes retirarte. Ya tomaré las disposiciones adecuadas.

Antes de que el secretario saliese del gabinete, nuevos golpes sonaron en la puerta. Estaba visto que era día de sobresaltos.

—¡Adelante! —gritó el valido presa de un malhumor apenas contenido.

—Perdonad, excelencia, pero se trata de un correo urgente, es del capitán general de Guipúzcoa. He creído conveniente…

—¡Hazle pasar!

El correo era un sargento de caballería.

—¡Correo del duque de Mahón para vuecencia! —exclamó, cuadrándose ante Godoy y ofreciéndole el pliego.

—Muy bien, puedes retirarte.

—¡A las órdenes de vuecencia!

El valido rompió el lacre sin miramientos y abrió la carta:

> A Su Excelencia el príncipe de la Paz
>
> El duque de Berg, mariscal del ejército imperial ha cruzado la frontera, acompañado de un nutrido séquito de oficiales y varios cuerpos de caballería entre los que destacan unos jinetes llamados mamelucos, que Napoleón trajo de su campaña de Egipto, y los llamados lanceros polacos.
>
> Noticias procedentes de Bayona señalan que su presencia en España está justificada para ponerse al mando de todas las

tropas francesas que en este momento operan en la Península, aunque esta información no está contrastada.

Apenas se ha detenido en esta plaza el tiempo imprescindible para saludar a las autoridades y ha marchado camino de Burgos. Se dice que no rendirá viaje hasta llegar a Madrid.

Es cuanto tengo el honor de informar a V. E.

Dado en San Sebastián a doce de marzo de 1808.

DUQUE DE MAHÓN,
capitán general de Guipúzcoa

Godoy sujetaba el pliego con la mano crispada.

—¿Malas noticias, excelencia? —preguntó el secretario.

—Murat ha cruzado la frontera y viene hacia Madrid.

—¿Eso qué significa?

—Que nosotros saldremos para Aranjuez, pero antes celebraremos reunión del Consejo de Estado.

—¿Para cuándo, excelencia?

—Para mañana.

—Mañana es domingo, excelencia.

—¡Para mañana! —gritó descompuesto.

17

A todos los miembros del Consejo llamó la atención el aire caviloso del valido, cuyo único propósito era conseguir un respaldo para su propuesta de trasladar a la familia real a Sevilla.

—¿Ha calibrado vuestra excelencia cómo acogerán nuestros aliados una decisión de ese calado?

La pregunta revelaba que no estaba al tanto de la información que Godoy tenía en su poder. Buena parte de los consejeros compartían la opinión de la mayor parte de la población, que consideraba a los franceses como aliados. Así era, salvo en lugares muy concretos como Pamplona, Barcelona o San Sebastián donde los recelos eran muy fuertes y las autoridades trataban de guardar las apariencias.

—No tienen por qué tomarlo a mal. Se trata de un viaje por sus dominios. ¿Tiene eso algo de extraño?

—Es inusual, excelencia.

—He de daros la razón, pero también a las circunstancias presentes podríamos calificarlas de la misma manera.

Se abrió un debate que resultó más sereno de lo que el valido esperaba y la resolución final señaló que el Consejo estaría a lo que Su Majestad dispusiese. Eso equivalía a aprobar la propuesta de Godoy.

Aquel mismo día, antes de partir hacia Aranjuez, el valido dio instrucciones precisas para que dos de los regimientos que había en Madrid, los dos de las reales guardias, la Española y la Valona saliesen para el Real Sitio. Temeroso de la hostilidad hacia su persona, trataba de rodearse de una tropa que interviniese en caso de necesidad.

En la instrucción enviada a los coroneles se indicaba, sin que se guardasen las apariencias, que la proximidad de tropas franceses hacía urgente la medida.

Una hora después, la noticia se había difundido por Madrid y eran muchos los que se arremolinaban en los sitios de costumbre. Se veían grupos en la Puerta del Sol, donde habían aparecido pasquines injuriosos contra el valido que la gente leía sin taparse.

Los comentarios corrían de boca en boca:

«El Choricero quiere llevarse a los reyes a Andalucía.»

«Secuestra al príncipe Fernando.»

«La situación es tan grave que se sacan tropas de Madrid.»

El príncipe de la Paz llegó a Aranjuez el domingo a media tarde y ordenó al cochero que lo condujese directamente a palacio. Allí mantuvo un breve encuentro con los reyes y después llamó al mayordomo.

—Todo tiene que estar dispuesto para partir pasado mañana a primera hora.

La orden era insólita.

—Excelencia, apenas dispondríamos de veinticuatro horas y estamos hablando del equipaje de sus majestades.

Godoy no estaba para discutir minucias.

—¡Déjese de pamplinas! ¡Imagínese usted que ha habido un incendio!

—Qué cosas se le ocurren a su excelencia —comentó adulador.

—Prepare lo imprescindible, lo más valioso, qué sé yo. ¡Usted está para eso! Emplee todo el personal necesario.

Godoy se marchó a su palacio, distante no más de dos centenares de pasos, se encerró en su gabinete y dio órdenes de que no se le molestase. Consideraba necesario que Carlos IV dirigiese una proclama a los españoles y quería redactarla, escogiendo cada una de las palabras.

Dos horas más tarde la presentaba a Su Majestad para que estampase su firma, pero se encontró con algo inesperado.

Por primera vez en mucho tiempo, Carlos IV se resistía a cumplimentar una propuesta suya. El monarca consideraba que debía de convocarse al gabinete para discutir el asunto. La orden se cursó de forma inmediata y el gobierno se reunió a toda prisa, aquella misma noche.

En muy poco rato, Godoy, se llevó la segunda sorpresa de la jornada.

—Para Napoleón ese documento —señalaba el ministro de Gracia y Justicia— equivaldrá a una declaración de guerra.

Era uno de los argumentos utilizados por la mañana en la reunión del Consejo de Estado. La diferencia estaba en que ahora se expresaba con mayor virulencia.

—Queda salvaguardado con el párrafo que dice… —El valido, nervioso, buscó unas líneas en el papel.

> En tales circunstancias, mi obligación es conservar mi soberana independencia y retirarme más adentro momentáneamente, donde en perfecta libertad, sin semejanza alguna de obsesión o violencia, pueda seguir mis relaciones y entenderme francamente con mi íntimo aliado…

—No soy del mismo parecer —Caballero mantenía su posición contraria a Godoy—; el principal asunto de esa proclama es que la presencia de tropas francesas coarta la libertad de su majestad y que, por eso, se retira hacia Andalucía. He de admitir —matizó con no poca ironía— la habilidad que su excelencia ha puesto al señalar que se trata de algo momentáneo, dejando la puerta abierta a posteriores movimientos.

El parecer del gabinete fue contrario al deseo de Godoy, con lo que el documento quedó pendiente y el viaje puesto en cuestión.

Al día siguiente Godoy trató de reforzar su posición, muy deteriorada la víspera. Reunió otra vez al Consejo de Estado, cuyos miembros se reunieron en Aranjuez y, presionando, consiguió una resolución favorable al viaje de los reyes. Para que tuviese validez necesitaba la firma del ministro de Gracia y Justicia.

Las relaciones entre Godoy y Caballero se habían deteriorado en las últimas semanas y, desde el cambio de actitud del último en los sucesos de El Escorial, se había abierto un abismo entre ellos. El ministro, que en un primer momento se convirtió en el principal acusador del príncipe de Asturias, encontrando hasta siete causas de pena capital en los escritos incautados en su cuarto, cambió de posición cuando don Fernando alcanzó el perdón de sus padres y, pocas semanas después, se había alineado junto a sus partidarios.

El príncipe de la Paz decidió acudir personalmente a pedirle la firma. Iba hacia su despacho cuando lo encontró en un pasillo.

—Tienes que firmar este acuerdo. —Godoy prescindió de cumplidos.

—¿De qué se trata? —preguntó el ministro sin detenerse, lo que irritó al valido.

—¡Un momento, Caballero! ¡Te estoy hablando!

—Ya te escucho, te he preguntado de qué se trata.

—Es una resolución del Consejo de Estado acordando el viaje de sus majestades.

El marqués se detuvo.

—¿Pretendes que ponga mi firma en ese papel?

—Por supuesto.

—Ya sabes que soy contrario a ese viaje. Creí habértelo dejado claro en la reunión de ayer.

—No se trata de lo que tú pienses, sino de que cumplas con un requisito al que estás obligado.

—¿Obligado, dices?

—¡Sí, obligado!

—Inténtalo, si puedes.

Godoy tiró de su sable, pero el acero quedó a medio desenvainar; Caballero había sido más rápido y la punta de su pistola le apuntaba a la garganta. Todos los que presenciaban la escena estaban paralizados. Fue el arzobispo Amat, confesor del rey, que pasaba casualmente, quien intervino.

—¡Por el amor de Dios! ¡Ténganse vuestras excelencias y guarden las armas!

Amat se había interpuesto entre ambos y con sus manos sujetaba las de los contendientes.

—¡Guarden las armas! ¡Qué bochorno!

Su eminencia tuvo que insistir una tercera vez para que el amago de desafío quedase en ello.

En pocos minutos la noticia había llegado hasta el último rincón de palacio y Carlos IV reclamaba la presencia de los autores del altercado. Al verse de nuevo, cruzaron una mirada cargada de odio.

Carlos IV estaba sofocado y María Luisa lanzaba miradas aviesas hacia Caballero.

—¿Es cierto lo que ha llegado a mis oídos? —preguntó el rey.

—Majestad…

—Señor…

Los dos trataban de explicar su posición.

—Caballero me ha amenazado con…

—Fue él, majestad, quien tiraba de su acero.

—¡Silencio! —Carlos IV se sorprendió de la energía de su grito—. ¡Esto es una vergüenza! ¡No sé cómo…! ¡Habla tú en primer lugar! —ordenó a Caballero.

—Majestad, su excelencia —miró a Godoy— me exigió con malas formas la firma de un documento que requiere de mi rúbrica. Lo hizo con la arrogancia que es habitual en el príncipe de la Paz.

—¿Es cierto que le has puesto una pistola en la garganta?

—Majestad, yo…

—¿Es cierto o no?

—Es cierto, majestad.

El rey miró a Godoy.

—Manuel, tu turno.

—Majestad, acudí en busca del ministro para cumplimentar un trámite y, con altanería, se negó a cumplir lo que está establecido por ley.

—Majestad, yo…

—¡Silencio, Caballero! ¡Es el turno del príncipe! —Era la reina quien gritaba.

El ministro inclinó la cerviz, sabedor de que no podía hacer otra cosa.

—Era un requisito formal —prosiguió Godoy—, rubricar el acuerdo del Consejo de Estado, que acaba de aprobar el viaje de vuestras majestades.

—¡Ah! ¿Conque se trata de eso?

—Sí, majestad.

—En tal caso, que se reúna nuevamente el Consejo. ¡En mi presencia! ¡A ver si acabamos de una vez por todas con este enojoso asunto del viaje!

Una hora más tarde se celebraba la reunión en el cuarto del rey, pero todo se enturbió y nada se sacó en limpio. La razón principal estaba en que era el propio monarca quien vacilaba. Por un lado, temía ofender a Napoleón; por otro no quería soportar la cólera de su esposa si desairaba a su ministro.

El desconcierto y la agitación se enseñoreaban en palacio, donde se vivía en el desorden más absoluto porque el mayordomo continuaba con los preparativos de un viaje que estaba en el aire.

—¿Lo has entendido?

—Sí, excelencia.

—Debes dejar claro que es el señor conde quien está detrás de todo; eso ayudará. ¡Ahora no pierdas un minuto, que tienes mucho trabajo por delante!

El individuo no se movió.

—¿Qué pasa?

—El dinero, excelencia. Sin pólvora no funcionan los cañones.

Caballero se dio una palmada en la frente y murmuró una disculpa para sí mismo.

—¡Qué cabeza la mía!

Abrió una gaveta y sacó dos bolsas repletas de monedas.

—Ya sabes, que el vino corra generoso; cuando llegue el momento, la gente tiene que estar a punto.

Una vez solo, agitó una campanilla de plata y por un trampantojo apareció Sánchez.

—¿Has hecho lo que te he dicho?

—Sí, excelencia. El mensajero ya cabalga hacia Madrid.

—Muy bien. Ve a los aposentos del infante don Antonio y pide a su alteza unos minutos para que me reciba; recálcale que es urgente. Pero antes que venga el capitán de la compañía de guardias de Corps que está de servicio.

—¿Algo más, excelencia?

—Por ahora, no. Date prisa, nos lo estamos jugando todo en estos momentos.

El secretario salió por la misma puerta disimulada por donde había aparecido. El ministro se sentó ante su bufete, tomó papel y pluma, y se puso a escribir. En toda su vida se había mostrado tan activo como en aquellas horas.

Apenas habían transcurrido diez minutos cuando alguien llamaba a la puerta.

—Adelante.

—¿Me ha requerido su excelencia? —Era el oficial de guardia.

—¿Estás de servicio?

—Sí, excelencia, el relevo no se hace hasta mañana a las ocho.

—¡Magnífico! Escúchame con atención.

El oficial, un joven capitán que había dado sobradas muestras de su fervor por el príncipe Fernando, miraba al ministro sin pestañear.

—Tengo indicios de que esta noche Godoy tiene previsto sacar de palacio a la familia real, incluido el príncipe de Asturias, para ponerse en camino hacia Andalucía. No tengo que decirte que la marcha se hace en secreto y contra de la voluntad de su alteza.

—¡Eso es una vileza!

—¡Y tanto! —asintió Caballero, sin disimular su satisfacción—. Quienes amamos al príncipe y estamos en contra del valido hemos de oponernos a sus manejos. Su objetivo no es otro que perjudicar a su alteza, como ya hizo el otoño pasado, cuando los lamentables sucesos de El Escorial.

—Aquello fue un escándalo, pero al Chori..., perdón, excelencia...

—No pases apuro, si así es como lo llama todo el mundo. ¿Decías?

—Decía, excelencia, que al Choricero le salió el tiro por la culata.

—Así fue, gracias a Dios y a que los amigos del príncipe nos movimos con astucia. —Caballero mentía sin el menor pudor—. Ahora, en estos momentos de dificultad, hemos de actuar de igual modo. ¿Podría contar con tu colaboración?

—Para lo que sea menester, excelencia —respondió sin vacilar el joven oficial.

El ministro se levantó y, con gesto amistoso, puso su mano sobre el hombro del capitán.

—Escúchame con atención. Es muy importante que esta noche extremes la vigilancia. Si es preciso, doblando los puestos de guardia y escogiendo a hombres prestos a intervenir ante cualquier eventualidad. ¿Es mucho pedirte?

—En absoluto, excelencia. Cuente con mi persona y con los hombres a mis órdenes.

—No esperaba menos de un oficial tan recto.

—Para mí es un honor, excelencia.

—Has de saber que tus servicios serán generosamente recompensados a su debido tiempo.

—Excelencia, me doy por pagado sabiendo que sirvo a la causa del príncipe Fernando.

—Me gusta oírtelo decir. Puedes retirarte.

—¡A las órdenes de vuestra excelencia! —Acompañó el saludo con un sonoro taconazo.

Estaba a punto de alcanzar la puerta cuando lo detuvo la voz del ministro.

—Una última cosa.

—¿Sí, excelencia?

—Si ocurriese algo de lo que nos tememos, no dudes en avisarme. ¡A la hora que sea!

—¡A la orden, excelencia!

Caballero continuó la interrumpida escritura de la carta. Acababa de concluir y estaba poniéndole el lacre cuando apareció su secretario.

—Excelencia, su alteza el infante don Antonio Pascual le recibirá antes de la cena.

—¿Qué hora es?

—Las siete, excelencia.

—En ese caso, no puedo distraerme ni un minuto.

La reunión entre el infante y el ministro fue breve, don Antonio estaba muy atareado terminando un par de zapatos. Era del dominio público su afición a los trabajos artesanos y entre la servidumbre de palacio se decía, con cierta sorna, que si abriese tienda en la Puerta del Sol o en los soportales de la plaza Mayor tendría asegurada una numerosa clientela.

—¿Qué te parecen, Caballero? —preguntó al ministro, enseñándole un par de botines, a los que faltaban los últimos remates y darle lustre.

—Me impresiona, vuestra alteza. Vuestra habilidad sobrepasa con mucho a los mejores maestros zapateros.

El infante agitó la mano, como si estuviese espantando a una mosca.

—No seas adulador, Caballero. ¿Qué tripa se te ha roto? —También era proverbial el desparpajo con que el infante don Antonio Pascual se relacionaba con la gente, aunque no admitía que a su persona se le rebajase un ápice el tratamiento que le correspondía por su condición de hermano del rey.

—Veréis, alteza, vivimos momentos difíciles…

—¿Es verdad que le has puesto a Godoy una pistola en el cuello? —lo interrumpió sin apartar la mirada de los botines.

—Él me amenazó primero.

—Así que es verdad. —El infante lo miró con malicia.

—Alteza, tiró de su espada y puedo aseguraros que no tenía buenas intenciones —trató de justificarse.

—Si no te lo reprocho…

—Vuestra alteza es muy generoso conmigo.

—Al grano, Caballero. ¿Qué es lo que quieres?

—Alteza, el viaje que Godoy ha programado para sus majestades…

—Y toda la familia real —añadió el infante.

—Y toda la familia real —repitió el ministro—. Ese viaje es una verdadera locura.

—Estamos de acuerdo.

El titular de Gracia y Justicia pensó que aquél era su día de suerte.

—Una decisión de ese calibre no puede tomarse tan a la ligera como pretende Godoy. Es necesario ponderar las ventajas y los inconvenientes, valorar los pros y los contras. Soy del parecer que con ello lo único que se conseguirá es dar pábulo a rumores y mostrar miedo, ante una supuesta amenaza que carece de fundamento. El emperador no lo comprendería.

—También en eso tienes razón.

—Los buenos españoles, alteza —el ministro estaba cada vez más animado—, tenemos la obligación de unir nuestros esfuerzos para evitar que se produzca una catástrofe, cuyas últimas consecuencias no me atrevo a imaginar.

El infante soltó los botines y preguntó al ministro:

—¿Qué es lo que quieres?

—La ayuda de vuestra alteza.

—¿Mi ayuda? ¿Para qué?

—Es imprescindible que quienes tienen acceso a sus majestades, sin las restricciones impuestas por Godoy, hagan ver al rey lo inadecuado de ese viaje. El valido pretende poner tierra de por medio porque aquí su situación empieza a ser insostenible, después del fiasco que supuso la trama que organizó en El Escorial para desacreditar al príncipe de Asturias.

—¿Por qué dices que él lo organizó?

—Porque suya fue la mano que depositó sobre la cama de su majestad la carta que lo denunciaba.

—¿Cómo lo sabes? —El infante mostraba ahora un interés que no había tenido hasta entonces.

—Porque así lo revela la sumaria abierta por aquel malhadado caso. Por mi condición de ministro de Gracia y Justicia he tenido acceso a cierta documentación reservada que revela, sin margen para la duda, lo que acabo de deciros.

—¿Es cierto eso?

—Lo es, alteza —mintió sin vacilar.

—¡Nunca me gustó el Choricero!

Era lo que el ministro esperaba oír. Aquellas palabras suponían toda una novedad porque don Antonio jamás había expresado sus preferencias políticas, aunque era del dominio público el cariño que le profesaba al príncipe Fernando. Verdaderamente aquél era su día de suerte.

—Su actuación en aquel trance pone de manifiesto que está dispuesto a cualquier cosa con tal de llevar adelante sus planes. Si entonces no tuvo reparo en buscar la caída del príncipe, ahora no lo tiene en lanzar a sus majestades por un despeñadero, si ello conviene a sus propósitos. En Madrid los ánimos están caldeados y podemos encontrarnos con un tumulto si los reyes, Dios no lo quiera, aceptasen su propuesta de marcharse. ¡Después de lo ocurrido en Francia no quiero ni pensarlo, alteza!

—¡Jesús, Caballero, qué cosas dices!

—Es la verdad, alteza. No hay peor ciego que el que no quiere ver.

El infante cogió los botines y los examinó detenidamente. Los segundos transcurrían lentos y pesados, y el ministro sintió cómo un bochorno le subía por las piernas. ¿Se habría excedido en sus planteamientos? ¿Le habría tendido el infante una trampa? Hubo un momento, ante el prolongado silencio del infante, que tuvo la convicción de que todo su esfuerzo se había evaporado.

—Guarda cuidado, Caballero. Le diré a su majestad que no se deje convencer, aunque la clave, tú lo sabes bien, está en mi cuñada.

El ministro, que había empezado a sudar, sacó su pañuelo y se lo pasó por la frente.

—No conviene demorarlo, alteza, podemos vernos sorprendidos. Ciertas noticias apuntan a que todo está dispuesto para que sus majestades partan en cualquier momento.

—Hablaré con mi hermano después de la cena.

18

La noche transcurrió sin incidentes, pero la mañana del miércoles 16 de marzo amaneció cargada de presagios.

En las esquinas más concurridas del Real Sitio había unos pasquines ante los que se arremolinaba la gente. Eran contra el valido y en todos podía leerse al final: «Viva el rey y venga a la tierra la cabeza de Godoy».

A ello se sumaba que por las principales calles de Aranjuez deambulaban grupos de forasteros desocupados, con aire amenazador. Los mesones estaban a rebosar y muchos soldados, si no estaban de servicio, se sumaban a las pandillas que no cejaban de injuriar al valido, apostrofándolo con los calificativos más infamantes.

Carlos IV seguía mostrándose indeciso y se resistía a las pretensiones de Godoy, quien buscó un golpe de efecto para contrarrestar el descalabro recibido la víspera. Aprovechó que Su Majestad había decidido salir de caza, a pesar de que la situación aconsejaba permanecer en palacio, para reunirse con los generales Samper y Navarro. Les encargó que provocasen una reunión del Consejo de Castilla y presionar a su presidente para que tomase una resolución favorable al viaje de Sus Majestades y, lo más importante, se acordase publicar un manifiesto al pueblo de Madrid para tranquilizar a los vecinos y a los franceses, respecto de una inminente salida de tropas de la capital. Aquello podía proporcionarle un tiempo precioso, consciente de que la voluntad de Carlos IV tenía una resistencia limitada.

El príncipe de la Paz aguardaba impaciente, mientras cenaba, la noticia de la resolución adoptada. Lo acompañaban a la mesa su esposa la condesa de Chinchón, su hija Carlota y su hermano Diego. Estaban en la sobremesa cuando le llegó la noticia que tanto esperaba, se la traía un criado en una bandeja de plata. Se limpió la boca, pidió disculpas y abrió el pliego. La lectura le cortó la digestión. ¡También por primera vez el Consejo de Castilla adoptaba una resolución contraria a su voluntad!

—¿Ocurre algo? —le preguntó su hermano al ver cómo se le descomponía el rostro.

Godoy dio un puñetazo en la mesa que hizo bailar la cristalería. La condesa se sobresaltó y Carlota rompió a llorar.

—¿Qué sucede, Manuel?

—El Consejo de Castilla se niega a publicar una proclama dirigida a templar los ánimos de los madrileños sin una autorización expresa del rey. Además, toma la iniciativa de proponer a su majestad que no tome decisión alguna que suponga cambios en la actual situación política y militar.

—¿Y eso qué significa? —preguntó la condesa, que se mantenía al margen de los manejos políticos de su esposo.

—Que nuestros enemigos controlan cada vez mayores parcelas de poder. Si no logro convencer a su majestad para ponernos en viaje, no sé... no sé... Pero, desde luego, no auguro nada bueno para nosotros.

Carlota lloraba tan desconsoladamente que su madre se levantó para llevársela.

El conde de Montijo acababa de llegar a Madrid, vestido de labriego y violando el destierro que pesaba sobre su persona. La ocasión merecía el riesgo: por nada del mundo se perdería asistir a aquella reunión donde se daba cita lo más granado de la aristocracia española.

—¿Está todo dispuesto? —preguntó el marqués de Leganés.

—Quedan algunos retoques, pero cosas menores —señaló Caballero, que había viajado desde Aranjuez.

—¿Cuánto tiempo necesitarás para tenerlo todo organizado? —Quien ahora preguntaba era el duque de Osuna, en cuyo palacio, conocido como la Alameda de Osuna, se celebraba la reunión.

—A lo largo de mañana todo estará dispuesto.

—¿Eso significa que podríamos actuar mañana por la noche? —preguntó el anfitrión.

—Puedes darlo por seguro.

—En ese caso, no se hable más.

—¿Cuántos hombres se han previsto para la algarada? —preguntó Montijo.

—Se han preparado unos doscientos —indicó Caballero.

—¿Sólo doscientos?

—Doscientos más o menos.

—¡No son suficientes! —exclamó el desterrado.

—Es gente bragada, dispuesta a lo que se mande.

—No son suficientes —insistió Montijo.

—¿Por qué dices que no son suficientes? Aranjuez no es Madrid y los paisanos se sumarán a la gresca en el momento que sepan que va contra Godoy. —El conde de Oñate se sirvió otra copa de jerez.

—Es cierto que el Real Sitio no es Madrid, pero el Choricero podría contar con un centenar de hombres, entre soldados de su guardia y criados. Necesitamos más hombres, pero eso no debe alterar nuestros planes. Dejadlo de mi cuenta; yo me encargaré de duplicar esa cifra.

—¿Tú? —preguntó el conde de Altamira.

—Yo. ¿Hay algún problema?

—Pueden detenerte. Tu destierro es a más de veinte leguas de la corte.

—Hoy no me han detenido.

—Sin embargo, no debes tentar a la suerte.

—Tendré en cuenta tu consejo. —Montijo se sirvió también una copa de vino.

Antes de que se levantase la reunión, el conde de Altamira hizo una propuesta:

—Es necesario elegir a uno de nosotros para que acuda ante su majestad y le haga llegar nuestra posición.

—Eso supondría un riesgo —se opuso Osuna.

—No si actuamos con habilidad. El mayor de los temores que abriga el rey, además de hacer algo que considere ofensivo para Napoleón, es que se produzcan alteraciones callejeras.

—¿Qué quieres decir? —preguntó Oñate.

—Que quien acuda ha de indicarle el estado de agitación que hay en Madrid y que sería muy conveniente promulgar una proclama para calmar los ánimos de sus soliviantados súbditos. Eso nos haría aparecer como sus aliados en este momento de dificultad y, de paso, mandaríamos un mensaje al Choricero. El rey no sólo se niega a hacer públicos sus deseos, sino que actúa en sentido contrario.

—Yo apoyo esa propuesta —señaló Leganés.

—¡Yo también!

—¡Y yo!

—¡Y yo!

El duque de Osuna levantó sus manos, pidiendo tranquilidad.

—Si estamos de acuerdo, únicamente nos queda elegir a quien nos represente ante el rey. ¿Alguien se ofrece?

—Yo propongo al marqués de Castelar, en su condición de presidente del Consejo de Castilla —indicó Montijo.

El asentimiento fue general. Sería Castelar, un individuo delgado, de barba blanca y rala, obsesionado con la caída del cabello y de formas cortesanas, pero un habilidoso enredador, quien se encargaría de convencer a Carlos IV de lo absurdo de su viaje y de la necesidad de hacer pública una proclama para tranquilizar a los madrileños.

Aquel papel indicaba a Godoy que todo se hundía a su alrededor. Nunca en su larga carrera política había vivido una situación tan difícil. Se veía desautorizado por los consejos, que actuaban a su albedrío, el gabinete se mostraba hostil y en la calle… mejor no pensar en cómo estaba la calle. Había tenido sobradas muestras de la inquina que le tenía la gente. El momento era tan delicado y los partidarios del príncipe de Asturias estaban tan crecidos que ni siquiera la reina podía ayudarle.

Aquella tarde, a primera hora, le habían informado de la presencia del marqués de Castelar en Aranjuez. Ignoraba qué lo había traído, pero el papel que tenía en sus manos lo explicaba en parte. Nunca se había llevado bien con aquel personaje estirado, de barba de chivo y ojillos vivarachos, que le daban cierto aire maligno.

Releyó otra vez el texto con mayor detenimiento, aunque sin el sosiego que requiere un análisis reposado porque su espíritu estaba demasiado perturbado. Trataba de buscar información entre las líneas:

> Amados vasallos míos: Vuestra noble agitación en estas circunstancias es un nuevo testimonio que me asegura de los sentimientos de vuestro corazón; y Yo, cual padre tierno os amo, me apresuro a consolaros en la actual angustia que os oprime. Respirad tranquilos: sabed que el ejército de mi caro aliado, el Emperador de los franceses, atraviesa mi reino con ideas de paz y amistad. Su objeto es trasladarse a los puntos que amenaza el riesgo de algún desembarco enemigo, y que la reunión de los cuerpos de mi guardia ni tiene el objeto de defender mi persona, ni acompañarme en un viaje que la malicia os ha hecho suponer como preciso. Rodeado de la acendrada libertad de mis vasallos amados, de la cual tengo tan irrefutables pruebas ¿qué puedo Yo temer? Y cuando la necesidad urgente lo exigiese, ¿podría dudar de las fuerzas que sus pechos generosos me ofrecerían? No: esta urgencia no la verán mis pueblos. Españoles, tranquilizad vuestro espíritu; conducíos como hasta aquí con las tropas del aliado de vuestro rey, y veréis en breves días restablecida la paz de vuestros corazones; y a Mí gozando lo que el cielo me dispensa en el seno de mi familia y vuestro amor.
>
> Dado en mi Palacio Real de Aranjuez, a 16 de marzo de 1808

Godoy hizo con el papel una bola y la arrojó al fuego de la chimenea. Lo que más le había dolido fue enterarse a través de un criado que lo había conseguido, arrancándolo con riesgo de su vida, de una de las esquinas donde los habían fijado aquella tarde. Poco después le llegó la noticia de que la proclama se publicaría en la *Gaceta* del día 18.

La jornada del 17 se presentó como la víspera, aunque la tensión que se palpaba en el ambiente era creciente. En los mesones de Aranjuez no cogía un alfiler, el dinero corría en abundancia y se servía vino a discreción. Había gente apostada en lugares estratégicos que informaban de cualquier movimiento. Sobre todo se vigilaba el Palacio Real y la casa de Godoy, donde no se veían medidas extraordinarias de seguridad. A primera hora de la tarde, cuando Carlos IV regresó de su cotidiana partida de caza, un rumor cobró insistencia; colaboró, no poco, la llegada desde Madrid de todos los efectivos de la guardia del príncipe de la Paz.

«El Choricero lo tiene todo dispuesto para abandonar Aranjuez con los reyes y el príncipe, al filo de la medianoche.»

Sin embargo, no fueron solamente tropas de la guardia personal de Godoy las que entraron en el Real Sitio en aquella jornada. A lo largo de todo el día y, en mayor número, conforme pasaban las horas, arribaron masas de campesinos que llegaban por todos los caminos. Unos procedían de Ocaña y otros de Noblejas, muchos eran de Seseña, incluso había algunas partidas que habían venido desde Chinchón.

Todos contaban la misma historia: un individuo había recorrido los lugares, acompañado de tres o cuatro jinetes. La gente no se ponía de acuerdo en tal detalle, hasta el punto de que algunos incluso hablaban de media docena. Repartía buenos reales de plata, en monedas de a ocho, como si fueran ochavos, a todo el que quisiera ir a Aranjuez. Se trataba de amedrentar al Choricero para evitar que secuestrase al príncipe Fernando. Con tales planteamientos la gente cogía el dinero y se ponía en marcha. Muchos lo habrían hecho aunque el dinero no hubiese estado de por medio.

Tampoco había unanimidad acerca de quién era el generoso individuo que repartía plata sin tasa. Unos afirmaban que se llamaba «el Tío Pedro», otros decían que uno de sus acompañantes lo había llamado «el Manchego». Pero en otro sitio lo habían denominado como «el Aragonés». En resumen, nadie sabía con exactitud el nombre de quien había mandado para Aranjuez a no menos de trescientos individuos, todos ellos agasajados con largueza. Estas gentes venían a sumarse a los que ya estaban allí desde la jornada anterior. El ambiente era festivo. Se bebía, se comía y se cantaban coplillas satíricas.

A media tarde se produjo cierta conmoción al propagarse la noticia de que los reyes y el príncipe salían en una carroza. La gente se arracimó alrededor de palacio. Por primera vez, aparecieron en las manos de las turbas palos, navajas, cuchillos; incluso se vio alguna que otra pistola.

Todo quedó en una falsa alarma porque en realidad la familia real había salido a dar un paseo por las calles de Aranjuez, donde fueron vitoreados por el pueblo. Hubo vivas a Sus Majestades, pero a quien la concurrencia jaleó con entusiasmo fue al príncipe de Asturias. También se escucharon gritos crispados contra Godoy.

Avanzada la tarde, aparecieron nuevos pasquines en las esquinas; en ellos podía leerse:

«Viva el Rey, viva el príncipe de Asturias, muera el perro de Godoy.»

Peor que las amenazas de los pasquines era lo que se escuchaba en las conversaciones de los mesones y en los improvisados tugurios, donde encontraba acomodo la parroquia de forasteros. Muchos habían decidido permanecer en Aranjuez y pasar la noche en vela porque un nuevo rumor señalaba que se esperaban acontecimientos.

Al anochecer todo eran recelos, y en lugares estratégicos de la población podían verse partidas de individuos que, con mucho descaro, montaban guardia, atentos a cualquier incidente. Algunos habían encendido candelas para defenderse del frío, que ganaba intensidad conforme caía la noche. Delante del palacio había una concurrencia tan numerosa que se había reforzado la vigilancia, también se veía mucha gente por los alrededores de la casa de Godoy. Un nutrido grupo estaba apostado en la salida del camino para Ocaña: se decía que era por donde podían salir los reyes en su viaje hacia Andalucía.

A primeras horas de la noche de aquel 17 de marzo Aranjuez era un polvorín; sólo necesitaba que alguien prendiese la mecha.

19

Poco antes de la medianoche una antorcha brilló en una de las ventanas de palacio, que correspondía a los aposentos del príncipe de Asturias. A continuación se escuchó una detonación, un disparo de pistola.

Aunque nadie había dicho que se tratase de una señal, muchos de los que permanecían de vigilia la tomaron como tal, creyendo que se trataba de un aviso porque se iniciaba el viaje de los reyes.

—¡Que se los llevan!

—¡Que se los llevan!

Los gritos en el silencio de la noche fueron como una consigna.

Pelotones de soldados, pendientes de que se produjese alguna alteración, tomaron posiciones en torno al palacio. Al mismo tiempo, de los figones, de los prostíbulos de la mancebía, donde algunos solazaban la espera, y de los mesones salían a toda prisa grupos de individuos que corrían hacia el palacio. Era como una riada que confluía desde distintos puntos de la ciudad en la plaza que se abría ante la residencia real.

Hubo un momento de desconcierto; la muchedumbre estaba indecisa. Los gritos se habían apagado y apenas se escuchaban algunos cuchicheos. En ese instante, cuando el aleteo de una mariposa o un soplo de viento podía cambiar el curso de los acontecimientos, una voz se alzó por encima de los murmullos.

—¡Muerte al Choricero!

Fue como una orden. Un tropel de gente, portando antorchas y armada de forma variopinta, recorrió la escasa distancia que separaba la plaza de palacio de la casa del valido.

Los soldados de guardia apenas ofrecieron resistencia y la multitud irrumpió en el palacio. Don Diego Godoy trató de hacerles frente, pero poco pudo hacer. En un saloncito de la planta baja encontraron a la condesa de Chinchón abrazada a Carlota; la madre tenía el rostro descompuesto y la niña gemía con la cara escondida en el pecho de la condesa. La turba se detuvo por un instante, sin saber muy bien qué hacer.

—¡Son la mujer y la hija del Choricero! —gritó un individuo con trazas de gañán que se acercaba a ellas blandiendo un garrote.

—¡Alto ahí! —gritó a su espalda una voz cargada de autoridad—. ¡Ni se te ocurra tocarlas!

El individuo se volvió con gesto desafiante. Había alzado el palo pero no tardó en bajarlo al reconocer a quien le gritaba.

—Lo siento, señor.

—¡Largo! —le ordenó «el Tío Pedro», quien indicó a dos de sus acompañantes que se hiciesen cargo de la condesa y de la pequeña.

—¡Domingo! ¡Matías! —gritó alto para que lo escuchasen todos—. ¡Me respondéis con vuestra vida de la de esta dama y de su hija!

Luego se dirigió a la esposa de Godoy:

—Condesa, esto no va con vos, que sois inocente de las

fechorías de vuestro esposo. —Hizo una reverencia cortesana y ordenó a los demás que lo siguiesen.

—¡Vamos a la planta de arriba!

El saqueo había comenzado.

Los amotinados corrían enloquecidos de un salón a otro. Arrancaban las cortinas, despojaban las paredes de tapices y pinturas. Los arrastraban hasta la calle, donde les prendían fuego, sin la menor consideración al valor de lo que reducían a cenizas. Por balcones y ventanas volaban muebles que se hacían añicos contra el pavimento.

Era la furia desatada de un pueblo harto de soportar a un valido que se había enriquecido de forma escandalosa y cuyo mérito principal era calentar la cama de una reina otoñal, desdentada y tan vulgar que, sin las galas de la corte, podía haberse confundido con alguna de las lavanderas del Manzanares.

Vajillas y figuras de porcelana, cristalerías y esmaltes, espejos y relojes; todo fue destrozado. Los libros, a los que Godoy era muy aficionado, sirvieron de combustible para el fuego. Todo lo que podía arder fue reducido a polvo.

—¡Mirad! —gritó uno de los asaltantes al ver el contenido de un cajón repleto de condecoraciones, medallas, cruces y muchas otras insignias.

—¡Al fuego! —corearon varios de los que saqueaban el gabinete del valido.

—¡Quietos! —sonó una voz en el umbral—. ¡Eso se lleva a palacio!

Los agitadores obedecieron, sin rechistar.

Pandillas de gente subían y bajaban por las escaleras, en medio del mayor desorden. La decepción de la masa enfebrecida crecía por momentos al no encontrar su principal objetivo.

—¡El Choricero ha escapado! —gritó desde una ventana del piso de arriba un individuo con pinta de facineroso.

—¡Habrá huido por el tejado! —repuso desde abajo otro, que atizaba una de las candelas.

Muchos corrieron escaleras arriba, hasta las buhardillas, donde rebuscaron por todas partes. La búsqueda resultó estéril: el valido se había esfumado.

Un piquete de amotinados se detuvo ante un cuartillo de la última planta cerrado con llave, les pareció sospechoso.

—¡Tiene que estar aquí! ¡Seguro que esa gallina se ha encerrado ahí dentro!

Trataron de echar la puerta abajo, pero era sólida y resistió sus empellones.

—¡Un hacha! ¡Necesitamos un hacha! —gritó uno con el rostro descompuesto por la excitación.

Mientras alguien atendía su petición, arrancaron las cortinas de una ventana que daba a un patio interior.

—¡Premio! —exclamó el que había pedido el hacha.

Acurrucada en el suelo, una doncella temblaba de miedo. Tenía una llave en la mano.

—No temas, palomita. —El tono del individuo no invitaba a la tranquilidad—. ¿A ver? ¿Qué tenemos aquí?

—Es la de ese cuarto. —A la joven le costó pronunciar las palabras. Estaba horrorizada.

—¿Sabes que andábamos buscándola?

—Yo... yo no sabía... —Le temblaban los labios.

El individuo alargó la mano con la palma extendida y la muchacha, cuyos temblores la estremecían, se la entregó y rompió a llorar. El que se había hecho con la llave la alzó como si fuese un trofeo, mientras un coro de gargantas lo jaleaba.

—¡Veamos con qué nos encontramos ahí dentro! —gritaba excitado ante la posibilidad de hallar por fin a su presa.

Sin saber de dónde, la joven sacó fuerzas para responderle.

—Si se hubiese encerrado, tendría la llave con él.

El individuo vaciló.

—Puede que tengas razón, se la habría quedado para salir, pero no estará de más echar un vistazo.

Corrió las dos vueltas de cerradura y abrió la puerta de un empujón. El interior era oscuro.

—¡A ver, una antorcha!

Uno de los presentes le alargó una tea. Entró y, alzándola todo lo que daba su brazo, iluminó el cuarto. Allí solo se veían objetos de desván: esteras y alfombras enrolladas, unos baúles; todo manchado de palomina y plumas de paloma. Las aves habían tomado posesión del lugar, pero habían huido despavoridas ante el escándalo. Registraron los baúles, llenos de ropa apolillada y trastos, lanzaron una ojeada sobre la pila de esteras y alfombras y abandonaron el lugar.

Allí no estaba lo que ellos buscaban.

A escasa distancia, la guardia real asistía impasible al saqueo. Tenían órdenes tajantes de no intervenir.

La muchedumbre, desilusionada con la huida del valido, encaminó entonces sus pasos hacia la casa del ministro de Hacienda, a quien culpaban de las últimas subidas de impuestos. Tampoco lo hallaron porque, advertido de los acontecimientos y conocedor de su impopularidad, se había marchado a casa de unos parientes. Su vivienda fue objeto de la ira popular y los amotinados destrozaron todo el ajuar. Sólo la cordura de algunos que frenaban a los más exaltados, evitó que le prendiesen fuego.

Una vez que los amotinados abandonaron las casas saqueadas, se dispuso que piquetes de soldados las custodiasen.

Conforme se acercaba la mañana, los gritos que habían llenado la noche del Real Sitio fueron apagándose y con ellos el resplandor de las hogueras.

Poco después del amanecer, una muchedumbre, concentrada ante la plaza de palacio, gritaba su deseo de ver a la familia real. No cejaron en su empeño hasta que Carlos IV y María Luisa, acompañados del príncipe de Asturias, se asomaron al balcón principal de palacio.

La multitud los aclamó, como si allí estuviese la solución a todos los males que aquejaban al país.

Madrid se despertó al día siguiente con la noticia del motín. La caída de Godoy produjo una alegría generalizada. Conforme avanzaba la mañana, en la Puerta del Sol y en las calles de los alrededores, crecían los corrillos donde se comentaba lo sucedido. La gente estaba ansiosa de detalles y empezaron a correr rumores que tenían mucho de bulo. Algunos tenderos echaron el cerrojo y en no pocos talleres se tomaron aquel viernes como un día de asueto; era una forma de manifestar la alegría popular.

También en los soportales de la plaza Mayor la gente celebraba el acontecimiento. Bebían palomitas de aguardiente y hacían leña del árbol caído, aunque la verdad era que venían manejando el hacha desde hacía tiempo.

Don Indalecio había llegado muy temprano al mesón del Antillano; su trabajo concluía, si no tenía entierro, después de la misa de nueve y media, que era la que tenía asignada en el cuadrante de aquella semana. A veces decía misas de encargo por el alma de algún difunto, aliviándole de esa forma las penas del purgatorio.

—Me vas a poner una jícara de chocolate bien espeso y media docena de buñuelos —ordenó a la moza.

Acababan de atender su petición cuando apareció Sierra. El gacetillero tenía la ventaja de no estar sometido a horario.

Trabajaba por su cuenta, lo que le permitía gandulear por la calle con entera libertad.

—¿Quieres un chocolate? —le preguntó el cura.

—¿Celebra usted algo?

—¿Te parece poco con lo que nos hemos despertado?

—Todavía no está confirmado. El rey no ha dicho esta boca es mía y, por lo que yo sé, a Godoy no lo han encontrado.

—Eso son minucias. —Don Indalecio paladeó con fruición su chocolate.

—No lo crea. He oído que el ejército del general Solano, que es uña y carne del valido, abandonó hace algunos días el frente de Portugal y con sus catorce mil hombres avanza hacia Aranjuez, siguiendo el curso del Tajo. Ya veremos…

—¡Por la Santísima Trinidad, no me amargues el chocolate! Pero dime, dime, ¿dónde has escuchado ese dislate?

—Lo comentaban en uno de los corrillos de la Puerta del Sol.

—¡Bah! Bulos para calentar el ambiente. ¿Quieres o no quieres ese chocolate?

—Sea, pues.

Estaban dando cuenta del desayuno; don Indalecio había ampliado los buñuelos a una docena, cuando llegó don Honorio.

—¿Cómo es que no está usted en la Contaduría? —le preguntó el cura, sorprendido de verlo tan temprano.

—Porque el contador mayor se ha marchado a Aranjuez y los demás hemos dado la jornada por concluida. Por cierto, que a mi jefe le picaba el cuerpo como si tuviese sarna.

—Tengo entendido que era hechura del caído —comentó el gacetillero.

—¿Un chocolate con buñuelos?

Bracamonte aceptó primero la invitación de don Indalecio y después contestó a Sierra.

—Se ha distanciado en los últimos meses. Ha ido a Aranjuez para mendigar su puesto.

—¿Y le parece decente que, en su ausencia, ustedes hayan decidido darle un cerrojazo al negocio? —le reconvino el clérigo.

—No me dé usted lecciones de civismo y menos de laboriosidad. Además, la jornada no se presta a los números, don Indalecio, sino a las letras. ¿Han leído ustedes la *Gaceta*?

El cura y el periodista se miraron sorprendidos.

—¡No me diga que ya han publicado lo de Aranjuez! —exclamó Sierra.

—¡No, hombre! —Don Honorio sacó el periódico que llevaba doblado en uno de los bolsillos de su deslustrada casaca—. Me refiero a la proclama de Carlos IV negando los rumores acerca de su viaje y tranquilizando a los franceses. Su majestad se muestra cariñoso hasta extremos empalagosos. ¡Ah! Y con los franceses todo son zalamerías.

—¿Ha escuchado usted algo de lo del ejército de Solano? —le preguntó don Indalecio, un tanto amoscado con la noticia que había llevado Sierra.

Bracamonte puso cara de no entender.

—¿Qué pasa con Solano?

—Anda, Gustavito, explícale a don Honorio lo que me has contado.

—Se oye decir que sus catorce mil hombres avanzan siguiendo el curso del Tajo, en dirección a Aranjuez, para apoyar a Godoy.

—¡Bah! —Don Honorio dio un manotazo al aire—. Godoy está políticamente muerto. Es probable que las tropas de Solano se hayan retirado de Portugal porque los tiros apuntan hacia otra parte. Es cierto que las noticias están en el Tajo, pero no en Talavera de la Reina, que es adonde ha llegado el ejército, sino en Aranjuez.

—¡Está claro! —Don Indalecio pegó con la palma de la mano en la mesa y después se rascó el lobanillo—. ¡El motín ha puesto las cosas en su sitio y ni Solano ni nadie va a cambiar el curso de los acontecimientos!

Por la ventana se escucharon los estridentes acordes de una musiquilla, un grupo de gente pasaba cantando aleluyas al príncipe don Fernando; en la comparsa podían verse muchas mujeres.

Las calles de Madrid eran una fiesta. En cualquier lugar podían verse manifestaciones de alegría. El ambiente era muy parecido al que se vivía cuando le gente iba de romería al otro lado del Manzanares, a la pradera de San Isidro.

Antonio Porras se incorporó poco después del medio día, cuando don Indalecio y compañía habían pasado del chocolate al vino. El panadero llegó acompañado de una de las mozas de la tahona, que traía un cesto, tapado con un mantel inmaculado.

—¡Déjalo ahí y márchate! —le ordenó señalando la mesa. Ya se había incorporado Pelanas, que estaba feliz, no tanto por la caída del valido, como porque desde hacía tres noches actuaba en la compañía de Manuel García, donde le habían dado un papelillo en *Quien porfía, mucho alcanza.* García cosechaba aplausos que duraban varios minutos, sobre todo en la escena final, en que moría con tal realismo que parecía verdaderamente escapársele la vida.

La llegada del panadero produjo un momentáneo silencio en torno a la mesa.

—¿Qué traes ahí, Porritas? —preguntó don Indalecio, rebosante de buen humor y apurando su segunda jarrilla de Arganda.

—Descúbralo su reverencia.

El párroco levantó con cuidado la punta del mantel, como si estuviese alzando un velo misterioso.

—¡Caray!

—¡Bollos preñados! —exclamó el panadero, introduciendo los pulgares en los bolsillos del chaleco—. Los hay de morcilla, de morcón y de chorizo. ¡Esto hay que celebrarlo!

—¿Lo dices por tus amigos los franceses, a quien todo el mundo hace la rosca? —La puya de don Honorio dio en el blanco.

—¡Lo digo porque me da la gana! ¡Y si usted no tiene apetito, no se moleste en hincarle el diente, que esos preñados encontrarán aquí —palpó la voluminosa barriga de don Indalecio— acomodo adecuado!

Las chanzas se prolongaron, mientras caían rondas de Arganda y daban cuenta de los bollos, que sustituyeron al almuerzo. Hasta Pelanas, que la víspera había cobrado doce reales por sus tres funciones, pagó una de las rondas. La llegada del alguacil mayor fue acogida con un brindis. Don Fernando se desprendió de la capa, dejó caer su humanidad sobre un taburete y pegó la espalda a la pared.

—Supongo que ya están enterados.

—¿Enterados de qué? —preguntó don Honorio, a quien el Arganda se le había subido a la cabeza tanto como para atreverse a contar un chascarrillo.

Era malo de solemnidad, pero sus compañeros habían celebrado ruidosamente una novedad tan extraordinaria.

—Del decreto de su majestad.

—Ésa es ya noticia vieja. ¡Hace horas que don Honorio nos leyó la *Gaceta*!

—¡Qué *Gaceta*, ni qué niño muerto! ¡Acaba de llegar la noticia de que Carlos IV ha destituido a Godoy de todos sus cargos y empleos, y le ha dado venia para escoger el lugar donde desee fijar su residencia, con tal que sea a un buen número de leguas de la corte!

—¿Han encontrado a Godoy? —preguntó el gacetillero.

—Se ignora su paradero, pero se dice que la presión sobre Carlos IV es tan fuerte que no ha podido resistirse.

Al párroco se le había congelado la sonrisa en la boca.

—¿Quiere eso decir que han violentado la voluntad de su majestad?

Escobar se encogió de hombros.

—No podría yo decirle a su reverencia, pero el texto es tan escueto que parece arrancado a la fuerza. Por lo que he escuchado, su majestad también ha escrito a Bonaparte.

—¿A Napoleón? ¿Para qué?

—Para darle cuenta de su determinación.

El cura dejó escapar un suspiro y exclamó:

—¡Qué nos tendrá reservado el Señor y qué nos quedará todavía por ver!

—¿Por qué dice usted eso? —preguntó Sierra.

—Porque no me gusta un pelo que Napoleón esté hasta en la sopa. ¡Estos asuntos son nuestros y no hay que darle explicaciones a nadie!

20

Los capitanes Díaz y Valdés paseaban por el patio del parque de artillería. Se había habilitado para ello un antiguo palacio, el de Monteleón, cercano a la puerta de Fuencarral. No reunía las condiciones adecuadas para un cuartel, pero permitía salir del paso. Mientras uno de ellos no paraba de hablar, acompañando su charla con continuos gestos de vehemencia, el otro, más reposado, escuchaba y fumaba.

—¡En fin, que ya se ha resuelto el dilema!

—¿Tú crees? —Díaz dio una calada al cigarro y lo arrojó lejos, impulsándolo con el dedo corazón, como hacía en su infancia cuando jugaba a las canicas.

—Bueno, Godoy ha caído.

—Tal y como está todo, eso no supone gran cosa.

—¡Cómo que no! Los partidarios del príncipe de Asturias serán quienes ahora controlen la situación.

—Don Fernando está tan entregado a Bonaparte como Godoy. ¿Recuerdas lo de El Escorial el último otoño?

—¡Eso fue una maniobra del Choricero!

—No me refiero a eso, sino a la carta que el príncipe había escrito a Napoleón, solicitándole la mano de una princesa de su familia. Me temo que mucho tendrán que cambiar las cosas para que dejemos de ser un juguete en manos de Napoleón. No creo que el cambio de actores en nuestra corte afecte a los planes de Bonaparte. ¡Recuerdo la conversación entre Lannes y Murat como si la hubiese escuchado ayer! No he podido borrar de mi cabeza con qué desprecio hablaban cuando se referían a España y a los españoles.

—Sin embargo, aunque sea por llevarle la contraria al Choricero…

—¡Disculpe, mi capitán! —El suboficial había dado un taconazo, manteniendo la mano derecha en posición de saludo; en la izquierda llevaba una carta.

—Descanse, sargento, ¿qué sucede?

—Mensaje del general Negrete, mi capitán. —Bajó la mano y le extendió el pliego.

—Gracias, puede usted retirarse.

—¡A sus órdenes, mi capitán!

El texto era muy escueto.

—¿Algún problema? —preguntó Valdés.

—Negrete quiere verme mañana, a primera hora.

—¿Para qué?

—No lo especifica, se limita a indicar que es por razones del servicio.

—¿Qué tripa se le habrá roto?

—No tengo la menor idea, pero no me gusta su actitud. Se muestra pusilánime y es proclive a no hacer el menor movimiento.

El recibimiento de Negrete fue distante. Ni siquiera se molestó en devolverle el saludo. El capitán general era hombre de envergadura, de unos sesenta años y con el rostro tallado por las arrugas. Sus ojos eran glaucos y casi nunca miraba de frente. Jamás había participado en un combate y sus destinos habían estado siempre alrededor de la corte.

—Hace unos días el coronel Velasco me comentó que usted le había planteado ciertas inquietudes acerca de unos supuestos planes que Napoleón fraguaba. ¿Es eso cierto?

El capitán notó cómo se aceleraba su pulso y la sangre golpeaba con fuerza en sus sienes. ¡El capitán general se interesaba por sus cuitas!

—Es cierto, mi general.

—¿A qué se referían esos planes que tanto le inquietaban?

—Disculpe, mi general, no me inquietaban, me inquietan.

Negrete hizo una mueca e indicó al capitán una silla para que tomase asiento.

—¡Explíquemelo todo con detenimiento! ¡Con pelos y señales! —Sus palabras sonaban secas, cortantes.

El capitán le relató con todo tipo de detalles los pormenores de la conversación escuchada en el parisino café Marengo. A Negrete le llamó la atención que, después de tanto tiempo, Díaz lo recordase todo con minuciosidad. Cuando concluyó, el capitán general que había escuchado impertérrito, prolongó su silencio, como si evaluase lo que acababa de escuchar.

—¿Por qué no me informó usted a su debido tiempo?

El capitán clavó sus ojos en los de su superior, que desvió la mirada.

—¿Cómo dice, mi general?

A Negrete no le gustó ni la actitud ni el tono.

—¡Limítese a responder!

—Intenté varias veces que vuecencia me recibiese, pero sus numerosas obligaciones se lo impidieron.

—¡No sea insolente, Díaz!

—Nada más lejos de mi ánimo, mi general.

—Por lo que me dijo antes y por la forma en que ha relatado este asunto, entiendo que continúa perturbando su ánimo.

—Así es, mi general.

—Pues debe usted olvidarse de ello.

—Mi general...

—¡Es una orden, Díaz!

El capitán se puso de pie, en posición de firmes.

—¿Lo ha entendido?

—Sí, mi general.

—¡Retírese!

Al capitán le hervía la sangre. ¡Cómo podían darle una orden como aquélla!

—¿Puedo hacerle a vuecencia una pregunta?

—Hágala.

Negrete mantuvo la vista en el papel que había sobre su mesa.

—¿Hay alguna razón para que me dé esa orden?

—Aunque su obligación es limitarse a cumplirla, le diré algo. Tenemos noticias de que el emperador ha dispuesto que su cuñado, el gran duque de Berg, venga a Madrid. Napoleón nos honra con tal decisión y no deseo que nada empañe su visita.

Pensó si Negrete tendría conocimiento de la existencia de la fraternidad. Si era así, podrían tener graves problemas.

—Mi general, siempre hemos hecho gala de una exquisita hospitalidad con nuestros amigos.

—Pues no olvide que Murat lo es.

Díaz tuvo que morderse la lengua para no decir lo que pensaba. ¡Menos mal que Negrete no había llamado a Valdés! La vehemencia del cántabro lo habría llevado a decir alguna inconveniencia.

La mañana del día de San José amaneció tranquila, pero en el ambiente flotaba la inquietud. En palacio se decía que el príncipe de Asturias había amenazado a su padre y había faltado a su madre, motejándola de forma inadecuada.

En los alrededores de la residencia real había grupos de curiosos, pero su número no era comparable al de las vísperas. Muchos de los forasteros ya habían regresado a sus lugares de procedencia, contentos de haber desbaratado los planes del Choricero y de que éste hubiese sido desposeído de sus cargos. Pocas veces la caída de un poderoso había producido tanta satisfacción.

A eso de la diez, unos gritos descompuestos rompieron la aparente calma. Una de las mujeres que limpiaba en el destrozado palacio del valido vio a un individuo que bajaba las escaleras a trompicones.

—Agua, por favor. Me muero de sed.

La limpiadora quedó paralizada, como si hubiese visto a un fantasma. Luego corrió hacia la puerta y le gritó al soldado que estaba de guardia.

—¡Su excelencia! ¡Su excelencia!

El centinela la miró sorprendido.

—¿Qué estás diciendo?

—¡Su excelencia, el ministro! ¡Don Manuel!

—¿Te has vuelto loca?

—¡Baja por las escaleras!

—¡Anda ya!

—¡Me ha pedido agua!

El centinela vio por encima del hombro de la mujer una figura que tenía algo de espectral. Era Manuel Godoy.

En unos segundos cundió la alarma y el desconcierto. El palacio se llenó de carreras y gritos.

¡Godoy había aparecido! ¡En su propio palacio!

Todos lo hacían lejos del lugar; se barajaba que estuviese camino de Andalucía, siguiendo los pasos de Pepita Tudó, que unos días antes se había marchado en dirección a El Puerto de Santa María.

La noticia se extendió con tanta rapidez por Aranjuez que en pocos minutos ya había concentrada una muchedumbre a las puertas de la que había sido morada del valido. La persona más buscada de España en las últimas treinta y seis horas abandonó su escondrijo, atormentado por la sed. Había permanecido escondido en su propio palacio, oculto en una estera enrollada, desde la noche del motín.

—¡Muera el Choricero!

—¡Muera! ¡Muera!

Los más exaltados pedían a los soldados que se lo entregasen para acabar con su vida.

—¡Queremos justicia! —gritó un vozarrón que se elevó por encima del coro de gritos.

—¡Justicia! ¡Justicia! —coreó la plebe.

Los centinelas se concentraron en la puerta para impedir la entrada de la muchedumbre. Aquello podía ser el comienzo de un nuevo motín, sólo que ahora nadie controlaba los acontecimientos y podía ocurrir cualquier cosa. Estaban a punto de asaltar el palacio cuando sonaron varios disparos. Todo el mundo se quedó paralizado.

Los disparos procedían de un grupo de jinetes; era un escuadrón de guardias de Corps que, advertidos de la aparición de Godoy, acudían para evitar su asesinato. Se abrieron paso entre la muchedumbre y sacaron al preso de su saqueada vivienda para conducirlo hasta su cuartel, donde podían garantizar mejor su seguridad.

—¡Entregádnoslo! —gritó una mujer agitando una cuerda.

—¡Muerte! ¡Muerte!

Los soldados rodearon al prisionero, formando con los caballos un cuadrado para protegerlo de la ira popular. Al emprender la marcha, Godoy, muy debilitado después de un ayuno tan prolongado, se sujetó a las bridas de dos de los animales para que tirasen de él. A la vez que arreciaban los gritos y las amenazas de la muchedumbre, algunos le arrojaban lo que tenían a mano. Una piedra lo alcanzó en la espalda y un individuo, que logró colarse entre los caballos, le hizo un corte en la mano, pero uno de los jinetes le golpeó con el sable, obligándolo a retirarse. Otro, con un palo, le abrió una brecha en la frente, por encima de la ceja izquierda.

A pesar de los descalabros, la protección de los soldados resultó eficaz. Al aproximarse al cuartel, salieron algunos para ayudar a sus compañeros. Los guardias de Corps lo habían librado de la furia del populacho y de un final violento.

Llegó jadeante y sudoroso, y con las fuerzas al límite. Estaba hambriento por el ayuno, exhausto por la carrera y agobiado por la tensión del mal trance vivido. Nada más entrar en el cuartel se desplomó en el suelo sin conocimiento y algunos de los oficiales, al verlo en aquel estado, pensaron en la mudanza de la fortuna y en cuán efímero es el poder de los hombres.

Cuando María Luisa tuvo conocimiento de lo que acababa de ocurrir instó a su marido a que tomase alguna disposición para mejorar la situación de Godoy. Al rey todo lo que se le ocurrió fue llamar a su hijo y suplicarle que pusiese remedio a aquello.

En apenas cuarenta y ocho horas la corte de Carlos IV había dado un giro de ciento ochenta grados. Era la ocasión que el príncipe de Asturias había anhelado desde hacía mucho tiempo. Salió a la calle y seguido por varios oficiales y alguna tropa llegó al lugar donde retenían a Godoy. La muchedumbre, al ver al príncipe, prorrumpió en aclamaciones. Ya eran muchos los que gritaban:

—¡Viva Fernando VII!

—¡Viva nuestro rey!

Los soldados se miraban desconcertados porque tales gritos eran sediciosos.

Cuando el príncipe de Asturias entró en el cuartel la muchedumbre estaba entusiasmada. Había bastado su presencia para que los gritos de muerte contra el Choricero se convirtiesen en jubilosas manifestaciones de fervor. Godoy, que había recuperado el conocimiento, estaba sentado en un banco y daba pequeños sorbos al cuenco de agua que le habían ofrecido. Don Fernando lo miró con desprecio, regodeándose con la estampa que ofrecía el más aborrecido de sus enemigos. Éste, sobreponiéndose a las dificultades del momento, le preguntó:

—¿Sois ya rey?

—Todavía no, pero lo seré pronto. ¡Escucha! ¡Escucha cómo me aclama el pueblo!

—Precisamente por eso os lo pregunto.

—¿Eres consciente de que tu vida pende de un hilo y ese hilo está en mis manos?

El intento de humillación chocó con una resistencia que no esperaba. Si el príncipe pensaba que iba a oírlo suplicar por su vida, se vio chasqueado.

—Soy consciente de que mi vida está en manos de Dios y aceptaré lo que me depare la divina providencia.

Fernando escupió en el suelo y salió a la puerta, las aclamaciones arreciaron.

—¡Escuchadme! ¡Escuchadme todos!

El gentío acalló sus voces y se hizo el silencio. La imagen del príncipe de Asturias no resultaba atractiva: su corpulencia rozaba la obesidad y era cargado de hombros. Su gruesa nariz le distorsionaba el rostro, donde sus ojos negros podrían haberle dado un aire de viveza, pero la mirada era huidiza; su semblante no inspiraba confianza. Pero don Fernando era un ídolo y a los ídolos no se les valora, se les adora.

Sus palabras fueron de extrema dureza, poniendo de manifiesto el odio acumulado durante tanto tiempo.

—¡Los criminales siempre pagan sus delitos!

Sus palabras fueron acogidas con gritos de entusiasmo.

—¡Empeño mi honor en que este delincuente será juzgado y condenado por sus crímenes! —Daba ya por sentada la condena—. ¡Ha profanado lo más sagrado! ¡Su ambición no ha tenido tasa ni medida! ¡Pagará por todo ello! —En un gesto impropio de su posición, formó una cruz con los dedos y se la llevó a los labios—. ¡Lo juro ante vosotros! Y ahora retiraos a vuestros hogares. ¡Sé que, si os necesito, puedo contar con vosotros!

No sabía qué más decir, pero la gente permanecía inmóvil, esperando algo más. Un grito surgido de la muchedumbre vino a sacarlo del apuro.

—¡Viva Fernando VII!

La masa coreó sus vivas, lo que era una propuesta sediciosa.

Fernando de Borbón retrocedió unos pasos y quedó en la penumbra del portal. Los que estaban cerca lo vieron sonreír.

Godoy fue conducido a una celda, donde permanecería incomunicado, pero también protegido de las iras de la multitud que se retiró del lugar. Al cabo de unas horas todo estaba en calma.

La tensión se había trasladado a palacio.

—¡No se puede consentir!

La reina, descompuesta, gritaba a su marido. María Luisa tenía grandes ojeras y su rostro mostraba los estragos de las duras jornadas vividas. Nerviosa, iba de un lado para otro, restregándose las manos. Carlos IV, sentado en un sillón, estaba desmadejado y parecía un títere al que le habían cortado las cuerdas. Tenía la cabeza inclinada, y la barbilla hundida sobre el pecho, lo que aumentaba el volumen de su papada.

—¿Qué puedo hacer? —murmuró.

Su esposa se detuvo un momento ante él y le gritó:

—¡Eres el rey!

Carlos IV alzó la cabeza, tenía el rostro abotargado.

—¿Estás segura?

La reina se acercó y cambió de actitud: se acurrucó a sus pies y le tomó la mano en un gesto lleno de cariño.

—No podemos consentir que Manuel esté en una celda como un vulgar malhechor. Desde que me lo han dicho, tengo un sin vivir... ¡Hay que sacarlo de ahí!

—No sé cómo hacerlo. —Carlos IV parecía tan avejentado que a sus sesenta años tenía el aspecto de un anciano.

María Luisa se restregaba las manos, presa de los nervios.

—Hay que buscar una fórmula porque, en cualquier momento, la chusma puede agitarse de nuevo y... ¡No quiero ni pensarlo! Me han dicho que está herido, que le han arrojado piedras y dado palos. ¡Dios mío, a qué situación hemos llegado!

Sonaron unos golpecitos en la puerta. La reina se levantó y trató de componer su ajada figura. Al rey pareció importarle menos.

—¿Quién llama? —preguntó ella.

—Majestad, soy yo, Gertrudis, vuestra camarera.

—Pasa.

La camarera tenía el rostro arrebolado y estaba jadeante. La reina la miró inquieta.

—¿Qué sucede?

—Las turbas, mi señora. Las turbas han vuelto a agitarse.

—¿Qué pasa ahora? —preguntó Carlos IV, nervioso e inquieto.

—Ha llegado un coche de seis mulas al cuartel de los guardias de Corps y la gente que merodeaba por allí ha creído que era para trasladar a don Manuel. Algunos decían que se lo llevaban a Granada y se han puesto a gritar como posesos; ante el escándalo han acudido muchos otros.

—¿Qué ha sucedido? —preguntó la reina con ansiedad, temiéndose lo peor.

—Han cortado las bridas de las mulas y han destrozado el coche.

Aquello era algo que importaba muy poco a María Luisa, pero no a su esposo.

—¿Ha ocurrido algo más?

—No, mi señor, el príncipe… don Manuel —se corrigió la camarera— permanece en el cuartel, protegido por los guardias.

—¡Ay Jesús! —La reina se abanicaba con la mano en un intento inútil de disminuir el sofoco.

—¿A qué iba ese coche al cuartel? —preguntó el rey.

—Nadie lo sabe, majestad, ni tampoco quién lo ha mandado. Algunos dicen que ha sido para provocar al pueblo, aprovechando que la gente está a la que salta. Para mí —añadió Gertrudis— que detrás de todo esto hay una mano que no para de meter cizaña.

—¿Qué hace la gente ahora?

Carlos IV estaba muy preocupado con la actitud del pueblo. Apenas llevaba un año en el trono cuando se produjo la Revolución francesa y aquel acontecimiento lo había marcado de por vida. Bastaba una algarada callejera para que la tomase como el comienzo de una revolución, como la que había llevado a Luis XVI a la guillotina.

—Grita y va de un lado para otro. Los ánimos están muy agitados.

—¿Qué gritan?

La camarera agachó la cabeza y no respondió. La reina tuvo que repetirle la pregunta.

—¿Qué gritan, Gertrudis?

—Piden la muerte de don Manuel y... y... —La joven titubeaba.

—¿Y qué más? —El labio inferior de Carlos IV estaba agitado por un temblorcillo.

—Aclaman a Fernando VII.

—¡Lo sabía! —gritó María Luisa con rabia.

En aquel momento una piedra golpeó la ventana y el cristal saltó hecho añicos.

—¡Que nos matan, Carlos! ¡Que nos matan! ¡Haz algo, por el amor de Dios! —María Luisa se había aproximado a su esposo, buscando instintivamente su protección.

Una segunda pedrada rompió otro cristal. La reina se pegó a la pared, refugiándose junto a la camarera.

María Luisa gritaba histérica y el rey, atemorizado, se levantó del sillón y acudió a la puerta profiriendo voces de auxilio. Su sorpresa fue mayúscula al encontrarse con que los guardias que debían custodiar la puerta habían desaparecido. Se asomó a la galería y comprobó que estaba desierta.

—¡No hay nadie, María Luisa! ¡Nos han abandonado! —El monarca estaba consternado.

Al abotargamiento de su semblante se había unido una palidez mortal. Sólo le faltaba romper a llorar.

La camarera, impresionada con el cuadro que tenía delante, sintió una punzada de remordimiento.

—Aguarden aquí vuestras majestades, que voy en busca de auxilio.

—No tardes, Gertrudis —gimoteó la reina.

Fueron cinco minutos larguísimos. La imagen de los reyes de España era la de una pareja de ancianos desamparados a los que hubieran vestido con galas propias de una fiesta de carnaval. En el silencio de aquella dependencia, donde temblaban de miedo, se escuchaban los gritos que atronaban en la calle. Se sentían humillados, traicionados y, sobre todo, indefensos.

Quien llegó a los aposentos reales fue el ministro Caballero, acompañado de varios guardias y dos gentiles hombres de cámara. El marqués parecía tranquilo, pero en su ánimo no había intención de llevar sosiego.

—¡Majestades, todo está revuelto! ¡Tememos que el pueblo vuelva a amotinarse!

—¿Qué ocurre ahí fuera, Caballero?

—Señor, la gente está inquieta.

—Ya he exonerado a Godoy de sus cargos —se justificó el rey, como si la caída del valido fuese una especie de salvoconducto para que todo quedase en calma.

El ministro encogió los hombros.

—¡Habla! —le ordenó el rey que, por un momento, pareció recuperar la autoridad.

—Majestad, estamos en tiempo de mudanza, la gente aclama al príncipe de Asturias.

—¡Eso ya lo he oído!

—¿Ha escuchado entonces, vuestra majestad, lo que grita el pueblo?

—Sí, he oído cómo aclaman al príncipe de Asturias.

—Cierto, pero si vuestra majestad ha oído bien, habrá escuchado que lo aclaman como Fernando VII.

Se hizo un silencio y los gritos del exterior, a través de las destrozadas ventanas, se escuchaban con nitidez.

—¡Viva Fernando VII!

—¡Viva nuestro rey!

Fue la reina quien primero reaccionó.

—¿Qué es lo que quiere esa chusma?

Caballero adoptó una actitud altiva que, en otras circunstancias, ni siquiera se hubiese permitido imaginar.

—Lo está escuchando vuestra majestad.

—¡Muy bien —exclamó la reina—, si el príncipe de Asturias quiere la Corona, la tendrá!

—¡María Luisa! —se soliviantó su marido.

La reina no hizo el menor caso a su esposo, se encaró a Caballero y le ordenó:

—¡Ve a comunicárselo a mi hijo!

Caballero se disponía a abandonar la habitación a toda prisa. Era consciente del valor que tenía ser el mensajero que anunciase al príncipe de Asturias una noticia como aquélla.

—¡Pero hay una condición! —El grito de la reina los detuvo junto a la puerta.

—¿Sí, majestad?

—Tiene que garantizarme la vida de Godoy. —La voz de María Luisa había sonado contundente.

—Así se lo comunicaré a su majes… a su alteza, aunque me temo que no será fácil.

En la estancia permanecieron los dos gentiles hombres y los guardias. La situación era tan confusa que resultaba problemático discernir si los protegían o los custodiaban. La reina los miró con ira.

—¡Fuera! —gritó María Luisa—. ¡Aguardad al otro lado de la puerta!

—Majestad, nosotros…

—¡Fuera! ¡Obedeced, todavía soy la reina!

Todos salieron en silencio.

Lo que los reyes hablaron en aquellos minutos nadie lo supo.

Caballero regresó poco después con la aceptación del príncipe de Asturias.

—En ese caso —señaló Carlos IV que había recuperado algo de serenidad— encárgate de convocar a los miembros del gabinete. La reunión será aquí, en mis aposentos.

—¿A qué hora, majestad?

—A las siete.

—Como vuestra majestad disponga.

—También acudirá el príncipe —ordenó el rey.

La reunión fue breve y muy tensa. Carlos IV comunicó su decisión a los ministros y se despidió de ellos con palabras de agradecimiento. Hubo momentos de emotividad porque alguno se mostró sinceramente emocionado. La reina guardó un mutismo absoluto, como si todo aquello fuese un mero trámite que había de cumplir.

El príncipe de Asturias apenas tuvo unas palabras con su padre, con su madre cruzó una mirada fría. Después, el marqués de Caballero, en su condición de ministro de Gracia y Justicia, leyó con voz altisonante el texto de la abdicación, que se había redactado con mucho esfuerzo porque se hizo necesario medir todas y cada una de sus palabras:

> Como los achaques de que adolezco no me permiten soportar por más tiempo el grave peso del gobierno de mis reinos, y me es preciso, para reparar mi salud, gozar de un clima más templado en la tranquilidad de la vida privada, he determinado, después de la más seria deliberación, abdicar mi corona en mi heredero y mi muy caro hijo el príncipe de Asturias.

Por lo tanto es mi real voluntad que sea reconocido y obedecido como rey y señor natural de todos mis reinos y dominios. Y para que este mi real decreto de libre y espontánea abdicación tenga su éxito y debido cumplimiento, lo comunicaréis al Consejo y demás a quien corresponda.

Dado en Aranjuez, a diecinueve de marzo de 1808.

Yo, el Rey

El pueblo, alertado de lo que iba a suceder, abarrotaba la plaza de palacio. El gentío apenas podía contener la emoción, en medio de un ambiente de alegría desbordada. Algunos gritos salían de la muchedumbre aclamando a quien ya consideraban como su soberano.

Los vítores arreciaron al abrirse las ventanas del balcón principal de palacio. Cuando apareció Fernando VII se desató la locura. La gente se olvidó de Godoy, celebrando la llegada del nuevo monarca. Todos tenían depositadas en él grandes esperanzas.

Los gritos de aclamación llegaron hasta la celda donde el ministro caído en desgracia vivía las horas más difíciles de su vida. Preguntó al centinela que custodiaba su puerta:

—¿Tenemos ya nuevo rey?

—Eso parece.

El antiguo valido murmuró entre dientes:

—Pobre España, ignoras lo que te aguarda.

—¿Decía algo? —le preguntó el soldado al escuchar el bisbiseo.

—Nada, cosas mías.

TERCERA PARTE

El Dos de Mayo

21

El capitán Díaz subía los peldaños a toda prisa, de dos en dos. Su rostro, tenso y contraído, señalaba su estado de ánimo. Con un gesto de la mano respondió al saludo de los centinelas.

Llevaba varios días dándole vueltas a la cabeza, agobiado por el dilema que suponía la disciplina ante la orden recibida o actuar según el dictado de su conciencia. Por fin se había decidido.

Llegó a su despacho, una habitación desangelada donde el paso del tiempo había dejado su huella. Se acomodó en la desvencijada silla que había tras su bufete, tomó un pliego y escribió unas líneas a vuelapluma.

> Es de suma importancia que mantenga un encuentro con usted para tratar de un asunto del máximo interés. La necesidad es urgencia.
>
> Atentamente, L. D.

Lacró el pliego e indicó al centinela que hacía guardia al pie de la escalera que avisase al sargento Ordóñez, un veterano de la guerra del Rosellón en quien podía confiar plenamente.

—Lleva este pliego a la casa número ocho de la calle de la Compañía. Pregunta por don Francisco y se lo entregas en mano.

—¿Y si eso no fuese posible, mi capitán?

—Insistes y dices que te envía el capitán Díaz, del parque de Monteleón.

El sargento no insistió, pero su gesto era elocuente.

—Si tampoco fuese posible, te lo traes de vuelta —le indicó el capitán.

Una amplia sonrisa llenó el rostro del sargento.

—¡A la orden, mi capitán!

Dos horas más tarde, Ordóñez estaba de regreso.

—¿Has podido entregarlo?

—Sí, mi capitán. Don Francisco me ha dicho que podrían verse mañana en la sacristía de la iglesia de los dominicos de la calle de la Pasión, después del *manifiesto* del Santísimo, que es a las siete.

Monsieur de Beauharnais no daba crédito a la noticia que acababa de proporcionarle uno de sus espías: Carlos IV había abdicado de sus derechos al trono.

—Por lo que he podido averiguar, su majestad se ha visto muy presionado.

—¿Qué más sabes? —preguntó el embajador.

—Al parecer, el príncipe de Asturias es quien ha movido todos los hilos de la trama y el marqués de Caballero el principal instrumento. Uno de nuestros agentes dice que gente pagada lanzó piedras contra las ventanas de los aposentos reales para amedrentar a los reyes, a sabiendas de que Carlos IV estaba conmocionado con los sucesos del día anterior. Cuando la gente gritaba y arrojaba piedras, incluso la guardia que custodiaba los aposentos reales se había ausentado, comprada por un oficial de absoluta confianza del ministro, y los centinelas del exterior no se movieron. Sus majestades se encontraron solos y desasistidos.

—¡Ese Caballero es un mal bicho!

—Para completar el panorama —señaló el espía, que había obtenido una información completa—, Caballero pagó generosamente a una camarera de la reina, que infundió un temor cerval a los reyes, diciéndoles que el pueblo se preparaba para amotinarse de nuevo y que las turbas enloquecidas habían destrozado un coche, donde se decía que iban a trasladar a Godoy; incluso dejó caer el destino del prisionero: la ciudad de Granada.

—¿Cómo no te enteraste antes? —En la pregunta había un fondo de reproche.

—Señor, todo lo que os cuento se ha llevado con el mayor de los sigilos, a lo que se añade que los acontecimientos se han precipitado. Esa camarera de la que os he hablado acudió a los aposentos de su majestad pasadas las dos, poco después Carlos IV convocaba el gabinete para las siete. Media hora más tarde había abdicado.

El embajador fumaba sin cesar en un intento vano de serenar sus alterados nervios.

—¡Esto es un desastre! El duque de Berg estará aquí en pocos días y va a encontrarse con un panorama inesperado. ¡A estos españoles no hay quien los entienda! ¡En tres días han acabado con todo! ¡Con el valido y con el rey!

—Lo de Godoy se veía venir, pero esto... —se excusó el espía, a quien los acontecimientos habían desbordado.

—¡Esto nos ha cogido por sorpresa! Las instrucciones eran acabar con el valido: estaba claro que el príncipe de la Paz había barruntado los propósitos del emperador. ¡Por eso había decidido el viaje de los reyes a Sevilla!

—Señor, tenemos una posibilidad de salir del atolladero, al menos de forma momentánea.

El embajador lo interrogó con la mirada.

—¿Una posibilidad, dices?

—Sí, señor. Si me permite, puedo explicársela.

—Te escucho.

—Es muy simple, señor. No tenemos por qué aceptar la abdicación de Carlos IV.

—¿No te entiendo?

—La renuncia del rey se ha hecho bajo presión y, en tales circunstancias, no era libre para decidir sobre un asunto tan importante.

Monsieur de Beauharnais se quedó con la mirada perdida durante unos segundos. Luego miró a su agente; hasta ese momento no se había dado cuenta de que tenía unos ojillos pequeños, maliciosos.

Dio una calada a su cigarro y asintió con ligeros movimientos de cabeza.

—No es mala idea, pero tu propuesta choca con un grave problema.

—¿Cuál, señor?

—No tenemos pruebas.

—Sí las tenemos, señor.

Beauharnais lo miró sorprendido.

—¿Acaso puedes demostrar algo de lo que me has dicho?

—No, señor, pero es del dominio público que la gente estaba amotinada. En tales condiciones, cualquiera entenderá que la presión de la calle resultó insoportable para su majestad. Además, los sucesos tenían lugar en un momento en que estaba privado de su ministro principal.

El embajador se pasó la mano por el mentón, con gesto reflexivo. La propuesta era como lanzarse a las turbulentas aguas de un río agitado para cruzarlo a nado, pero nadar contra corriente era la única posibilidad de capear el temporal y que la marejada provocada por los acontecimientos no los arrastrase.

—¡Rápido, avisa a Mignon! ¡Hay que escribir una carta al duque de Berg! ¡Tiene que estar al tanto!

La noticia de la abdicación de Carlos IV llegó a Madrid al filo de la medianoche; era muy tarde para que la noticia se difundiese. El júbilo popular estalló la mañana del domingo y una improvisada procesión, encabezada por un retrato de Fernando VII, recorrió las principales calles de la villa en medio de aclamaciones, cánticos y músicas. Nunca el advenimiento de un nuevo monarca había despertado tanto entusiasmo. La gente estaba como loca y por todas partes se daban vivas al nuevo rey, cuya proclamación, después de la caída del odiado valido, era como la culminación de sus anhelos.

Muy pronto, aquella misma mañana, comenzaron las venganzas. Algunos, tomándose la justicia por su mano, atacaron las casas de los más significados partidarios de Godoy.

La noticia de la proclamación de Fernando VII se difundió a los cuatro vientos y, en pocos días, llegó hasta los más apartados rincones del reino. Por todas partes se repitieron las aclamaciones… y los excesos.

El coche que se detuvo ante la fachada de palacio; cerrado y negro, tenía algo de siniestro.

El individuo que bajó de él era un clérigo enjuto de carnes, nariz afilada, mirada penetrante y aspecto desgarbado. Llevaba la teja en la mano e iba envuelto en una amplia capa. Ninguno de los presentes supo dar razón de quién era, pero debía de ser personaje de mucho fuste, por el trato que le dispensaban.

Algunos curiosos se acercaron hasta el carruaje, pero al

aproximarse sintieron un repeluco: en la portezuela se veía el escudo del Santo Oficio.

Todos se preguntaban qué harían allí los de la Inquisición.

Como no podía ser de otro modo, alguien encontró una explicación: el inquisidor acudía para abrirle proceso a Godoy.

Ahora, sin la protección del rey, podían acusarlo de bigamia y también de costumbres licenciosas. Se decía que en su gabinete privado poseía pinturas obscenas, en las que se mostraban mujeres desnudas en actitudes lujuriosas; también, que uno de esos cuadros había salido de los pinceles de don Francisco de Goya, el pintor del rey, un aragonés de mucho genio y mal carácter que algunas veces se había visto por el Real Sitio.

—Si lo queman por hereje, se lo tiene merecido —murmuró uno de los presentes.

El marqués de Caballero, que había nadado en el piélago de las turbulencias con una habilidad extraordinaria, ejercía ahora funciones de chambelán. Acompañó al inquisidor general hasta la puerta del cuarto del rey, los centinelas se pusieron firmes y saludaron golpeando el suelo con sus alabardas.

—Aguarde su eminencia un momento.

Llamó con los nudillos y escuchó la autorización desde el otro lado de la puerta.

—Majestad, el inquisidor general.

—Que pase, Caballero, que pase.

Fernando VII estaba ocioso; sentado en un sillón, con las piernas extendidas sobre un escabel. Vestía un batín de seda con dibujos chinescos y fumaba un puro, cuyo humo envolvía su figura. No se sintió obligado a levantarse al contemplar la negra silueta del inquisidor en el umbral de la puerta. Desde la comodidad de su asiento se limitó a invitarlo a pasar y despedir a Caballero.

—Acomódese su eminencia en alguna de esas sillas; escoja la que más le plazca.

Algo confundido por las formas, el inquisidor se sentó en la silla más próxima y como Fernando VII estaba más pendiente de su cigarro que de su visita, fue él quien inició la conversación.

—Majestad, es para mí una satisfacción veros ceñir la corona y que vuestra persona, que encarna los más acendrados sentimientos de nuestro pueblo, sea quien a partir de este momento dirija nuestros destinos.

—A mí me satisface que el máximo representante del Santo Oficio, como guardián de la ortodoxia, haya dejado sus quehaceres y acuda a visitarme. —El rey dio una larga calada y expulsó el humo en dirección al inquisidor, que se vio atosigado. Fernando VII disfrutó con el embarazo de su eminencia.

—Sólo cumplo con mi deber hacia vuestra majestad.

Fernando VII lo miró fijamente y, olvidándose del tratamiento, le preguntó con descaro:

—¿Qué es lo que deseas?

El inquisidor se quedó momentáneamente paralizado. El rey prescindía de las más elementales formas señaladas por el protocolo. Tuvo la impresión de que la aparente franqueza de la pregunta escondía una actitud que rozaba la desvergüenza; carraspeó varias veces como forma de disimular su zozobra.

—Aunque, como os anuncié en mi carta, el principal motivo de mi visita era cumplimentaros, también deseaba exponeros un asunto que, sin duda, será del interés de vuestra majestad.

—Te escucho.

—Como sabe vuestra majestad, don Manuel Godoy no es persona grata a los ojos del santo tribunal que tengo el honor de representar. —La displicencia del rey se transformó instantáneamente en atención—. Vuestra majestad debe saber que tenemos pruebas sobradas para abrir un proceso contra el susodicho, por su vida licenciosa y por el alarde que ha hecho de faltar al cumplimiento de los mandamientos de la Santa Madre Iglesia.

Fernando VII estiró las piernas sin la menor consideración.

—¿Es bígamo ese sinvergüenza?

—Podemos investigar, majestad. Pero tenemos pruebas de que se ha jactado no ya de ser un adúltero, sino de burlarse de las disposiciones que la Iglesia tiene establecidas sobre la materia. —El inquisidor sabía que pisaba un terreno peligroso porque era público que el nuevo rey gustaba de los placeres de la carne fuera del matrimonio; por eso añadió, matizando mucho sus palabras—: La Santa Madre Iglesia comprende que la carne es débil y está pronta al perdón, pero Godoy afirmaba que fornicar no era pecado.

El rey lo miró interesado.

—¿Eso qué significa?

—Que podríamos abrirle un proceso que lo llevaría, siempre que mostrase arrepentimiento, a comparecer en un auto de fe público vistiendo un sambenito.

El rey se puso de pie y el inquisidor lo imitó. Fernando VII dio una calada al cigarro con placentera satisfacción.

—¿Sabe su eminencia que no es mala idea?

—Por eso he venido, majestad.

—Muy bien. Lo tendré en cuenta, porque es de justicia que el Choricero pague por todas y cada una de sus fechorías, incluida la justicia divina.

Dio unos golpecitos en la espalda del inquisidor y lo condujo a la puerta, como si fuese una oveja que hay que reintegrar al rebaño. Ya en la puerta, le preguntó:

—¿Fuma su eminencia?

—No, majestad.

El flamante rey compuso, sin mucha dificultad, una sonrisa bobalicona estirando su carnoso labio inferior, grande y caído, recuerdo de sus ancestros familiares.

—No sabe su eminencia lo que se pierde.

Murat dictaba la carta con precisión matemática. Por su importancia, no quería que alguno de sus párrafos se interpretase de forma incorrecta. Las instrucciones recibidas desde París no permitían demoras ni errores. Era demasiado lo que estaba en juego en aquellos momentos.

—«No podemos reconocer al príncipe como rey, los planes del emperador pasan por otro meridiano. Por lo tanto, al recibo de ésta, marchará usted al lugar donde se encuentren los reyes y les transmitirá nuestro apoyo. Será conveniente que dé instrucciones para que por los lugares adecuados se comente que la voluntad del rey ha sido violentada y, por lo tanto, su abdicación es nula de pleno derecho. A todos los efectos no hará caso de la renuncia y tratará a Carlos IV como si fuese el soberano.»

El gran duque de Berg pidió a su secretario que le leyese la carta para darle su conformidad. Escuchó atentamente, asintiendo con ligeros movimientos de cabeza.

—Perfecto, Luis, prepárala para la firma, debe llegar lo antes posible a Madrid.

La iglesia de los dominicos estaba abarrotada; tanto que alguna gente seguía la liturgia desde el cancel. El capitán Díaz aguardó a que terminase el *manifiesto* en la plazuela que se abría ante el convento, fumando un cigarro. Un apagado murmullo de rezos llegaba hasta sus oídos componiendo una monótona letanía. Recordó que era tiempo de Cuaresma; eso explicaba la masiva afluencia de la gente a los templos, aunque sabía que muchos se aprovechaban de esa circunstancia para el galanteo y provocaban encuentros que nada tenían de fortuitos; él lo había practicado en alguna ocasión, como cuando trató de conseguir los favores de una dama casada, severamente vigilada por un celoso marido. Fue la época de su vida en que había asistido a toda clase de celebraciones religiosas con tal de tener un roce furtivo, dejar caer un billete comprometedor, conseguir una mirada.

La temperatura era agradable, aunque algo fresca, y la luz del crepúsculo ponía reflejos dorados al atardecer. Una bandada de golondrinas revoloteó desconcertada cuando el tañido de los bronces de la espadaña anunció el final de la ceremonia.

La gente abandonaba el templo pausadamente, como si disfrutase del momento. La plazuela se llenó de comentarios, saludos, despedidas, miradas fugaces y gestos de complicidad. El capitán aguardó, apurando su cigarro, a que el templo quedase despejado, aunque sabía por experiencia que algunas beatas, convencidas de alcanzar el paraíso acumulando oraciones y jaculatorias, retrasaban su salida hasta el último momento.

Cuando entró, la iglesia estaba sumida en una agradable penumbra. Un sacristán, a cuyo alrededor se desplazaba un enjambre de monaguillos, vestidos con sotanas coloradas y albos roquetes, apagaba con parsimonia las largas velas de los candelabros del altar mayor.

Encaminó sus pasos hacia la sacristía, cuya puerta quedaba a la derecha del presbiterio y por la que se filtraba el resplandor de una dependencia más iluminada.

Don Francisco estaba de espaldas charlando con el fraile que había dirigido el rezo del santo rosario y oficiado el *manifiesto*. Su cara le resultó vagamente familiar. ¿Estaba en la reunión de la fraternidad de San Andrés?

—Buenas tardes.

Don Francisco se volvió.

—¡Me alegro de verlo! —Ofreció su mano y el capitán la estrechó, era cálida y apretaba al saludar.

—Yo también.

—¿Conoce al padre Anselmo?

—Sí —se adelantó el dominico—, nos vimos en este mismo lugar en la última reunión.

—Encantado.

—Creo que desean comentar algo a solas. Si les parece bien pueden pasar al despacho; es recogido y se presta a confidencias. Yo me encargaré de que nadie los moleste.

Dos monaguillos entraron dando trompicones.

—¡Eh! ¡Eh! ¡A ver este par de diablillos! Venid conmigo, vamos a recoger unos paquetes de velas que han dejado en la portería.

Fray Anselmo se llevó a los monaguillos, apagó las velas, dejando encendido un solo cirio, y encajó la puerta.

Don Francisco y el capitán entraron en el despacho y se sentaron.

—Usted dirá, don Luis.

—He dudado no poco antes de decidirme a enviarle la nota que ayer le hice llegar.

Don Francisco apretó el pomo de su bastón.

—¿Por alguna razón?

—Porque lo que voy a decirle me lo contó el general Negrete.

—¿Negrete? ¿Acaso se ha visto con él?

—Me llamó hace tres días.

—¿Y por qué esas dudas?

—Porque se trata de elegir entre mi deber como militar y mi conciencia como español.

Don Francisco lo miró fijamente.

—Esa duda le honra, pero sepa que no debe existir contradicción entre una cosa y otra. El primer deber de un militar es amar a su patria.

—Así lo entiendo, por eso le envié la nota.

—¿Por qué lo llamó Negrete?

—El capitán general, informado por el coronel Velasco, ha tenido conocimiento de lo que escuché en el café Marengo, cuando estuve destinado en nuestra embajada de París.

—¿Y bien?

—Me ha ordenado olvidarme de ese asunto y guardar un silencio absoluto.

—¿Por alguna razón?

—Supongo que el capitán general admira a los franceses y no desea que algo pueda enturbiar esas relaciones.

—¿Cuándo habló usted con el coronel Velasco?

—Hace más de un año, poco después de mi regreso a Madrid.

Don Francisco acarició la empuñadura de su bastón, una labrada cabeza de búho.

—¿No le parece extraño que la orden se la haya dado ahora?

—No.

—¿Ah, no?

—Tiene una razón muy poderosa para hacerlo en este momento: Murat viene a Madrid.

—¿Cómo lo sabe? —Una profunda arruga se había marcado en la frente de don Francisco.

—Me lo ha dicho Negrete.

—¡Virgen Santísima! ¡Eso no anuncia nada bueno!

—Así lo creo. Ésa es la razón por la que estamos aquí.

Don Honorio estaba afanado con su trabajo. Copiaba febrilmente de un volumen encuadernado en piel roja, cuando unos golpecitos le anunciaron una visita.

Nervioso, lo cerró y colocó encima unos papeles para ocultarlo. A veces, cuando el trabajo apretaba, se lo llevaba a la oficina para adelantar. ¡Si alguien lo descubría en aquellos menesteres, podía buscarse la ruina! Asumía el riesgo, porque apenas recibía visitas, casi nadie subía hasta aquella apartada buhardilla. Disimuló, haciendo anotaciones en un estadillo que reflejaba las entradas del arbitrio de consumos, correspondiente al mes de febrero y simuló repasar las cantidades.

El despacho donde se ganaba el sustento era un sitio cochambroso, la ventilación se la proporcionaba un tragaluz, no pequeño, abierto en medio del tejado. Era húmedo y frío, tanto que hasta bien entrado mayo el escribiente no se quitaba ni los mitones con que protegía sus manos de los sabañones, ni tampoco la bufanda con que envolvía su cuello. Las estanterías estaban repletas de legajos, notas, minutas y papeles emborronados, donde don Honorio se dejaba la vista y la salud por unos miserables ochenta y cinco reales al mes, el mismo sueldo que cobraba desde hacía nueve años, a veces con mucho retraso. Todas sus instancias para mejorar tan magros ingresos habían resultado inútiles.

—Adelante.

La sorpresa al ver la cabeza que apareció en la puerta fue seguida por el bochorno que le produjo un sentimiento de vergüenza. Nervioso se puso de pie. Su inesperado visitante era don Indalecio Mardones. Jamás sospechó que alguno de sus compañeros de la tertulia del Antillano apareciese por el tugurio.

—¡Qué sorpresa! —Don Honorio se limpiaba la inexistente suciedad de sus manos en los calzones.

En su nerviosismo buscaba con la mirada algún asiento pero, aparte de su sillón frailuno, algo apolillado, sólo había una banqueta, la que utilizaba para alcanzar con más comodidad los anaqueles de la parte superior.

—Le pido disculpas por interrumpirle de esta forma —se excusó el cura.

—No se preocupe, don Indalecio, lo que lamento es no poder ofrecerle un asiento.

—No se apure, voy a entretenerlo muy poco.

Don Honorio dejó escapar un suspiro; estaba pasando un mal trago. Se quitó los roídos mitones y se restregó las manos.

—¿A qué debo el honor de su visita?

—Verá, don Honorio, es que... es que tengo necesidad de comentar con usted un asunto que requiere de mucha discreción, por lo que el mesón no es el sitio más a propósito; allí hay demasiada concurrencia y nunca se sabe quién puede estar ojo avizor o con el oído pegado.

Bracamonte sintió un cosquilleo, provocado por un temblorcillo que no podía controlar.

—Usted dirá.

—Sabe que somos amigos desde hace mucho tiempo, no hace falta decirlo.

—Cierto —corroboró Bracamonte con energía, tratando de disimular sus nervios.

—Don Honorio —el sacerdote intentaba dar a sus palabras un tono bondadoso—, usted es consciente de que en el Antillano siempre ha causado admiración el caudal de información de que dispone. Me refiero, claro está, a asuntos importantes, nada de mojigangas.

Bracamonte comprobó cómo aumentaba el temblorcillo que lo sacudía. ¿Adónde querría ir el párroco con tanta lisonja? El preámbulo no era un buen augurio.

—¿Qué es lo que quiere usted? —El resquicio que la alusión a la amistad había dado a sus nervios, se había esfumado.

—Necesito cierta información y he pensado que tal vez usted pudiera…

El funcionario estaba turbado. Una petición como aquélla podía ponerlo en un grave aprieto o quizá conducirlo… Se dijo a sí mismo que, en aquellas circunstancias, lo peor era dejarse arrastrar por los nervios. Con mucho esfuerzo le preguntó de nuevo:

—Exactamente, ¿qué es lo que quiere?

—Usted es consciente de que vivimos tiempos de intriga, que todo anda agitado y revuelto. A veces escucha uno ciertas cosas que ponen los vellos de punta. He pensado que tal vez usted tuviese información sobre cierto asunto, extremadamente grave. Si la tuviese y no le importase facilitármela, le estaría muy agradecido.

Cada segundo que pasaba, el asunto pintaba peor.

—Por supuesto, mantendría confidencialidad absoluta —añadió don Indalecio al verlo vacilar.

—Creo que lo mejor es que me diga lo que desea y deje de darle vueltas al pandero. Si puedo serle de utilidad, sabe que puede contar con la ayuda de su amigo Honorio Bracamonte y, si ello no es posible, supongo que usted lo entenderá.

—Verá, don Honorio, se trata de un asunto relacionado con las nuevas exigencias que los franceses han planteado, después del tratado de Fontainebleau.

Al escribiente se le atragantó un golpe de saliva y empezó a toser.

La tos era tan convulsa y persistente que don Indalecio acabó preocupándose.

—¿Le pasa algo?

—Nada, nada. —Carraspeaba, tratando de recomponerse y disimulando—. ¡Esta maldita tos que no me deja vivir! ¿Por qué tanto interés en ese tipo de información?

—Porque es de suma importancia.

—¿De suma importancia para qué?

—Para los crímenes de Salamanca.

—¿Los crímenes de Salamanca? ¿Qué tiene usted que ver con eso y por qué iba a saber yo algo relacionado con tal asunto?

El párroco lo miró y trató de calibrarlo como nunca lo había hecho. Hacía tiempo que conocía a don Honorio, pero su relación no iba más allá de la tertulia del Antillano. ¿Podría confiarle algún detalle, sin entrar en el asunto que don Fernando le había revelado, considerando que era escuchado como si estuviese en un confesionario? Dudó, porque Bracamonte se mostraba muy locuaz en el mesón, aunque, ciertamente, sus formas eran reservadas. Decidió ser cauto.

—Ya se lo he dicho. En el Antillano, usted ha dado sobradas muestras de tener una información que no estaba al alcance del común de la gente. En alguna ocasión, hasta se ha adelantado a la *Gaceta*.

Don Honorio recordó un adagio clásico: *mors et vita in manibus linguae* (la vida y la muerte están en poder de la lengua). Se arrepentía de haberse mostrado tan arrogante en aquella tertulia donde, a veces, las cosas se decían medio en serio, medio en broma. Lo hacía porque era el único momento de su rutinaria y miserable existencia, en que podía alardear de algo. Cuando se sentaba allí lo invadía una sensación de morbosidad que tenía algo de malsano y que se manifestaba de mala manera en su desprecio al panadero, era una forma de sentirse superior. Cuando soltaba una noticia que nadie sabía, lo embargaba una satisfacción que bordeaba la felicidad al comprobar la sorpresa o la impresión que sus comentarios producían en torno a la mesa. ¡Cuánto se arrepentía ahora! No era hombre para empresas donde el riesgo estuviese presente, y su olfato le decía que allí, además de riesgo, había peligro.

—Lo lamento mucho, pero no puedo... —se le quebró la voz.

Don Indalecio, al verlo tan turbado se sorprendió. Tampoco era tan grave lo que le había propuesto.

—Es una pena, pero no debe tomárselo así. No tiene ninguna obligación. En fin, no lo entretengo más. —Se colocó la teja y se dispuso a marcharse.

A don Honorio le llamó la atención que se resignase tan pronto, que no insistiera. Se sintió incómodo. Quizá con su negativa estuviese cometiendo un error irreparable. Ni siquiera lo había dejado preguntarle qué deseaba saber. Don Indalecio Mardones era persona de muchas influencias y, desde luego, con aquella actitud, estaba cerrándose una puerta a la que tal vez tuviera necesidad de llamar en el futuro.

—Un momento —don Honorio fue hasta la puerta, que ya había abierto el cura para abandonar el cubículo y la cerró—, por simple curiosidad: ¿exactamente, qué es lo que desea saber?

Lo que don Indalecio le preguntó lo puso tan nervioso que su pecho parecía un fuelle agitado por la respiración. Asomó la cabeza al pasillo y se tranquilizó algo al comprobar que nadie podía escucharlo. La cerró y, poniendo sordina a su voz, se limitó a decir:

—Es cierto.

En la covachuela se hizo un silencio que al funcionario se le hizo larguísimo, casi eterno.

—¿Está usted seguro? —La respuesta había sido tan escueta que el sacerdote quiso confirmarla, sin dejar de rascarse el lobanillo.

—Completamente.

—¿Cómo lo sabe?

Don Honorio negó agitando la cabeza, muy nervioso.

—Le prometo que sabré devolverle este servicio —lo animó don Indalecio.

—¡No puedo, don Indalecio! Lo siento mucho, pero no puedo.

—Está bien, si no quiere decírmelo…

El sacerdote sabía por experiencia que, en aquellas circunstancias, la gente terminaba derrumbándose. La imagen que ofrecía don Honorio era lastimosa. Sintió remordimientos al presionarlo de aquella manera; al fin y al cabo, se trataba de un amigo con el que había compartido muchas horas de conversación y se estaba aprovechando de la amistad.

Bracamonte sacó un pañuelo, se sonó la nariz y con voz temblorosa, le preguntó:

—¿Me jura por lo más sagrado que jamás revelará mi nombre?

—¿Mi juramento le ofrecería una garantía mayor que mi palabra? ¡Piense cuánta gente ha jurado en falso, tomando el nombre de Dios en vano!

—Necesito seguridad de que mi nombre jamás aparecerá relacionado con este asunto.

—En ese caso, le ofrezco una garantía mucho mayor.

—¿Qué garantía? —Los ojos de don Honorio se habían agrandado.

—Consideraré lo que me diga como un secreto de confesión.

Bracamonte comprobó, asomándose una vez más a la galería, que no había oídos indiscretos. Estaba sudando y le costó mucho trabajo pronunciar las palabras que salieron de su boca.

—Tengo el encargo de recopilar extractados todos aquellos asuntos que son de interés para el valido.

—¿Cómo dice?

—Confecciono una especie de diario —murmuró en voz muy baja, casi vergonzante.

Lo que acababa de escuchar dejó a don Indalecio estupefacto.

—¿Un diario? ¿Para qué?

Bracamonte se encogió de hombros.

—¡Qué sé yo! Supongo que algún día podrá servir para redactar unas memorias.

—¿Quién le ha hecho ese encargo?

—El secretario de Godoy.

—¿Hace mucho?

—Desde hace seis años, me envía minutas y borradores, incluso algunos originales para su traslado al diario. A veces, me llegan tan pronto que la tinta parece fresca. En el último envío, el que me llegó antes... antes de lo ocurrido en Aranjuez, está la información que tanto le interesa.

—¿Es usted parcial de Godoy?

—Simplemente he comido de su pan. Los ochenta y cinco reales de este empleo no dan para sacar adelante a mi familia.

—Sin embargo, usted arremetía contra él en el mesón del Antillano.

—Una manera de disimular. Los últimos días han sido terribles; no puede usted imaginarse lo que han supuesto para mí. —Bracamonte dejó escapar un suspiro—. En fin, espero que sepa usted valorar lo que acabo de hacer, si alguien se enterase puedo dar mi empleo por perdido y no sé si algo más.

—¿El encargo de ese trabajo le llegó por alguna razón especial?

—El secretario del ministro es pariente lejano de mi esposa, quien acudió a él en varias ocasiones, pidiéndole alguna ayuda. Ésa es la causa por la que me encomendó dicha tarea. Por lo visto, Godoy no quería que ese trabajo se hiciese por escribanos de su secretaría; deseaba discreción absoluta.

Don Indalecio lo tranquilizó antes de marcharse, asegurándole que nada debía temer, que su boca sería una tumba. Tenía la mano en el pestillo de la puerta, cuando don Honorio le preguntó:

—¿Por qué me ha dicho antes que este asunto está relacionado con los crímenes de Salamanca?

El párroco sacudió su voluminosa cabeza.

—Deberá usted atar los cabos. Le prometí a don Fernando Escobar que nada revelaría de lo que él me contase. Su garantía fue la misma que le he dado a usted.

Una vez solo, don Honorio, sobreponiéndose, buscó entre los papeles de la última remesa, los que estaba copiando. Sacó una carpetilla con documentos y los guardó en un polvoriento legajo. Si las cosas se ponían difíciles, aquello podía valer su peso en oro.

22

Los madrileños preparaban alborozados la entrada en Madrid de Fernando VII. Se esmeraban en el adorno de las fachadas de sus casas, donde lucirían los mantones, los reposteros, los tapices y hasta las alfombras. Se cuidaba la limpieza de las calles como si Carlos III hubiese resucitado. Las mujeres y también muchos hombres andaban atareados con la vestimenta que iban a lucir en una ocasión tan irrepetible.

Había prisas y nervios. Era como si de repente hubiese desaparecido la cordura. En la Puerta del Sol, en la carrera de San Jerónimo, en la calle de Carretas, en los soportales de la plaza Mayor, en las puertas de las parroquias y de los conventos, en las tiendas, en los mesones, en los patios de vecinos… en Madrid no se hablaba de otra cosa.

Todo lo que no estuviese relacionado con el recibimiento al flamante rey carecía de importancia. La entrada de Murat en la capital había pasado casi inadvertida. El duque de Berg, muy pagado de su persona, cometió un grave error al elegir la víspera de la entrada de Fernando VII. Ni siquiera los uniformes de los mamelucos, con sus pantalones bombachos de vistosos colores; ni los lanceros polacos, con sus llamativos cascos; ni los escuadrones de la guardia imperial, vestidos como si fuesen a asistir a un baile de gala habían interesado a los madrileños quienes, en otras circunstancias, se habrían volcado con las tropas del emperador. Su llegada en aquellos momentos sólo sirvió para aumentar la confusión. Muchos pensaron que su presencia en Madrid estaba relacionada con la llegada al trono del nuevo rey.

Con Murat, que ostentaba el pomposo título de lugarteniente del emperador, entraron en Madrid varios regimientos de infantería y un nutrido cuerpo de caballería, donde destacaban escogidas unidades de húsares y dragones, pertenecientes al ejército del mariscal Moncey.

Las unidades francesas que habían arribado a Madrid durante varios días se aprovecharon del jolgorio popular y del desgobierno para controlar lugares estratégicos. Lo que se comentaba en los corrillos, se imprimía en hojas volanderas, que pasaban de mano en mano, o en pliegos de cordel, eran los cambios de gobierno, el levantamiento de penas a los partidarios del nuevo rey y los castigos a los seguidores del Choricero.

Se haría cargo de Hacienda don José de Azanza, hombre experimentado que había padecido destierro por enfrentarse al valido. En Estado se mantenía don Pedro Cevallos quien, pese a estar emparentado con Godoy, era hombre acomodaticio y que se plegaba con facilidad a los cambiantes vientos de la política. También se mantuvo al frente de la Marina don Francisco Gil y Lemus, un anciano respetable, de fuerte temperamento y firme carácter; lo sostuvo en el ministerio haber criticado fuertemente el nombramiento de almirante concedido al príncipe de la Paz. La cartera de Guerra fue dada a don Gonzalo O'Farrill, experto general, que había mandado una división en la Toscana y tenía excelentes relaciones con los franceses, a quienes consideraba leales aliados. El marqués de Caballero era uno de los triunfadores, al mantenerse en el gobierno. Astuto y camaleónico, había cambiado de bando en el momento justo. Con todo, la figura clave en el nuevo firmamento político que se configuraba era el canónigo Escoiquiz, en quien el nuevo rey tenía depositada toda su confianza.

Pelanas entró en el mesón como una exhalación. La expresión de su semblante, por lo común triste y apocada, rebosaba satisfacción.

Alrededor de la mesa se sentaban don Indalecio, concluidas ya sus obligaciones parroquiales, el maestro Biedma, que no podía trabajar aquella mañana en el retablo porque las monjas habían organizado un tedeum para celebrar el ascenso al trono de Su Majestad, y el gacetillero que ya había entregado un suelto, algo extenso le habían dicho en la redacción del *Diario de Madrid*, sobre ciertos detalles referidos al asalto sufrido el día 19 por el palacio de Godoy en la calle Barquillo. Sierra se lamentaba de que los libros hubiesen sido pasto de la ira popular. Un grupo de energúmenos había formado una pira en la plaza que se abría ante el palacio y en torno a la hoguera, donde se habían perdido obras de mucho valor, cantaban versos de los ajipedobes, que tanto habían circulado las pasadas Navidades.

—El director —se quejaba Gustavo— dice que lee entre líneas una velada defensa al valido y que eso puede ser perjudicial para los intereses del *Diario.*

—No le falta razón, Gustavito, tiene la obligación de mirar por el negocio. El Choricero ha caído; además, ¿a quién le interesa en este país un puñado de libros, más o menos?

—Conozco gente que se arriesgó por salvar algunos ejemplares del fuego.

—Yo mismo lo hubiese intentado, pero eso no significa que los libros le interesen a mucha gente. ¡Tenías que haber escrito sobre las prendas que adornan a nuestro soberano!

—¡No diga usted esas cosas, don Indalecio! Y sepa que en

lo referente a los libros, hay mucho más interés del que usted cree.

—¿Saben lo que ha ocurrido? —exclamó Pelanas, que había aguardado impaciente el momento de meter baza.

—¡Que Murat ya ha entrado en Madrid! —Biedma se mostraba displicente.

—¡Qué va! ¡Qué Murat ni qué puñetas! —exclamó exultante el cómico—. ¡Han apedreado a Moratín!

—¿Qué estás diciendo? —se extrañó Sierra.

—Lo que oyes.

—¡Cuenta, Pelanas! —lo conminó don Indalecio.

—Parece ser que todo ha empezado cuando una cabrera tuerta, vecina suya, con la que tiene malas relaciones, ha dicho a un grupo que llevaba un cuadro de Godoy para quemarlo, que allí vivía un amigo del Choricero. No se lo han pensado dos veces y han asaltado la vivienda.

—¿Le ha ocurrido algo a don Leandro?

—Tuvo tiempo de huir por los tejados y buscar refugio en una casa de la vecindad. Los asaltantes, frustrados, han destrozado todo lo que encontraron en la vivienda.

—¡Qué salvajes! —protestó Biedma.

—La cosa no ha quedado ahí. —Pelanas se regocijaba—. Pasado un tiempo, ese petimetre abandonó su refugio, dio un rodeo y se escabulló por la calle de Santa Catalina pero al llegar a la plazuela fue identificado por uno de los que había participado en el asalto y lo señaló con el dedo: «¡Ése es el amigo del Choricero!». Moratín lo miró desafiante y dijo alguna inconveniencia que no gustó al sujeto, cogió un canto y se lo lanzó; a los demás les faltó tiempo para seguir su ejemplo. Lo corrieron a pedradas hasta los Caños del Peral. Me han contado que si no se refugia en la casa de un amigo, lo dejan para el sepulturero.

—¡Estamos locos! —exclamó don Indalecio—. A mí no me gusta lo que ese hereje escribe, pero de ahí a apedrearlo por la calle…

Sierra se percató de que Pelanas negaba con la cabeza. Con tono recriminatorio le preguntó:

—Parece que te alegras.

—¡Por supuesto! —El cómico no olvidaba la afrenta de verse excluido del papel que iba a representar en *El sí de las niñas.*

—Eso no está bien, Pelanas. Por ese camino vamos a un mal sitio.

—Lo dices porque tú le hiciste una crítica elogiosa en el *Diario.*

—Es cierto, pero imagínate que por escribir una sátira contra alguien, a ti te apalean porque eres mi amigo.

—No es lo mismo —se defendió el cómico.

—Sí lo es.

Antes del amanecer del día en que Fernando VII entraba en Madrid, el camino de Aranjuez era una fiesta. Mucha gente se había acercado a Pinto y algunos incluso llegaron hasta Valdemoro, dispuestos a recibir a Su Majestad a lo largo del camino que lo conducía hasta la capital de su reino. Serían horas de jolgorio, de vino, de cánticos, de besos a hurtadillas y algo más… los que pudieran.

La gente se arracimaba en las cunetas e incluso invadía los sembrados donde el trigo estaba ya crecido. Los madrileños se habían propuesto convertir el itinerario de Su Majestad en un recorrido triunfal desde varias leguas antes de alcanzar los alrededores de Madrid.

El día amaneció radiante. Soplaba una ligera brisa que venía de poniente y algunos temieron que trajese lluvias, pero el cielo estaba despejado y, conforme avanzase la mañana, el sol calentaría.

El rey se había puesto en camino muy temprano: apenas despuntó el sol abandonó el Real Sitio. Escoltado por una guardia de honor, en la carroza lo acompañaban el ministro Caballero y el duque del Infantado. Para el primero, un advenedizo, era un inesperado honor. Infantado, por el contrario, había sido uno de los pilares principales del partido fernandino en la dura lucha sostenida contra Godoy.

Fernando VII respondía, de vez en cuando, a las aclamaciones del gentío que llenaba los bordes del camino; lo hacía con ligeros y desganados movimientos de su mano a través de la ventanilla. Su interés estaba en la conversación que mantenía con sus acompañantes.

Apenas se habían acomodado en el carruaje, cuando Infantado, sentado junto a Caballero frente al monarca, preguntó al ministro:

—¿Qué opinión te merece la actitud de monsieur de Beauharnais?

El marqués entrecerró su ojo bueno y respondió con otra pregunta:

—¿Por qué lo dices?

—Porque albergo ciertos temores.

—¿Temores? ¿Qué clase de temores?

El rey, que guardaba silencio, miró al duque.

—No me gusta su mutismo.

—Tus temores, mi querido amigo, son infundados. —El antiguo ministro se mostraba relajado—. Has de entender que para el embajador son días muy agitados. Ayer entró en Madrid el gran duque de Berg. No olvides que estamos hablando del cuñado del emperador.

—Todo lo que quieras —insistió Infantado—, pero tenía que haber venido a cumplimentar a su majestad, como han hecho otros embajadores. Su silencio me resulta sospechoso.

—¿Acaso insinúas que el embajador francés no aprueba la subida al trono de su majestad?

La pregunta de Caballero era un dardo envenenado, pero Infantado era perro viejo, curtido en numerosas batallas cortesanas.

—Simplemente, digo que su silencio no me gusta. Vamos, que me da mala espina.

—Yo estoy con Caballero —intervino el rey, cuyo aliento apestaba a aguardiente—. En todo momento, Napoleón se ha mostrado deferente con nosotros. Si los franceses estaban en contra de algo, era del viaje que había planeado el Choricero.

—¡Exactamente! —El ministro se recostó en su asiento.

Infantado replicó molesto:

—¿Tampoco Murat ha tenido ocasión de enviar una carta?

—También el cuñado del emperador anda muy atareado —saltó Caballero, convertido en paladín de los franceses.

—¡Tanto se tarda en pergeñar unas líneas...! —insistió el duque, que no se daba por vencido—. Me permito llamar la atención de vuestra majestad en que los dos, Murat y Beauharnais, han mantenido una distancia que me inquieta. Temo que en esa actitud se esconda algo más que un silencio casual.

El duque dio un trago al aguardiente de su repujada petaca de plata y dejó vagar la mirada por los campos donde la brisa ondulaba un mar de trigo verde. No se percató de que en los ojillos saltones del monarca apareció, fugazmente, un destello de preocupación. El rey se sonó la nariz y le preguntó a Caballero:

—¿Se envió ya la carta para el emperador?

—El correo salió poco después de que estampaseis vuestra firma, majestad. Si todo marcha como es debido, ya habrá llegado a Burgos en su camino hacia París.

Fernando VII agitó la mano, sin prestar mucha atención a las aclamaciones de un grupo de campesinos, agrupados junto a las frondosas huertas que se extendían casi una legua más allá del Real Sitio.

—A ti te inquieta algo más —afirmó el rey ofreciéndole al duque su propia petaca.

El grande de España miró al ministro, al que consideraba un oportunista que, en otro tiempo, había combatido al partido fernandino y decidió darle una estocada.

—Majestad, según el marqués, las grandes obligaciones de Murat no le dejan tiempo para daros los parabienes que corresponden; sin embargo, sí le permiten escribir a la reina de Etruria.

Caballero apretó los labios. Si lo que acababa de soltar Infantado era verdad, ¿cómo no se había enterado? Tendría que tomar medidas y hacerlo con urgencia.

—¿Qué estás diciendo? —Las gruesas cejas del rey se alzaron amenazantes.

—Majestad, anteayer llegó a Aranjuez el general Monthion. Muy de mañana acudió a cumplimentar a la reina de Etruria.

—Eso ya lo sé —comentó el rey con displicencia—. Como también sé que a mi hermana le faltó tiempo para acudir al cuarto de mis padres y que, más tarde, los tres se vieron con el general.

—Así es, majestad, pero cuando la reina de Etruria fue a ver a vuestros padres, llevaba una carta que el general acababa de entregarle.

—¿Cómo lo sabes? —Fernando VII se removió inquieto.

—También sé que la carta en cuestión era de Murat.

—¿Cómo sabes todo eso?

—Me lo ha dicho el secretario de vuestra hermana.

El monarca daba por sentado que el duque tenía gente a su servicio en los lugares más insospechados, pero ignoraba que sus tentáculos hubiesen llegado hasta allí. Era bueno saberlo.

—¿Qué decía esa carta?

—Lo ignoro, majestad, pero sí sé lo que vuestra hermana le ha contestado a Murat.

—¿Por qué no me lo has dicho antes? —El rey no disimulaba su enojo.

—Porque tuve noticia de ello anoche a última hora y ya estaban en la alcoba de vuestra majestad las dos jóvenes que había requerido. No quise molestar —se excusó Infantado.

—¿Qué decía?

—Si vuestra majestad lo desea, puedo leeros una copia literal.

—¡Hazlo!

El duque sacó de uno de sus bolsillos un pliego y leyó:

> Señor, mi hermano:
>
> Acabo de ver al edecán comandante, quien me ha entregado vuestra carta, por la cual veo con mucha pena que mi madre y mi padre no han podido tener el gusto de veros, aunque lo deseaban con toda su alma porque tienen puesta toda su confianza en vos, de quien esperan que podréis contribuir a su tranquilidad.
>
> El pobre príncipe de la Paz, cubierto de heridas y contusiones, está decaído en la prisión, y no cesa de invocar el terrible momento de su muerte. No hace recuerdo de otras personas que de su amigo el gran duque de Berg, y dice que éste es el único en quien confía que le ha de conseguir su salud.
>
> Mi padre, mi madre y yo hemos hablado con vuestro ede-

cán comandante. Él os dirá todo. Yo fío en vuestra amistad, y que por ella nos salvaréis a los tres y al pobre preso.

No tengo tiempo de deciros más: confío en vos. Soy de corazón vuestra afectísima hermana y amiga.

LUISA

A Fernando VII le costaba trabajo contener los temblores que agitaban su labio inferior.

—¡Estoy rodeado de traidores!

—¡Majestad! —Caballero había dado un respingo.

—No me refería a vosotros. —Cogió su petaca esmaltada y adornada con brillantes y dio un largo trago. Chasqueó la lengua, como era su costumbre, y comentó:

—¡Están frescos, si esperan que el Choricero escape al destino que le tengo reservado!

—¿En qué piensa vuestra majestad? —preguntó Caballero adulador, deseando que la conversación tomase otro derrotero.

Al rey por un momento se le iluminaron los ojos con un brillo malicioso.

—Introducirlo en una jaula, adornada con numerosas ristras de chorizos y pasearlo por las calles de Madrid para que el pueblo se divierta.

—¡Pasearlo rodeado de chorizos! ¡Ésa es una idea excelente! ¿Tiene vuestra majestad prevista la fecha?

—Antes de que la Inquisición le abra un proceso por bígamo y por burlarse de las cosas de la Iglesia.

Caballero recordó la visita del inquisidor general y se dedicó unos minutos a ponderar el papel del Santo Oficio como guardián de la ortodoxia. Se extendió tanto en sus disquisiciones que el rey acabó aburrido y le mandó callar. Después de un breve silencio, Infantado volvió a la carga. El ministro se había equivocado, si pensaba que el duque había terminado;

estaba dispuesto a proseguir con su tormento mucho más allá.

—Vuestra majestad debe saber que, según me ha dicho el secretario de la princesa, Murat también ha recibido unas letras escritas por vuestro padre y otras por vuestra madre.

El rey se apretó las rodillas con las manos.

—¡Qué estás diciendo!

Infantado se regodeó con el momento, componiendo una expresión de inocencia.

—La verdad, majestad.

—¿No sabrás lo que esas cartas dicen?

Infantado sacó dos nuevos papeles de su casaca, mirando a Caballero quien, después del varapalo regio, tenía cara de circunstancias.

—El primero dice así:

> Señor y muy querido hermano:
>
> Habiendo hablado a vuestro edecán comandante, e informándole de todo lo que ha sucedido, yo os ruego el favor de hacer saber al Emperador que le suplico disponga la libertad del pobre príncipe de la Paz, quien sólo padece por haber sido amigo de la Francia…

Fernando VII no pudo contenerse:

—¡Vejestorio inútil!

El duque interrumpió la lectura hasta que el rey le ordenó proseguir.

> … y así mismo que nos deje ir al país que más nos convenga, llevándonos en nuestra compañía al mismo Príncipe. Por ahora vamos a Badajoz; confío recibir antes vuestra respuesta, caso de que absolutamente carezcáis de medios de vernos; pues mi confianza sólo está en vos y en el Emperador. Mien-

> tras tanto yo soy vuestro muy afecto hermano y amigo de todo corazón.
>
> Carlos

—¡Es un viejo que chochea! —Había mucho desprecio en el insulto que Fernando dedicaba a su padre.

Lo que más enfadaba al rey era que todo aquello se hubiese hecho a sus espaldas. En realidad, no le importaba gran cosa que su padre y su hermana intercediesen por Godoy. No pensaba transigir, a pesar de la promesa hecha a su madre.

—¿Qué es lo que dice la carta de mi madre?

El duque la leyó:

> Señor, mi querido hermano:
>
> Yo no tengo más amigos que V. A. I., y el Rey, mi amado esposo, os escribe implorando vuestra amistad. En ella está únicamente nuestra esperanza. Ambos os pedimos una prueba de que sois nuestro amigo, y es la de hacer conocer al Emperador lo sincero de nuestra amistad y del afecto que siempre hemos profesado a su persona, a la vuestra y a la de todos los franceses.
>
> El pobre príncipe de la Paz que se halla encarcelado y herido por ser amigo nuestro, apasionado nuestro…

El rey explotó:

—¡Será ramera!

Infantado miró a Caballero, temiendo haberse propasado. El ministro se desentendió y posó su mirada en el paisaje, las cunetas seguían punteadas de grupos de personas, que agitaban sus manos al paso de la carroza real.

Fernando VII dio otro trago a la petaca y ordenó al duque que prosiguiera.

... y afecto a toda la Francia, sufre todo por causa de haber deseado el arribo de vuestras tropas y haber sido el único amigo nuestro permanente. Él hubiera ido a ver a V. A. I. si hubiera tenido libertad y ahora mismo no cesa de nombrar a V. A. I. y de manifestar deseos de ver al Emperador.

Consíganos V. A. I. que podamos acabar nuestros días tranquilamente en un país conveniente a la salud del Rey (la cual está delicada como también la mía) y que sea esto en compañía de nuestro único amigo, que también lo es de V. A. I.

Mi hija será mi intérprete si yo no logro la satisfacción de poder conocer personalmente y hablar a V. A. I. ¿Podría hacer esfuerzos para vernos, aunque fuera un solo instante; de noche o como quisierais? El comandante edecán de V. A. I. contará todo lo que hemos dicho.

Espero que V. A. I. conseguirá para nosotros lo que deseamos, y que perdonará las faltas y olvidos que haya cometido yo en el tratamiento, pues no sé dónde estoy, y debéis creer que no habrá sido por faltar a V. A. I. ni dejar de darle seguridad de toda mi amistad.

Ruego a Dios guarde a V. A. I. muchos años. Vuestra más afecta,

LUISA

Media legua antes de llegar a las afueras de Madrid, Fernando VII bajó de la carroza y montó un extraordinario caballo blanco. Vestía uniforme de capitán general, lo que disimulaba el abotargamiento de un cuerpo que, a los veintitrés años, no tenía ni la frescura ni la lozanía de esa edad.

Aquello era algo que importaba un bledo a los madrileños. Ellos estaban deslumbrados con la figura de su nuevo rey. Lo aclamaban sin cesar y el gentío era ya muchedumbre cuando el monarca llegó al paseo de las Delicias. Subió hasta la puerta de Atocha y cruzó bajo un arco de triunfo en medio del delirio popular, luego giró hacia el paseo del Prado, donde la muchedumbre estrechaba tanto el paso que tuvo dificultades para avanzar.

Un grupo de jinetes de la guardia trataba de despejar el camino, pero les resultaba poco menos que imposible. Todos querían ver al rey de cerca y algunos, los más exaltados, hasta tocarlo con sus manos. Fernando VII, después del berrinche de las cartas, se dejaba querer.

Ni los más viejos, que habían asistido a la subida al trono de Fernando VI y de Carlos III, recordaban algo semejante.

Las mujeres le arrojaban flores y muchos hombres tendían las capas en el suelo a su paso. Le gritaban lindezas y las majas lo llamaban:

—¡Guapo! ¡Guapo!

Subió por la calle de Alcalá, donde se detuvo ante la fachada del palacio que había sido la residencia de Godoy. Allí hizo caracolear al caballo en un gesto cargado de significado y la gente aplaudió con entusiasmo, al darse cuenta de la intención del rey.

La apoteosis tuvo lugar en la Puerta del Sol. No cabía una aguja. Hubo sofocos y hasta desmayos. Los gritos atronaban el cielo de Madrid y desde los balcones y las ventanas se agitaban pañuelos. En un tablado, levantado al efecto, Fernando VII recibió el homenaje de unos niños que le ofrecieron cestos con pan, flores y frutos. Allí la muchedumbre era tal que la carroza que seguía al monarca, con los infantes don Carlos y don Antonio, quedó atrás. Los jinetes necesitaron más de una hora para abrirle paso en dirección al Palacio Real, donde concluía el itinerario.

Al pasar por la calle Mayor se produjo un grave incidente.

Murat, contrariado con lo que estaba ocurriendo, había dado una extraña orden a varios escuadrones de caballería:

realizar ejercicios y maniobras en la plaza Mayor. Probablemente, el cuñado del emperador deseaba, con tan estrafalaria decisión, hacer notar su presencia en Madrid.

Los soldados franceses, que bajaban de la plaza, se encontraron con la embocadura de la calle Mayor bloqueada por la muchedumbre que aguardaba ansiosa el paso del monarca. Un oficial intentó abrirse paso, haciendo ostentación de fuerza, pero la gente se resistió y comenzaron a escucharse silbidos contra los franceses. La situación estaba a punto de estallar cuando apareció la pequeña escolta que abría paso al rey. La gente prorrumpió en aplausos al ver los jinetes españoles y alguien alertó al capitán de lo que ocurría. El oficial se acercó hasta donde estaban los jinetes de Murat y tuvo un intercambio de palabras altisonantes, al pretender el francés que se le abriese paso. El español se negó:

—¡El rey de España no cede a nadie el paso!

La gente prorrumpió en gritos de apoyo al capitán y en aclamaciones a Fernando VII.

—¡Si desea salir del atolladero donde se ha metido, dé usted la vuelta por donde ha venido!

La gente más próxima lo aclamaba como a un héroe y aumentó la rechifla a los franceses.

La noticia se extendió como una mancha de aceite a lo largo del recorrido. En pocas horas había saltado en pedazos la armonía que, la víspera, había presidido la llegada de Murat, aunque al cuñado de Napoleón le hubiese parecido que el recibimiento dispensado fue frío y poco adecuado a su categoría de gran duque del imperio.

Eran pasadas las cuatro de la tarde cuando Fernando VII llegó al Palacio de Oriente; había necesitado más de seis horas para efectuar el recorrido. Estaba exultante: el entusiasmo de la gente había desbordado las previsiones más optimistas. Sin embargo, en su corazón anidaba un negro resentimiento: le escocía, cada vez más, la correspondencia de sus padres con el gran duque de Berg. También le produjo no poco malestar la noticia del altercado de la calle Mayor, tanto que dio una orden insólita: mandó que al capitán español se le impusiese un arresto de dos meses, confinado en el castillo de Consuegra, un lugar inhóspito que pertenecía a la Orden de San Juan. Una de las prioridades para el flamante rey era mantener las buenas relaciones con los franceses.

Casi al mismo tiempo que Fernando VII se enteraba del altercado, Joaquín Murat, instalado en el Buen Retiro, también recibía noticia de lo ocurrido.

—¡Tenía usted que haber impuesto su criterio! —recriminaba al capitán de la caballería imperial, protagonista del suceso.

—Hubiese sido una matanza, alteza. Habríamos tenido que pisotear a la muchedumbre.

—Antes o después se producirá el encontronazo —comentó Murat.

—Lo lamento, alteza, si hubiese sabido…

—¡Retírese!

—¡A las órdenes de vuestra alteza! —El taconazo resonó en la estancia decorada con retratos ecuestres de Velázquez. Inmediatamente después entró el general Lefranc, uno de sus hombres de confianza. Llevaba una carta en la mano.

—El correo que aguardabas acaba de llegar. —Cuando estaban solos prescindían de las formalidades del protocolo.

—¿El de Monthion?

—Sí.

Murat, cuya abundante y negra cabellera se prolongaba en

unas rizadas patillas, que le bajaban casi hasta la barbilla, vestía uniforme de húsar. Su mirada era altiva, como correspondía a uno de los hombres más poderosos de Francia. Rasgó el lacre y leyó con avidez.

Mientras sus ojos se movían con rapidez, devorando líneas, su rostro, tenso por la contrariedad de lo ocurrido con sus jinetes, se relajaba poco a poco. Sin duda, eran buenas noticias.

—¡Magnífico! —exclamó, dando rienda suelta a su alegría—. ¡No podíamos esperar algo mejor!

—Me alegro.

—Monthion me explica en su carta que Carlos IV le ha comunicado que abdicó bajo presión.

—¿Eso significa...? —Lefranc había entornado los ojos.

—Eso significa, mi querido amigo, que su renuncia al trono carece de valor. Escucha lo que dice Monthion. —Buscó el párrafo y leyó:

> ... El rey me dijo que daba gracias a V. A. de la parte que tomabais en sus desgracias, tanto más grandes, cuanto era el autor de ellas un hijo suyo. El rey me dijo que esta revolución había sido muy premeditada; que para ello se había distribuido mucho dinero, y que los principales personajes habían sido su hijo y el marqués de Caballero, ministro de la Justicia; que S. M. había sido violentado para abdicar de la corona por salvar la vida de la Reina y la suya, pues sabía que sin esta diligencia los dos hubieran sido asesinados aquella noche; que la conducta del Príncipe de Asturias era tanto más horrible, cuanto más prevenido estaba de que conociendo el Rey los deseos que su hijo tenía por reinar, y estando próximo S. M. a cumplir los sesenta años, había convenido en ceder a su hijo la corona cuando éste se casara con una princesa de la familia imperial de Francia, como S. M. deseaba ardientemente.

23

Don Juan de Escoiquiz era natural de Ocaña, hijo de un general perteneciente a una familia oriunda de Navarra. Aunque desde joven mostró poca afición por las armas y se sintió más atraído por la intriga. Ingresó en el seminario y, con el apoyo familiar, su carrera eclesiástica fue meteórica hasta alcanzar la dignidad de arcediano de Alcaraz, por su condición de canónigo de la catedral de Toledo. Sin embargo, el momento crucial le llegó cuando fue nombrado preceptor del príncipe de Asturias, lo cual le convirtió, según decían las lenguas, en la persona de mayor ascendiente sobre él.

Era arrogante y estaba muy pagado de sí mismo. Consideraba sus opiniones como verdades incuestionables y trataba de imponer su criterio a todo trance. Como enemigo resultaba particularmente peligroso porque era vengativo y jamás olvidaba una injuria.

En los últimos años había sido, junto con el duque del Infantado, el eje principal del partido fernandino. Era quien había dictado el cuaderno encontrado al príncipe en el registro de El Escorial; don Fernando tenía en él una fe ciega. Llevaba muchos meses desterrado de la corte, en Talavera de la Reina, pero no había perdido el contacto con su pupilo, valiéndose de espías, de criados y de gente a su servicio, de muy variada condición.

Caballero, con quien Escoiquiz tenía una pésima relación, se había valido de mañas para que el decreto del rey levantándole el destierro se retrasase varios días. Lo que el marqués buscaba era dejar consolidada su posición en la corte antes de que el canónigo llegase a Madrid, temeroso de que su presencia repercutiese en su contra. Con artimañas y triquiñuelas había logrado que el canónigo no llegase a Madrid hasta el 29 de marzo.

Escoiquiz era un admirador del emperador. Se alineaba con un sector del clero español que veía en Bonaparte al restaurador del orden en la Francia revolucionaria y el gobernante que había devuelto a la Iglesia el respeto, la dignidad y buena parte de las propiedades que los agitadores de la época de la Convención le habían arrebatado. Fue quien dio la idea al entonces príncipe de Asturias para que escribiese a Napoleón, solicitándole la mano de una princesa imperial.

—¡Majestad! —El canónigo hincó una rodilla en tierra.

—¡Lo hemos conseguido, Juan! ¡Ven a mis brazos, amigo mío!

El rey y Escoiquiz se fundieron en un abrazo.

—¡Majestad! —repitió otra vez por el simple placer de pronunciar aquel nombre—. ¡Cómo suena, señor!

—¡Todo ha salido mucho mejor de lo que habíamos previsto! ¡Esto hay que celebrarlo!

—¡Si viera vuestra majestad el alborozo de sus vasallos! ¡Lo aclaman por todas partes!

El rey compuso una sonrisa de suficiencia.

—Aquí en Madrid todo es contento. ¡El recibimiento fue increíble, Juan! ¿Te han dicho que tardé más de seis horas en recorrer el itinerario que se había dispuesto? ¡Fue una pena que no disfrutases de tan gran acontecimiento!

El canónigo prefirió no culpar a Caballero, todavía. Tendría otras ocasiones y ahora no deseaba empañar la alegría del encuentro.

—España entera es una fiesta, majestad. Cuando llegó la noticia a Talavera, casi al mismo tiempo que se confirmó la prisión del Choricero, la gente se echó a la calle espontáneamente. Se hicieron con un cuadro de vuestra majestad que había en casa de uno de los regidores del cabildo y lo pasearon por las calles. Algunos llegaron a las casas del ayuntamiento cogieron el del Choricero y lo arrojaron por el balcón; la gente lo destrozó con furia. ¡Fue un momento inolvidable!

—He mandado llamar a Infantado para irnos de parranda. También vendrán Ayerbe y Orgaz, que ya están aquí.

A Antonio Porras le había faltado tiempo para llevar la noticia al mesón del Antillano. El rumor estaría ya muy extendido, porque en el despacho de pan varias personas lo habían comentado y por el camino un par de conocidos también se refirieron a lo mismo. Estaba seguro de que en Madrid nadie hablaba de otra cosa.

—¡Napoleón viene a Madrid! —exclamó, antes de sentarse, con la seguridad de quien se considera en posesión de la verdad.

Sierra, que acababa de leerle a don Indalecio el original que iba a llevar aquella tarde a la redacción del *Diario*, le preguntó con mucha sorna:

—¿Te ha escrito el emperador de los franceses?

El panadero lo miró con cara de pocos amigos.

—¡Qué gracioso!

—¿Dónde lo has oído? —preguntó el cura con el propósito de que los ánimos no se alterasen.

—Lo dice todo el mundo. —Su voz sonó más apagada.

Don Honorio, que estaba leyendo la *Gaceta*, alzó la vista por encima del periódico, se recolocó las lentes, y miró al panadero con displicencia.

—Napoleón no vendrá a Madrid. —Había escupido las palabras.

Don Indalecio lo miró de soslayo.

—¿Y usted cómo está tan seguro?

—Porque no hace falta ser un lince para ver cómo está el patio. Nos ha mandado a su cuñado no se sabe muy bien a qué, pero por lo pronto se dedica a provocar.

—¿Lo dice usted por lo de las tropas del otro día? —preguntó don Indalecio.

—Lo digo por eso y porque se ha trasladado del Buen Retiro al palacio del Almirante.

—¡No hablará usted en serio!

—Completamente en serio. Sin pedirle parecer a nadie, se ha instalado en el antiguo palacio de Godoy. Aquello está lleno de tapiceros, cristaleros, carpinteros, pintores que reparan a toda prisa los destrozos del otro día.

—La verdad es que con los franceses las cosas están cada vez más tirantes —señaló Sierra.

—Si hubieran visto la que estuvo a punto de formarse ayer en la plaza de la Cebada... —metió baza el panadero.

—Algo he oído y tengo entendido que hubo algo más que palabras. —El cura no paraba de rascarse el lobanillo.

—Todo empezó con una discusión: gritos, malos modos y hasta empellones. Los franceses, muy desafiantes al principio, fueron perdiendo terreno hasta que se vieron acorralados en la fuente. Fue entonces cuando tiraron de los sables y la gente se arremolinó dispuesta a lo que fuera. ¡Menos mal que aparecieron unos alguaciles! Aquietaron algo los ánimos, pero faltó esto —el panadero marcó con la uña de su pulgar la punta del dedo índice— para que se armase la *marimorena*.

En aquel momento llegó Biedma, que utilizaba a menudo el mesón como lugar de descanso en su agotador trabajo del retablo.

—¿Han visto ustedes los bandos?

—¿Qué bandos? —Se alzó un coro de voces.

—Los que están colocando. Tenemos a Napoleón en Madrid, en dos o tres días.

—¿Un bando municipal? —Don Honorio no daba crédito a lo que escuchaba.

—Lo firma el nuevo corregidor de Madrid y dice que su majestad tiene noticia de ello. Se nos invita a recibirlo con demostraciones de júbilo, como corresponde a tan importante personaje.

—¡No me lo puedo creer! —exclamó Bracamonte.

El entallador se encogió de hombros.

—Pues salga usted a la calle y escuche lo que vocean pregoneros por las esquinas.

—¿También están echando pregones?

—¿No lo decía yo? —Porras estaba ufano.

Don Indalecio miró a don Honorio de soslayo y lo vio ensimismado; dudó si preguntarle, pero al final decidió no hacerlo y le hizo una pregunta rutinaria.

—¿Qué es lo último que se dice por la Contaduría de Arbitrios?

El escribiente se hizo el remolón, pero el cura insistió.

—Se comenta que Bonaparte desea que el rey acuda a recibirlo; el encuentro puede producirse en Burgos.

—Pero si usted acaba de decir que Napoleón no vendrá, que nos ha enviado a su cuñado. —Ahora era Porras quien trataba de mortificar al escribiente—. ¡A ver, Pacorro, una jarrilla de Arganda que tengo la harina pegada al gaznate!

—He dicho que no vendrá a Madrid. Si usted supiese geografía, sabría que entre los Pirineos y la corte hay mucho territorio de por medio y muchas ciudades. El que no venga a Madrid no significa que no pueda bajar hasta Burgos sin problemas, porque sus tropas custodian todo el territorio que lo separa de la frontera.

Sierra trataba de no perder detalle, olfateando que allí tenía una buena historia para sus lectores. Por eso le preguntó al funcionario:

—¿Acaso tendría Bonaparte algo que temer?

—En absoluto. ¿Por qué iba a tener algún temor, si tiene cien mil soldados en la Península y sus guarniciones controlan las rutas del norte?

—¿Entonces?

—Me refiero a que las cosas están cada vez peor. Nadie en sus cabales puede sostener ya que los franceses han venido a apoyar al príncipe de Asturias. —Don Honorio corrigió—: Quiero decir, al rey.

—¿Le importaría ser un poco más explícito?

—Todo el mundo sabe ya que ni Murat, ni el embajador de Francia han acudido hasta el momento a palacio para cumplimentar a su majestad.

—Es posible que los franceses estén molestos por lo del altercado de la calle Mayor.

—No te confundas, Gustavito. Eso, aunque les haya fastidiado, es un asunto menor. Su actitud encierra algo mucho más peligroso a mi modo de ver; es como si ignoraran todo lo que ha ocurrido últimamente. Me malicio que todo tiene que responder a un plan establecido de antemano, a una estrategia.

—¿Sabe usted algo más? —insistió el gacetillero.

—No, hijo. Simplemente tengo ojos en la cara.

—Creo que vuestra majestad haría bien saliendo al encuentro de Napoleón, sobre todo porque, pese a sus ocupaciones, ha decidido venir en persona a ofreceros la mano de una princesa de su familia, que ataría indisolublemente la alianza entre vuestra majestad y el emperador de los franceses. ¿Se puede pedir mejor ni mayor garantía? —Escoiquiz respondía a las reticencias de don Pedro Cevallos, después de conocer un informe que Izquierdo le había proporcionado, señalando la posición de los franceses.

El enviado de Godoy a París, que ahora actuaba con diligencia en un grado que no había mostrado con anterioridad, indicaba que el tratado de Fontainebleau se lo había llevado el viento y que los franceses habían puesto sobre la mesa nuevas exigencias. Explicaba en su carta que deseaban una mayor participación militar española en las campañas del norte de Europa y que Portugal era conquista francesa, por lo que rechazaban el plan de reparto establecido en Fontainebleau.

—Majestad, que los franceses señalen Portugal como territorio que les pertenece, sin el menor pudor, después de haber despojado a vuestra hermana de sus posesiones en Italia, no es el mejor augurio para...

Fernando VII saltó como impulsado por un resorte.

—¡No me mientes a esa pécora que mueve hilos a mis espaldas!

Cevallos quedó paralizado. Ignoraba por qué Su Majestad decía aquello.

—Continúa con tu exposición —le ordenó, sin disimular la desazón que le había producido el comentario.

—Majestad, aunque la opinión de otros ministros y de personas que gozan de vuestra confianza difieran de mi planteamiento, me siento en la necesidad de señalar que la actitud de Bonaparte me lleva a desconfiar.

—¡Explícate!

—Que se hayan adueñado de Portugal, sin tener en cuenta los acuerdos de reparto establecidos, les sirve ahora de excusa para instalar importantes guarniciones en vuestros dominios. Pienso que si han faltado a sus compromisos en el asunto de Portugal, podrán faltar a otros. Yo no me fiaría, majestad. Nos hicieron creer que Napoleón estaría aquí en dos o tres días; han pasado cinco y no hay noticia de que haya cruzado la frontera. Me siento en la obligación de mostrar mi disconformidad con vuestro viaje. Estoy convencido de que se trata de una celada y de que Bonaparte trama algo.

—¡Estás delirando, Cevallos! —Escoiquiz no daba su brazo a torcer—. ¡Que el mismísimo emperador venga en persona para ofrecer la mano de una princesa imperial es argumento suficiente para acallar cualquier duda!

—La duda es que Napoleón no parece dispuesto a venir —insistió el ministro.

—¡Nadie en su sano juicio sostendría ese planteamiento! ¡Esa duda es sólo tuya! —exclamó Caballero, alineándose al lado del canónigo para tener su benevolencia.

—Hay mucha gente que, como yo, se siente inquieta. Bien está que nos mostremos condescendientes con los franceses, pero en mi opinión no debemos ir más allá.

Cevallos era consciente de que en un enfrentamiento con el canónigo tenía todas las de perder, dado su ascendiente sobre el monarca, pero deseaba, al menos, dejar sembrada la duda en el ánimo del rey.

Después de dejar sentado que no era el único que pensaba

de aquella forma, desvió con astucia el curso de la conversación.

—Por cierto, majestad, el gran duque de Berg me ha manifestado que le produciría gran alegría tener en su poder la espada que perteneció a Francisco I de Francia.

Fernando VII lo miró extrañado.

—¿Tenemos nosotros esa espada?

Cevallos miró de forma elocuente a Escoiquiz. Él había sido el preceptor del rey, pero el canónigo no se dio por aludido.

—Majestad, Francisco I cayó prisionero en manos de vuestro antecesor el rey Carlos I en la batalla de Pavía. Se le condujo prisionero hasta Madrid, donde pasó algunos meses en la torre de los Lujanes. —Cevallos no lo había previsto, pero recordó un episodio de aquella historia—. El monarca francés empeñó su palabra, afirmando que no volvería a levantar las armas contra el rey de España y que pagaría una importante suma de dinero, si se le ponía en libertad.

—¿Qué ocurrió? —preguntó el rey con curiosidad.

—Vuestro antepasado lo dejó libre, pero Francisco I no pagó el rescate y le faltó tiempo para aliarse con los turcos, algo que causó escándalo en la cristiandad, y llevó de nuevo a la guerra.

Fernando VII miró maliciosamente a Escoiquiz, que ahora pasaba un mal trago; pero se limitó a preguntar:

—¿Se dejó la espada atrás?

Cevallos comprendió que Fernando VII no había percibido el fondo de aquella pequeña lección de historia.

—La espada de Francisco I está en la armería real, majestad.

—Pues si el gran duque de Berg la quiere se la daremos.

—Como vuestra majestad disponga. ¿Desea vuestra majestad alguna otra cosa?

—Nada, Cevallos, puedes retirarte.

El ministro hizo una reverencia y dio media vuelta. Sentía bochorno y le apretaba el cuello de la camisa. Antes de llegar a la puerta, lo detuvo la voz del rey.

—Una cosa, la entrega de la espada se hará con toda solemnidad. Que se la lleve… que se la lleve… Juan ¿quién puede llevársela?

El canónigo no entendía mucho de protocolos.

—No lo sé, majestad, pero podía encargarse al marqués de Astorga, en su condición de caballerizo real.

—¡No es mala idea! ¡Que se la lleve Astorga! —le gritó al ministro.

—Como vuestra majestad ordene.

—¡Tiene que iniciar el viaje! —exclamaba Savary—. Una vez que salga de la corte, donde algunos se muestran reticentes, todo resultará mucho más fácil.

El general Savary era uno de los ayudantes de Napoleón y acababa de llegar a Madrid con una misión muy concreta. Tenía aspecto de campesino, era franco en sus expresiones y hasta rudo en sus modales.

—Algo debe recelar porque no se decide —se excusó el duque de Berg—. A lo más que ha accedido es a que su hermano, el infante don Carlos, se ponga en camino.

—El emperador no quiere más demoras en este asunto. Ha llegado a Burdeos y, por lo que tengo entendido, estaría dispuesto a viajar hasta Bayona, pero empieza a impacientarse y ya sabes que eso no es bueno.

—Podemos asaltar el palacio y llevárnoslo —ironizó Murat.

—Iré a verlo hoy mismo, ¿me recibirá?

—Sin problemas. —Lo afirmó con la seguridad de quien

se siente dominador de la situación—. Debes saber que el personaje clave en todo este asunto es un canónigo que se llama Escoiquiz. Fue su preceptor y tiene muchas influencias.

Savary soltó una carcajada.

—Tenemos que librar a este país del influjo pernicioso de los curas y los frailes. Les ocurre como a las moscas, están por todas partes. ¿Cómo has dicho que se llama ese cura?

—Su nombre es don Juan Escoiquiz y es canónigo de la catedral de Toledo. Ha estado desterrado de la corte algunos meses, pero tengo entendido que no perdió el contacto con don Fernando. Ha sido una pieza clave en todos los sucesos acaecidos desde el pasado otoño.

Savary no escuchó las últimas explicaciones; se había distraído embelesado ante un cuadro de Velázquez, uno de los que Murat había mandado traer del Buen Retiro para redecorar su residencia; no se había tomado la molestia de pedir autorización, limitándose a dar como pretexto que el palacio del Almirante tendría que estar acorde con la importancia del huésped que iba a acoger entre sus paredes. El duque de Berg se refería a Napoleón, cuando llegase a Madrid.

—Esa pintura es excelente.

Murat miró el cuadro.

—Se trata de un Velázquez. España rebosa de tesoros por todas partes, es algo que ni siquiera te puedes imaginar. En cualquier iglesia de un pueblo perdido, te puedes encontrar verdaderas joyas.

—Ése no quedaría mal en mi residencia de verano. ¿Me decías de ese cura?

—Que es la pieza clave para mover el ánimo del príncipe de Asturias en cualquier dirección.

—¿Cuál es su posición en este asunto?

—Está a favor del viaje, aunque algunos ministros se muestran reticentes y el de Estado, un tal Cevallos, manifiesta un rechazo frontal.

—Le daré dos argumentos para que anime a su señor a salir al encuentro del emperador.

—¿Cuáles?

—El primero, que el emperador viene para reconocerle en persona como rey de España y de las Indias. Eso, además, explicará nuestro silencio acerca de la abdicación de Carlos IV.

—¿Y el segundo?

—Que viene a ofrecerle la mano de una princesa imperial.

Don José Martínez de Hervás insistía con denuedo:

—¡Es una trampa!

—Usted se confunde, Hervás. Tenemos todas las garantías que les hemos pedido.

Escoiquiz no dejaba de firmar los papeles que le pasaba su secretario. No tenía cargo en el gobierno, pero se había instalado en el palacio y los pedigüeños, con ese instinto que la naturaleza les ha dado, sabían a quién elevar sus peticiones. Firmaba las respuestas que consideraba adecuado contestar.

—No, reverencia; en el viaje he escuchado palabras sueltas, frases, incluso una conversación sin que quienes la mantenían sospechasen que llegaba a mis oídos. Puedo aseguraros que los intereses del emperador son turbios. Su majestad debe posponer el viaje hasta que sepa que Napoleón está en España.

Al canónigo empezaba a molestarle la contumacia de aquel individuo al que ni se había molestado en decirle que se sentase. Decidió poner fin a la entrevista.

—Está bien, Hervás, quédese tranquilo. Usted ya ha cumplido con lo que considera su obligación. Ahora déjenos hacer nuestro trabajo. Puede retirarse.

—Su reverencia, el peligro es real; he acompañado a Savary hasta Madrid. No debe fiarse de su aire campechano, es muy astuto; por eso lo ha escogido Napoleón.

—Le he dicho que puede retirarse.

Hervás abandonó el despacho en silencio y con sensación de amargura. ¿Cómo era posible que se diese más crédito a la palabra de un francés que a la suya?

24

Murat respiró tranquilo cuando le comunicaron que la comitiva regia acababa de partir. Poco después de las diez de la mañana una larga fila de carrozas, seguida de los carruajes de intendencia, había tomado el camino de Somosierra. Era el 10 de abril.

Fernando VII acudía al encuentro de Napoleón, acompañado por varios de sus ministros, los duques del Infantado y de San Carlos, el canónigo Escoiquiz, el capitán de la guardia de Corps y varios gentiles hombres de cámara, entre los que se contaban los marqueses de Ayerbe y Guadalcázar, así como el duque de Feria.

La partida se había decidido la víspera y todo se preparó con un sigilo propio de conspiradores o delincuentes.

Los madrileños veían extrañados pasar la comitiva.

—Demasiados carruajes para una jornada de caza —comentó uno de los vecinos.

—Eso parece.

En Madrid había quedado constituida una Junta Suprema de Gobierno, presidida por el infante don Antonio Pascual y formada por los ministros que no acompañaban a Su Majestad. Sus poderes estaban limitados a los asuntos de urgencia y debían consultar al rey para todo lo demás.

A eso del mediodía, dos horas después de la partida del monarca, el general Caulaincourt solicitaba una audiencia con el infante don Antonio.

—La Junta está reunida —le comunicó un secretario.

—El asunto es de la máxima urgencia, así me lo ha hecho saber su alteza imperial, el gran duque de Berg.

El secretario se sintió apabullado.

—Aguardad un momento, veré qué puedo hacer.

Caulaincourt, acompañado de dos oficiales, lucía el vistoso uniforme de la caballería imperial. Esperó paseando por la antecámara, donde el ir y venir de gente era mayor de lo habitual, al extenderse por palacio la noticia de su presencia. Muchos se hacían los encontradizos o acudían con algún pretexto fútil porque querían ver de cerca a un general de Napoleón.

—Su alteza real me ha dicho que lo recibirá, pero tendrá que aguardar a que concluya la reunión.

El francés no disimuló su contrariedad.

—¿Durará mucho?

—No le puedo decir. Las reuniones de palacio se sabe cuándo comienzan, pero nunca cuándo concluyen.

—¿Le ha dicho a su alteza que es urgente? —insistió con arrogancia.

—Sí, señor. Si le parece, puede distraer su espera deleitándose con las pinturas que hay en uno de los salones adjuntos. Si tiene la bondad de acompañarme. —El secretario hizo un gesto con la mano, invitándole a que lo siguiera.

Las pinturas eran originales de Tiziano y de Rubens, todas ellas obras maestras. Allí estaba, entre otros, el retrato del emperador Carlos V en la batalla de Mühlberg; también una escena mitológica, donde la diosa Venus recibía sobre su cuerpo una lluvia de oro; y una obra de grandes dimensiones, en la que unos sátiros perseguían a unas orondas y sensuales ninfas.

Al final la espera no resultó demasiado larga y fue el mismo secretario quien lo condujo a presencia del infante. Después de unos breves saludos, Caulaincourt planteó, sin muchos prolegómenos, el motivo de su visita.

—Alteza, su alteza imperial me encomienda que le traslade la orden de que don Manuel Godoy quede bajo custodia de las tropas imperiales.

El infante, a quien acompañaba el ministro de Marina, quedó momentáneamente en suspenso. ¿Quién era Murat para darle órdenes? ¿Qué se habían creído los franceses? Conteniendo su malhumor y, haciendo gala de la flema que le era habitual, le respondió:

—Eso no es posible.

El francés contrajo el rostro, sorprendido por una respuesta tan directa como lo había sido su planteamiento.

—Alteza, el gran duque me ha dicho que el propio don Fernando…

—¿Se refiere a su majestad el rey de España? —El infante lo interrumpió con mesura.

El francés vaciló. En cuestión de segundos, la altivez mostrada el entrar había desaparecido. Las instrucciones de Murat al respecto eran tajantes, a Fernando VII no se le reconocía como soberano y, en consecuencia, estaba prohibido darle el tratamiento de tal. Pensó, sin embargo, que la situación no era la más apropiada para sostener la orden recibida.

—En efecto.

—En tal caso, utilice el tratamiento debido a nuestro rey —señaló don Antonio.

—El gran duque me ha dicho que su majestad le comunicó ayer dicha orden.

El infante lo miró de frente.

—Es extraño que su majestad nada me dijera cuando, antes de partir, me dio las últimas instrucciones.

—Me remito a las órdenes que he recibido de su alteza imperial —señaló el francés sin la menor consideración.

—En tal caso, decidle a su alteza imperial que no puedo acceder a tal orden, sin una consulta previa.

—¿Quiere decir que su alteza se niega? —El tono era desafiante.

—Quiere decir —el infante mantenía la tranquilidad— que hasta tanto no tenga certeza de que ésa es la voluntad de su majestad, no daré instrucción alguna al respecto.

Caulaincourt, que no había contado con aquella resistencia, dejó caer una amenaza.

—En tal caso, tal vez sea necesario emplear la fuerza para que la orden se cumpla.

Gil de Lemus que asistía, cada vez más indignado, a la conversación iba a responder, pero una mirada de don Antonio lo contuvo. El francés dio un taconazo a modo de saludo y abandonó el despacho sin despedirse. Aquello fue demasiado para el ministro quien, sin poder contenerse, gritó para que el francés lo escuchase antes de salir:

—¿No le parece a vuestra alteza que el comportamiento de nuestros aliados es cada vez más grosero? Me temo que por este camino marchamos hacia un conflicto.

La respuesta del francés llegó en forma de un sonoro portazo.

Una vez solos, el infante preguntó al viejo marino:

—¿Qué piensas?

—Que la situación es peliaguda.

—Te escucho.

El marino movió la cabeza.

—Si no les entregamos a Godoy, malo, y si se lo entregamos, peor. Esto es como estar entre Escila y Caribdis. Si ofendemos a Murat, seguro que tendremos problemas, ya ha visto su alteza cómo se ha despedido ese tipo. Pero si el pueblo se entera de que les entregamos a Godoy, no quiero ni pensar lo que podría suceder. La gente no lo comprendería.

Don Antonio asintió.

—Tienes razón, estamos atrapados.

—Me temo que sí, alteza. Creo que lo más prudente es solicitar un acuerdo del Consejo, aunque probablemente nadie quiera tomar iniciativas en un asunto tan espinoso.

Unos días después, Murat invitó al ministro de Guerra a un encuentro en su palacio.

Minutos antes de subir a su carroza para acudir a la entrevista, O'Farrill se enteró de que Carlos IV y María Luisa habían abandonado Aranjuez y se encaminaban a El Escorial. El hecho en sí no revestía mayor importancia, los antiguos reyes podían viajar al lugar que deseasen y El Escorial era un Real Sitio. Lo preocupante era que la escolta estaba integrada por tropas francesas.

Murat lo recibió cortesano, deshaciéndose en cumplidos. O'Farrill, partidario de mantener las formas, también hizo gala de amabilidad. Pensó que el máximo responsable de las tropas franceses en la Península lo llamaba para plantearle el asunto de Godoy; sin embargo, muy pronto descubrió que las intenciones del francés marchaban por un camino muy diferente.

—He recibido noticias de su majestad imperial en las que me manifiesta su contrariedad ante los últimos sucesos.

El ministro, sorprendido, se limitó a preguntar:

—En concreto ¿a qué se refiere el emperador?

—A la abdicación de su majestad Carlos IV.

Murat sacó un papel de la carpeta que había sobre la mesa y se lo entregó en un gesto inesperado de confianza.

—Lea usted la carta que el rey dirigió al emperador; evidentemente se trata de una copia, donde verá marcados los párrafos de mayor interés.

O'Farrill leyó las líneas que estaban subrayadas.

> Cuando el estruendo de las armas y los clamores de una guardia sublevada me dieron a conocer la necesidad de escoger entre la vida y la muerte; pues ésta última hubiera seguido a la de la Reina...

El final de la carta también aparecía reseñado.

> Protesto y declaro que todo lo que manifiesto en mi decreto del 19 de marzo, abdicando la corona en mi hijo, fue forzado, por precaver mayores males y la efusión de sangre de mis queridos vasallos, y por tanto de ningún valor.
>
> Yo, el Rey
> Aranjuez, 21 de marzo de 1808

La lectura lo había dejado perplejo y trató por todos los medios de disimular su turbación. Ya tenía le explicación de por qué era francesa la escolta que había acompañado a los antiguos reyes a El Escorial y barruntaba la gravedad que suponía aquel escrito de Carlos IV. Por un momento, dudó si no sería un engaño de los franceses para aprovecharse del revuelo que provocaría todo aquello si llegase a ser del dominio público. El propio Murat le acababa de confesar que se trataba de una copia. ¿Estaba el duque de Berg suplantando la verdadera voluntad de Carlos IV? ¿Estaba tendiéndole una añagaza para ponerlo a prueba? Decidió que lo mejor era no pronunciarse y optó por devolverle el pliego.

—Como comprenderá su excelencia —señaló Murat—, en estas circunstancias, el emperador no puede aceptar la abdicación de su majestad hasta tanto no se aclaren las circunstancias que concurren en hechos tan graves y de tanta importancia para el buen gobierno del reino.

—Yo, como vuestra alteza, soy un militar.

—¿Qué quiere decirme con eso?

—Que no alcanzo a comprender el último extremo de las leyes, para eso están los letrados. Mi rey es don Fernando VII y a él debo obediencia.

—Comprendo y respeto su posición, don Gonzalo; por eso mismo espero que usted entienda la nuestra.

—La situación es muy complicada.

Murat se extendió en disquisiciones sobre la invalidez de la abdicación que tenían por nula y, en consecuencia, entendía que el verdadero rey de España era Carlos IV. Concluyó con una afirmación tan tajante como peligrosa:

—Ésa es nuestra posición y eso es lo que deseaba comunicarle.

Las últimas palabras sonaban a despedida. Al ministro español hacía rato que una pregunta le picaba en la garganta. Harto de disimular, decidió no marcharse sin formularla:

—Dada la exposición que su alteza acaba de realizar, hay algo en todo esto que no acabo de entender.

—¿Qué es ello?

—¿Por qué, entonces, tanto interés para que su majestad acuda a un encuentro con el emperador?

Murat, sorprendido por la pregunta, perdió el aplomo de que había hecho gala hasta el momento.

—Verá, don Gonzalo, está de por medio el asunto del

matrimonio del príncipe de Asturias; hace meses que el propio don Fernando solicitó a su majestad imperial la mano de una princesa de su familia.

—Es cierto —concedió O'Farrill—, pero coincidirá conmigo en que ese asunto se puede negociar sin necesidad de viajar; incluso puede llegar a efectuarse el matrimonio por poderes.

Murat se sentía cada vez más incómodo.

—¿Insinúa usted algo?

—Nada, alteza, me he limitado a preguntarle para satisfacer una curiosidad. Vuestras dudas y vacilaciones son la mejor respuesta que podía darme.

El gran duque de Berg percibió el fondo de ironía que había en las palabras del español y decidió que se había agotado el tiempo de las consideraciones.

—En tal caso, sepa su excelencia que he recibido instrucciones del propio Carlos IV para que haga pública una proclama donde quede patente que su abdicación le fue arrancada con violencia. Según su propia declaración, su renuncia al trono carece de valor.

—Si vuestra alteza hace pública esa proclama se producirá una conmoción popular. En mi opinión, debería meditar largamente una decisión tan grave.

Los temores del ministro estaban fundamentados: él sabía mejor que nadie cuál era la situación militar. Murat contaba con unos veinticinco mil hombres y disponía de gran cantidad de artillería. Acuartelados en la capital tenía, además de las tropas de la guardia imperial, una división de infantería mandada por Mousnier y una brigada de caballería; en los alrededores de Madrid, otras tres divisiones a las órdenes del mariscal Moncey, acantonadas en Fuencarral, en Chamartín, en el convento de San Bernardino, en Pozuelo de Alarcón y en la Casa de Campo. Y algo más alejadas, pero con posibilidad de caer sobre Madrid en un par de jornadas, las divisiones de Dupont estacionadas en Aranjuez, El Escorial y Toledo. Ante un supuesto conflicto, para hacer frente a aquel ejército, las tropas españolas en Madrid no alcanzaban la cifra de cuatro mil hombres.

—Estaría dispuesto a aguardar, si usted me promete una respuesta en un plazo razonable —propuso Murat.

—¿Qué entiende su alteza por un plazo razonable?

—Veinticuatro horas.

O'Farrill trató de ganar algo más de tiempo, aunque no sabía muy bien para qué.

—Me comprometo a traerle una respuesta en cuarenta y ocho horas.

Murat se mostró conforme.

El rey llegó a Burgos el día 12, siendo aclamado por los vecinos; sin embargo, allí no había noticia de que Napoleón fuese a llegar. Condescendiendo a los ruegos del general Savary partió hacia Vitoria, donde entró dos días después, repitiéndose los regocijos y las aclamaciones. Allí recibieron la noticia de que el emperador llegaba a Bayona, muy cerca de la frontera. Como si tal anuncio fuese una gran noticia, Escoiquiz indicó al rey que las suspicacias carecían de sentido porque la noticia revelaba que Napoleón acudía a su encuentro. El canónigo daba por sentado que el retraso de Bonaparte estaba provocado por los grandes asuntos que le ocasionaba el gobierno de los extensos dominios que recaían sobre sus imperiales hombros.

Ya en Vitoria les sorprendió la noticia de que el encuentro sería en Bayona, donde aguardaba Napoleón. La noche del 18 de abril, víspera de la fecha señalada para que el rey saliese en dirección a la frontera, don Mariano Luis de Urquijo, uno de los más importantes hombres de negocios del señorío de Vizcaya, acudió a cumplimentar a su majestad, acompañado del alcalde de la ciudad.

Fue el duque del Infantado quien los condujo a presencia del monarca. Los dos hombres hincaron la rodilla en tierra y, después de que Fernando VII los invitara a levantarse, pudieron ver que el rey estaba ojeroso y apesadumbrado, parecía mucho mayor. Aquella imagen dio fuerzas a sus visitantes para plantearle lo que en realidad les había llevado hasta allí. Urquijo no se anduvo con tapujos.

—Vuestra majestad no debe cruzar la frontera.

El rey lo miró con recelo.

—¿Por qué dices eso?

—Porque es una trampa, majestad.

Fernando VII se encogió de hombros, en un gesto cargado de resignación.

A sus visitantes les llamó la atención que un rey joven y recién ascendido al trono adoptase una actitud tan pasiva.

—¿Y qué puedo hacer? Los franceses están en todas partes; estoy seguro de que si me negase, me llevarían por la fuerza.

—¡Majestad, lucharemos! —exclamó el alcalde.

—Es mejor no soliviantarlos.

El rey les dio la espalda, se acercó a la ventana y con sigilo, como si pretendiese no llamar la atención, corrió ligeramente la cortina. Urquijo y el alcalde miraron al duque. El comportamiento del rey los había desconcertado y la imagen que ofrecía era penosa: Fernando VII estaba asustado.

—Majestad, podríamos proporcionaros un medio de escapar —propuso Urquijo, buscando una salida—. Ignorábamos que la situación fuese tan grave, pero aún es posible evitar vuestra partida.

El rey se volvió, tenía los ojos vidriosos.

—¿Cómo?

—En Vitoria, majestad, hay muchos hombres que arriesgarían su vida por vuestra majestad —afirmó el alcalde sin vacilar—. Bastaría con que se lo indicásemos para que se produjese una algarada, una protesta popular contra la presencia de los franceses. Lo harían de buen gusto, no sólo por vuestra majestad, sino porque no pueden sufrir la soberbia y el orgullo de los soldados de Napoleón.

—Son nuestros aliados —señaló el rey, que permanecía junto a la ventana.

El alcalde miró a Urquijo y al duque.

—Perdonadme la sinceridad, majestad, pero los gabachos no se comportan de forma amistosa.

Fernando VII se apartó de la ventana, estaba pálido.

—¿Dices que se podría promover una algarada?

—Así es, majestad.

—¿Cómo la tenéis prevista?

—Aprovechando el desconcierto, vuestra majestad, disfrazado y protegido, tomaría el camino de Bilbao. —La voz de Urquijo sonaba animosa, pensaba que el rey estaba sopesando la propuesta—. Dispongo de algunos barcos anclados en la ría. ¡Cuando los franceses quisieran darse cuenta, habríamos largado velas!

—No hay tiempo —se excusó el rey—. Mi partida está prevista para mañana.

Urquijo miró otra vez a Infantado. ¿Aquél era el rey que despertaba tantos entusiasmos?

El alcalde sacó un reloj del bolsillo de su chaleco y consultó la hora.

—Son las seis. Si vuestra majestad da su consentimiento, antes de medianoche los gabachos se enterarán de lo que es bueno.

Un asomo de duda apareció en los ojos del rey y miró a los dos hombres que tenía delante, pero fue sólo un destello fugaz. Negó con la cabeza y les ordenó que se retirasen.

Abandonaron apesadumbrados los aposentos reales, los comentarios pintaban un Fernando VII muy diferente del que se habían encontrado.

25

El semblante de don Honorio estaba blanco como la cera y la cédula que sostenía en sus manos se agitaba al compás de los temblores que estremecían su cuerpo. Acababa de tener confirmación de un rumor que, desde hacía un par de semanas, era la comidilla en todas las oficinas: estaban preparando los ceses de los desafectos. Alguien lo había considerado como tal y aquél era su último día en la Contaduría Mayor de Arbitrios.

Abatido, dejó el papel sobre la mesa y se apretó las sienes con las manos, pensando que en aquel cuchitril había pasado muchas horas de los últimos quince años de su vida. Recordó el día que había llegado: el 23 de diciembre de 1792, en vísperas de la Navidad; recordar la fecha lo sobresaltó, Godoy había llegado al ministerio unas semanas antes. Alguien lo habría considerado un paniaguado del valido y delante de sus ojos, recogido en tres líneas, tenía las consecuencias. No había muchos escrúpulos a la hora de quitar y poner, aunque estuviese en juego el pan de las familias.

El futuro que vislumbraba era oscuro, casi tenebroso.

Alzó la cabeza con las lágrimas velando su mirada, se detuvo en la parte alta de la estantería y dio un respingo. ¡Se había olvidado por completo! Allí estaba... ¿Cómo era posible?

Hacía por lo menos tres semanas, unos días antes de que

el nuevo rey hiciese su triunfal entrada en Madrid, cuando el individuo que durante años le había entregado los envíos del secretario de Godoy apareció por su casa para pedirle el dietario, donde estaba anotado lo referente a los últimos once meses. El secretario, oculto en alguna parte, lo reclamaba.

¡Con los nervios se había olvidado!

Se levantó y asomó la cabeza a la galería para cerciorarse de que estaba desierta. Cerró la puerta, atrancándola con la banqueta y rebuscó entre los legajos donde lo había escondido, sus dedos palparon hasta localizarlo. ¡Allí estaba la carpetilla que guardaba el mapa y los documentos que lo explicaban todo al detalle!

Se quitó los mitones y decidió dar por concluida su última jornada en la Contaduría. Se pasaría por pagaduría a cobrar las dos mesadas y pico que le adeudaban, según se señalaba en la cédula de cesantía, y se marcharía a toda prisa. En lugar de lamentarse, haría una visita.

Mientras aguardaba a que le abriesen la puerta, don Fernando encendió un cigarro y se preguntó: ¿por qué querría don Indalecio que se viesen a solas? El párroco le había propuesto hacerle una visita en su casa, pero él había preferido acudir a la suya. Su vivienda, como correspondía a un solterón, no estaba todo lo presentable que debiera. Quien le abrió era el ama de llaves, una mujer madura, entrada en carnes, que llevaba un amplio delantal anudado a su cintura, de la que colgaba un manojo de llaves.

—¿Don Indalecio Mardones? —preguntó, quitándose el sombrero.

—¿Quién pregunta por él? —La voz de la mujeruca era desagradable.

—Soy el alguacil mayor, estoy citado con don Indalecio.

—Aguarde un momento.

Sin miramiento alguno le cerró la puerta en las narices. Poco después era el párroco quien le abría, deshaciéndose en excusas.

—Disculpe las formas de Rosario; no he logrado quitarle en todos estos años el pelo de la dehesa. A veces hace cosas… ¡Es incorregible!

—No se preocupe, lo comprendo. A mi hermano, que vive en Cuenca, le ocurre algo parecido.

—Pase, don Fernando, pase y considérese usted en su propia casa.

El párroco lo condujo hasta su despacho, que era a la vez biblioteca y el lugar donde se encerraba para disfrutar dc una lectura placentera o para leer el breviario, en cumplimiento de sus obligaciones canónicas.

Se acomodaron en unos sillones tapizados en cuero, algo desgastados por el uso, pero muy cómodos.

—No sabe cuánto le agradezco que haya venido.

—Es un placer.

—¿Desea tomar algo? ¿Una copita de licor? ¿Un jerez?

—Se lo agradezco, don Indalecio, pero ahora no. Tal vez después de que me explique usted por qué quiere que nos veamos.

—Verá, don Fernando —al sacerdote le costaba arrancar—, se trata de un asunto que requiere de la máxima reserva.

—Me lo imagino.

—Está relacionado con la detallada información que me dio acerca del contenido del mensaje que traía el teniente Armenta y cuyo contenido me reveló en un gesto de confianza.

—¡Sólo si lo consideraba como un acto de confesión! —le recordó el alguacil.

—Precisamente por eso estamos reunidos.

—No comprendo. —El alguacil se puso en guardia.

—Verá usted, el teniente Armenta, junto con otros oficiales habían formado un grupo, que bautizaron como los Apóstoles, para buscar la forma de oponerse a la política de Godoy, que estaba entregado a Bonaparte en cuerpo y alma. Uno de ellos había conseguido una información que apuntaba cuáles eran los verdaderos propósitos del emperador de los franceses.

—¿Cómo sabe usted eso?

—Porque yo formaba parte de los Apóstoles.

El alguacil se quedó en suspenso.

—¿Está de broma?

—Le hablo completamente en serio.

—¿Ese grupo existe?

—No, se deshizo hace unos meses porque había un judas.

—¿Un judas?

—Un traidor que se había vendido a los franceses. ¿Recuerda el asesinato de un teniente, que murió apuñalado a primeros de año?

Don Fernando hizo memoria.

—¿Era el teniente Arencibia?

—Ése era el judas.

—Supongo que quienes acabaron con su vida…

—Imagíneselo, pero no me lo pregunte —lo interrumpió el párroco—. Lo que voy a revelarle ahora tiene que quedar entre usted y yo. ¿Cuento con su palabra?

—Cuente con ella.

—Sepa, entonces, que los integrantes de los Apóstoles ingresaron en una fraternidad, constituida para unos fines idénticos a los que ellos tenían.

—¿Una fraternidad? ¿Me está hablando de masones?

—¡Por el amor de Dios, don Fernando! ¿Masón yo?

—¿Pertenece usted a esa fraternidad?

—Por supuesto.

El alguacil encendió un cigarro con su habitual parsimonia.

—¿Fueron los Apóstoles quienes acudieron a casa de don Gumersindo Anaya?

—Sí, pero llegaron tarde. Arencibia debió de alertar a los franceses y se adelantaron.

El alguacil recordó que el criptógrafo le había hablado de que en muy poco espacio de tiempo había recibido dos visitas. ¡Acababa de conocer la causa que lo explicaba!

—¿Cómo supieron los Apóstoles...? —Don Fernando no acabó de formular la pregunta; simplemente se quedó mirando a don Indalecio.

—Fui yo. Deseaba decírselo porque me pesaba sobre la conciencia, pero no podía dejar de hacerlo. Por eso quise saber si había perjudicado sus pesquisas; me tranquilizó saber que había conseguido desentrañar el contenido del mensaje.

El alguacil asintió en silencio.

—Supongo que no me ha llamado para contarme esto.

—Sólo en parte. Desde que supe el contenido del mensaje que traía el teniente Armenta no he parado de darle vueltas a la cabeza.

—¿Por qué?

—Por un lado, me siento ligado a mi compromiso de guardar silencio y, por otro, considero una necesidad que el mensaje que traía Armenta sea conocido por la fraternidad de San Andrés. Sin embargo, yo nada puedo contarles si usted no me autoriza.

—¿Ése es el nombre de la fraternidad?

—Se escogió porque bajo las banderas que llevaban la cruz aspada que simboliza al santo, lucharon nuestros tercios durante siglos.

El alguacil guardó un prolongado silencio. Reflexionaba, sin dejar de fumar, envuelto entre nubes de humo que le daban un aire de misterio. Don Indalecio aguardó pacientemente.

—Usted sabe esto desde hace algún tiempo. ¿Por qué lo atosigan ahora las dudas?

—Porque los últimos acontecimientos me preocupan cada vez más y todo apunta a que las noticias que nos traía Armenta llevan camino de ser una triste realidad.

Don Fernando asintió con ligeros movimientos de cabeza.

—¿Le importaría explicarme con detalle todo lo referente a la fraternidad de San Andrés?

—Con sumo gusto.

26

La Junta Suprema de Gobierno, convocada con carácter de urgencia, estaba reunida desde las diez de la mañana. La sesión se desarrollaba de forma borrascosa porque los pareceres de sus miembros estaban enfrentados. Mientras unos recomendaban calma y no provocar a los franceses, siguiendo las instrucciones del rey, otros consideraban que las cosas habían llegado al límite de lo soportable.

Atizaba los debates la noticia esparcida aquella misma mañana: Carlos IV y María Luisa podían abandonar El Escorial en cualquier momento y viajar a Bayona para entrevistarse con el emperador. También se había recibido una carta, fechada en Burgos, donde se explicaba que Su Majestad había escrito al emperador, a instancias del general Savary, indicándole que se usaría de toda la generosidad con Godoy, perdonándole la vida, en caso de que sobre su persona recayese una sentencia de muerte.

Sin embargo, la discusión más fuerte la había provocado la amenaza de Murat de hacer pública la carta donde Carlos IV consideraba nula su abdicación, al haber sido forzada su voluntad. Después de más de tres horas de discusiones, que en algunos momentos derivaron en disputas, el infante don Antonio consideró la necesidad de tomar una decisión.

—Una vez escuchadas vuestras encontradas opiniones,

propongo que se responda a Murat lo siguiente: primero, que ha de ser mi hermano, el anterior rey, quien ha de comunicarnos lo que el gran duque de Berg señala como su voluntad respecto de su abdicación. Segundo, que una vez la conozcamos nos limitaremos a comunicársela al rey. Tercero, que teniendo noticia de que mi augusto hermano sale para Bayona, se abstenga de ejercer cualquier acto que indique estar en posesión de la soberanía, a la que renunció el pasado día diecinueve. Y cuarto, que hasta tanto no se aclaren las circunstancias de todo este asunto, el gran duque de Berg se abstenga de hacer pública cualquier noticia relacionada con dicho asunto.

El infante había buscado una fórmula que permitiese calmar los ánimos de unos y otros, aunque en realidad lo único que hacía era diferir el grave problema que Murat había planteado.

—Serán —señaló don Antonio— O'Farrill y Azanza quienes le trasladen el acuerdo y los demás aguardaremos su regreso.

Sin perder un instante, los dos ministros acudieron al palacio que ocupaba Murat.

Les llamó la atención que el francés no montase en cólera al conocer el acuerdo. Se limitó a señalar, acompañando sus palabras de gestos cortesanos que, sin perder un instante, él mismo partiría hacia El Escorial para que fuese Carlos IV quien corroborase lo que se le pedía. Sin embargo, la reunión reservaba a los españoles una nueva sorpresa.

—Antes de que se retiren quiero que conozcan la carta que he recibido del general Savary, en la que me indica que don Fernando se muestra en la mejor disposición respecto a la suerte del príncipe de la Paz.

—Ya conocemos la opinión de su majestad —O'Farrill recalcó el tratamiento— en ese asunto.

—En tal caso, he de suponer que mi petición no encontrará obstáculos.

—¿A qué se refiere su alteza?

—A que el prisionero debe sernos entregado para que su suerte se decida en Bayona, adonde concurrirá Carlos IV, quien aboga por la libertad de su ministro desde el mismo día en que fue puesto en prisión.

Azanza, quien anteriormente no se había reunido con Murat, comprendió el juego del francés.

—La Junta no ha decidido sobre ese asunto —indicó sin disimular su enfado.

El mariscal lo miró con desprecio.

—En tal caso, lamento comunicarles que sacaremos a Godoy de su encierro, empleando los medios necesarios si, en el plazo de dos horas, no hemos recibido una respuesta afirmativa. En mi opinión, será mejor arreglar este asunto mediante el acuerdo, antes que vernos obligados a hacer uso de la fuerza.

O'Farrill guardaba un silencio que a Azanza le resultaba extraño. Sabía que era partidario de mantener la concordia con los franceses, pero eso no explicaba su pasividad. En aquellas circunstancias, se limitó a indicarle a Murat:

—En ese plazo tendrá cumplidas noticias.

Los dos ministros abandonaron la reunión y, sin perder un segundo, regresaron a palacio.

Antes de que se cumpliese el plazo, la Junta había accedido a la petición de Murat.

Cuando poco después del mediodía se difundieron por Madrid los primeros rumores acerca de lo sucedido, la gente no dejó de manifestar su rechazo ante lo que estaba ocurriendo. A partir de aquel momento, se abría un foso entre la población y el ejército francés que no hacía presagiar nada bueno.

A eso de las tres de la tarde, uno de los más afamados impresores de Madrid, Eusebio Álvarez de la Torre, caminaba a toda prisa hacia la sede del Consejo de Estado. Iba tan nervioso que ni se detenía a corresponder a los saludos de los conocidos con quienes se cruzaba. Estaba asustado y su único deseo era informar del grave asunto que lo acongojaba al mismísimo gobernador del Consejo, Arias Mon.

El ujier lo vio tan agobiado que, inmediatamente, pasó recado a uno de los secretarios. El impresor le susurró algo al oído y, sin perder un instante, le dijo que lo acompañase. Unos minutos después lo recibía el gobernador.

—Así es, excelencia, así es. —El impresor estaba acalorado por culpa de la carrera y de los nervios.

—Bebe agua y serénate. Y ahora, explícamelo todo otra vez. Pero cuenta las cosas por su orden, no tan atropelladamente.

—Discúlpeme vuestra excelencia, pero es que estoy tan nervioso… —Dio un sorbo al agua y comenzó de nuevo el relato de lo que tanto espanto le producía.

—Hará cosa de una hora, poco más o menos, han aparecido por el taller dos franceses con el propósito de que se imprimiese una proclama en nombre del rey don Carlos IV. Cuando les señalé que se confundían, que sería en nombre de don Fernando VII, me dijeron que la proclama se publicaba en nombre del rey legítimo.

—¿Ésas fueron sus palabras?

—Exactamente ésas, excelencia.

—Prosigue.

—Pensé que no estaban al tanto de lo ocurrido, aunque me escamó que dijeran eso de «el rey legítimo». Les informé que don Carlos había abdicado en favor de su hijo.

—¿Qué te contestaron?

—Lo negaron, excelencia.

—¡Qué barbaridad!

—Precisamente decían que la proclama era para aclararle al pueblo de Madrid que la abdicación no era válida.

—¡Qué locura!

—¡Imagínese vuestra excelencia el disgusto! Me negué, indicándoles que sin una orden expresa de la autoridad tal proclama no se imprimiría en mi imprenta.

—¡Bien hecho!

—Entonces me amenazaron. Por suerte, al vernos discutir, se habían acercado un par de oficiales y varios aprendices, lo que les obligó a cambiar de actitud. Me ofrecieron una suma muy superior al costo del trabajo, pero les reiteré mi negativa, indicándoles que saliesen de mi casa y que se fuesen a otra parte con aquel asunto.

—¡Muy bien, Álvarez, muy bien! ¿Sabes adónde se marcharon?

—Verá, excelencia, yo no me quedaba tranquilo. Lo que esos franceses pretenden es algo tan grave que… que… ¡No quiero ni imaginármelo! Fue entonces cuando le dije a mi gente que cerrasen las puertas y los prendimos. Les quité la proclama y encargué a mis operarios que los vigilasen, mientras yo regresaba. He venido lo más aprisa que he podido.

—¿Te has traído el texto?

—Sí, excelencia; aquí lo tengo.

Le entregó un pliego doblado que sacó de uno de sus bolsillos. El gobernador se caló las antiparras y se empapó de su contenido; al terminar, unas gotas de sudor perlaban su frente.

—¡Santa madre de Dios!

—Ya le dije a vuestra excelencia que el asunto es de la mayor gravedad. —La voz del impresor sonaba temblorosa.

—Tranquilízate.

—No puedo excelencia, ¡usted ha visto lo que se dice en ese papel!

—Claro que lo he visto.

Arias Mon agitó una campanilla y poco después apareció el secretario que había acompañado al impresor.

—Que un número suficiente de alguaciles vaya a la imprenta de don Eusebio y detengan a dos franceses que tiene allí retenidos.

—Como vuestra excelencia ordene.

Un gentío inmenso llenaba la calle cuando el impresor, acompañado de media docena de alguaciles, llegó a la imprenta.

—¡Entregádnoslos! —gritaba el gentío.

—¡Hay que escarmentar a los gabachos!

—¡Entregádnoslos!

Los ánimos estaban caldeados. La gente, avisada por uno de los oficiales que comentó lo ocurrido, había acudido en masa. Los más exaltados querían echar la puerta abajo y coger a los franceses.

Con mucha dificultad, uno de los alguaciles logró entrar en la imprenta, mientras sus compañeros trataban de aquietar los ánimos. Se encerró en el despacho del impresor con el propio don Eusebio y los dos franceses, quienes dijeron llamarse Funiel y Ribat. Ambos se expresaban con soltura en español.

—¿Quién les ha ordenado imprimir la proclama? —les preguntó el alcalde.

—Cumplimos órdenes del general Grouchy.

—¿Es el general quien ha ordenado imprimirla?

—Sí.

—¿Con qué autoridad? —preguntó el alcalde.

—Con la de su alteza imperial el gran duque de Berg. —El que respondió lo hizo con altanería.

—La autoridad en Madrid la ejerce la Junta Suprema de Gobierno, que lo hace en nombre de su majestad, don Fernando VII.

Los franceses intercambiaron una mirada y una sonrisa, esto último molestó mucho al alguacil.

—¡No se lo tomen a broma!

Se hizo un breve silencio que permitió escuchar los gritos que, desde la calle, pedían la muerte de los franceses. Los agentes de Grouchy se percataron de que si el individuo que los interrogaba permitía entrar a la muchedumbre, sus vidas correrían un serio peligro.

—Nosotros cumplimos órdenes.

—Esas órdenes van contra el rey.

—Nosotros cumplimos órdenes —insistió el que respondía.

En la calle los gritos arreciaban.

El alguacil decidió conducirlos hasta la Casa de la Villa en cumplimiento de las órdenes recibidas, pero al ver el ambiente que había en la calle optó por pedir refuerzos y permaneció encerrado en la imprenta hasta que llegó otra docena de alguaciles, número suficiente para salvar la complicada situación. Aun así hubieron de emplearse a fondo para ponerlos a salvo de la enfurecida multitud. Fuertemente custodiados, iniciaron el recorrido, acompañados por un río de gente que no dejaba de aumentar. Desde algunos balcones también se escuchaban gritos contra los detenidos.

Los franceses permanecieron encerrados en una celda de la Casa de la Villa, que era más protección para sus vidas que castigo por el delito que pretendían cometer.

El alguacil mayor, don Fernando Escobar, acudió al lugar y mantuvo alerta a sus hombres hasta que la tensión se rebajó, porque al caer la noche la gente, poco a poco, se retiró a sus casas. Durante las horas que duró el tumulto, temió que algún contingente de tropas francesas apareciese para liberar a los detenidos y ocurriese algo irremediable.

Poco antes de las nueve recibió un escrito de la Junta Suprema de Gobierno ordenando que se pusiese en libertad a los detenidos. Escobar demoró su cumplimiento al considerar que la concurrencia en la calle era todavía muy numerosa.

Eran dadas las diez cuando, una vez liberados los franceses, abandonó el lugar y encaminó sus pasos hasta el mesón del Antillano. Allí se encontró con Gustavo Sierra y don Indalecio, que ya se disponían a marcharse. Los dos estaban ya informados del intento de imprimir la sediciosa proclama.

Sin desprenderse de la capa, más que sentarse, Escobar se desplomó en la silla. Con voz cansina exclamó:

—Esto, antes o después, tiene que reventar.

La mañana del 19 de abril el rey partió de Vitoria y al atardecer llegó a Irún, donde pasó la noche. Se albergó en un palacete de las afueras, propiedad de don Juan de Olazábal. El general Savary, convertido en su sombra durante todo el viaje, no estaba en esta ocasión a su lado, obligado a detenerse al haber sufrido su coche una grave avería.

Era como si el destino quisiese darle una última oportunidad a Fernando VII para que cambiase de criterio, antes de cruzar la frontera con Francia.

Al anochecer, el comandante de un batallón de infantería, perteneciente al regimiento de África, que estaba acuartelado en la población, acudió a cumplimentar a su majestad y a comunicarle un mensaje que había recibido del capitán general de Guipúzcoa. El duque de Mahón, cuyas desavenencias con los franceses eran ya permanentes, le indicaba que tenía preparados dos mil hombres para acudir en su ayuda.

—Vuestra majestad —señaló el oficial— sólo tiene que pronunciar una palabra.

Al ver que el rey se mostraba confundido y vacilaba, añadió:

—Mientras llegan las tropas del capitán general, vuestra majestad puede disponer del batallón a mis órdenes.

Fernando VII miró a Escoiquiz, buscando la opinión del canónigo.

—Majestad, la propuesta del duque de Mahón me parece un despropósito, más aún: es una locura. Napoleón es nuestro aliado y actuar de la forma que se propone a vuestra majestad sería una afrenta.

El oficial miró al canónigo y no pudo contenerse.

—Majestad, permitidme decir que no estoy de acuerdo. Los franceses no se comportan como aliados, su actitud es propia de un ejército invasor. Las disputas son continuas y los enfrentamientos están a la orden del día.

Escoiquiz pensó que, en el último instante, el arduo trabajo realizado con el rey para convencerlo de que realizase aquel complicado viaje, podía irse al garete. Sabía mejor que nadie lo asustadizo que era su pupilo y que el rosario de advertencias estaba calando en su ánimo. Decidió actuar sin contemplaciones.

—¡Cómo te atreves a hacer tales afirmaciones! —exclamó con la voz descompuesta.

El comandante cruzó una dura mirada con el canónigo.

—Disculpad, majestad. He considerado mi deber advertiros del peligro que os amenaza.

Fernando VII iba a decir algo, pero el grito de Escoiquiz lo detuvo.

—¡Fuera! ¡Tu insolencia sólo es comparable a tu ignorancia! ¡Fuera!

El militar, al comprobar que el rey permanecía en silencio, saludó con un taconazo y abandonó la estancia.

Al día siguiente, Fernando VII cruzó el Bidasoa, fiado de la palabra de Napoleón quien, según se decía, lo aguardaba desde hacía varios días en Bayona. Fernando VII no acababa de explicarse por qué no había acudido a su encuentro, si llevaba tantos días en lugar tan próximo.

27

A las afueras de San Juan de Luz, Fernando VII tuvo un encuentro con los tres grandes que había enviado para cumplimentar a Napoleón. La tristeza de sus semblantes no anunciaba nada bueno. El conde de Fernán-Núñez se acercó hasta el estribo del carruaje y, sin dejar de mirar a la escolta de dragones franceses, susurró:

—Majestad, si os fuese posible desandar el camino hasta la frontera, sería lo más conveniente.

El rostro del rey había palidecido, como si se le hubiese escapado la vida.

—¿A qué viene eso?

—Majestad, Napoleón nos ha engañado.

Escoiquiz, que estaba al lado de Fernando VII, se removió inquieto.

—¿Qué quieres decir?

Fernán-Núñez, sin apartar la mirada de los jinetes, murmuró en voz muy baja:

—Ayer el general Duroc pronunció palabras muy graves.

—¿Qué dijo? —El rey miraba hacia todas partes, como si temiese por su vida.

—Se refería a los grandes cambios habidos en Europa, mencionó la modificación de las fronteras y la caída de antiguos linajes; en un momento determinado, no sabemos si con intención o descuidadamente, afirmó que el emperador no pararía hasta acabar con los tronos de los Borbones.

—¡Eso dijo!

—Sí, majestad.

—¿Qué hicisteis?

—Guardamos un prudente silencio por ver si insistía en aquella idea y obteníamos más información.

—¿Dijo algo más?

—No, majestad.

El rey miró a Escoiquiz, que habría dado todo lo que poseía por estar lejos de allí. Con torpeza, improvisó una explicación.

—Sin duda se refería a los tronos de Etruria y de Nápoles. Las pruebas de amistad que nos ha dispensado el emperador, señalan, sin margen para la duda, que esas palabras nada tienen que ver con nosotros.

—Lamento indicaros que estáis en un grave error. Duroc afirmó que repetía palabras del propio emperador y no matizó su afirmación. Nuestra opinión es que si no insistió en ello fue porque nosotros, comedidos, no le dimos pie a que continuase hablando del asunto.

El labio inferior del rey se agitaba descontroladamente.

—En cualquier caso —pontificó el canónigo—, la situación ya no tiene remedio. Hemos avanzado demasiado como para volver atrás —miró significativamente hacia los dragones—; según me han informado, Bayona está a poco más de tres leguas. Tardaremos muy poco en salir de dudas.

El cortejo reemprendió la marcha y tres horas después apareció ante sus ojos la pequeña ciudad donde concluía el largo viaje.

La entrada de Fernando VII en Bayona fue penosa. Corroborando los peores augurios, nadie salió a recibirlo. Ya en las mismas puertas de la ciudad apareció el general Duroc para darle la bienvenida. En sus palabras quedaba expresada la consideración que el visitante les merecía:

—Alteza, sed bienvenido a Bayona en nombre de su majestad imperial.

A todos extrañó el tratamiento, pero nadie osó alzar la voz.

—¿Y el emperador? —preguntó inquieto Fernando VII.

—Me encarga que os manifieste su pesar por no poder acudir a recibiros personalmente, pero graves asuntos lo obligaban a permanecer en su gabinete de trabajo.

La respuesta, cortés en apariencia, era en realidad una afrenta intolerable. Napoleón prefería los papeles a cumplimentarlo como correspondía. Escoiquiz se limitó a preguntar:

—¿Cuándo recibirá el emperador a su majestad?

—Será el emperador quien acuda a visitar a su alteza. —Duroc insistió en el tratamiento, sin considerar el empleado por el canónigo—. Lo hará una vez que su alteza haya tenido el necesario reposo, tras un viaje tan prolongado. Le anuncio ya que nuestro emperador tiene previsto invitarle a comer en el palacio de Marrac, donde su majestad imperial ha fijado su residencia.

Una vez retirado el francés, Escoiquiz dio rienda suelta a una extraña manifestación de alegría.

—¡Majestad, será el emperador quien acuda a cumplimentaros! ¡Eso disipa todos nuestros temores! Se comporta como un aliado y sus acciones así lo ponen de manifiesto.

Napoleón Bonaparte era de complexión robusta, baja estatura y entrado en carnes, sin ser grueso. Disimulaba su calvicie peinándose hacia delante, su piel era clara y sus ojos, muy negros, de mirada penetrante. Cuando acudió a cumplimentar a Fernando VII vestía un sencillo uniforme de campaña y cubría su cabeza con un exagerado bicornio.

El rey bajó a recibirle y le abrazó, como si fuese una tabla que ofrece la salvación a un náufrago.

El encuentro fue breve y Bonaparte se mostró cauto, estudiando al hombre que tenía delante: calibraba cada uno de sus gestos y sacaba conclusiones. Confirmó todas las referencias que lo presentaban como persona débil, poco consistente y fácil de dominar.

El emperador habló poco y midió cada una de sus palabras. Fue Fernando VII quien lo hizo sin parar, poniendo al descubierto los nervios que lo atosigaban. No dejó de alabar las cualidades del emperador en términos tan exagerados que rozaban lo ridículo.

El astuto francés, a diferencia de lo que habían hecho sus generales, utilizó un tratamiento ambiguo, pendiente de las últimas conclusiones que el encuentro le proporcionase. Cuando salió de allí ya se había hecho una primera idea del personaje que tenía como huésped, aprovecharía la comida para ratificarla. Difería poco de la manifestada la víspera, cuando, reunido con su Estado Mayor, la resumió en pocas palabras: «El único mérito de Fernando de Borbón es que lo ha parido María Luisa de Parma.»

Cuatro horas después volvían a encontrarse, ahora en el palacio de Marrac. Napoleón tuvo la deferencia de recibir a su invitado en el estribo de la carroza, donde volvieron a fundirse en un abrazo. A Escoiquiz sólo le faltaba dar saltos de alegría. El emperador de los franceses, el dueño de Europa, dispensaba a su señor un recibimiento regio.

La comida transcurrió sin que se abordase ningún asunto de interés. A los franceses no les interesaba y los españoles no se atrevieron, por considerarlo una descortesía; acababan de llegar.

Fernando VII tuvo algunas ocurrencias que causaron hilaridad, aunque en algún momento rozó la chabacanería que le era propia y que algunos confundían con franqueza. También ahora se deshizo en alabanzas hacia su anfitrión, que pocas veces había escuchado tantas adulaciones en tan corto espacio de tiempo.

A los postres Napoleón se puso en pie, levantó su copa y propuso un brindis.

Todos los presentes lo imitaron.

—¡Por nuestro huésped!

—¡Por nuestro huésped! —corearon, alzando las copas.

Fernando VII se sintió en la obligación de corresponder e hizo otra propuesta, que resultó demasiado larga.

La despedida fue tan cordial como el recibimiento.

Los duques del Infantado y de San Carlos y el canónigo, que se apretaban frente a Fernando VII, en uno de los asientos de la carroza, no disimulaban su alegría. Continuaban brindando una y otra vez con el champán de las botellas que llevaban consigo, obsequio del sumiller imperial.

Estaban ya en el cuarto de su majestad, cuando un gentilhombre de cámara entró para anunciar que el general Savary deseaba trasladar a su majestad un mensaje del emperador.

—Será para concertar la cita de mañana y hablar de la boda de vuestra majestad —aventuró Escoiquiz con los ojos chispeantes y la nariz enrojecida.

—Hazle pasar —ordenó el rey.

Al general francés no le tembló la voz, lo dijo con serenidad y la misma convicción con que había invitado a Fernando VII a progresar en el viaje que le había conducido hasta Bayona.

—Alteza, su majestad imperial me ha comunicado que os

haga saber su irrevocable decisión de expulsar a los Borbones del trono de España. Es deseo del emperador sustituir ese linaje por el suyo propio.

Un silencio ominoso se apoderó de la estancia.

—Por consiguiente —prosiguió Savary—, su majestad imperial exige la renuncia de los derechos de su alteza al trono de España y de las Indias en favor de la dinastía Bonaparte.

El escándalo hizo que el vecindario, avisado del suceso, se asomase a las rejas de ventanas y balcones. Se trataba de una cencerrada a una rica viuda entrada en años, conocida como la Cantarranas, que vivía en la calle Leganitos. Aquella tarde había contraído matrimonio con un joven al que casi triplicaba la edad, quien había dejado plantada a una guapa moza de la vecindad, que trabajaba de bordadora en un taller de la calle de la Flor. Había preferido acomodarse al bienestar económico que le ofrecía la viuda y renunciar a los encantos de su novia.

Una cencerrada era la forma que la gente tenía de censurar tales decisiones.

La turbamulta había entrado por la plazuela de Santo Domingo, poco después de las diez de la noche. Sus integrantes iban provistos de cencerros, esquilas y campanillas que agitaban al compás de un silbato, produciendo un ruido ensordecedor; otros llevaban almireces, sartenes, cacerolas u ollas de cobre, todo un variado instrumental, con el que hacían tanto o más ruido que los campanilleros. A dos toques de silbato, se producía un silencio momentáneo y, con un suave acompañamiento musical, cantaban a coro unas letrillas compuestas para la ocasión, todas ellas dedicadas a los recién casados.

La Cantarranas ha robado
en el tálamo nupcial,
por unos miserables reales,
lo que a otra debían de dar.

Desde los balcones y ventanas, muchos de los vecinos se sumaban al jolgorio de la calle.

Cencerrada, cencerrada,
cencerrada hemos de dar
a quien el amor cambia
por conseguir un real.

El repertorio, que era inagotable y desde luego no había recibido la inspiración de las musas, iba acompañado de puyas y reconvenciones al flamante matrimonio.

El coño de la Cantarranas
ya no vale ni un real.
Lo que vale son sus arcas,
aunque no te la pueda enderezar.

—¡Cabrón! —gritaban unos, apostrofando al novio.

—¡Putón! —vociferaban otros, reconviniendo a la novia.

—¡Asomaos al balcón! —coreaban todos los presentes.

El silbato sonó por dos veces para acometer una nueva cuarteta, pero en el momentáneo silencio se escuchó un trotar de caballos. La gente, sorprendida, no inició la letrilla.

—¡Se escuchan por San Bernardo! —gritó uno.

—¡No, no! ¡Es por la Encarnación!

Las risas y los cánticos se habían desvanecido como por ensalmo. Todo el mundo permanecía quieto en medio del extraño silencio que había invadido la calle. Únicamente se escuchaba el badajo de alguna esquila que sonaba sin querer. La tensión hacía presa en la gente; un tropel de jinetes a aquellas horas no podía anunciar nada bueno, sobre todo porque los sucesos de los últimos días habían enrarecido el ambiente.

La inquietud llevó a que algunos se palpasen la navaja que llevaban oculta bajo la faja, pensando que si se trataba de franceses podía haber una refriega.

En el silencio, el trotar de los caballos se escuchaba cada vez más cercano. Ya no había dudas, bajaban por San Bernardo y eso significaba que aparecerían por la plazuela de Santo Domingo.

—¡Son carabineros! ¡Carabineros reales! —gritó un mozo, que se había acercado hasta la esquina.

Al verlos, la gente prorrumpió en un coro de aclamaciones.

¡Eran soldados españoles!

El giro obligó a los jinetes a aflojar el paso. Uno de los oficiales, al ver tanta gente a deshoras, tiró de las riendas y se acercó al paso de su corcel hasta donde se apiñaban los noctámbulos.

—¿Ocurre algo?

—¡Una cencerrada, capitán! —le respondió una mujer.

El militar apuntó una sonrisa.

—¿Van a palacio? —le preguntó un hombre, que portaba un cencerro en cada mano.

—Regresamos a nuestro cuartel, venimos de El Escorial. El antiguo rey y su esposa se han puesto en camino.

—¿Se marchan?

—Sí, a Francia.

—¡Eso está bien! ¡Que se vayan con los gabachos! —exclamó el individuo de los cencerros.

En aquel momento un estridente toque de silbato rasgó la noche, se reiniciaba la bufa serenata.

Cantarranas, Cantarranas...

El oficial apuntó de nuevo una sonrisa, se llevó la mano a la visera, a modo de saludo, y gritó al gentío:

—¡Que aproveche!

El ruido amortiguó sus palabras, que casi nadie escuchó. La gente estaba ya en otra cosa.

Aquella tropa era el grueso de los carabineros reales que, destinados en El Escorial, habían prestado durante algunas jornadas servicio de guardia a los antiguos reyes, allí aposentados desde su partida de Aranjuez.

A eso del mediodía, Murat se había presentado en el monasterio de San Lorenzo, donde mantuvo una breve entrevista con Carlos IV y María Luisa a quienes daba tratamiento de reyes. Poco después, la pareja, con un ligero equipaje y la servidumbre imprescindible, había emprendido su marcha hacia Bayona. Los animaban dos propósitos: por una parte, el ansiado reencuentro con Godoy; por otra, llevar hasta el emperador sus quejas acerca de la forma en que se había producido su forzada abdicación a la corona.

Murat los despidió en la puerta principal del monasterio, donde apenas dos docenas de personas fueron testigos de la marcha de los viejos reyes. Mientras el ruido de los carruajes y el trotar de los caballos señalaba que la comitiva se ponía en movimiento, el gran duque de Berg agitaba la mano. Apenas perdió de vista la carroza, comentó al general Grouchy, que tenía el mando directo de las tropas francesas acantonadas en Madrid:

—¡Ese viejo está convencido de que el emperador le devolverá la corona!

28

—No podemos dar cumplimiento a tal requerimiento —señalaba el ministro de Marina—. Eso supondría asumir como propias las decisiones de un gobernante extranjero.

—Cierto —respondió el conde de Montarco—, pero ¿qué otra cosa podemos hacer? La carta es clarificadora cuando señala que no debemos enfrentarnos a Murat. No podemos olvidar que su majestad se encuentra ya en territorio extranjero.

—Precisamente por eso, mi querido conde. Lo que se insinúa, sin decirlo, es que Napoleón lo somete a una presión intolerable. Mi opinión es que, de una vez por todas, dejemos zanjadas estas cuestiones.

—¿Qué quiere decir?

—¡Que de una puñetera vez plantemos cara a los franceses!

—¿Acaso propone usted un enfrentamiento en las actuales circunstancias? —le preguntó Azanza.

—Lo que propongo es no doblar la cerviz más de lo que ya lo hemos hecho. ¡Hay veces que uno se inclina tanto, que termina mostrando las vergüenzas!

—No comparto vuestra opinión. Enfrentarnos a los franceses, tal y como están las cosas, equivaldría a un suicidio.

—Y tú ¿qué opinas? —La pregunta del infante don Antonio iba dirigida a O'Farrill, quien hasta el momento había permanecido en silencio.

—Nuestras tropas no están en condiciones de enfrentarse a las francesas. Ellos son superiores en número, en medios y en organización. No olvide vuestra alteza que estamos hablando del ejército más poderoso del mundo. Estoy de acuerdo con Azanza, lo que propone Gil de Lemus sería un suicidio.

—¿Y tú? —El infante miró al príncipe de Castel-Franco.

—No tenemos elección. Aunque resulte doloroso, hemos de plegarnos a las exigencias de Napoleón; al menos hasta que estemos en mejores condiciones.

El viejo marino, el mayor en edad de la Junta Suprema de Gobierno, se puso en pie. Le costó trabajo, porque sus huesos se resentían después de una vida llena de jornadas de lluvias, de vientos huracanados, de fríos y humedades en el puente de mando de algún navío de la flota, cuando rivalizaba con la inglesa, antes de Trafalgar. Se ayudó de su bastón de almirante, del que decía burlonamente que ya sólo le servía para caminar. Los achaques de la edad, sin embargo, no habían empañado su mirada, donde se apreciaba una voluntad indomable.

—Cada día que pase, las cosas irán a peor. Los gabachos ya se nos han subido a las barbas, pronto nos tirarán de las orejas.

La discusión en el seno de la Junta la había suscitado una petición de Napoleón, recibida por conducto de Murat, como si del regente del reino se tratase. En ella se indicaba, utilizando términos perentorios, que se nombrase a un grupo de personalidades que, a modo de diputación, acudirían a Bayona con el propósito de tratar los asuntos del reino. Durante dos días la Junta Suprema de Gobierno estudió la petición, buscando una respuesta adecuada a tan sorprendente exigencia.

—Resulta evidente que estamos sometidos a la presión de los franceses —admitió don Antonio—. Sólo nos queda proceder a la elección.

Sin considerar la presencia del infante, el almirante dio un bastonazo en la mesa y gritó, alzando la voz más de lo debido:

—¡Tal y como están las cosas, no debemos dejarnos avasallar por Murat y sus compinches!

—¡Modera tu lengua y siéntate! —le ordenó el infante.

—Disculpadme, alteza, pero es que hay cosas que me sacan de quicio.

—Creo que a todos nos vendrá bien un refrigerio —propuso don Antonio—. Estamos acalorados y la temperatura ha subido mucho estos últimos días. Quien lo desee puede quitarse la casaca.

El infante agitó una campanilla de plata y poco después apareció un secretario.

—Que nos sirvan un refresco, limonada, leche con canela, alguna infusión. ¡Este calor empieza a ser insoportable!

El secretario, en lugar de dar cumplimiento a la orden, se acercó hasta don Antonio y le susurró algo al oído.

—¿Por qué no me lo has dicho antes?

—No quería interrumpir, alteza.

—¡Tráelo inmediatamente! ¡Antes que el refrigerio!

—¿Ocurre algo? —preguntó O'Farrill.

—Mientras estábamos reunidos ha llegado un mensaje de Murat. ¡No sé qué tripa se le habrá roto ahora!

El secretario trajo el mensaje y don Antonio, después de romper el lacre, se lo entregó a Azanza.

—Léelo, mi vista está fatigada.

A la Suprema Junta de Gobierno

Las circunstancias del momento no permiten dilatar decisiones que requieren de la urgencia para mantener su eficacia.

Habiendo transcurrido tres días desde que le fue trasladada a esa Junta la petición que nos transmitió S. M. I. con el fin de que se procediese al nombramiento de sujetos a propósito para constituir una diputación, que se trasladase a Bayona con el fin de estudiar los asuntos convenientes al buen gobierno del Reino de España y de las Indias, y no habiéndose recibido noticia de la elección de dichos sujetos, he resuelto llevar por mi propia mano la elección de los mismos.

Lo que comunico para su conocimiento y efectos.

Dado en Madrid, a 26 días del mes de abril de 1808

Joaquín Murat,
gran duque de Berg

Fue Gil de Lemus el primero en reaccionar.

—Ya lo había advertido. Nos hemos agachado tanto que hemos enseñado las vergüenzas. Si hubiésemos respondido con una negativa, al menos habríamos mantenido la dignidad.

La entrada del secretario, sin solicitar permiso, atrajo por un momento la atención de los reunidos. Tenía el rostro demudado, como si acabase de ver una aparición.

—Mil perdones, alteza pero… pero… —Al secretario no le salía la voz del cuerpo.

—¿Qué pasa ahora? —preguntó el infante, que era el menos alterado.

—Alteza, por todo Madrid corre un rumor terrible.

—¿Qué se dice?

—Que su majestad ha renunciado a sus derechos al trono, que se los devuelve a su padre y que la marcha del anterior rey a Francia es para ajustar la renuncia.

Todos estaban paralizados.

—¿Quién ha difundido tamaña insensatez? —preguntó don Antonio.

—Lo ignoro, alteza, pero una muchedumbre vociferante viene hacia palacio. ¡La gente está que trina!

Corroboraron sus palabras los gritos que se escucharon en aquel momento.

—¡Han sido los franceses! —Gil de Lemus estaba rojo de ira.

El infante lo miró de soslayo.

—¿Por qué lo dices?

—Porque ellos son los beneficiados. ¡Eso es lo que quería Murat! Primero nos amenazó con hacer pública esa supuesta carta de Carlos IV, luego lo intentó con esos dos tipos que los alguaciles tuvieron que salvar de las iras de la gente y ahora ha cortado por la vía de en medio. Habrán llenado Madrid de pasquines impresos, sin pie de imprenta.

—Puede que tenga razón —terció Azanza—. He sabido que Murat, fracasado su intento de hacerse con la imprenta de la *Gaceta*, ha ordenado instalar una en su propio palacio. Allí hay un abate, cuyo nombre no recuerdo, que se encarga de las tareas de impresión.

El secretario, que permanecía inmóvil en medio del salón, asintió con unos movimientos de cabeza.

—Su excelencia tiene razón, ahí fuera alguien ha comentado lo de los pasquines.

Los gritos eran ya un clamor.

—¡Viva el rey!

—¡Viva Fernando VII!

Todos se miraban indecisos. Eran conscientes de que la situación se les estaba escapando de las manos. Los vítores a Fernando VII eran cada vez más fuertes.

—Hay que hacer algo —indicó el príncipe de Castel-Franco.

—Tranquilizar a la masa, si no queremos que esto acabe en un baño de sangre. Las convulsiones del pueblo se sabe cómo empiezan, pero nunca cómo terminan. Salid al balcón, alteza y decidle algo a esa gente —propuso O'Farrill.

—¿Quién, yo? —para el infante era algo insólito.

—Vuestra alteza es la persona más significada.

—No puedo. Yo no…

—Alteza, sois el presidente de la Junta Suprema de Gobierno.

—Cualquiera de vosotros puede hacerlo —se defendía don Antonio, quien jamás pensó verse en una situación como aquélla.

—Alteza, la gente os conoce, sois miembro de la familia real. Sus expresiones son de apoyo al rey y vos sois su legítimo representante.

El último argumento disipó una parte de sus temores.

—Escuchad sus gritos —insistió Montarco.

Todo eran aclamaciones al rey Fernando.

—¡Está bien! Vosotros me acompañaréis en el balcón.

Al abrirse la ventana los gritos arreciaron y cuando la gente vio aparecer al infante, crecieron aún más. Don Antonio movía las manos en un gesto de apaciguamiento y así estuvo algunos minutos, hasta que el fragor de las aclamaciones fue apagándose. Había llegado la hora de tranquilizar a la muchedumbre allí congregada y el infante, contra todo pronóstico, lo hizo con breves palabras que calaron en el sentimiento de la gente.

—Amados vasallos de nuestro rey —entre la muchedumbre brotó un viva a Fernando VII—, no dejéis ganar vuestros corazones por las insidias y las mentiras de quienes no quieren otra cosa que el enfrentamiento, la división y el derramamiento de sangre.

—¡Muerte al gabacho!

—¡Muerte! ¡Muerte! —Los gritos brotaron otra vez entre la exaltada muchedumbre.

El infante trató de aquietar los ánimos y, repitiendo el gesto apaciguador de sus manos, logró un momentáneo silencio.

—El mejor servicio que en estos momentos podemos prestar al rey nuestro señor es mantener la calma. En su nombre pido que os retiréis a vuestras casas, en la seguridad de que nadie conseguirá que su majestad deje de cumplir con el sagrado deber que supone ceñir la corona que hoy adorna sus sienes. Gracias por el celo de vuestros corazones. Le transmitiré a su majestad el amor y la lealtad que suponen estas manifestaciones de apoyo y de cariño de sus súbditos.

Alzó la mano saludando y sus acompañantes rompieron en un aplauso que la muchedumbre convirtió en una atronadora ovación. Otra vez resonaron gritos contra los franceses y vivas al rey. Así transcurrieron varios minutos hasta que don Antonio y los miembros de la Junta se retiraron del balcón. La muchedumbre, lentamente, abandonó el lugar.

La situación se había resuelto mucho mejor de lo esperado. Sin embargo, a la Junta Suprema de Gobierno le quedó patente cuál era la realidad: Madrid era un polvorín y bastaría una pequeña chispa para prender la mecha.

—Vuestra alteza ha estado sublime. —Castel-Franco se mostraba halagador.

El último en felicitarlo fue Gil de Lemus que aprovechó para decirle:

—Alteza, lo que acaba de ocurrir es un respaldo a la Junta y a su presidente, creo que es el momento de contestar, como se merecen, las intolerables intromisiones de Murat. Podríamos rechazar, en nuestra condición de legítimos depositarios del poder del rey, los nombramientos realizados según su arbitrario proceder.

—Las órdenes recibidas son tajantes —señaló O'Farrill—. No debemos provocar disensiones. No olvide que la vida del rey podría correr peligro.

—Si tal cosa fuese cierta, y me temo que lo sea, la mayor garantía es una respuesta adecuada a tanta provocación —insistió Gil de Lemus—. No olvide su excelencia algo que los marinos sabemos por propia experiencia.

—¿Y qué es ello?

—Que las más de las veces, la mejor defensa es un ataque.

29

—¿Por qué no me lo dijo entonces? —Don Indalecio no se molestaba en disimular su malhumor.

Don Honorio se encogió de hombros.

—Usted se limitó a plantearme, si yo le podía confirmar lo que usted quería saber.

—¿Cómo es que tiene usted ese mapa?

—Llegó con los papeles donde venía toda la información.

—¿No lo devolvió?

—Todo ocurrió tan precipitadamente... Lo de Aranjuez nos sorprendió a todos. Estaba claro que el valido no gozaba de simpatías, pero eso no era nuevo. El individuo que vino a recoger el volumen a mi casa, que era donde yo trabajaba, salvo cuando el trabajo apretaba y me lo llevaba a la oficina, se marchó rápidamente. Estaba más preocupado por largarse que por comprobar lo que le entregaba.

—¿No se lo han reclamado?

—He esperado un tiempo prudencial. ¡Tal y como están las cosas, si no me lo han pedido ya, no creo que lo hagan!

El párroco se rascó el lobanillo.

—Don Indalecio, la situación en mi casa empieza a ser desesperada. Los ingresos que me llegaban por ese conducto, como comprenderá han desaparecido y... y... —A Bracamonte se le había hecho un nudo en la garganta que le impedía hablar.

Don Indalecio aguardó, pacientemente, a que se recuperase. Intuía que al funcionario le pasaba algo porque jamás, ni siquiera cuando lo visitó en la covachuela, lo había visto tan descompuesto. Por fin, con una voz que era un susurro vergonzoso, musitó:

—No se lo he dicho a nadie, pero hace tres semanas que me cesaron de la Contaduría.

—¡Qué me está diciendo!

Don Honorio ya no pudo contenerse, hizo un puchero y comenzó a llorar.

—¡Rosario! ¡Rosario!

Don Indalecio recibió al ama de llaves en la puerta de su despacho, no quería que viese a don Honorio en aquel trance.

—Trae una jarra con agua y el búcaro del aguardiente.

—¿Pasa algo?

—Nada que te importe. ¡Haz lo que te he mandado! ¡Deprisa!

Entró en el despacho y le dio su pañuelo para que se enjugase las lágrimas.

—¡Alma de Dios! ¿Por qué no lo ha dicho usted? Tal vez hubiese podido hacer algo.

Al sentir los pasos del ama de llaves, don Indalecio se plantó en la puerta.

—¡Dame! ¡dame y vete! Continúa con lo que estuvieras haciendo—. Don Indalecio se apoderó de la bandeja y cerró la puerta.

—¡Ande, tome un poco de agua y serénese!

Poco a poco la llantina se transformó en un gimoteo.

—¡Tómese ahora una copita a aguardiente! ¡Es de Rute! Todos los años, por Navidad, el párroco de Santa Catalina me manda una garrafita. ¡Es magnífico para el frío y los nervios, y también un excelente digestivo!

Don Honorio se bebió el aguardiente de un trago, notó cómo le rajaba la garganta y sintió un escalofrío, luego se relajó.

—Y ahora, cuénteme usted eso de la cesantía.

—Hay muy poco que contar, en la Contaduría como en otros ramos de la administración, han hecho una purga. Hace tres semanas me mandaron una cedulilla comunicándolo.

—¿Le han dado alguna razón?

—Ninguna.

—¿Entonces...?

—Supongo que me han considerado partidario del valido. Mi entrada en la oficina se produjo unas semanas después de la llegada de Godoy al poder, aunque nada tuvo que ver. Alguien ha hecho su propia interpretación o, simplemente, mi puesto tiene que ocuparlo alguien que ahora tiene padrinos.

—¡Válgame el cielo!

—Me encuentro muy mal, don Indalecio. ¡Mi casa es un infierno!

—No diga eso, hombre, el infierno es un lugar terrible.

—Mi casa lo es. No sabe lo que son siete bocas que mantener.

Don Indalecio hizo un gesto de preocupación.

—Hablaré con don Fernando, justo anteayer me dijo que necesitaban un escribiente en el alguacilazgo.

—¿Es eso cierto?

—¿Tengo yo cara de mentiroso? —El párroco le llenó otra copa de aguardiente.

—No sé cómo pagarle... —Don Honorio paladeó el licor—. ¡Está bueno!

—Ya se lo he dicho. ¿Ha traído el mapa consigo?

—No, lo guardo en casa. Pero, si usted...

—¿Dónde vive?

—En la Red de San Luis.

—En ese caso no pierda un minuto, tiene una buena caminata hasta su casa. Vaya a por él, mientras mando recado a don Fernando. ¿Le importa que lo ponga al corriente de todo? Si usted no lo considera conveniente, yo mantendré mi compromiso.

—Haga lo que considere oportuno.

Don Indalecio decidió ir hasta la Casa de la Villa, en lugar de enviarle un recado al alguacil; era un paseo. Se puso la teja, se echó el manteo por los hombros y se marchó sin decirle ni adiós al ama de llaves.

Cuando dos horas y media después, don Honorio llamó a la puerta de la casa del párroco, don Fernando y él llevaban más de una hora reunidos. Desde la víspera, el alguacil era miembro de la fraternidad de San Andrés. El ama de llaves lo acompañó con gesto desabrido.

—La visita que el padre esperaba.

—¡Adelante, don Honorio, adelante!

A Bracamonte la caminata lo había reconfortado. Su semblante tenía otro color.

—¡Siéntese y póngase cómodo, como si estuviese en su propia casa! —El párroco le ofreció un asiento y el alguacil se levantó y le estrechó la mano con efusividad. Como de costumbre, fumaba un puro que estaba ya más que mediado.

—Don Fernando ya está al corriente de todo.

—En tal caso, creo que lo mejor es que vean ustedes el mapa; también he traído la información que tanto les interesa. —Bracamonte deshizo los balduques de una carpetilla de cartón con la que protegía los documentos, sacó el plano y lo extendió sobre la mesa. Era el trabajo de un artista: estaban recogidos hasta los más pequeños detalles y todo señalado con una precisión absoluta.

Los tres quedaron sumidos en un profundo silencio, embebidos en su contemplación; el sonido de un reloj de péndulo marcaba el paso de los minutos.

—Todo encaja —señaló el alguacil, enderezando la espalda y llevándose las manos a sus riñones.

—Como verá, el mapa es la representación gráfica de los deseos de Bonaparte —señaló don Honorio.

El alguacil posó su mano, tan peluda y enorme que parecía una zarpa, sobre su hombro.

—Me temo que ya ni siquiera esto satisface sus ambiciones —suspiró don Fernando—. Creo que hemos llegado demasiado tarde.

—¿Por qué lo dice?

—Porque las cosas han ido muy deprisa en las últimas semanas. ¡Hemos perdido un tiempo precioso! Si lo hubiésemos tenido antes de que el rey se pusiese en camino, tal vez... Pero Fernando VII ya está en Bayona, Carlos IV, si no ha llegado ya, está a punto de hacerlo y es posible que los franceses también hayan llevado allí a Godoy. Napoleón ha descabezado el país y, lo que es peor, ha percibido de cerca las miserias que nos aquejan. ¡Ya no se conforma con una parte, ahora lo quiere todo!

Don Honorio agachó la cabeza y, abrumado, propuso con un hilo de voz:

—¿Y si se lo llevásemos a la Junta Suprema de Gobierno?

—Podemos intentarlo, aunque no hay peor ciego que el que no quiere ver ni peor sordo que quien no quiere oír. ¿Usted tiene algún inconveniente?

Bracamonte miró angustiado a don Indalecio que captó el mensaje.

—¿Por qué no le dice usted a don Honorio lo que me ha contado antes de que llegase?

—¡Ah, sí! ¿Le interesaría ocupar una plaza de escribiente en el alguacilazgo? La paga es magra, pero cobrará algo más que en la Contaduría de Arbitrios.

—¿Cuándo empezaría?

—Si acepta, mañana mismo.

A Bracamonte, los ojos se le arrasaron de lágrimas, pero pudo contener el llanto. Con dificultad, le agradeció al alguacil mayor el empleo.

—No sabe usted el favor que me hace.

—Pues mañana a las ocho en la Casa de la Villa. Y ahora recoja esos papeles y guárdelos en lugar seguro.

—¿No contempla lo de la Junta Suprema de Gobierno?

—No creo que sirva para gran cosa; por lo que tengo entendido, salvo Gil de Lemus, los demás están sometidos al designio de los franceses. Además, esta partida ya se está jugando en otro lugar; uno de los jugadores tiene las cartas marcadas y los otros no saben qué hacer con sus naipes. Si lo necesitamos, ya se lo haré saber.

30

Escoiquiz aguardaba a que Napoleón lo recibiese. Los minutos transcurrían lentos y pesados en una espera que se prolongaba ya más de una hora. El canónigo tenía los nervios crispados y estaba tan agobiado en aquella sala, apenas amueblada con lo imprescindible, que se sentía como en una prisión. Dudaba si elevar una respetuosa protesta, cuando un chambelán imperial lo invitó a acompañarle.

—El emperador lo recibirá al instante.

El canónigo se puso tan nervioso que, a pesar de sus conocimientos de francés, casi no lo entendió.

Lo introdujo en el improvisado gabinete de trabajo que servía al corso para despachar los asuntos de gobierno. Napoleón vestía de forma sencilla. Estaba sentado tras un pequeño bufete donde hojeaba unos papeles y en su mano derecha sostenía una pluma.

El chambelán cumplió su cometido y se retiró.

La visión del emperador obró como un bálsamo milagroso; de forma instantánea desaparecieron todos los sinsabores de la espera. Un encuentro a solas con el dueño de Europa era un sueño que se materializaba, a pesar de que las circunstancias no fueran las más propicias.

—Tome usted asiento. —Señaló un sillón con la mano que sostenía la pluma—. Será sólo un momento.

—Gracias, majestad.

Escoiquiz adoptó una actitud de recogimiento y aguardó a que el emperador le dirigiese de nuevo la palabra. Un par de minutos después, Napoleón se levantó, se acercó al canónigo, que se puso de pie y, algo azorado, comenzó a hablar ponderando las virtudes del hombre que tenía delante. Bonaparte, extrañado por el inesperado discurso, se quedó mirándolo fijamente hasta que, hastiado, interrumpió sus florituras verbales.

—Supongo que estará usted sorprendido con el mensaje que portaba Savary.

Que el emperador aludiese a ese asunto no era la mejor manera de comenzar el encuentro. Se sintió tan incómodo que su locuacidad desapareció hasta el punto de que le costó trabajo articular las palabras.

—Así es, majestad.

Ahora la proximidad de Napoleón lo intimidaba.

—Comprenderá que no tengo otra opción.

Escoiquiz se atrevió a preguntarle:

—¿Qué quiere decir vuestra majestad imperial?

—Que la voluntad de Carlos IV, según consta en un testimonio de su propio puño y letra, no era la de renunciar al trono. Actuó presionado por la violencia que se había desatado.

Escoiquiz notó cómo le flaqueaban las piernas, pero hizo un esfuerzo.

—¿Significa que vuestra majestad considera a Carlos IV como rey legítimo?

—Así es.

—Sin embargo, el general Savary, dejó muy claro que vuestra voluntad era la de arrojar a los Borbones del trono de España.

Napoleón clavó sus ojos en las pupilas del canónigo que sintió la presión de aquella mirada, pero no bajó la vista.

—El general exageró. En realidad, lo que yo expresaba en aquel momento —puso mucho énfasis en sus tres últimas palabras—, era mi rechazo a la abdicación de Carlos IV.

—No obstante, su majestad debe saber que los españoles han recibido alborozados su abdicación. Madrid era una fiesta cuando recibió al nuevo rey.

Bonaparte se encontró con una resistencia mayor de la que había esperado.

—Usted es consciente de las simpatías que despierta en nosotros el príncipe de Asturias. Ésa es la principal de las razones para hablarle en privado de este asunto. Sé que la ocupación por parte de las tropas imperiales del reino de Etruria ha despertado no pocos recelos y nuestra voluntad es poner punto final a esa situación.

—¿A qué se refiere vuestra majestad?

—A que mi más ferviente deseo es que don Fernando ciña una corona. ¿Qué le parecería convertirlo en rey de Etruria?

Escoiquiz vaciló un momento, todavía no se había dado cuenta de la trampa que le tendían. Napoleón se percató de la duda y decidió rematar la propuesta.

—Esa corona iría acompañada de la mano de una princesa imperial, dando satisfacción de ese modo a los deseos del príncipe.

El canónigo sabía que era una mala propuesta pero, dadas las circunstancias, pensó que podía aparecer ante don Fernando como un triunfador. Después del mal trago que habían supuesto las palabras del general Savary, aquella propuesta mejoraba algo la situación.

—Espero que vuestra majestad comprenda mi postura. Sólo puedo ser transmisor de la propuesta que acabáis de formular.

—Sé que su ascendiente sobre el príncipe de Asturias es muy grande.

—¡Oh, majestad! Me sonrojáis.

—No sea usted modesto.

—Majestad, tened la seguridad de que haré todo lo que esté en mi mano.

—En tal caso, no pierda un minuto.

El canónigo hizo una precipitada reverencia y abandonó el gabinete. Napoleón, impávido, lo vio salir del gabinete.

La reunión fue tumultuosa. Los integrantes del séquito real, salvo Escoiquiz, se mostraban contrarios a la propuesta del emperador. Cuando el canónigo pudo concluir su exposición, en medio de una lluvia de protestas, el duque del Infantado exclamó:

—¡No aceptéis, majestad, es una trampa!

Escoiquiz, muy alterado, le gritó prescindiendo de la etiqueta:

—¡Explica dónde está!

—¡Es muy simple!

—¡Explícalo! —insistió el canónigo.

—Bonaparte te ha engañado al afirmar que el general Savary se excedió cuando afirmó que el objetivo de Napoleón era expulsar a los Borbones del trono. La propuesta que te ha vendido pone de manifiesto que ésa es, precisamente, su intención.

—¡Eso no es una explicación! —gritó Escoiquiz, cada vez más alterado.

—Lo es, pero para entenderla no se puede estar ofuscado. —El canónigo le lanzó una mirada aviesa—. Admitamos que Napoleón diga la verdad cuando afirma que posee un documento donde Carlos IV se retracta de su abdicación.

Fernando VII dio un respingo.

—¡Eso no se puede admitir!

—Se trata de un supuesto, majestad —se excusó el duque.

—Continúa —le ordenó con reticencia.

—En tal caso, vuestra majestad volvería a ser príncipe de Asturias; sin embargo, con la oferta de Napoleón de ceñir la corona de Etruria, se le priva del trono de España del que es su legítimo heredero.

El duque se dio cuenta de lo peligroso de su razonamiento; el semblante de Fernando VII revelaba el disgusto que le producía su argumentación. Ahí radicaba el problema de casi todos los consejeros reales: la perspectiva desde la que abordaban los asuntos estaba enfocada a dar satisfacción a los caprichos del rey. Supo que tenía que dar una señal de que todo era una suposición; simple fantasía.

—Siguiendo con esta descabellada hipótesis, habríamos de formularnos la siguiente pregunta: ¿Cuál es el último propósito de Bonaparte?

Ninguno de los presentes abrió la boca. Nadie se atrevía a acompañar a Infantado en tan peligrosa senda.

—Está claro como el agua. Su propósito es entronizar a un miembro de su propia familia —sentenció el propio Infantado—. Como ya ha hecho en Nápoles y en Holanda.

Fernando VII se puso de pie y con un gesto indicó a los reunidos que permaneciesen sentados. Señaló al duque con el índice y, para sorpresa de todos, le dijo:

—Tu razonamiento tiene sentido. La oferta de Napoleón encierra una trampa.

Escuchar aquellas palabras hizo que Infantado se relajase.

—En tal caso, majestad, lo más indicado es rechazar esa proposición.

Escoiquiz se levantó y extendió los brazos, en un gesto teatral.

—Muy bien, rechacemos la oferta imperial. Y después ¿qué?

—¿Cómo que qué? —le increpó el duque de San Carlos.

El canónigo se había puesto a pasear, estaba muy nervioso.

—¿Acaso alguno de los presentes ignora que se puede ofender al emperador rechazando sus propuestas? ¿Olvidan que estamos en territorio francés? ¿Que nos tiene en sus manos?

—¡Por tu culpa! —Infantado había alzado la voz—. ¡Tú has sido pieza fundamental para que hayamos caído en la trampa de Napoleón y ahora te quejas de que nos encontremos en sus manos!

—¡No te lo consiento!

El duque hizo ademán de levantarse con gesto amenazante, pero Fernán-Núñez, que estaba a su lado, lo sujetó.

Se había desencadenado la tormenta y ahora todos hablaban sin escucharse, mientras Fernando VII apretaba su cabeza entre las manos, revelando su desesperación. Poco a poco los gritos perdieron fuerza y se impuso un silencio triste. El rey le preguntó a Escoiquiz:

—¿Napoleón ha planteado la renuncia de mis derechos al trono?

El canónigo, quien arteramente había guardado silencio sobre el particular, deseó en aquel momento que la tierra se abriese bajo sus pies. Aunque había previsto una respuesta, lo que tenía que decir a Su Majestad, despejaba cualquier duda y ponía de manifiesto que toda la disputa carecía de sentido.

—Ejem, veréis majestad, no se ha pronunciado directamente, pero ha insinuado algo.

—No te andes con rodeos. ¿Qué ha dicho?

—El emperador os entregaría la corona de Etruria a cambio de la de España.

—¡Eso significa que habría de renunciar! —clamó Infantado.

—En realidad no hay renuncia, majestad. —Escoiquiz jugaba con las palabras—. Como ya he indicado a vuestra majestad, Napoleón no considera válida la abdicación de vuestro padre, quien llegará mañana a Bayona acompañado de vuestra madre, según me ha dicho el emperador.

A Fernando VII se le demudó el semblante.

El duque de Mahón había acudido a Irún para cumplimentar a Carlos IV y María Luisa de Parma, antes de que cruzasen la frontera. La reina, aunque cansada por el viaje, se mostraba animosa.

—Dime, ¿qué nuevas circulan acerca de los últimos acontecimientos?

Mahón reflexionó un momento, buscando las palabras precisas.

—Se asegura que Napoleón está reuniendo en Bayona a toda la familia real con un propósito perverso.

—¿Un propósito perverso, dices? —María Luisa entrecerró los ojos.

—Sí, mi señora. Planea entregar el trono de España a uno de sus hermanos.

—¡Bulos sin fundamento! El emperador siempre se ha mostrado amigo de nuestra familia.

—Yo no diría tanto.

—¿Ah, no?

—No, mi señora, ahí están los hechos. La reina de Etruria ya no lo es y la corona de Nápoles, que ceñía vuestro cuñado, adorna la frente de José Bonaparte.

La reina se abanicó nerviosa.

—Sin embargo, el emperador ha hecho a mi esposo reiteradas promesas de protegerle. Nuestro viaje a Bayona está relacionado con su deseo de que nos sea devuelto lo que con malas artes se nos ha arrebatado.

El duque hizo un gesto cortesano.

—Deseo de todo corazón que vuestras palabras respondan a la realidad y que en Bayona se materialice el retorno al trono de nuestro señor don Carlos IV.

—¿Lo dudas?

—Majestad, hace muchos meses que la duda embarga mi ánimo. No alcanzo a comprender la necesidad de tantos soldados franceses en nuestro suelo, ni la presencia en Madrid del mariscal Murat.

—Son tropas aliadas.

Mahón negó con la cabeza.

—¿Puedo hablar con sinceridad?

Una pizca de ironía asomó a los ojos de María Luisa.

—¿Significa que hasta ahora no lo has hecho?

—Digamos que la prudencia me ha aconsejado que sea comedido.

—¡Habla!

—Ignoro el propósito final de Napoleón, aunque ya os he dicho, porque vuestra majestad me ha preguntado, los rumores que corren. Sin embargo, soy militar y, en cuestión de estrategia, los franceses no pueden hacerme comulgar con ruedas de molino. Lo que ocurre desde el pasado otoño tiene un nombre.

—¡Explícate!

—Esto es una invasión, mi señora. Si en los primeros momentos pudieron solaparla, después no han encontrado modo de justificarla. Hasta un rapaz de pocos años se daría cuenta del engaño.

—No creo que el emperador, que nos honra con su amistad, haya ideado tal perfidia.

Minutos después el carruaje de los reyes cruzaba el paso fronterizo y la bienvenida que les dispensó un escuadrón de la guardia imperial hizo que a María Luisa de Parma se le disipase el amargo regusto que le había dejado la conversación que acababa de sostener.

El recibimiento fue regio.

A media tarde del 30 de abril la pareja real arribaba a Bayona, en medio de los agasajos dispuestos por Bonaparte. El emperador se mostraba mucho más efusivo que cuando llegó don Fernando.

El general Duroc hizo las veces de anfitrión, indicando a los regios visitantes que Napoleón, en consideración al merecido descanso por tan largo viaje, los recibiría al día siguiente y que se sentiría honrado ofreciéndoles un almuerzo.

31

Don Honorio caminaba deprisa, envuelto en su capa, pese a que la primavera se había presentado calurosa. La noche era oscura y no invitaba a estar en la calle; de vez en cuando lanzaba furtivas miradas, temeroso de que alguien siguiese sus pasos.

Alcanzó la plaza Mayor entrando por la calle Nueva. Allí había algún movimiento, pero la gente iba a lo suyo; le tranquilizó comprobar que nadie le prestaba atención. Cruzó bajo los soportales y enfiló la calle de Toledo, mirando continuamente hacia atrás; el flamante escribiente del alguacilazgo no era hombre para aquellos menesteres, pero no tenía más remedio: tenía que cumplir el encargo de don Fernando, su nuevo jefe.

Llegó hasta la esquina de la Concepción y prosiguió calle abajo, hasta la altura del Colegio Imperial, cerrado a cal y canto; miró otra vez hacia atrás y comprobó que todo estaba en calma. Enfiló la calle de la Compañía y lanzó una última mirada por encima de su hombro, antes de detenerse ante un recio portón tachonado de clavos. La calle estaba solitaria, nadie lo había seguido. Golpeó con el aldabón tres veces, como le habían dicho, y la puerta se abrió al instante.

—Soy…

—¡Pase! ¡Pase y no se entretenga!

Entró en un zaguán sumido en una tenebrosa penumbra, apenas rota por la luz de un fanal que había en el suelo. Escuchó a sus espaldas cómo el individuo que le había abierto echaba dos vueltas de llave y no pudo evitar que un escalofrío recorriese su espalda.

—¡Sígame!

Alumbrados por el fanal, pasaron, por una cancela de artística forja, a un patio porticado envuelto en las tinieblas y subieron por una amplia escalinata de mármol hasta la galería de arriba, donde unas antorchas colgadas de las paredes combatían la oscuridad. El silencio imperante intimidaba. Don Honorio sintió deseos de salir corriendo.

Aquel individuo lo condujo hasta una sala de regulares dimensiones, amueblada con gusto e iluminada por un enorme velón; en una de las paredes había colgadas dos banderas donde resaltaba, sobre el fondo blanco, el aspa de san Andrés. El tejido parecía muy antiguo.

—Aguarde aquí un momento.

Todo estaba en calma, tanto que se escuchaba el chisporroteo del aceite consumiéndose en las cazoletas del velón. Don Honorio, temeroso, apretó lo que ocultaba bajo su capa.

Se fijó en las banderas y recordó haber visto unas parecidas en algún sitio, pero estaba tan tenso que su mente no las situaba, quizá en una pintura. Dejó escapar un suspiro y se sobresaltó al escuchar una voz a sus espaldas.

—Me alegro de verlo don Honorio.

—¡Por el amor de Dios, don Fernando, me ha asustado usted!

—Lo lamento, no era mi intención. —El alguacil le estrechó la mano—. ¿Ha traído el mapa y los documentos?

Bracamonte abrió su capa y mostró el cartapacio.

—¿Está seguro de que nadie lo ha seguido?

—Completamente.

—Acompáñeme, voy a presentarle a la persona de quien le hablé el otro día.

—¿Está convencido de que no cometemos un error?

—No tema, es como si me lo mostrase a mí.

Escuchar aquellas palabras le dieron el ánimo que le faltaba.

—Sea, pues.

—Ya verá como no se arrepiente.

—Dios lo escuche.

Pusilánime y atormentado por la duda, recorrió la galería hasta el otro extremo. Don Fernando abrió la puerta sin llamar y le cedió el paso.

—Primero usted, don Honorio.

La iluminación del despacho contrastaba con la penumbra del exterior. Sentado en un butacón, junto a una chimenea apagada, les aguardaba un hombre, vestido con elegante sencillez. Al escribiente su rostro le resultaba vagamente familiar, lo había visto en alguna parte, pero no lograba recordarlo; los nervios agarrotaban su mente.

—Don José —indicó el alguacil mayor—, ésta es la persona de quien le he hablado, don Honorio Bracamonte.

—Encantado de saludarle. —Don José se puso de pie y le extendió la mano.

—Don Honorio, éste es don José de Vargas, capitán de navío. En la batalla de Trafalgar mandó el *San Ildefonso*.

Don Honorio quedó momentáneamente paralizado: ¡Estaba estrechando la mano de uno de los héroes de Trafalgar!

—Es un placer saludar a uno de aquellos ilustres marinos que lo dieron todo en tan infausta jornada.

—Verdaderamente infausta, mi querido amigo. ¿Desea tomar algo? ¿Una copa de jerez? ¿Un licor?

—No, nada, nada, muchas gracias.

—¿De veras?

—En todo caso, si no es molestia, un poco de agua. Hace un calor sofocante.

—Creo que debería quitarse la capa.

Don Fernando salió del gabinete y don Honorio se quitó la capa.

Para evitar un silencio penoso, mientras regresaba el alguacil, don José comentó:

—¿Sabe qué dice, medio en broma, un amigo mío de Noja, cerca de Santander, excelente historiador y algo aventurero?

—¿Qué dice?

—Que la batalla de Trafalgar la perdimos entre los de Santander y los de Cabra.

—¿Los de Cabra?

—Sí, en el reino de Córdoba, mi pueblo natal.

—¿Y por qué dice tal cosa?

—Porque seis de nuestros barcos estaban mandados por capitanes cántabros o egabrenses, tres en cada caso. En total la tercera parte de nuestra flota.

—¿Se llaman egabrenses los de Cabra?

—Así es.

—¡Menos mal, don José! —La conversación había relajado al escribiente.

—Algunas pullas hemos de soportar, pero ése es el gentilicio; se utiliza como referencia al antiguo nombre romano de la población, que era Egabro. Sepa que es un hermoso lugar, al sur del reino de Córdoba, como ya le he dicho.

La llegada de don Fernando interrumpió la conversación. Lo acompañaba el individuo que le había abierto la puerta portando una bandeja donde había una jarra de agua y tres copas. La dejó en una mesita e iba a retirarse cuando sonaron unos golpes sordos en la puerta; a don Honorio se le encogió el estómago.

—Será el padre Mardones. ¡Ábrele, Antón!

—¿También viene don Indalecio? —preguntó Bracamonte sorprendido.

—También, don Honorio. No creo que le hubiera hecho mucha gracia que no le avisásemos.

Poco después el párroco entraba resoplando.

—¡Malditas escaleras!

—¿No será alguna arroba de más? —ironizó don Fernando.

El sacerdote no hizo caso al comentario, se despojó del manteo y resopló.

—Dar de beber al sediento es una obra de misericordia y yo lo estoy.

—Sírvase usted mismo. —El marino señaló la mesita donde estaba la jarra.

—Bien, vayamos ahora a lo que nos ha reunido aquí. —Don José miró de forma significativa el cartapacio que Bracamonte apretaba con fuerza—. Veo que ha traído el mapa y los documentos de que me han hablado don Indalecio y don Fernando. ¿Podemos verlo?

El marino tuvo la elegancia de no preguntar por la procedencia de los papeles. Don Honorio le entregó el texto que acompañaba al mapa y el marino leyó rápidamente. Luego, los cuatro concentraron su atención en el mapa desplegado sobre la mesa.

—¡Esto fue lo que hizo cambiar a Godoy de actitud al darse cuenta de que el emperador lo había engañado! —exclamó Vargas—. ¡En realidad, Napoleón no pensaba repartir Portugal, lo que buscaba era incorporarlo a España a cambio de todas las tierras situadas al norte del Ebro! —Con el dedo fue recorriendo la línea que en el mapa marcaba la nueva frontera—. ¡Lo que quería Bonaparte era todo el principado de Cataluña, la mitad de Aragón, incluidas Zaragoza y Caspe, una parte de la Rioja, con Logroño, Calahorra y Haro, el reino de Navarra, el señorío de Vizcaya y las tierras de San Sebastián y Álava, algunas comarcas de Burgos, donde incluye Miranda, y la mitad de Cantabria!

—El Choricero veía frustradas sus ambiciones —comentó don Fernando.

—No lo crea —el marino se encogió de hombros—, hay indicios de que en esos momentos ya apuntaba más alto.

—¿Más alto? —se sorprendió don Honorio.

—Algunos creemos que pretendía acabar con los derechos del príncipe de Asturias.

—¡Ave María Purísima! —Bracamonte miró a don Indalecio y se santiguó.

—¿Hay datos que avalen eso que acaba de decir? —preguntó el alguacil.

—Al menos, indicios. Todo lo de El Escorial fue un montaje para desprestigiar a don Fernando; también la muerte de la princesa de Asturias, levantó rumores. En fin, el viaje que planeaba para que el heredero fuera a las Indias, antes de que este huracán que se nos ha echado encima se lo llevase todo por delante, ponía en grave riesgo su vida; cruzar el Atlántico en las condiciones en que están los restos de nuestra flota equivalía a poco menos que mandarlo al patíbulo.

Tras un prolongado silencio, el marino comentó:

—Ésta era la información que traía Armenta, a quien se la había facilitado Argüelles. Los franceses lo descubrieron y acabaron con su vida: su cuerpo apareció flotando en las aguas del Sena. Después se lanzaron tras la pista del teniente. Bonaparte no deseaba mostrar sus cartas; entonces estaba negociando el tratado de Fontainebleau.

—Entonces, ¿por qué se lo comunicaron a Godoy? —preguntó don Indalecio.

—No lo sé, quizá le llegó a través de la misma fuente que informó a Armenta.

—Pero ¿y el mapa?

—No lo sé.

Don José de Vargas nunca sabría que Godoy tuvo conocimiento a través de don Eugenio Izquierdo, el embajador extraordinario, nombrado por Godoy para pactar con los franceses en Fontainebleau.

32

En el mesón del Antillano, Pacorro daba instrucciones a las mozas para que apagasen algunos candiles. Era la forma de indicar a los últimos parroquianos que había llegado la hora de echar el cerrojo.

En su mesa estaban Biedma, con el cansancio reflejado en el rostro porque había trabajado hasta muy tarde en el retablo; Pelanas que, tras las funciones con García, estaba de nuevo sin trabajo, y el alguacil mayor, que había llegado poco antes. Acababa de marcharse don Indalecio porque tenía que decir la misa primera, la de las siete según el cuadrante de aquella semana. No le gustaba madrugar, pero aquel oficio litúrgico era el que le correspondía cada dos meses.

Hacía mucho rato que las campanas de las iglesias habían dado el toque de oración; para muchos madrileños el tañido de los bronces señalaba la hora de encerrarse en sus casas.

En ese momento entró Sierra y, aunque Pacorro lo miró con cara de pocos amigos, el gacetillero no le dio tiempo a protestar. Jadeaba y tenía la respiración entrecortada. Venía corriendo desde la Puerta del Sol.

—¿Se han enterado de que la infanta María Luisa ha recibido instrucciones de ponerse en camino?

—Así que se nos marcha la destronada reina de Etruria —ironizó el alguacil.

—Así es.

—¿Adónde?

—A Bayona.

—¡Déjate de tonterías, Gustavito; que no está el horno para bollos!

—Es verdad, don Fernando, hemos recibido una nota en el periódico. En la redacción todo el mundo se pregunta por qué Napoleón quiere reunir al completo a la familia real en Bayona.

—Ni que se fuese a acabar el mundo —señaló el entallador, dando un trago a su jarrilla.

Sierra resopló, secándose con el dorso de la mano el sudor que empapaba su frente.

—Esto no puede anunciar nada bueno.

Biedma lo miró confundido.

—¿Qué quieres decir?

—Que esto tiene que reventar por alguna parte.

—¿Tan mal están las cosas? —preguntó Pelanas.

—Peor de lo que te imaginas.

—¿Quién ha enviado esa nota al periódico? —le preguntó el alguacil.

La pregunta se quedó sin respuesta porque la negra imagen de don Indalecio se aproximaba rápidamente. Al párroco le sorprendió la presencia de Gustavo.

—¿Qué haces tú aquí?

El gacetillero forzó una sonrisa.

—Supongo que lo mismo que usted.

El cura los miró uno por uno.

—¿Saben ya lo que ha ocurrido?

—Si se refiere a que la destronada reina de Etruria se marcha a Bayona, llega usted tarde.

—¿También viaja a Bayona?

El alguacil mayor lo miró inquieto.

—¿Acaso nos trae usted otra noticia?

—Así es.

—Siéntese —lo invitó don Fernando, acercándole uno de los taburetes— y cuéntenos. Porque algo gordo debe ocurrir para que usted haya desandado el camino.

El cura tenía el rostro congestionado y pidió una jarrilla de vino. Pacorro, que se había acercado dispuesto a levantar la tertulia, no abrió la boca al ver la mirada del alguacil mayor.

—¿Qué ha pasado?

—Un gabacho muerto y dos heridos.

—¿Dónde? —El alguacil había torcido el gesto.

—En la calle de San Antón.

—¿Quién se lo ha dicho?

—Nadie, he sido testigo; bueno, la verdad es que cuando llegué ya había ocurrido todo. ¡Daba miedo ver a la gente que se había arremolinado! —Don Indalecio se secó el sudor con el pañuelo.

—Pero ¿qué ha ocurrido?

—Los franceses se han enfrentado con un grupo de soldados españoles…

—¿El enfrentamiento ha sido entre militares? —preguntó Sierra.

Pacorro dejó la jarrilla en la mesa y pegó la oreja.

—Al parecer, los gabachos, algo bebidos, trataron de cerrar el paso a los españoles que iban a un burdel situado a la entrada de la calle.

—El de la Turca —indicó Pelanas y don Indalecio lo miró con gesto de reprobación.

—Ahí empezó todo. He asistido al difunto, mientras algunos manolos me decían que no perdiese el tiempo con gabachos. La gente está mucho más alterada de lo que os podáis imaginar. Por decoro, no cuento las cosas que he escuchado. Algunos querían rematar a los heridos. ¡Menos mal que varios de los soldados que entraron en la pelea han evitado que se cometiera esa atrocidad!

—¿Sabe algo de la reacción de los franceses? —preguntó don Fernando, cuya preocupación era creciente.

—Nada, pero la gravedad del suceso hace temer lo peor y el calendario no ayuda.

—¿Por qué lo dice su reverencia? —preguntó el entallador.

—Porque el domingo es la romería de Santiago el Verde y será mucha la gente que concurra a las riberas del Manzanares a solazarse y echar un día de asueto. Ya saben lo que suele ocurrir.

—¡Que a muchos les ponen los cuernos! —exclamó jocoso, Pelanas.

—¡Déjate de bobadas! —lo reconvino el alguacil, que no estaba para fiestas.

—Es cierto, don Fernando, ya conoce usted los versos de Góngora —al cómico le salió la vena poética:

No vayas Gil, al sotillo,
que yo conozco quien
novio al sotillo fue
y volvió siendo novillo.

—En esas concentraciones —señaló don Indalecio— se habla y se comenta mucho, con el vino, que corre generoso, se calientan los ánimos y…

El alguacil mayor asentía con ligeros movimientos de cabeza. Sabía muy bien de lo que el sacerdote hablaba. No recordaba romería en la que sus hombres no hubiesen tenido que emplearse a fondo: menudeaban las reyertas y las peleas; los calabozos de la Casa de la Villa acababan rebosando de gente. A la mayoría los ponían en la calle cuando se les pasaba la borrachera, pero ahora el ambiente estaba caldeado y las concentraciones de público no ayudaban, precisamente, a templar la situación.

—¿Qué es eso de que la reina de Etruria se marcha también a Bayona? —preguntó el cura.

—Nos han enviado una nota al periódico.

—¿Quién? —volvió a preguntar el alguacil.

—La han traído de palacio, pero no sé quién la firma.

Don Fernando hizo un gesto de duda.

33

Fernando VII dudaba si era él a quien correspondía rendir visita a sus progenitores o por el contrario eran ellos quienes habían de acudir a saludarlo por su condición de monarca. La situación era muy complicada, porque dar un paso en una determinada dirección, dadas las circunstancias que rodeaban el caso, podía ser interpretado en clave política.

Los consejeros de don Fernando optaron porque fuese él quien acudiese, siempre tendrían a mano la explicación del hijo que rendía homenaje a sus padres.

El encuentro fue frío y distante.

Los saludos se limitaron al protocolo y a unas breves palabras sobre el viaje. Se trataba de guardar las apariencias. Ni el padre ni el hijo abordaron el espinoso asunto de la abdicación y la despedida fue glacial.

El deseo de la real pareja era verse con Godoy, que había llegado la víspera, escoltado por las tropas francesas, las mismas que lo habían sacado de la prisión de Villaviciosa donde había sido trasladado desde Aranjuez. Sin embargo, el ansiado encuentro hubo de posponerse para el día siguiente, porque si Napoleón retrasaba el recibimiento a sus majestades para que se recuperasen de las fatigas del camino, no parecía lo más adecuado.

Al día siguiente, las horas que precedieron al almuerzo con el emperador estuvieron cargadas de tensión; la presencia de Carlos IV había producido un cambio de opinión entre algunos de los consejeros de Fernando VII: ahora trataban por todos los medios de cerrar un acuerdo con los franceses. Escoiquiz estuvo durante más de cuatro horas encerrado con el obispo de Poitiers, buscando un acuerdo en las mejores condiciones para su antiguo pupilo.

Mientras Escoiquiz negociaba, el general Duroc, de forma sutil, había hecho llegar a Carlos IV la idea de la difícil y complicada situación en que se encontraba la familia real española. El francés había ponderado el recibimiento que los madrileños le tributaron a Fernando VII, aunque cuando lo nombraba se refería a él como el príncipe de Asturias. Carlos IV repetía, una y otra vez, que confiaba plenamente en las decisiones del emperador, cuya amistad era la mejor garantía con que contaba en aquel trance.

La realidad era que, en Bayona, la corona de España estaba poco menos que en almoneda.

El comedor era una pieza alargada. Sus paredes, decoradas con espejos y tapices, recordaban los esplendores de otro tiempo.

A Carlos IV y María Luisa se les congeló la sonrisa al encontrarse con el príncipe de Asturias. Habían pensado que su encuentro con el emperador tendría un carácter más privado, pero Bonaparte los había sorprendido al planificar el almuerzo, como si se tratase de una operación de estrategia. A su perspicacia no escapó la incomodidad de los padres, ni el odio que percibió en el hijo. El cruce de miradas, en medio de un silencio penoso, le indicaron que tenía en sus manos todas las bazas para ganar aquella partida. La reina, nerviosa, agitaba su abanico sobre su generosa pechera.

—¿Dónde está Manuel? —preguntó María Luisa de Parma que nunca había cultivado la virtud de la discreción.

Napoleón miró a Duroc.

—Su majestad, la reina pregunta por monsieur Godoy.

El emperador frunció el ceño.

—¿Desea que esté presente?

Duroc, cuyo español era excelente, preguntó a María Luisa:

—¿Vuestra majestad tiene interés en que monsieur Godoy les acompañe?

—Por supuesto —afirmó con una altivez fuera de lugar, mirando de soslayo a su hijo.

Poco después, el valido entraba en el comedor. Estaba muy desmejorado. Al verlo, María Luisa lo abrazó en una muestra de cariño que resultaba escandalosa, dados los escabrosos comentarios que rodeaban a la pareja. Carlos IV se mostró obsequioso y se deshizo en cumplidos. La mirada de don Fernando era la más acabada expresión de sus sentimientos.

Napoleón invitó a sus huéspedes a sentarse, cada vez más satisfecho con las escenas que presenciaba. Ya tenía las claves para poner en marcha el proyecto que acariciaba desde hacía tiempo y que era la verdadera razón por la que allí estaba reunida la familia real española.

La comida discurrió en medio de un ambiente extraño: Duroc traducía las alabanzas que la pareja real dedicaba a Napoleón. Godoy, a quien el príncipe de Asturias lanzaba miradas de odio, hizo algunos comentarios y don Fernando guardó un mutismo absoluto. En algunos momentos, la tensión provocada por unos largos silencios era palpable. El anfitrión parecía disfrutar con ella.

Apenas se habían servido los postres cuando Bonaparte, a través de Duroc, propuso un brindis.

—Es mi más ferviente deseo que la estancia de nuestros invitados en Bayona sea grata y resulte provechosa a la alianza de nuestros países. —Y añadió con sorna—: Creo que mi presencia puede resultar embarazosa para un encuentro familiar.

Se despidió, alegando obligaciones inexcusables, y se retiró acompañado por Duroc.

La tormenta estalló apenas se hubo cerrado la puerta.

—¡Eres un mal nacido! —gritó Carlos IV, encarándose a su hijo—. ¡Tu ambición te ha llevado a faltar al más sagrado de tus deberes, que es el respeto a tus progenitores! ¡Has conspirado contra tus reyes!

Fernando VII estaba demacrado. Había pasado de las mieles de una entrada triunfal en Madrid y un viaje, donde las aclamaciones fueron parejas a los recibimientos, aunque la duda y el temor hacían presa en él conforme se acercaba a la frontera, a encontrarse desvalido y angustiado. Su sombrío rostro denotaba su estado de ánimo.

—Era el deseo del pueblo —se defendió con un hilo de voz.

—¡Tú y tus compinches agitasteis los ánimos de la gente! ¡Malvado! —Carlos IV cada vez estaba más alterado.

—Simplemente me defendí —balbuceó.

El padre agitó el bastón que llevaba, con gesto amenazante.

—¡Tus palabras te delatan! ¡Traidor!

—Estabais planeando privarme de mis legítimos derechos. —Fernando había mirado a Godoy.

—¿Tus derechos? ¡No tienes más derecho que el que yo pueda otorgarte! ¡Te exijo la devolución de mi corona!

—¡Renunciaste a ella! ¡Firmaste una abdicación!

—¡Fue un atraco! ¡Me sentía amenazado! ¡Tus secuaces nos apedreaban!

—La gente estaba muy irritada, era una forma de manifestar su rechazo a... —Fernando vaciló— a vuestro ministro. ¡El pueblo lo odia y vuestra protección provocaba escándalo!

—¡Eres un canalla!

Todo se escuchaba en la estancia contigua, donde Napoleón se regocijaba. La estrategia planeada se desarrollaba según la mejor de sus previsiones.

María Luisa, que había permanecido en silencio hasta aquel momento, gritó furiosa, con su voz chillona:

—¡Te aborrezco! ¡Obligar a tus padres a pasar por este rosario de humillaciones es propio de un ser depravado! ¡Menos mal que contamos con amigos fieles! ¡Será el emperador quien ponga orden!

Era lo que Bonaparte esperaba escuchar. Entró en la estancia escoltado por Duroc y preguntó:

—¿Puedo ser de utilidad?

María Luisa, sorprendida, dejó de proferir improperios y Carlos IV exclamó como si hubiese visto a un ángel:

—Su majestad imperial viene como llovido del cielo. Os suplico —para el rey la inesperada presencia de Bonaparte fue como un bálsamo para su desasosiego— que hagáis lo que esté en vuestra mano para que nos sea restituido lo que con malas artes nos fue arrebatado.

—¿Se refiere vuestra majestad a la corona de España?

—Así es.

Napoleón indicó a Carlos IV que en ningún momento había dejado de considerarlo rey y que, desde luego, tenía por nula su renuncia. Miró a Fernando y le preguntó:

—¿Acaso he de entender que vuestra alteza no se aviene a respetar la voluntad de su padre?

Sin levantar la mirada del suelo, don Fernando se defendió con un hilo de voz:

—El pueblo refrendó la abdicación.

—¡Majestad! —exclamó la reina indignada—. ¡Dad a este mal hijo el escarmiento que se merece!

Bonaparte se regodeaba escuchando lo que Duroc le susurraba al oído. Las referencias que tenía de la familia de Carlos IV no los presentaban con los mejores colores, pero la realidad superaba la peor de las pinturas.

—El emperador me dice que si tiene vuestra majestad alguna propuesta que hacer.

María Luisa de Parma gritó histérica:

—¡Conducidlo al cadalso!

Por el brillo de sus ojos, Napoleón pensó que había dicho algo grave, pero al escuchar lo que tradujo Duroc, le pidió que se lo repitiese. Creyó que se trataba de un error.

María Luisa era una furia desatada e insistía en su petición:

—¡Colgadlo por el cuello!

34

Las lluvias de primavera habían dado a la corriente del Manzanares trazas de río y, aunque su caudal era limitado, en algunos tramos el agua corría cantarina. Desde primeras horas de la mañana una numerosa concurrencia, formada por gentes de todas las edades, cruzaba la puerta de la Vega entonando alegres canciones, alguna de ellas con estribillos subidos de tono.

Aquel domingo, primer día de mayo, se encaminaban a la ermita de Santiago el Verde para celebrar una de las romerías más tradicionales de Madrid. La gente acudía a un sotillo arbolado, al otro lado del Manzanares, en recuerdo de una vieja historia de la época musulmana.

Era, como todas las romerías, ocasión propicia al esparcimiento y a la diversión. Se jugaba al corro, a la gallinita ciega o a las adivinanzas; se cantaba, se bebía y se comía. Muchos jóvenes aprovechaban para sus escarceos amorosos y los amantes gozaban de una ocasión para dar rienda suelta a sus pasiones.

Tales celebraciones no gozaban de las bendiciones de la autoridad eclesiástica, que las consideraba poco menos que obra de Satanás, pues en ellas tenía asiento la promiscuidad y la lascivia porque, bajo apariencias devotas, permitía la concurrencia de personas de ambos sexos.

Conforme avanzase la jornada aparecerían por el lugar algunos aristócratas que acudirían en sus carrozas, aprovechando la ocasión para dejarse ver en ambientes populares, por los que sentían desprecio y les servían de mofa. Todo el que podía permitírselo alquilaba un coche de punto para darse tono o deslumbrar a alguna moza en la que tenía puestos sus ojos. También, una vez que el vino había corrido generoso, el ambiente era propicio a que surgiesen desavenencias y discordias.

Poco después del mediodía, concluida la función religiosa celebrada en la pequeña ermita que se alzaba en el lugar, a la hora en que los romeros se disponían a dar cuenta de sus viandas y los vendedores ambulantes voceaban su mercancía, empezó a circular un rumor que se expandía cada vez más.

—Lo ha dicho un buhonero —comentaba un manolo a un grupo donde se cantaban coplas picantes a los sones de una guitarra rasgada con estilo por una mujer y donde un pellejo de vino pasaba de mano en mano.

—¡Lo tienen merecido! —exclamó un individuo, cuyas negras y grandes patillas le cubrían su rostro casi por completo—. ¡Los gabachos no dejan de provocar!

—¿Y dices que ha sido en la Puerta del Sol? —preguntó una desenvuelta joven, blandiendo el cuchillo con el que cortaba lonchas de un jamón, sostenido con embeleso por un apuesto mozo que cubría su cabeza con un vistoso pañuelo verde.

—La gente aguardó el momento propicio, justo cuando pasaba Murat, pavoneándose. Dicen que la rechifla ha sido tan fuerte que se las ha visto y deseado para controlar el caballo. Las carcajadas se han oído hasta en la plaza Mayor. ¡La cosa está que arde!

Dio un trago a la bota que le ofrecieron y se fue a otro de los corros a contar lo que estaba ocurriendo en Madrid.

Aquellos comentarios hicieron que el ambiente se caldease y el malestar no dejase de crecer. La gente estaba cada vez más excitada y algunos no se recataban ya de gritar a pleno pulmón contra la presencia de los franceses en Madrid.

Acá y allá surgían historias de enfrentamientos. Unos contaban que un capitán francés había hecho una burla al Santísimo, cuando un sacerdote de la parroquia de San Gil llevaba el viático a un moribundo. En otro sitio se comentaba el altercado producido en un café de la calle de la Montera que cerraba, ya de madrugada, el tiempo imprescindible para hacer la limpieza y unos soldados franceses ebrios se negaban a abandonarlo. En muchos de los corros se coincidía en la actitud altiva, cargada de desprecio, de que hacían gala por todas partes: en la calle, en las tiendas, en los mesones... hasta en los burdeles.

Bajo una encina, un individuo de mediana edad comentaba lo ocurrido en casa de la Turca:

—... La reyerta dejó un soldado francés muerto y dos heridos, todo fue culpa de los gabachos; sin embargo, han arrestado a los españoles y han cerrado el prostíbulo. Tengo entendido que a las pupilas se las han llevado a la galera.

—Es cierto, están en la cárcel de mujeres —confirmó uno de los presentes, yo lo sé de buena tinta.

—Pues ahí mismo, en la puerta de Toledo, ayer por la mañana —comentó una mujer—, unas lavanderas apedrearon a cuatro gabachos que trataron de propasarse.

Los comentarios sobre los franceses y sus abusos hicieron que, poco a poco, se fuese apagando el ambiente festivo. La romería de Santiago el Verde parecía más una reunión de conspiradores que una verbena religiosa, ribeteada de alegrías populares. Muchos decidieron regresar a Madrid antes de lo previsto. Unos, temerosos de que se produjese algún altercado que desatase la violencia que desde hacía semanas se incubaba; otros, ansiosos de noticias acerca de lo ocurrido en la Puerta del Sol. A eso de las tres el sotillo estaba medio vacío.

El gran duque de Berg, gran mariscal del imperio, casado con una hermana de Bonaparte, vencedor de los austríacos y los prusianos, miembro de la nueva casta de aristócratas que Napoleón había creado a partir de su imperial coronación, persona muy pagada de sí misma, era presa de un arrebato de cólera. El paso de las horas, en lugar de aquietar su ánimo, enconaba cada vez más sus sentimientos.

En sus oídos aún sonaban los silbidos y las carcajadas de los madrileños. Llevaba encerrado desde hacía tres horas con los generales Lefranc, Caulaincourt y Grouchy, a los que había convocado a toda prisa.

—El mariscal ya conoce mi opinión. Hemos de dar un escarmiento que ponga en claro, de una vez por todas, quién manda aquí.

—Estoy de acuerdo con Grouchy —indicó Lefranc—, hemos sido el hazmerreír de esa chusma de desarrapados. A estas horas estarán divirtiéndose a costa de vuestra alteza y mañana circularán toda clase de chascarrillos a los que son tan aficionados.

—¿Qué opinas tú? —El mariscal se había dirigido a Caulaincourt, que tenía bajo su mando los regimientos de caballería, acuartelados en Carabanchel.

Con parsimonia, dio la última calada a su cigarro y lo apagó en el cenicero.

—Todos los informes apuntan en la misma dirección: la actitud de los madrileños hacia nosotros ha cambiado. La hospitalidad se ha tornado en hostilidad y por todas partes nos miran con malos ojos. Son muy pocos los que nos consideran sus aliados.

—¡Eso ya lo sé! —Murat estaba encolerizado—. ¡Lo que quiero saber es tu opinión acerca de posibles medidas!

El general se acarició el mentón, su parsimonia exasperaba al gran duque de Berg. Lefranc aprovechó el silencio de su compañero para insistir:

—¡Mano dura! ¡Mano dura, como la que utilizó el emperador en Tolón! ¡Aquello quedó resuelto en pocas horas! ¡No podemos vacilar con esta gentuza! Estoy de acuerdo con Grouchy en que, de una vez por todas, les enseñemos quién manda aquí.

—¡Eso es matar moscas a cañonazos! —exclamó Caulaincourt—. Es cierto que ha habido algunos altercados, pero no se ha producido un acto de tanta gravedad como para…

—¡Lo de esta mañana —interrumpió Murat, a quien le escocía demasiado la herida de su orgullo— ha sido vergonzoso! ¡Si los hubieras visto cómo se reían! ¡Sobre todo las mujeres! ¡Son orgullosas e insufribles!

—A pesar de todo, debemos actuar con cautela. Para un escarmiento siempre hay tiempo, deberíamos aguardar las noticias de Bayona, ya será cuestión de pocos días. A propósito, ¿se ha recibido alguna información del emperador?

Sonaron unos suaves golpes en la puerta.

—¡Adelante! —gritó Murat.

Entró un criado vestido con librea; portaba una bandeja de plata, donde había un mensaje. Se detuvo a dos pasos de su amo e hizo una inclinación de cabeza.

—Una carta para su alteza imperial.

—¡Había dado órdenes de que no se me molestase!

—Es del general gobernador militar de Madrid, alteza —se disculpó el criado.

Murat cogió el pliego y lo leyó con avidez. Era la respuesta del general Francisco Javier Negrete a las quejas que le había manifestado, exigiendo severidad, nada más regresar de su fracasado paseo.

Por primera vez, desde el abucheo, algo parecido a una sonrisa asomó a sus labios.

—¡Ese Negrete es un cretino!

—¿Qué dice? —preguntó Grouchy.

—Ofrece toda clase de explicaciones, se muestra avergonzado por el comportamiento de sus compatriotas y se pone a nuestra entera disposición para todo aquello que fuere menester.

—Eso confirma mis planteamientos —señaló Lefranc—. Debemos actuar con energía.

Murat se acariciaba el mentón con gesto caviloso y, mientras releía la carta de Negrete, en sus labios apuntó una sonrisa maliciosa. Sin levantar la vista del texto, comentó:

—Esto merece una respuesta.

—¿Qué clase de respuesta?

La voz del mariscal sonó suave.

—Una que nos permita obtener ventajas sustanciales de la situación. Disponlo todo —Murat miraba a Grouchy— para que mañana lunes, sin admitir excusa alguna, el infante Francisco de Paula acompañe a la destronada princesa de Etruria en su viaje Bayona.

—¿Son los últimos Borbones que hay en Madrid? —preguntó Lefranc.

—Queda el infante don Antonio, el que preside la Junta Suprema de Gobierno. —Los tres generales soltaron una carcajada—. Vamos a agradecerle a Negrete sus excusas y aprovechar para que ordene el acuartelamiento de sus tropas.

—¿Por alguna razón en concreto? —preguntó Grouchy.

—Simple prevención. ¡Si los hubieses visto esta mañana!

—exclamó Murat a quien la indignación parecía embargarlo de nuevo—. ¡Y las mujeres, peor que los hombres!

—La guarnición de Madrid no alcanza los cinco mil hombres, la mayoría sin experiencia en acciones de guerra. Si cometiesen la locura de enfrentarse a nuestras tropas, apenas podrían ofrecer un conato de resistencia.

—En cualquier caso —sentenció Murat—, será conveniente estar prevenidos y, dada la disposición de Negrete...

Aquella tarde piquetes de soldados recorrían los lugares más concurridos de Madrid, buscando a sus compañeros libres de servicio o que disponían de boletas y pases para pernoctar fuera de sus cuarteles. Por Madrid se esparcieron toda clase de rumores. En la Puerta del Sol había numerosos corrillos de gente, donde era patente la preocupación. Aquel domingo, primer día de mayo, agonizaba en un ambiente de malos presagios.

Un individuo bajó de un carruaje que se había detenido ante una casa de la calle de la Compañía. A pesar de que la temperatura era agradable, al poner el pie en el estribo se embozó en la capa: no deseaba que lo identificasen. Con voz queda, dio unas breves instrucciones al cochero, antes de que arrease los caballos.

En el rostro del viajero, que vestía uniforme militar, eran perceptibles los efectos del cansancio y un rictus que indicaba preocupación. Justo en el momento en que llamaba a la puerta, dos individuos aparecieron por una esquina, surgiendo de las sombras. Se acercaban sigilosos y con paso rápido; también iban embozados. El militar se preguntó cómo era posible que supiesen de aquel encuentro. Palpó instintivamente la daga que colgaba de su cintura, mientras el carruaje desaparecía por la plazuela que se abría al final de la calle.

Llamó de nuevo, maldiciendo la tardanza; lo último que deseaba era verse envuelto en una reyerta. Se preparó para lo peor, cuando se percató de que aquellos individuos recelaban. No comprendía lo que pasaba. Si por lo sigiloso de su actitud, parecían dispuestos a atacarlo, podían hacerlo con ventaja. Aparentemente, nada había alterado la situación, pero los sujetos mantenían cierta distancia.

Por fin, se abrió la puerta con más ruido del conveniente y, rápidamente, se escabulló en su interior.

—¡Cierra rápido! —ordenó al criado que llevaba un fanal en el que ardían unos cabos de cera.

No le dio tiempo, los individuos se habían plantado en el umbral.

—¡Aguarda un momento!

El criado se echó hacia atrás de forma instintiva y el militar buscó la daga.

—¡Por los clavos de Cristo que vamos a resolver esto de una vez!

—¡Teneos: soy Molina!

El oficial, que ya empuñaba el arma, lo reconoció: era José Blas Molina, el cerrajero de palacio y, como él, miembro de San Andrés. Era quien había facilitado a la fraternidad valiosa información sobre los asuntos que se cocían en palacio.

—¿Qué haces aquí, tan a deshoras?

El cerrajero resopló.

—Ha sucedido algo muy grave.

—¿Qué ocurre?

—Acaban de llegar instrucciones para que el infante don Francisco de Paula, acompañe a la princesa de Etruria en su viaje a Bayona.

El militar se dejó caer el embozo, era don Luis Díaz.

—¿Quién ha dado esa orden?

—El duque de Berg.

—El infante no ha dejado de llorar, desde que le han comunicado la partida.

—¡Vamos, sígueme, no hay un minuto que perder!

35

Con las primeras luces del alba grupos de personas confluían en la enorme explanada que se abría ante el Palacio de Oriente. Un río de gente desembocaba desde la plaza de Santa María, otros llegaban por la calle de las Parras, y no pocos venían por la de San Felipe Neri. Era muy numerosa la concurrencia femenina; algunas mujeres se arrebujaban en sus mantos para protegerse del fresco de la mañana, pero muchas llevaban la cabeza descubierta y el pelo recogido con redecillas de madroños.

Entre la multitud circulaba, en voz baja, un rumor: «los franceses quieren llevarse al infante don Francisco de Paula». La noticia se había extendido por Madrid durante la noche y había crispado los ánimos.

Las ventanas y los balcones de palacio estaban cerrados y los centinelas, apostados en las garitas, se mostraban inquietos.

Poco después de las nueve, el ruido de la puerta de carros al abrirse fue acogido con un silencio sobrecogedor. Un escuadrón de lanceros apareció tras el portón. Los jinetes retenían a los animales que husmeaban la tensión. Tras ellos se veía una carroza. Los que estaban más cerca vieron subir a la princesa de Etruria, su rostro mostraba una palidez que los polvos del maquillaje no disimulaban. Todo apuntaba a que había pasado una mala noche. No gozaba de simpatías porque entre los madrileños se la consideraba una extranjera.

La comitiva se puso en movimiento y la gente se arremolinó. Los jinetes se abrieron paso entre la muchedumbre, que vio pasar la carroza de la princesa en medio de un silencio indiferente, punteado por algunos comentarios. Las puertas se cerraron, mientras jinetes y vehículos se perdían por la calle de Santo Domingo camino de la puerta de Fuencarral.

—¡Otra que mandan para Bayona! —exclamó un individuo con sombrero calañés y unas hermosas patillas que se cerraban en el mentón.

—¿Dónde tendrán al infante? —preguntó una mujer con ajustado corpiño y una abundante mata de pelo negro y ondulado.

—Una de las doncellas de palacio ha comentado que el pobrecito se ha pasado la noche llorando —le contestó un muchacho.

—¿Llorando? —preguntó un mocetón con la cintura fajada, como si fuese a levantar pesos de consideración.

—Eso ha dicho. No quiere marcharse.

—¿Y vamos a consentirle a los gabachos que se salgan con la suya? —planteó la mujer con los brazos en jarras.

—¡Paso! ¡Paso! ¡Dejad el paso libre!

Los gritos hicieron que todo el mundo se fijase en un grupo de soldados franceses que, arrogantes, habían aparecido por el camino de la Vega.

El mocetón plantó los pies en el suelo y se cruzó los brazos sobre el pecho.

—¡Prueba a moverme! —se encaró desafiante al francés que mandaba el pelotón.

—¡Aparta o…!

—¿O qué? —lo retó.

En aquel momento voló una piedra que dio en el hombro del soldado. Los franceses tiraron de los sables y en algunas manos aparecieron las navajas. El enfrentamiento parecía inevitable cuando los goznes de la puerta de carros volvieron a chirriar: otra carroza salía de palacio.

Un grito salvaje galvanizó a la gente.

—¡Que se llevan al infante! ¡Que se lo llevan! —Era el cerrajero de palacio.

—¡Muerte! ¡Muerte a los gabachos! —corearon cientos de gargantas.

La muchedumbre se agitó como un oleaje sobre el que sopla viento de tormenta. Los caballos piafaban y los jinetes trataban de sujetarlos; un numeroso grupo se había plantado ante la carroza, cerrándole el paso. Varios paisanos aprovecharon la confusión del momento para cortar los atalajes del enganche, mientras la escolta, sorprendida, no reaccionaba.

Justo entonces llegó a la plaza un grupo de granaderos de la guardia imperial y, sin mediar palabra, abrieron fuego. En las primeras filas se desplomaron varios cuerpos; algunos antes de llegar al suelo, eran cadáveres.

La muchedumbre se apretujó, buscando una protección inútil, ampliando la distancia que los separaba de los granaderos. En medio, rodeada de cadáveres y heridos, quedó una mujer joven que atendía a un moribundo: taponaba con un pañuelo la herida por la que se le escapaba la vida. Se desangró en sus manos, pronunciando sus últimas palabras:

—Por nuestros muertos, que los gabachos no nos humillen más.

La mujer se irguió con las manos ensangrentadas. Se había hecho un silencio casi sepulcral. Miró a su derecha, donde la gente se apretujaba. En sus grandes y negros ojos, sólo había decisión. Su voz sonó limpia y potente:

—¿Dónde están esos hombres que tanto presumen en mesones y saraos?

Escupió en el suelo y luego, lentamente, como si fuese un ritual, sacó de entre los pliegues de su falda unas tijeras y se enfrentó a los granaderos.

—¡Asesinos!

Uno de los soldados la frenó con el fusil terciado y otro le asestó un culatazo en pleno rostro que la dejó inerte en el suelo. Fue como si una corneta hubiese tocado llamada. La gente se abalanzó, navaja en mano, sobre los franceses.

La lucha, cuerpo a cuerpo, fue breve y sangrienta, murieron otros dos paisanos, ensartados por las bayonetas de los soldados, pero la avalancha humana les impidió abrir fuego otra vez. Cuatro quedaron en el suelo, mientras los restantes se replegaban rápidamente.

La desbandada fue general. Desde una ventana de uno de los palacetes de la calle de San Felipe Neri, una aristocrática dama, con el puño crispado sobre las solapas de su bata de seda, escuchaba los gritos de la encolerizada muchedumbre.

—¡A las armas! ¡A las armas! —gritaban unos.

—¡Muerte a los gabachos! —exclamaban los más.

Su marido, sentado en el salón, permanecía ajeno a todo. Su atención estaba en la *Gaceta* y en los bizcochos que mojaba en una taza de espeso y humeante chocolate.

La dama cerró la ventana y los gritos se amortiguaron, se acercó a su esposo y sentenció:

—Ya ha comenzado.

El aristócrata, mucho mayor que ella, alzó la vista y preguntó:

—¿Que has dicho, querida? ¿Qué es lo que ha comenzado?

—¡No me explico cómo esos piojosos se han atrevido!

El capitán de la guardia imperial, cuya herida en la cabeza no le impedía mantener una actitud marcial, trataba de explicar la situación.

—Excelencia, luchan por todas partes.

—¡Eso no me preocupa! ¡Lo que me inquieta es saber por qué se han echado a la calle! ¿Por qué esa muchedumbre estaba concentrada a las puertas de palacio?

—No se sabe, excelencia. Alguien debió advertirles de la partida del infante.

Murat golpeaba la palma de su mano con un labrado abrecartas de plata; después de un breve silencio, preguntó:

—¿Qué hace la guarnición de Madrid?

—Permanece acuartelada, excelencia.

—¿No se ha sumado al levantamiento? —preguntó extrañado.

—No, excelencia. Las tropas españolas permanecen acuarteladas.

El mariscal asintió con movimientos de cabeza.

—¿Dónde se lucha en estos momentos?

—No podría decírselo a vuestra excelencia. Hay enfrentamientos por todas partes.

En aquel momento entró el general Lagrange, responsable de la caballería imperial. Tenía el rostro descompuesto.

—Disculpad, excelencia, pero Madrid es un polvorín.

—¿Qué ocurre?

—Se han levantado en armas. Nuestra infantería tiene serios problemas.

El semblante de Murat había enrojecido.

—¿Hay alguna causa que explique este levantamiento?

—Lo ignoro, excelencia. Por todas partes la gente ataca a nuestros soldados. Es como si respondiesen a una estrategia.

—¿Por qué lo dices?

—¿A cuento de qué estaba toda esa gente concentrada ante el palacio?

El duque de Berg se acarició el mentón.

—La noticia ha tenido que salir de palacio, todo se había previsto con el mayor sigilo.

—Si me lo permite su excelencia. —El tono de voz del capitán era muy bajo, como si temiese molestar.

—Habla.

—Un rumor señala que el inductor de todo ha sido el cerrajero de palacio.

—¡Que lo detengan inmediatamente! —gritó Murat, descompuesto.

—¡A la orden, señor!

—¿Sabes algo sobre la guarnición española? —Sin duda, ésa era la mayor preocupación del gran duque de Berg.

—Al parecer permanecen en sus cuarteles. ¡No me explico cómo no se han echado ya a la calle! —indicó Lagrange.

El mariscal quedó embebido en sus pensamientos; lo sacaron unos golpecitos en la puerta.

—Disculpadme, excelencia. —Era su secretario que llevaba una carta en la mano—. Es del general Negrete.

—¡Léela! —le ordenó Murat.

El secretario abrió el pliego y leyó:

> En estricto cumplimiento de las instrucciones recibidas por la Junta Suprema de Gobierno y respondiendo al acuerdo cerrado con vuestra Alteza Imperial, pongo en su conocimiento que las tropas a mis órdenes permanecerán en sus respectivos acuartelamientos, pese a los disturbios callejeros promovidos por grupos de individuos desafectos al orden natural de las cosas que se llevan a cabo desde las primeras horas del día. La actitud indisciplinada de algunos oficiales del

parque de Monteleón no es, en absoluto, la que mantienen las tropas a mis órdenes.

Lo que comunico a Vuestra Alteza Imperial para su conocimiento y efectos.

Dado en Madrid a dos de mayo de 1808
Fdo. FRANCISCO JAVIER NEGRETE

El rostro de Murat se había relajado. Después de escuchar aquello, la agitación era cosa de un puñado de desarrapados, una algarada callejera que aplastaría sin miramientos. Miró a su secretario y le ordenó:

—¡Mi bastón de mariscal y mi sable! ¡Ese hatajo de legañosos va a saber lo que es bueno! Lagrange, instalaremos el puesto de mando en la cuesta de San Vicente. ¡Dile a Moncey que lo quiero a mi lado! ¡Que las brigadas de Guillot y Daubray aplasten cualquier conato de resistencia! ¡Mano dura!

—¿Alguna otra orden?

—Sí. ¡Los polacos y los mamelucos a la Puerta del Sol! ¡Quiero un escarmiento que baje los humos a esa gentuza!

—¡A la orden!

Ante las puertas del acuartelamiento se había concentrado un centenar de personas; de vez en cuando, los centinelas se asomaban por las mirillas de la garitas empotradas en el muro.

—¡Armas! ¡Queremos armas! —Era el grito que repetían una y otra vez.

En la lejanía se escuchaba el detonar de las descargas. Tenían que ser fusiles franceses a los que los madrileños se enfrentaban con lo que podían. Una mujer con el pelo recogido en una madroñera y su pañoleta anudada a la cintura se subió a un tonel que había en la puerta de una herrería.

—¡Esto es una vergüenza! ¡Una vergüenza que no tiene nombre! —señaló con su brazo extendido hacia la puerta del cuartel—. ¡Escondidos como gallinas, mientras los gabachos nos acribillan! ¡Si no quieren luchar que sigan escondidos, pero que nos den armas para morir matando!

Los gritos de la joven tenían forzosamente que escucharse en el acuartelamiento.

—¡Si son tan cobardes que no quieren luchar, que nos den armas para defender el honor de la patria!

La respuesta a sus gritos fue un ruido pesado en el interior del acuartelamiento. Poco después se abrió la puerta y apareció un oficial; vestía una abotonada guerrera azul y pantalón blanco. La gente había enmudecido.

—¡Esa pieza, apuntando hacia San Pedro! ¡Esas dos hacia San Bernardo!

Varios artilleros movían las cureñas y las emplazaban donde se les ordenaba. El capitán miró a la mujer que, desafiante, permanecía en lo alto del tonel. El silencio era impresionante.

—¡Y vosotros ya lo habéis oído! ¡Todo el que sepa manejar un arma que entre de una puñetera vez! ¿O vais a permanecer todo el día cruzados de brazos?

Un grito de júbilo brotó de las gargantas.

La gente entró en tromba; junto al armero el capitán Valdés distribuía fusiles y munición, ayudado por algunos de sus hombres.

—¿Es cierto que tienen órdenes de permanecer en los cuarteles? —le preguntó un hombre maduro, al empuñar el fusil y recibir su dotación de cartuchos.

—Es cierto.

—¿Entonces?

El capitán lo miró a los ojos.

—Hoy no es día de preguntas, sino de luchar y, si es preciso, de morir.

Cuando salió al patio, preguntó a uno de los soldados que daban a los paisanos unas ligeras explicaciones sobre el manejo de los fusiles:

—¿Cuál es el nombre de ese capitán?

—¿De cuál?

—Del que reparte las armas.

—Es don Pedro Valdés.

—¿Y el que ha sacado los cañones?

—Ése es don Luis Díaz, ¿lo pregunta por algo?

—Por nada, por nada.

La noticia se extendió tan deprisa, que parecía imposible.

—¡Los artilleros del parque de Monteleón han sacado los cañones a la calle y distribuyen armas a los paisanos!

La gente acudía en masa, algunos por curiosidad, la mayoría para hacerse con un fusil. Gustavo Sierra escuchó el rumor cerca de la calle de las Beatas y supo que, si quería ser testigo de un acontecimiento excepcional, aunque en Madrid aquel 2 de mayo todo era extraordinario, tenía que elegir entre el parque de Artillería y la Puerta del Sol. Se decidió por lo primero y subió a toda prisa por la Ancha de San Bernardo; al llegar a la esquina de San José comprobó que la gente venía en dirección contraria.

—¿Qué ocurre? —preguntó a una mujer con los ojos desencajados, que llevaba de la mano a un chiquillo de seis o siete años.

—Han luchado a muerte en la puerta del parque de Artillería.

—¿Y qué ha pasado?

—¡Los gabachos querían apoderarse del cuartel, pero le hemos dado su merecido a esos herejes!

—¿Los franceses se han retirado?

—¡Dejando más de cincuenta muertos! —exclamó orgullosa.

El gacetillero apretó el paso, conforme se acercaba a Monteleón la confusión era mayor. La gente estaba emocionada, se abrazaban y muchos alzaban sus armas gritando:

—¡Victoria! ¡Victoria!

Por el uniforme distinguió a dos capitanes, estaban junto a unos cañones y daban órdenes sin cesar. Tenían el semblante serio. Sabían que aquello no había hecho más que empezar.

Desde los balcones la gente también expresaba su júbilo por la victoria.

—¡Que vienen! —El grito llegó desde un balcón.

Gustavo alzó la mirada y vio a dos hombres y una mujer armados con trabucos naranjeros. Por la calle arriba, jadeante, venía un hombre joven con el fusil en bandolera, ratificando el anuncio.

—¡Por la calle de San Pedro! ¡Los gabachos atacan de nuevo!

Todos se aprestaron a la lucha.

—¡Ahí están otras vez, parece que no han tenido bastante con...! —El hombre, que estaba muy cerca de Gustavo, no terminó la frase, se desplomó sin vida alcanzado por una bala de fusil. Una compañía de granaderos imperiales avanzaba desde la esquina de la calle de San Pedro. Eran más de doscientos; los españoles, bajo una lluvia de proyectiles, respondieron con el fuego de sus cañones y una cerrada descarga de fusilería.

Pese a las bajas, los disciplinados granaderos lanzaron un asalto a la bayoneta y lograron llegar hasta el pie de los cañones, donde la lucha fue cuerpo a cuerpo; allí no era posible utilizar las armas de fuego y las navajas de los paisanos causaron estragos entre el enemigo. Otra vez la infantería francesa tuvo que replegarse; los cadáveres se amontonaban en torno a las piezas de artillería.

36

En el cuartel del regimiento de fusileros había mucho revuelo.

—¿Dónde están los cartuchos?

—¡Aquellas cuatro cajas, mi sargento!

—Muy bien, ¿y los fusiles?

—Los trae el otro pelotón, mi sargento.

—Bien ¡Estad preparados! Partimos en unos minutos.

En la sala de oficiales un teniente discutía con el coronel de su regimiento.

—¿Es usted consciente de lo que hace?

—Sí, mi coronel.

—¡Es un delito grave! ¡Tendrá que responder ante un consejo de guerra!

El teniente Ruz apretó la mandíbula.

—¿Desde cuándo es delito defender la patria?

—¡Veo que añade insolencia a la insubordinación!

—¿Insubordinación, dice? ¿Insubordinación cuando los franceses están diezmando a nuestro pueblo? ¿Está seguro, mi coronel?

—¡Somos militares!

—¡Somos soldados, mi coronel! Tenemos el deber de defender a nuestro pueblo.

El coronel se pasó la mano por la frente, estaba sudando.

—¡Lo que usted va a hacer es una locura!

—Soy consciente de ello, pero el juramento que hice a nuestra bandera me impide permanecer un minuto más tras estos muros.

—Yo cumplo órdenes.

El teniente Jacinto Ruz se marchó sin responder, las últimas palabras le habían sonado a excusa. Al bajar la escalera se cruzó con el capitán de su compañía.

—¿Qué vas a hacer?

—Enfrentarme a esos matarifes que degüellan a nuestra gente.

—¡Estamos acuartelados!

—¡Estarás tú!

—¡Te acusarán de insubordinación! ¡No puedes salir a la calle!

En aquel momento se escuchó el rugir de los cañones.

—¿Quién me lo va a impedir?

El capitán frunció los labios.

—¿Vas a algún sitio?

—Al parque de Monteleón.

—¿Es cierto que los artilleros han sacado algunos cañones a la calle y luchan contra los franceses?

—Es cierto y yo voy a echarles una mano.

—Pero las órdenes…

—No te preocupes tanto por las órdenes.

En la Puerta del Sol la lucha era encarnizada. A la entrada de la carrera de San Jerónimo grupos de paisanos peleaban cuerpo a cuerpo contra los franceses. Los gritos y las órdenes se mezclaban con las descargas de fusilería y con los gemidos de los heridos.

A un centenar de pasos, hacia el centro de la plaza, una sección de infantería ligera conservaba su formación cerrada y mantenían a raya las acometidas de varios grupos de hombres y mujeres, causándoles numerosas bajas. La disciplina de los soldados les daba una ventaja sustancial, ante la que se estrellaban las acometidas de los madrileños.

Sus descargas de fusilería habían sembrado el suelo de cadáveres. En el ambiente flotaba un denso olor a pólvora, a sangre y a algo mucho más sutil que no podía palparse, pero que lo impregnaba todo: la cólera de un pueblo rebelado contra la sinrazón. También allí los lamentos de los heridos, muchos de ellos tendidos en el suelo sin que nadie pudiese atenderlos, se confundían con los gritos de miedo o de furor y con las voces de mando de los sargentos franceses.

—¡Dicen que los mamelucos suben por la calle de Alcalá y por la carrera de San Jerónimo! ¡Degüellan a mansalva! —advirtió un individuo jadeante, que empuñaba una escopeta con los cañones recortados, a un grupo que hostigaba a los franceses, desde el chaflán de la calle del Carmen.

Los hombres vacilaron.

—¡Con eso no contábamos! —exclamó un corpulento mozo con el rostro ceniciento y el miedo brillando en sus ojos.

Una mujer, que cargaba fusiles, alzó la vista y lo miró con furia.

—¿Te creías que esto era un baile de carnaval? —Se puso en pie y alzó el fusil—. ¡Si vienen los mamelucos, como si viene Napoleón! ¡Esto no es un juego! ¿A qué esperáis para embestir de una vez a esa canalla que se ha llevado a nuestro rey?

Por encima de sus cabezas sonó una descarga. Un grupo disparaba desde los balcones contra los franceses que, desde allí, ofrecían un blanco magnífico. A cuarenta pasos varios franceses se doblaron desmadejados, sin vida. Un asomo de desconcierto cundió entre sus apretadas filas al sonar una nueva descarga, desde la pared de enfrente. ¡También desde allí abrían fuego contra ellos! Los franceses se rehicieron y respondieron con una andanada. La mujer se dio cuenta de que no habría otra ocasión como aquélla para acometerlos.

—¡Ahora! ¡A por ellos! ¡A por los gabachos!

Se lanzó hacia las filas francesas; el grandullón miró a los demás.

—¿Es que nos faltan cojones? —Y corrió tras ella, blandiendo un cuchillo tocinero.

Apenas dieron unos pasos, sonó otra descarga y cayeron acribillados.

—¡A por ellos! —gritó un individuo, cuyo rostro apenas se vislumbraba bajo las amplias alas de un sombrero redondo.

La nueva acometida no dejó tiempo a los franceses para cargar de nuevo sus fusiles; en el corazón de la Puerta del Sol se peleaba cuerpo a cuerpo.

Poco después un estruendo de cascos sonó en la plaza cuando un tropel de jinetes, ataviados con uniformes de llamativos colores, irrumpió arrollando a los paisanos que luchaban a la entrada de la carrera de San Jerónimo.

—¡Los mamelucos! ¡Son los mamelucos!

Algunos se reagruparon y con un valor que rayaba la temeridad, se enfrentaron con navajas, alguna espada o con las manos a los sables y las lanzas de los mercenarios egipcios. Acometían a los caballos para derribar al jinete y acuchillarlo en el suelo. Muchos morían alanceados en el intento, pero en medio del furor desatado, a nadie parecía importarle. Todavía sonaron algunos disparos desde las casas.

En pocos minutos la Puerta del Sol se había convertido en una carnicería, donde los madrileños llevaban la peor parte. En algunas casas, donde los franceses entraban para vengar los disparos, se luchó en las escaleras y habitación por habitación.

El mesón del Antillano se había convertido en una especie de hospital donde reinaba la mayor de las confusiones. Las mozas asistían a los heridos que no paraban de llegar, mientras que, desde la parte trasera, Pacorro trataba de organizar a los que acudían a por una navaja, un cuchillo o un palo. Don Indalecio, que había llegado poco después de las diez, se dedicó a llevar consuelo espiritual a los moribundos. Había perdido la cuenta de las extremaunciones.

Poco antes del mediodía, cuando en la Puerta del Sol la lucha era más enconada, llegaron dos médicos y, poco después, lo hizo el maestro Biedma a quien la noticia lo sorprendió trabajando en el retablo. Fue la madre superiora quien le avisó y le faltó tiempo para dejar escoplos y gubias.

—¿Puedo hacer algo? —preguntó al cura; con los nervios no se había percatado de que impartía una bendición y bisbiseaba unos latines:

—*Ego te absolvo a pecatis tuis. In nomine Patris et Filii et Spiritus Sancti. Amen.*

El párroco alzó la vista y el entallador vio la infinita tristeza que embargaba el semblante del sacerdote. Éste se incorporó y, llevándose las manos a los riñones, dejó vagar la mirada por el mesón, donde las mesas servían de camillas. Los lamentos de los heridos se confundían con las voces de los que gritaban contra los franceses. En un rincón dos mujeres convertían en vendas una enorme sábana.

—¿Has visto a Pelanas?

—No, ¿por qué?

El párroco se rascó el lobanillo.

—Hace rato que debería estar aquí. Lo mandé a la botica de Rebolledo para que trajese hilas, algodón, ungüentos y cosas de ésas.

—¿Quiere que vaya a buscarlo?

—¿No te importa?

Biedma dio media vuelta y salió a la calle, donde imperaba el mayor desorden. Una riada humana subía desde la plazuela de la Cebada, donde se libraba otra batalla campal. Allí los vecinos se enfrentaban con lo que tenían a mano a los jinetes de la división de Caulaincourt que, acuartelados en Carabanchel, habían entrado por la puerta de Toledo y trataban de alcanzar la plaza Mayor. La lucha era desigual y, aunque los paisanos se batían con bravura, los cadáveres estaban esparcidos por el suelo de la plaza y se amontonaban alrededor de la fuente que durante cerca de una hora les había servido de parapeto.

A pocos pasos de la botica, Biedma se encontró con don Honorio. El escribiente era como un fantasma que caminaba desorientado: tenía la pechera ensangrentada y el rostro descompuesto. En la esquina unas mujeres animaban a un grupo de hombres armados con fusiles, que iban hacia la Puerta del Sol.

—¿Está usted herido? —Biedma lo cogió por el brazo.

Bracamonte negó con un vago movimiento de cabeza.

—¿Y esa sangre?

El funcionario se palpó la pechera y los dedos se le tiñeron de rojo.

—Es... es... —Abría la boca, pero las palabras se le atragantaban.

El entallador le pasó la mano por el hombro y le palpó el pecho, comprobando que no estaba herido. No sabía qué hacer. Miró hacia la botica y entre la gente vio a Pelanas que salía con una caja.

—¡Pelanas! ¡Pelanas!

El cómico se acercó y al ver a don Honorio en aquel estado, preguntó:

—¿Qué le pasa?

—No sé, deambulaba, cuando iba a buscarte. Don Indalecio está preocupado.

—¡Está herido! —exclamó al fijarse en su pecho.

—No, esa sangre no es suya.

—Se llevó por delante al francés, por… por —Bracamonte se escurría entre los brazos del entallador. Se había desmayado.

—¡Ayúdame, Pelanas, que se me cae!

Dejó la caja en el suelo y sostuvo el cuerpo inerte de don Honorio.

—¡Tenemos que llevarlo al mesón! ¡No sé qué le ocurre!

—Ha dicho algo de llevarse por delante a un francés.

Como pudieron, se lo llevaron hasta el mesón, donde don Indalecio seguía administrando los santos óleos a los moribundos, arracimados en los rincones.

—¡Por el amor de Dios! ¿Qué le ocurre? —El cura tenía desabrochada la mitad de la sotana y los brazos remangados.

—Andaba como un alma en pena.

—¡Está malherido!

—No, esa sangre no es suya.

El párroco, sin embargo, llamó a uno de los médicos, que dos mesas más allá trataba de convencer a un herido, al que le acababa de vendar la cabeza, para que se quedase en reposo.

—¡Que me quede aquí con lo que está pasando en la Puerta del Sol! ¡Ni muerto! —Cogió su arma que descansaba en la pared, un palo en cuyo extremo había atada una navaja, y se marchó a toda prisa.

El galeno se acercó; su mandilón azulino estaba empapado de sangre. Llevaba unas tijeras en una mano y un trozo de venda en la otra.

—¿Qué le ocurre?

—Esa sangre no es suya —le aclaró Biedma—, pero está como ido, le ha dado un soponcio.

El médico cogió una escudilla y salpicó agua sobre la cara de don Honorio. Al segundo intento, entreabrió los ojos.

—¿Dónde estoy? —preguntó aturdido.

—Entre amigos. —Don Indalecio le ofreció un trago de vino de un pellejo con el que reconfortaba a algunos heridos.

—Ha muerto por salvarme. —Su voz sonaba temblorosa.

—¿Cómo dice?

—Ha muerto por salvarme —repitió.

—¿Quién ha muerto? —le preguntó el médico.

—El panadero ha muerto por salvarme.

El párroco miró a Biedma y a Pelanas y ambos negaron con la cabeza.

—¿Qué ha ocurrido don Honorio?

El escribiente se incorporó y le dio otro trago al pellejo que le ofrecía el cura.

—La aparición de los mamelucos me sorprendió cruzando la Puerta del Sol, corrí buscando refugio en un zaguán, pero un jinete me había escogido y estaba a punto de alcanzarme. En aquel momento vi a Porras, que se apoderaba del sable de un gabacho al que acababa de matar, y le pedí auxilio. Sin pensárselo, corrió hacia el caballo y le atravesó los pechos; el animal arrastró al mameluco en su caída, pero antes de llegar al suelo lo ensartó de parte a parte con su lanza. —Los ojos se le arrasaron de lágrimas—. ¡No vaciló en acudir en mi ayuda a pesar de… de…! —Se le quebró la voz y ya no pudo continuar.

La llegada del teniente Ruz al frente de cuarenta hombres fue acogida con aclamaciones. Era un refuerzo inesperado cuando las fuerzas escaseaban y apenas quedaban artilleros para servir las piezas.

El teniente distribuyó a sus hombres y cambió impresiones con los capitanes, mientras los franceses preparaban el tercer ataque. Habían esperado a recibir varias piezas de artillería. Se produjo un gran silencio antes del ataque. Los españoles, muy inferiores en número y armamento, se apiñaron en torno a sus cañones y utilizaron los muertos como parapeto. Gustavo Sierra, sin querer, se vio en el centro del combate que iba comenzar. Un combate a muerte.

—¡Entregad las armas y capitulad! —gritó en un español gutural un oficial francés.

—¡Si las quieres, ven a por ellas! —le gritó una mujer que empuñaba un fusil.

El rugido de los cañones franceses fue estremecedor, todo retumbó.

Instantes después, era la voz del capitán Díaz la que daba órdenes:

—¡Fuego! ¡Fuego a discreción!

El duelo artillero, acompañado de fuego de fusilería, duró más de veinte minutos. Los franceses lanzaron dos acometidas, pero tuvieron que replegarse, recibidos por una lluvia de fuego. Poco a poco, sin embargo, ganaban posiciones y ocupaban casas, donde la lucha era cuerpo a cuerpo. Daba igual que sus moradores no los hubiesen hostigado, todos pagaban con su vida.

Gustavo buscó refugio tras una masa informe de cuerpos del que salía algún gemido y, temblando de miedo, se encontró junto a una mujer que agonizaba con el vientre destrozado por la metralla.

La confusión era total. Gritos de rabia y de dolor, órdenes y palabras de ánimo. El olor a pólvora y… a muerte se metía por los poros del cuerpo.

La mujer tenía ya los ojos velados, trató de levantar su fusil, pero era demasiado esfuerzo. Gustavo la reconoció entonces, era una vecina.

—¿Tú? ¡Tú eres Clara! —Le apretó la mano y recogió sus últimas palabras:

—Está cargado, mata a un gabacho.

Le cerró los párpados, miró el fusil y se quedó ensimismado durante unos segundos. El fuego cruzado lo devolvió a la realidad.

—¡Ya vienen! ¡Ya vienen! ¡Atacan por todas partes! —Todo eran nervios.

—Apunta la boca del uno al centro de la calle, el dos hacia la izquierda. —Le sorprendió la serenidad de quien daba las órdenes.

—Mi capitán, ¿cuál disparamos primero?

—El uno, pero aguarda a que se acerquen un poco más.

Gustavo creyó que no les daría tiempo, los franceses se echaban encima.

—¡Fuego el uno!

Se tapó los oídos y creyó que se le habían reventado los tímpanos.

—¡Fuego el dos!

Después hubo un silencio. Luego las balas empezaron a silbar sobre su cabeza y vio cómo se desplomaban algunos cuerpos a su alrededor. Los franceses se echaban encima. Sintió una punzada en el estómago, al ver a aquellos hombres a pie quieto, apiñados en torno a tres cañones. Allí les aguardaba la muerte.

El capitán Díaz tiró del sable y dio su última orden:

—¡A por ellos!

Sin pensárselo, empuñó el fusil, se lo llevó a la cara, lo apretó contra su hombro y disparó hacia los franceses cuando comenzaba el cuerpo a cuerpo. Lo último que vieron sus ojos fue el enorme mostacho de un granadero francés, cuya bayoneta le atravesó el pecho.

37

Las descargas de fusilería se escuchaban con una cadencia macabra.

—¡Santa Madre de Dios! —El ama de llaves de don Indalecio no dejaba de pasar las cuentas de su rosario y retemblaba cada vez que el sonido de los disparos señalaba que otra remesa de detenidos era ejecutada. Una vecina le había dicho que los franceses fusilaban junto a la fuente de la Puerta del Sol y a la espalda de la parroquia del Buen Suceso.

Se levantó muy nerviosa y sacó dos velas del cajón de una cómoda y las encendió para que alumbrasen la pequeña imagen del Cristo de Medinaceli, del que era muy devota, lo mismo que de santa Ana, a la que le había puesto una docena de mariposas en un tazón bien lleno de aceite.

No sabía nada de don Indalecio desde que, muy temprano, se había marchado a decir la misa primera. Había mandado a Lucas, el recadero, cuatro… cinco veces, ni se acordaba ya, a la parroquia para que preguntase. El sacristán siempre repetía lo mismo: «El señor párroco se marchó a eso de las nueve y media, poco después de que comenzasen los disturbios». Desesperada, a la una y media le dijo a Lucas que fuese al mesón del Antillano, pero el muchacho no pudo pasar de la plaza Mayor.

Unos golpes en la puerta la sobresaltaron.

—¡Ay, santa Ana bendita! ¡Lucas! ¡Lucas!

El muchacho apareció con una tijeras de podar, estaba arreglando los rosales del patio.

—¡Jesús, esconde eso! ¡Ven conmigo!

Los golpes sonaron con más brío.

—¡Ya va! ¡Ya va!

—¡Abre de una vez!

—¿Esa voz…? ¡Corre, Lucas, abre! ¡Es el padre!

Don Indalecio no parecía él. La sangre empapaba sus hábitos, tenía un corte en una mano y otro en una ceja, que había disimulado encasquetándose la teja; su mano buena, crispada, estrujaba un papel en la mano.

—¡Ay, Dios mío! —El ama de llaves se había llevado las manos a la cabeza—. ¡Que me lo han matado!

—¡Cierra la puerta y deja de decir tonterías! ¡Calienta agua, prepara unas hilas y ropa limpia!

—¡Ay, don Indalecio! ¿Por qué no ha abierto con su llave?

—¿La llave? ¡Qué sé yo dónde está la llave!

Otra descarga hizo que, por un momento, quedasen inmóviles.

—¡Ay, santa Ana bendita! —gimoteó Rosario.

—¡Hijos de puta!

Otra vez llamaron a la puerta.

—¡Ay, Dios mío! ¿Quién será ahora?

—Aguarda un momento. —Don Indalecio se apostó en un rincón para ver, sin ser visto—. Pregunta, antes de abrir.

Los golpes sonaron de nuevo.

—¿Quién es?

—Soy don Fernando Escobar, el alguacil, ¡abra rápido por el amor de Dios!

El párroco reconoció la voz, aunque sonaba quejumbrosa.

—¡Rápido, abre; es el alguacil!

En el umbral de la puerta apareció don Fernando, dejó caer el embozo de su capa mostrando un rostro contraído.

—¿Está herido? —Don Indalecio lo tomó por el brazo.

—En una pierna y en el costado.

—¡Cierra rápido, Rosario!

—¡Ya sabía yo que esas juntas, tan a deshoras, no podían traer nada bueno!

—¡Deja de decir tonterías y prepara lo que te he dicho!

El párroco lo condujo hasta su gabinete y lo acomodó en uno de los butacones.

—¿Ha estado usted en el *fregao*?

—Había que estar.

—¡Pero esto ha sido un desastre, don Fernando, un verdadero desastre! ¡Negrete es un inepto! ¡Un cobarde!

—Y O'Farrill un traidor, jamás le perdonaré la muerte de Valdés —apostilló el alguacil.

—¿El capitán Valdés ha muerto?

El alguacil asintió.

—¿Y Díaz?

—Según me han dicho, varios de los que luchaban en Monteleón lograron llevárselo a su casa, gravemente herido. La cosa pinta mal. —Una punzada de dolor hizo que se le contrajese el rostro.

—¿Duele?

Don Fernando se palpó la herida del costado con la punta de los dedos y luego se llevó la mano al pecho.

—El dolor lo tengo aquí, don Indalecio.

—¡Han mantenido las tropas acuarteladas y encerradas siguen! ¡No me lo puedo creer! Y ahora… ahora… —En la lejanía tronó otra descarga de fusilería—. ¿Qué es eso? —le preguntó mirando el papel que el cura todavía apretaba en su mano.

—Un bando de Murat.

—¿Qué dice ese cabrón?

—No lo sé, lo he arrancado de una esquina, donde acababan de fijarlo unos gabachos.

—¿Quiere leerlo?

Don Indalecio le echó una ojeada.

—Después de calificarnos de populacho, nos tacha de asesinos, criminales y miserables. Clama venganza y ha asumido las funciones de gobierno. En varios artículos indica que serán arcabuceados todos los que han sido detenidos con armas en la mano y que se hará lo mismo con quienes, después de la publicación del bando, posean armas sin una licencia especial. Considera sediciosas las reuniones de más de ocho personas y afirma que quemará todo lugar donde haya sido asesinado un francés.

—¡Será canalla!

—También dice que a quienes distribuyan libelos, impresos o manuscritos, invitando a la sedición, se les considerará agentes de Inglaterra y serán arcabuceados.

Rosario pidió permiso para entrar; llevaba una jofaina con agua, vendas, unos frascos con ungüento y bálsamo.

—¡Venga, a ver esa mano y esa ceja!

—Primero don Fernando, es más urgente.

Con habilidad, el ama de llaves limpió las heridas, las untó con bálsamo y las vendó. Luego le tocó al cura y cuando acabó le ordenó con mucha energía:

—Suba a la alcoba. Sobre la cama tiene la ropa limpia. ¡Cámbiese, que está usted hecho una facha!

Sonaron unos golpes en la puerta. Los tres se quedaron en suspenso.

—¿Quién puede ser? —La inquietud de don Indalecio era evidente.

—¡Vaya usted a saber, con las juntas que tiene! —protestó Rosario que ya caminaba hacia la puerta.

—¿Quién va?

—¿Está don Indalecio? —preguntaron desde el otro lado.

—¿Quién pregunta por él?

—Vengo de parte de don José.

—¿Don José? ¿Qué don José?

—Don José de Vargas, don Indalecio sabe quién es.

—Abre —ordenó el párroco que se había acercado sigilosamente.

El ama de llaves abrió el postiguillo para asegurarse de que no era una trampa.

—¿Lo conoce usted?

—¡Abre de una vez! —Era el asistente del capitán de navío.

—¿Qué sucede, Antón?

—Vengo de parte de mi capitán, quiere que vaya usted a casa de don Francisco; él le aguarda allí.

—¿Ha ocurrido algo?

—Don Francisco está malherido. Ha estado en la refriega de la Puerta del Sol.

—¡Válgame el cielo! ¡Pero cómo…!

—No hubo manera de sujetarlo.

—Pero a sus años…

—Ya lo conoce. Por cierto, ¿sabe dónde puedo encontrar a don Fernando Escobar?

—¿Para qué lo quieres?

—El capitán también quiere verlo.

El alguacil salió al portal.

—¡Don Fernando, menos mal! ¡Lo he buscado por todas partes! Temí que…

—Dile a don José que iremos enseguida. ¡En cuanto nos adecentemos un poco! —le indicó el párroco.

En muchas esquinas había pelotones de soldados franceses, pendientes de cualquier incidente. Don Indalecio con su sotana limpia, la mano herida oculta bajo el manteo y la teja encasquetada, lo que le producía un agudo dolor, pero disimulaba la herida de la ceja, y don Fernando, con la herida del muslo y la del brazo ocultas y bien vendadas, caminaban hacia la calle de la Compañía. A diferencia de otros transeúntes no tuvieron ningún tropiezo.

Apenas habían golpeado el aldabón cuando se abrió la puerta.

—¡Pasen, pasen!

En un saloncito de la planta baja, don Francisco languidecía en una cama con el pecho vendado y el rostro macilento. Su aspecto era cadavérico. Media docena de personas rodeaba el lecho. Al verlos, don José de Vargas hizo un aparte en un rincón, la conversación requería mucha discreción.

—La actitud de Negrete y de O'Farrill ha convertido la jornada en un día aciago, pero no todo está perdido —comentó Vargas—. Hemos de convertir lo ocurrido en Madrid en un clamor. Un clamor que levante contra los franceses hasta el lugar más apartado de nuestra geografía.

—¿Hay algún plan?

—Sí, de ello quiere hablaros don Francisco.

—Pero en sus condiciones…

—Es un viejo lobo de mar, no se rendirá tan fácilmente. ¡Aguardad un momento!

Vargas se acercó a la cabecera de la cama y susurró unas palabras al oído del responsable máximo de la fraternidad de San Andrés. Su rostro se iluminó.

—¡Todo el mundo fuera!

Algunos de los que rodeaban el lecho se sobresaltaron.

—¡Fuera he dicho!

Una vez solos, don Francisco preguntó:

—¿Qué tal os ha ido?

—No muy bien —se quejó don Indalecio, cuya ceja era un bulto hinchado.

—Díaz y Valdés han cumplido como valientes, no debemos consentir que su sangre se haya derramado en balde.

—¿Qué saben de Díaz?

—También ha muerto, acaban de enviarnos recado —indicó Vargas—. Las heridas eran demasiado graves y el médico nada ha podido hacer. Los entierran esta noche en la iglesia de San Martín.

—¿De tapadillo? —preguntó don Indalecio.

—Tal y como están las cosas, es lo mejor.

—¡Escuchadme con atención, mi tiempo se acaba! —protestó don Francisco.

—¡No diga usted esas cosas! —lo reconvino el párroco.

—Sepa que las cosas son como son, don Indalecio, y esta herida me llevará al sepulcro. Vargas, coja usted un pliego que hay en aquella gaveta. —Sacó el brazo del embozo de la sábana y señaló un mueble que había enfrente.

El marino buscó entre los cajoncillos y don Francisco se impacientó.

—¿Lo encuentra?

—Sí, aquí está. ¿Es éste?

—Sí, déselo a don Fernando.

El alguacil arrugó la frente.

—¿A mí?

—¿Quiere leerlo?

Es notorio que los franceses apostados en las cercanías de Madrid y dentro de la Corte han tomado la defensa de este pueblo capital y las tropas españolas; de manera que en Madrid está corriendo ahora mucha sangre. Como españoles es necesario que muramos por el Rey y por la Patria, armándonos contra unos pérfidos que so color de amistad y alianza nos quieren imponer un pesado yugo, después de haberse apoderado de la augusta persona del Rey; procedamos, pues, a tomar las activas providencias para escarmentar tanta perfidia, acudiendo al socorro de Madrid y demás pueblos y alentándonos, pues no hay fuerzas que prevalezcan contra el que es leal y valiente, como los españoles lo son.

—¿Quién firma esto?

—No sea usted impaciente. Tengo entendido que conoce y tiene buena relación con don Andrés Torrejón, ¿es cierto?

—¿Me lo pregunta por alguna razón?

—Porque quiero que se lo lleve para que le ponga el encabezamiento y lo firme.

—¿Entregárselo a Torrejón?

—¿Quién es Torrejón? —preguntó don Indalecio.

—El alcalde de Móstoles. —La voz de don Francisco se debilitaba poco a poco.

—¿Hay alguna razón especial para que sea él?

—Es persona de absoluta confianza. Lo firmará y se encargará de difundirlo entre los alcaldes de España. Y ahora no pierda un minuto. Ese papel tiene que estar en Móstoles esta misma tarde. Con un buen caballo, puede hacer las tres leguas de camino en poco más de una hora.

Acababan de dar las diez de la noche, Madrid era una ciudad asustada. Los vecinos estaban encerrados en sus casas, temerosos de que alguien llamase a la puerta. En la zona del Prado aún se escuchaban descargas de fusilería, cuyo estruendo, en medio de la noche, resultaba pavoroso. Los franceses no habían concluido su venganza.

Don Fernando Escobar había regresado de Móstoles, después de cumplir su misión. Dejó el caballo en la huerta del Batán para entrar a pie por la puerta de la Vega y llamar menos la atención. El viaje lo había mortificado y ahora las heridas le pasaban factura. Avanzaba pegado a la pared para no ser visto. Cruzó la calle Mayor, que estaba desierta, y subió por San Ginés hasta la plaza de las Descalzas para ganar la calle de San Martín. La puerta de la iglesia estaba cerrada y el silencio era total. Dudó si era San Martín la iglesia donde iban a enterrar a los capitanes. Husmeó por los alrededores, pero todo estaba en calma. Iba a marcharse, cuando de las sombras surgió una voz:

—¿Busca algo?

—¿Quién es usted?

—El sacristán de San Martín.

Don Fernando se acercó prevenido.

—Me habían informado de un sepelio, pero veo que me he confundido.

—¿Un entierro? ¿A estas horas?

—Sí, de unos artilleros.

—¿Era amigo?

—Muy amigo.

—¡Venga, acompáñeme!

—¿Adónde?

—A la iglesia. Los están velando.

Entraron a la casa del sacristán, que se comunicaba con el templo por un corredor, oscuro y húmedo. La iglesia estaba sumida en una suave penumbra y en una capilla, a la derecha del presbiterio, se encontraban los féretros con los cadáveres de los dos oficiales, vestidos con sus uniformes. Una docena de personas velaban sus cuerpos.

En aquel momento, don Indalecio se encaminaba hacia la sacristía. Se detuvo al ver al alguacil.

—¿Ya ha regresado de Móstoles?

—He venido directamente. ¿Adónde va usted?

—A revestirme para rezar un responso, ahora vuelvo.

Una hora más tarde, Díaz y Valdés descansaban bajo las bóvedas de San Martín.

Don Indalecio y don Fernando caminaban hacia la calle Mayor; a la altura de la iglesia de San Ginés, el párroco preguntó:

—No me ha contado sus andanzas de esta mañana. ¿Ha estado en la Puerta del Sol?

—No.

—¿Entonces ha sido en alguna de esas calles? —señaló en dirección a la calle Mayor, a la de la Montera, a la de Carretas, donde también se había luchado con denuedo.

—Se equivoca.

—¡Ya! ¿En la plazuela de la Cebada?

—Tampoco.

El cura se detuvo, extrañado.

—¿Dónde, entonces, esas heridas?

—En una casa de la calle de Atocha, junto al humilladero de Nuestra Señora de Gracia.

—¿Y qué hacía usted allí, si puede saberse?

—Vengar la muerte de Armenta y de la desgraciada a la que desollaron viva en Salamanca.

Don Indalecio lo miró extrañado.

—¿Ha encontrado a los asesinos?

—Sí.

—¿Cómo lo consiguió?

—¿Recuerda a los gabachos que hubo que sacar de la imprenta de Álvarez de la Torre?

—¿Los que querían imprimir la proclama?

—Los mismos. Ellos me pusieron sobre la pista definitiva al hacer un comentario cuando estaban en la celda de la Casa de la Villa y pensaban que nadie los escuchaba.

Caminaron en silencio un buen trecho, cada cual embebido en sus pensamientos.

—¿En qué piensa usted? —Ahora preguntaba el alguacil.

—En Porritas; don Honorio no lo superará fácilmente. También en Gustavito.

—¿Le ha pasado algo al gacetillero?

—Antes de abandonar el Antillano, Pelanas me dijo que había muerto en la puerta del parque de Monteleón.

—¡Santo Dios! ¡Y esto no ha hecho más que empezar!

No se equivocaba el alguacil. En aquel momento, aprovechando las sombras de la noche, bajo la luz de la luna, una docena de correos partían de Móstoles. En sus alforjas llevaban un centenar de copias del bando que habían firmado Andrés Torrejón y su compañero Simón Hernández.

Había comenzado la guerra de la Independencia.

Nota del autor

Vientos de intriga es una novela y, por lo tanto, en ella la ficción es un elemento fundamental. Sin embargo, he procurado que su trama responda a los acontecimientos vividos en España entre el otoño de 1807 y la primavera de 1808.

Como se recoge en el texto, los sucesos de El Escorial se desarrollaron a partir de un texto anónimo que se hizo llegar a Carlos IV y que sirvió de detonante para que aflorasen las tensiones cortesanas entre los partidarios de Godoy y los del príncipe de Asturias.

Unos acontecimientos que, efectivamente, aparecieron publicados en la *Gaceta de Madrid*, antecedente del actual Boletín Oficial del Estado.

Algunos de los elementos que aparecen en la novela para reflejar la situación que se vivía en aquellos meses son creación del autor, pero responden al ambiente del momento. Otros, sin embargo, como los Ajipedobes están basados en hechos históricos concretos. El príncipe Fernando obsequió en las navidades de 1807 a algunos de sus amigos con grabados satíricos referidos a Godoy.

Asimismo, he recreado el motín de Aranjuez, vivido a mediados de marzo de 1808 en el Real Sitio, siguiendo el curso de los acontecimientos que provocaron la caída del príncipe de la Paz y la abdicación de Carlos IV.

Por lo que respecta a la entrada de tropas francesas en España he procurado ser fiel al hecho histórico derivado del tratado de Fontainebleau. Su reiterado incumplimiento por parte de Napoleón, que jugó con las ambiciones de Godoy, permitió a los franceses ocupar algunos de los puntos estratégicos de la Península.

El alzamiento popular del 2 de mayo responde, con las lógicas licencias que el novelista utiliza, al desarrollo de los hechos que marcaron el comienzo de la guerra de la Independencia: el rechazo de los madrileños a la marcha del infante don Francisco de Paula; los enfrentamientos en la Puerta del Sol, donde se produjo la carga de los mamelucos; el acuartelamiento de las tropas españolas ordenado por el general Negrete; la lucha en el parque de Monteleón o el bando promulgado por Murat ese mismo día, en que también comenzaron los fusilamientos.

Los perfiles de los personajes históricos que aparecen en *Vientos de intriga*, tales como Carlos IV y María Luisa de Parma, Godoy, Fernando VII, el infante don Antonio, Murat o Napoleón, han sido trazados según la imagen que la historia nos ofrece de ellos.

No existió una organización con el nombre de los Apóstoles, ni una fraternidad de San Andrés. Los integrantes de dichas «sociedades» son personajes de ficción. En el caso de los capitanes Luis Díaz y Pedro Valdés, y del teniente Jacinto Ruz he preferido utilizar nombres que sugieran al lector los de los verdaderos protagonistas de la historia —Daoíz, Velarde y Ruiz— para no referirme a ellos como tales porque hay mucho de ficción en sus andanzas en *Vientos de intriga*, salvo lo referente a su papel en la lucha del parque de Artillería de Monteleón.

Por último, debo señalar que la tertulia del mesón del Antillano es un recurso literario. Sus personajes responden a tipos verosímiles, que pudieron vivir en aquel Madrid lleno de tensiones y ansiedad.

J. C. P.

Este libro ha sido impreso en los talleres
de Novoprint S.A.
C/ Energía, 53 Sant Andreu de la Barca
(Barcelona)